Christine C.

Mercredi au parc

AYELET
WALDMAN

Mercredi au parc

Traduit de l'américain par Aline Azoulay

J'AI LU

Titre original :

LOVE AND OTHER
IMPOSSIBLE PURSUITS

A Dell Book published by Bantam Dell, a division
of Random House, Inc., New York

À mes parents,
Ricki et Leonard Waldman

1

D'habitude, lorsque je fonce tête baissée, j'arrive à passer le square de la 81e Ouest. Je commence à me préparer dans l'ascenseur, les yeux rivés sur la longue flèche en cuivre pointée sur le septième étage, puis le sixième, cinquième, quatrième. Il arrive que l'ascenseur s'arrête et que l'un de mes voisins entre ; alors je suis bien obligée de laisser ma carapace de solitude se fendiller et de feindre la civilité. S'il s'agit d'un jeune – du guitariste rouquin coupé en brosse qui pèle du visage par exemple, ou du cadre de l'industrie du cinéma vêtu d'un jean froissé et d'un manteau en cuir taché de beurre –, un salut de la tête suffit. Les plus âgés demandent plus d'efforts. Les femmes aux cheveux argentés qui portent des robes bohémiennes sophistiquées dont les volants violets dépassent de leurs capes en laine noire, exigent un commentaire sur la météo, sur la marque d'usure apparue sur le tapis oriental du couloir, ou sur la une de la rubrique « arts ». Ça m'est presque insupportable. Ne voient-elles pas que je suis occupée ? Ne se rendent-elles pas compte que l'autocompassion est une activité qui vous pompe toute votre énergie et ne laisse aucune place à la conversation ? Ne savent-elles pas que l'entrée du parc se trouve à deux pas du jardin d'enfants de la 81e Rue, et que si je ne me prépare pas bien, si je ne me vide pas l'esprit, si je ne ferme pas mes oreilles aux bruits autres que ma propre respiration, il est possible, et même probable, qu'au lieu de longer le jardin d'enfants d'un pas vif, je m'écroule devant sa grille et laisse les voix stridentes des enfants résonner dans mon crâne ? Ne comprennent-elles pas, ces dames avec leurs pétitions, feu-leurs-époux-banquiers et leurs porte-monnaie Vuitton, que si je les autorise à me distraire avec leurs histoires de républicains voleurs d'élections et de Mme Katz, du 2B, qui aurait surpris Anthony, le nouveau portier, en train de dormir derrière le bureau de la réception, mardi soir, je n'arriverai pas à dépasser le square pour me réfugier dans le parc, juste derrière. Ignorent-elles que l'agression barbare que constituent leurs voix et le martèlement impatient de leurs cannes en Plexi coloré, tandis qu'elles attendent, impitoyables, mes réponses marmonnées, risquent de m'empêcher de gagner le seul endroit de toute la ville où j'éprouve une relative sérénité ? Qu'elles vont m'obliger à raser les murs de pierre sinistres de la 79e et à inhaler les gaz d'échappement des bus pour rejoindre l'East Side ? Ou pis, à prendre un taxi.

Aujourd'hui, Dieu merci, l'ascenseur demeure désert jusqu'au hall d'entrée.

— Bonne route, madame Woolf, me dit Ivan en me tenant la porte.

Ça a commencé le lendemain de notre mariage. Au début, j'ai essayé de lui expliquer que je m'appelais toujours Mlle Greenleaf. Et je sais qu'il a compris. Ivan n'est pas idiot. Mais il s'est contenté de hocher la tête en souriant, « Bien sûr, mademoiselle Greenleaf », et s'est remis à me saluer d'un « Bonjour, madame Woolf » dès le lendemain. Enfin, je m'en tirais tout de même mieux que lorsque j'avais emménagé avec Jack. À l'époque, j'avais marmonné un truc du style : « Oh non, appelez-moi Emilia, je vous en prie », et Ivan ne s'était même pas donné la peine de hocher la tête et de sourire. Il m'avait dévisagée derrière ses gros verres fumés et il avait secoué la tête comme si je n'avais pas fait mes devoirs ou que j'avais dit des gros mots en classe. « Non, mademoiselle Greenleaf », avait-il répondu. Point final. Pas : « Je n'y arriverai pas » ou : « Ça ne serait pas convenable. » Juste « Non ». Parce que, bien entendu, il ne s'adressait à aucun résident de l'immeuble par son prénom ; c'était scandaleux d'avoir suggéré cette possibilité.

Aujourd'hui, je hoche la tête en souriant, je sors, je traverse la rue, et je vais droit au parc.

Février est le mois le plus long de l'année.

L'hiver nous écrase depuis si longtemps que le printemps semble improbable. Le ciel gris est couvert de gros nuages menaçants. Pas le genre de nuages qui annoncent la neige que l'on voit sur les cartes de Noël ou une pluie froide purificatrice, non. Plutôt ceux qui menacent d'une averse d'aiguillettes de glace qui fondent immédiatement et donnent l'impression qu'il pleut de la neige mouillée d'un gris pisseux. Les trottoirs sont bordés d'amas de neige crasseuse, et chaque pas sur la chaussée est une roulette russe où vous risquez qu'une giclée d'eau noire n'éclabousse vos chaussettes et vos chaussures. En temps normal, je me replie sur moi-même; je fais du feu dans la cheminée, je m'emmitoufle dans des couvre-lits chenillés et des chaussettes en laine, je relis Jane Austen et je prie pour que ces jours sombres passent vite. Mais, cette année, j'attends février avec impatience. Il me tarde de me plonger dans l'implacable tristesse de New York pendant cette période. Cette année, j'ai *besoin* de février. Et, en cette fin de mois de janvier, j'ai le sentiment que la ville a remarqué mon abattement et qu'elle veut me témoigner sa compassion. Les arbres du parc paraissent particulièrement dénudés. Ils pointent vers le ciel morne des branches qui ont non seulement perdu leurs feuilles, mais tout espoir de les retrouver un jour. L'herbe a viré au brun là où les passants ne l'ont pas transformée en bourbier ponctué de nappes de neige tachetées de crottes de chiens. La piste cavalière et le chemin qui longe le Réservoir sont également boueux et accidentés. Les joggeurs vêtus de polaire trébuchent désormais sur des racines noueuses et des monticules de terre.

Néanmoins, le square Diana-Ross est rempli d'enfants. Les petits New-Yorkais jouent en plein air par tous les temps, hormis les plus incléments. Les nounous et les mères sautent sur la moindre occasion d'échapper au confinement de leurs appartements, aussi spacieux soient-ils. Au plus fort de l'hiver, quand les balançoires sont si trempées que l'eau traverse même les pantalons imperméables, quand le gel transforme le revêtement moelleux et onéreux du square en véritable béton, quand le moindre bout de métal apparent de ce jardin d'enfants méticuleusement sécurisé est si glacé qu'une petite langue rose peut y rester soudée jusqu'à ce qu'une nounou dominicaine imperturbable finisse par verser le fond de son moka Starbucks à la jonction de la chair et du portique, les enfants sont là, à crier et à rire comme des enfants. Je presse le pas pour adopter un trot maladroit. Mes kilos superflus vibrent sur mes hanches élargies et ma carcasse douloureuse s'ébranle dès qu'un de mes talons foule le chemin.

Sitôt que les voix enfantines se noient dans le fond sonore du parc, je m'autorise à réduire mon allure. L'été, les bruits de Central Park évoquent la campagne, du moins, une version de la campagne où le chant des oiseaux le disputerait au grondement des skateboards sur le béton et aux flûtes péruviennes jouant des mélodies andines version Simon and Garfunkel. Au printemps, quand les cerisiers sont en fleur et que les petites collines qui entourent le « Sheep Meadow », la prairie aux moutons, sont tapissées de jonquilles, il est très facile d'aimer Central Park. En été, quand le Shakespeare Garden n'est qu'un entrelacs de fleurs où se succèdent les cérémonies de mariage et où l'on ne peut pas faire un pas sans trébucher sur une touffe d'asters ou sur un chien jouant au Frisbee, aimer Central Park est un jeu d'enfants. Mais, en hiver, les pigeons volent sous des ormes dénudés, sans jamais s'éloigner des vieilles dames consciencieuses qui s'entassent sur les bancs trempés du Mall armées de sacs en papier remplis de miettes de pain. En hiver, le parc est abandonné à ceux dont l'amour est le plus sincère, à ceux qui n'ont pas besoin de cascades et de grappes de glycine, à ceux qui se contentent de caroubiers noirs alourdis par la neige, de collines boueuses et du raclement du vent contre les branchages nus. J'ai toujours su que c'était le refuge qu'offraient ces quatre cent vingt-deux hectares qui faisait la beauté de ce parc. Les débauches de couleurs pastel estivales et printanières et les rouges et orangés flamboyants de l'automne ne sont que pures fioritures.

Je coupe par le nord pour rejoindre le chemin qui longe le Réservoir. Je dois passer devant un deuxième square, le Lincoln Log, mais il est assez éloigné pour que je puisse détourner les yeux de son toboggan rouge et jaune. Il est trop tard pour les mamans aux poussettes sport. Si ma chance ne tourne pas, je n'en croiserai pas aujourd'hui. Mercredi dernier je suis sortie deux heures plus tôt pour retrouver une amie persuadée qu'une matinée passée dans des magasins de chaussures me sortirait miraculeusement de ma déprime et ferait de moi un être d'agréable compagnie. Bien sûr, Mindy n'a pas exposé les choses en ces termes. Elle m'a juste expliqué que son mari lui avait offert une paire de Manolo Blahniks de la pointure qu'elle avait prétendu être la sienne pour son anniversaire, et qu'elle voulait retourner au magasin pour voir s'ils n'avaient pas le même modèle en quarante-quatre.

Ce jour-là, j'ai croisé toute une rangée de jeunes mères accroupies devant leurs poussettes, derrières post-partum en saillie, mains agrippées aux poignées, exécutant des flexions-extensions tout en roucoulant en direction de bébés brailleurs, rieurs ou dormeurs, emmitouflés dans ces poussettes à sept cent cinquante dollars – des Bugaboo Frogs semblables à celle qui est garée dans le couloir de l'immeuble devant notre appartement, juste à côté de la branlante avec ses orchidées en soie. La Bugaboo en denim bleu qui me broie le cœur chaque fois que j'attends l'ascenseur. Ces mamans s'accroupissaient et se relevaient en chœur. Aucune d'elles n'a eu un mot pour moi quand je me suis arrêtée et que j'ai gémi, comme si je venais d'encaisser un coup de poing dans l'estomac. Elles m'ont regardée, elles ont échangé un regard, mais elles n'ont pas pipé. Ni quand j'ai éclaté en sanglots, ni quand j'ai tourné les talons et que je me suis mise à courir en sens inverse, que j'ai passé le premier puis le deuxième square pour regagner Central Park West.

Aujourd'hui, j'ai de la chance. Les mamans sont restées chez elles ou sirotent déjà leur *latte* postentraînement. Je n'en vois pas une seule jusqu'à la piste cavalière de l'East Side. Et celle que je croise là me dépasse si vite que j'ai à peine le temps de remarquer les muscles ronds de ses mollets jouant sous le tissu rose vif de son jogging, et son cache-oreilles assorti. Les bébés installés dans la double poussette sport ne sont que des petites boules violettes à nez rouge qui apparaissent et disparaissent aussitôt. Trop rapide pour me causer plus qu'un pincement au cœur.

Arrivée dans la 90e Rue, saine et sauve, je regarde ma montre. Merde. Je suis encore en retard. Je n'ai plus que cinq minutes pour monter jusqu'à la 92e et la traverser jusqu'à Lexington. J'accélère, une main à la taille à cause d'un point de côté, l'autre essayant de maintenir fermé mon long manteau dont les pans me fouettent les jambes. Je pourrais le boutonner à présent, mais mon buste empâté apparaîtrait entre chaque bouton. Bien que je ne sois pas assez futile pour m'acheter un nouveau manteau – je n'ai pas l'intention de dépenser plusieurs centaines de dollars dans un vêtement dont je suis déterminée à ne plus avoir besoin d'ici un mois –, je me sens suffisamment mal dans ma peau pour m'abstenir de fermer celui-ci et laisser le soin à ma grosse écharpe de me préserver du froid pénétrant.

Ce n'est qu'après avoir contourné les barrières blanches et les jardinières en ciment au pas de course, montré ma carte d'identité au poste de sécurité, m'être soumise au détecteur à métaux et avoir trépigné d'impatience devant la rangée d'ascenseurs que je me rappelle que j'ai avancé ma montre d'un quart d'heure pour cette raison précise. Pour éviter ça. Pour que Carolyn n'ait pas un nouveau prétexte d'appeler Jack et de lui reprocher ma négligence, mon mépris de tout ce qui compte pour elle. J'ai l'impression de me dégonfler comme un ballon de baudruche, comme si seules l'anxiété et la panique m'avaient portée jusqu'ici. Quand l'ascenseur arrive, je suis minuscule. J'ai rétréci à la taille d'une souris. Je suis la personne la plus minuscule du 92 de la Rue Y.

Une poignée de femmes me suit dans l'ascenseur. Deux sont enceintes, une autre serre contre elle son nourrisson sanglé dans un porte-bébé en cuir noir brodé d'une petite ancre blanche sur le devant, la dernière pousse une Bugaboo identique à la mienne. Parce que, évidemment, l'ironie du sort veut que, en dépit de mon expertise de cartographe en matière de zones à éviter, je me rends dans le ventre même de la bête. Ma destination, mon point de chute, est la maternelle du 92 de la Rue Y.

Cet étalage de fécondité m'aurait tétanisée dans le parc. Central Park est mon refuge, je suis anéantie quand il est envahi par un détachement de nourrissons. Mais, ici, je m'attends toujours à une certaine dose de souffrance. Ici, je n'ai jamais ressenti que le malaise et le désespoir. Fondre en larmes dans l'ascenseur devant les joues roses de bébés saouls de lait est quasi inévitable.

Mes compagnes d'ascenseur valident ma présence du plus infime des signes de tête ; le même que j'adresse à ceux de mes voisins qui m'autorisent cette froideur. Je leur réponds de manière analogue et fixe mon regard sur les voyants lumineux au-dessus des portes de l'ascenseur, comptant les étages jusqu'au sixième.

Le hall de la maternelle est décoré de chefs-d'œuvre multicolores qui se succèdent à chaque nouvelle fête juive. En ce moment, nous célébrons le Pourim. Les enfants ont peint de magnifiques reines Esther et vilains Haman. Le hall crie le parfait équilibre élèves-professeurs. Il témoigne de l'efficacité et de la patience du personnel d'encadrement, de la stimulation de l'inventivité et de la créativité des enfants, et d'un budget de fournitures rivalisant avec celui de l'École des arts visuels. Je passe en revue les dessins pour voir s'il y en a un de William. C'est un véritable petit expert en art, pour son âge. Il a hérité des doigts agiles et délicats de sa mère. Il dessine surtout des paysages marins : poissons, pieuvres, requins avec leurs rangées de crocs, murènes. Sa dernière œuvre est affichée dans le couloir devant sa classe. William est, semble-t-il, le seul enfant à n'avoir pas honoré la concubine juive qui sauva son peuple de l'anéantissement. Son dessin m'apparaît de prime abord comme un immense gribouillis au crayon rouge, mais, quand je me penche pour l'étudier de plus près, je constate que, tout en bas de la page, William a dessiné un poisson-perroquet aux couleurs de l'arc-en-ciel. Celui-ci gît sur son flanc, éventré par un espadon. Le rouge qui recouvre presque toute la page représente le sang qui s'écoule des blessures du poisson. Ce dessin est peut-être une allégorie ? Le poisson-perroquet symboliserait ce qu'il serait advenu des Juifs sans l'intervention d'Esther. La mâchoire de l'espadon a un côté très hamanien.

Je récupère le manteau et le chapeau de William au portemanteau et j'attends que la porte de la classe rouge s'ouvre. William est rouge cette année. L'année dernière, il était bleu, et orange l'année d'avant. La classe orange était sa préférée, ainsi qu'il ne se lasse pas de nous le répéter. C'est, selon lui, une couleur plus intéressante. La plupart des choses que préfère William sont orange. Les oranges n'en font pas partie. Trop prosaïque. Non que William soit opposé aux fruits. Il sait apprécier un bon kumquat, surtout quand il est au sirop. Ses préférences orange incluent la paella épicée au safran, le papillon monarque, les orangistes d'Irlande du Nord et de l'université de Syracuse, et surtout les balises de circulation. William adore parler de ce genre de choses. Il aime aussi examiner les points communs et les différences entre les Dromaeosauridés, et tout particulièrement entre le dromaeosaurus et le velociraptor, réfléchir à ce que serait son pire démon (un chat comme celui de Will Parry, bien sûr), et se demander si Pluton aurait vraiment dû être reclassée comme objet de la ceinture de Kuiper. (William pense que non. William pense que Pluton a été volée. William pense que, ayant acquis le statut de planète depuis sa découverte par Clyde Tombaugh le 18 février 1930, Pluton méritait de demeurer une planète.) William a cinq ans, et parfois il s'exprime comme un vieillard de taille très réduite. Sa précocité est, dit-on, extraordinaire. Tout le monde trouve ses déclarations charmantes.

Tout le monde, sauf moi. Je trouve William insupportable.

Quel genre de personne éprouverait un tel sentiment pour un enfant innocent, même s'il vous corrige lorsque vous prononcez mal le mot « travois[1] », estime avec précision votre indice de masse corporelle alors que vous venez d'avaler la moitié de votre cheese-cake au chocolat, décourage vos bonnes intentions d'une moue dédaigneuse qui siérait mieux à un adolescent acnéique qu'à un élève de section de maternelle aux joues rebondies ? Je suis une adulte, je devrais être capable d'aimer cet enfant en dépit de ses singula-

---

1. Sorte de traîneau à chien ou à cheval utilisé par les Indiens d'Amérique pour transporter les charges lourdes avant l'invention de la roue. *(N.d.T.)*

rités et de la culpabilité que j'éprouve d'avoir détruit son foyer.

J'ouvre la fermeture Éclair de sa petite glacière et vide son contenu à moitié consommé dans la poubelle, retenant ma respiration – le lait commence à tourner. Je réalise une seconde trop tard que les mères me regardent. L'une d'elles va certainement rapporter à Carolyn que j'ai jeté les restes du déjeuner de son fils sans étudier avec attention ce que William a mangé et ce qu'il a laissé. Encore une faute. Une nouvelle preuve de mon manque de fiabilité. Je croise le regard de la mère au porte-bébé. Je rougis. Elle détourne la tête et pose sa joue au sommet de la tête de son petit. Je sens la douce peau du bébé contre ma joue, une mèche de duvet contre mes lèvres, le pouls délicat qui bat sous son crâne fragile. Je cligne des yeux et me remets à étudier minutieusement le satané dessin de William.

À présent, le couloir est peuplé de nounous et de mères. Les portes des classes s'ouvrent, et une institutrice passe la tête dans le couloir. « Est-ce que la nounou de Nora est ici ? » Elle lui envoie une petite rouquine dodue. Devant les portes ouvertes des classes bleues, vertes, jaunes, violettes, orange et rouges débute la chorégraphie des retrouvailles. Un par un, les enfants sortent en trombe et glapissent de joie à la vue des femmes qui les attendent. Les mamans et les nounous s'agenouillent simultanément pour les cueillir dans leurs bras. Vient le tour de William. Il se poste dans l'encadrement de la porte de la classe rouge et attend patiemment qu'une femme en forme de cône au chocolat finisse de serrer contre sa poitrine une fillette minuscule couverte de taches de rousseur. La coiffure de la nounou est une réplique miniature de sa silhouette : une tour qui vacille chaque fois qu'elle soulève la petite fille. William se glisse sous les pieds remuants de sa camarade et s'avance vers moi. Je me penche et le serre maladroitement dans mes bras. Il se raidit, puis semble se résigner.

— C'est toi aujourd'hui ?
— On est mercredi.
— Ah, alors.
Vous avez déjà entendu un enfant de cinq ans dire « Ah, alors » ?
— Viens. On y va.
J'ai besoin d'échapper à la pression des petits corps. Je sens la pointe de lait caillé dans leur transpiration, le parfum de fraise de leur shampooing. Ils tourbillonnent dans mes jambes, véritable nuée de mains collantes et de joues roses. Le couinement de leurs semelles de caoutchouc miniatures sur le sol m'est plus insupportable que le grincement d'ongles sur un tableau noir. Je trébuche sur une petite glacière Spiderman et envoie voler une paire de bottes Aqua Shearling à l'autre bout du couloir. Leurs têtes m'arrivent à la taille, je brûle de plonger mes doigts dans leurs tignasses soyeuses, de les glisser dans leurs boucles. Je me souviens du mot retrouvé dans la cantine de William, le mois dernier : ils ont sans doute tous des poux.
— Allons-y, William.
Ma voix résonne plus fort que prévu. Deux mères se tournent vers moi, sourcils arqués, pli désapprobateur sur les lèvres.
— On va être en retard, marmonné-je, haussant les épaules, comme pour me justifier, comme si ça pouvait les dissuader de téléphoner à Carolyn : non seulement irresponsable, mais autoritaire avec ça.
William me laisse remonter la fermeture Éclair de son manteau. Je tire les cordons de sa capuche et les attache fermement sous son menton.
— Où sont tes moufles ?
Il les sort de ses poches. Je les enfile sur ses mains inertes. Son pouce gauche est resté avec les autres doigts, refusant de prendre la place qui lui est allouée. Je me débats un moment avec la moufle pour tenter de lui faire reprendre sa place et finis par renoncer.
— On est prêts ! dis-je avec un sourire forcé.

William me jette un regard torve et se dirige vers l'ascenseur. Le temps d'attraper le rehausseur, que sa mère a rangé dans le placard à balais, devant la classe, et je le rejoins devant l'ascenseur dont les portes viennent de se refermer.

— On l'a manqué, bougonne William.

— Je te parie dix dollars qu'il va bientôt y en avoir un autre.

Je n'aurais jamais cru que j'éprouverais ce genre de sentiment pour cet enfant. Je pensais l'adorer. Je suis si dingue du père qu'il me paraissait inévitable de craquer pour son fils. Je mourais d'envie d'être aimée de William. Jack a fini par me le présenter alors que nous sortions ensemble depuis six mois. Quelques semaines avant que nous emménagions. Il aurait pu organiser une rencontre plus tôt, mais il était déterminé à laisser Carolyn choisir le bon moment, pour lui donner l'impression de contrôler au moins ça. Il n'avait repris les rênes que lorsqu'il était devenu patent que, tant que cela dépendait d'elle, William pouvait continuer à vivre dans l'ignorance bienheureuse de la femme qui partageait désormais le lit de son père. C'était l'une des dernières conversations entre Jack et son ex-femme dont je n'avais pas été tenue informée. J'ignorais totalement ce que lui avait coûté son entêtement à nous réunir William, lui et moi au zoo de Central Park le samedi matin suivant.

J'étais bien plus excitée à la perspective de rencontrer l'enfant que lors de mon premier rendez-vous avec son père. L'instant où nos regards se croiseraient serait décisif. Dans le métro, je l'imaginais inlassablement. Nous étions en septembre, mais on se serait cru en août tellement il faisait chaud et lourd. C'était un de ces étés indiens qui transforment les quais du métro en étuve, rendant l'air irrespirable, comme si chaque molécule de l'atmosphère était alourdie d'une sorte de liquide poussiéreux qui se colle à vos poumons et vous tapisse les narines. J'avais pris le métro à Stuyvesant Town, où j'avais mon appartement. Quand les portes se sont ouvertes à la 59e Rue, juste après deux brèves stations jouissant de l'air conditionné, me lever et sortir de la rame était presque au-dessus de mes forces.

Jack et William m'attendaient à l'entrée du zoo. Jack portait son fils sur ses épaules et, même s'il n'avait que trois ans, ses jambes pendaient à mi-hauteur du buste de son père. Jack est un homme séduisant, compact et bien bâti, comme mon père. Il navigue entre un mètre soixante-huit et un mètre soixante-dix selon son humeur. Il est optimiste, joyeux, et paraît bien plus grand quand il est heureux. Dans les rares occasions où il succombe à la dépression, il rétrécit, il se recroqueville sur lui-même comme s'il voulait disparaître. Jack m'a avoué un jour que l'une des toutes premières choses qui lui ont plu chez moi était qu'en dépit de ma petite taille je ne disparaissais jamais, bien au contraire, je fais toujours de mon mieux pour être visible. Il ne m'a jamais vue faire mon numéro de petite souris à la maternelle de William.

La mère de Jack est une juive syrienne. Il ressemble beaucoup à cette branche de sa famille. Il a un nez droit pointu avec des narines délicates, les cheveux brun foncé, presque noirs et les yeux bleu marine, une couleur à la fois perçante, profonde et d'une douceur veloutée. Je n'avais jamais vu de tels yeux et, dès l'instant où j'ai croisé son regard, je me suis demandé s'il les transmettrait à ses enfants ou s'ils demeureraient uniques.

Les yeux de William sont du bleu banal que l'on croise partout.

Jack court et fait de l'escalade et, aussi petit soit-il, il est très puissant – peut-être justement parce qu'il est petit. Ses muscles sont longs et durs. Il a la taille fine. Il est magnifique en costume et possède une élégance et une grâce naturelles, presque instinctives. Il n'éprouve que peu d'intérêt pour les vêtements mais ne porte jamais de vestes croisées, par exemple. Il dit qu'elles le font ressembler à un nain. Quelques semaines avant notre rencontre, fraîchement émoulue de l'école de droit, j'avais fait les boutiques pour m'offrir la garde-robe de ma nouvelle vie. Au milieu de la pile de tailleurs et de robes dégriffées que j'avais choisis se trouvait une robe chemisier croisée Tahari. Après avoir entendu la théorie de Jack sur les vestes croisées, je n'ai jamais plus pu porter cette robe sans avoir l'impression d'auditionner pour un rôle de Lilliputien dans *Les Voyages de Gulliver*. J'en ai fait don à une œuvre de charité qui fournit des vêtements à d'anciennes chômeuses pour favoriser leur retour à l'emploi.

Alors que je me traînais jusqu'à mon amant et son fils dans la touffeur ambiante, j'ai vu Jack attraper le pied de William et le soulever d'un coup, comme pour le faire basculer de ses épaules. William a glapi de plaisir et attrapé deux pleines poignées des cheveux de son père en essayant de se redresser. Si je n'avais pas eu si affreusement chaud, j'aurais pris mes jambes à mon cou et j'aurais parcouru en sens inverse les quelque six cents mètres qui me séparaient de la fraîcheur de la rame de métro. Ils paraissaient si heureux, tous les deux, sous l'horloge Delacorte à l'entrée du zoo ; il ne manquait plus qu'une mère pour parfaire ce tableau de la béatitude familiale. Seulement, cette mère était peut-être en train de tremper son mouchoir de larmes dans son appartement du 1010 de la 5e Avenue, ou de s'autoprescrire une double dose de Xanax. Cette mère était peut-être en train de feuilleter un tas de vieilles photos et de lettres, à la recherche d'indices de la trahison qui avait anéanti leur beau trio. Cette mère était absente. Il ne restait que moi, avec mon sourire plein d'espoir plaqué sur les lèvres et mon sac Lancel serré dans ma paume poisseuse de sueur, pour amadouer suffisamment ce petit garçon et lui faire oublier que j'avais ruiné sa vie avec préméditation.

Tomber amoureuse de Jack avait été si facile que je supposais que tomber amoureuse de son fils s'avérerait tout aussi aisé ; même si je n'étais pas allée jusqu'à m'imaginer que l'enfant s'enticherait aussitôt de moi, je n'étais pas folle à ce point. Je comptais gagner son affection, semaine après semaine, mois après mois, année après année. J'espérais que la force de mon affection l'aiderait à sortir de sa réserve, diminuerait sa méfiance et sa rancune. Qu'il apprendrait à m'apprécier et qu'il découvrirait un jour que mon amour s'était insinué dans sa vie et son cœur. Il était encore très petit, après tout, il n'avait que trois ans. Bientôt, il oublierait que je n'avais pas toujours fait partie de son existence. Il ne m'aimerait jamais comme une mère, mais il me considérerait comme une grande sœur adorée, une confidente, une amie digne de confiance. Et il serait mon petit camarade, mon coconspirateur, mon bébé d'entraînement. J'adore les enfants, je les ai toujours adorés. Adolescente, j'étais une baby-sitter très demandée et une monitrice de camps de vacances adorée (et récompensée par de nombreuses primes). Et voilà qu'un enfant pouvait enfin revendiquer le droit à ma dévotion. L'enfant de l'homme dont j'étais amoureuse. Comment ne pas l'aimer ?

Quand il a fini par me remarquer, Jack a fait descendre William de ses épaules d'un mouvement souple. Il était si nerveux qu'il avait la voix enrouée.

— Regarde, Will. Voilà Emilia !

Si William avait battu des bras et des jambes pour qu'on le repose par terre, tout aurait été plus simple pour moi. S'il m'avait toisée ou juste tourné le dos, j'aurais pu envoyer un clin d'œil compréhensif à Jack et les précéder dans le zoo. S'il avait éclaté en sanglots et supplié qu'on le ramène chez sa maman, j'aurais rassuré Jack d'une tape discrète sur l'épaule et je me serais éclipsée.

Seulement, William s'est contenté de me tendre une main molle aux doigts longs.

— Ravi de vous rencontrer.

J'ai souri, mal à l'aise, et j'ai pris sa main dans la mienne. Ses doigts aux ongles bien coupés, et non rongés, étaient froids et légèrement moites.

— Ravie de te rencontrer, ai-je répondu. Je t'ai apporté quelque chose.

Je lui ai tendu un sac dont il a tiré un dinosaure en peluche. Jack m'avait informée que William était obsédé par les dinosaures et que son endroit préféré était le Muséum d'histoire naturelle.

— Les théropodes n'ont que trois doigts, a déclaré le garçonnet, tenant le dinosaure du bout des doigts.

J'ai étudié la créature souriante. Elle était verte avec des pois en velours bleu et de minuscules pattes de devant.

— Je suppose qu'il n'est pas très réaliste, suis-je convenue.

— C'est pas grave. Merci.

William a tendu la peluche à son père qui l'a coincée sous son bras en m'adressant un sourire d'excuses.

C'était le moment de lui lancer mon fameux clin d'œil compatissant, mais je n'en ai tout simplement pas eu l'énergie.

— Il est presque dix heures et demie, a annoncé Jack. Il ne faut pas qu'on rate le repas du pingouin.

Et il a ouvert la marche.

2

Il est presque impossible d'arrêter un taxi dans la Rue Y lorsque je suis avec William. Je n'ai jamais ce genre de problème quand je viens pour une réunion, ou les rares matins où c'est moi qui dépose William à la maternelle. Je sais donc que ce n'est pas l'emplacement qui pose un problème aux taxis mais juste le foutu rehausseur que je trimballe. Ils savent pertinemment que je vais me démener pour l'installer sur la banquette arrière, me démener pour y installer le gamin et me démener pour l'en extirper une fois arrivés à destination. Je devrais porter une pancarte : « Je promets que je vous dédommagerai pour le temps perdu », ou encore : « Ça ne m'enchante pas plus que vous. Mais sa mère insiste. Je vous donnerai cinq dollars de rab, c'est juré, alors par pitié, arrêtez-vous s'il vous plaît ! »

Un sikh compatissant, ou désespéré, portant un turban bleu s'arrête. Je me jette sur la portière et j'envoie la cantine de William et mon sac sur la banquette. Le rehausseur est équipé d'un harnais à cinq points. Il y a longtemps, quand il est devenu trop grand pour son siège auto, j'avais montré à Jack une photo de rehausseur sur le web. Il était conçu pour rehausser l'enfant tout en lui permettant d'être attaché avec la ceinture de sécurité. Ce siège m'aurait épargné trois minutes en début et en fin de parcours et une infinité de regards mauvais. Quand Jack en avait parlé à Carolyn, elle avait réagi comme si j'avais suggéré de sangler son enfant sur le pare-chocs avant de la voiture.

Une fois le rehausseur fixé sur la banquette, je me tourne vers William.

— Bon, à ton tour.

Il fait mine d'être très intéressé par une crotte congelée partiellement incrustée dans une nappe de neige.

— Viens, William.

— Je me demande à quelle température ça congèle, le caca ?

— William !

— Comme le caca est chaud, il doit congeler plus vite qu'une glace à l'eau, tu le savais ? L'eau chaude congèle plus vite que l'eau froide. La plupart des gens pensent que l'eau froide congèle plus vite parce qu'elle est plus proche de la température de la congélation, mais c'est faux. L'eau chaude congèle plus vite.

— Ce n'est pas bien de faire attendre le chauffeur.

Je suis à deux doigts de perdre mon sang-froid. Dans environ deux secondes, je vais cueillir ce gosse et l'envoyer la tête la première dans le taxi.

— C'est à cause de l'évaporation. L'eau chaude s'évapore plus vite.

— Monte dans le taxi, William.

Il soupire.

— Je ne veux pas m'asseoir dans un siège de bébé.

— J'ai dit : Monte dans le taxi !

— Je ne veux pas m'asseoir dans un siège de bébé, répète-t-il, plus fort, comme s'il voulait imiter la colère des autres enfants de son âge.

Si ça marchait pour eux, ça pourrait marcher pour lui. Il avait vu leurs mères capituler, aussi bizarres que soient les exigences de leurs marmots – tout pourvu qu'ils arrêtent de hurler. Je grogne entre mes dents serrées :

— Ce n'est pas un siège de bébé.

Ma mâchoire commence à me faire mal. Ce n'est pas de sa faute si je souffre de dysfonctionnement temporo-mandibulaire, j'en souffrais déjà avant de rencontrer son père. Ça a commencé à l'école de droit, quand je préparais mes examens, recroquevillée sur les affreuses chaises aussi confortables que les billots de boucher de la bibliothèque de Radcliffe, que je me nourrissais de Coca light et de Maltesers, et que je grinçais des dents en permanence. Maintenant que j'y pense, il me semble que le tissu rugueux de la chaise était du tweed orange.

C'est toutefois à cause de lui que j'ai commencé à porter un protège-dents. Je ne suis pas folle, je sais qu'il ne me l'a pas consciemment imposé, bien que j'imagine que, si William n'était pas un enfant de cinq ans avec une compréhension très limitée (je l'espère) de ce que son père et moi faisons dans notre grand lit en fer forgé, il aurait certainement voulu me voir porter le petit bout de plastique jaunâtre que je dois cracher et abandonner sur la table de nuit dans une flaque de salive vaguement nauséabonde, chaque fois que je veux tailler une pipe à son père.

— Ce n'est pas un siège de bébé, lui redis-je.

Le taxi klaxonne. William et moi grimpons sur la banquette arrière.

— Mince, lance William en levant le pied.

Il a marché dans la crotte de chien, qui était congelée à l'extérieur mais molle et tout à fait dégoûtante au milieu.

— Bon sang, William !

— Je suis désolée, dis-je au chauffeur.

J'attrape la jambe de William et je lui frotte le pied contre le trottoir avant de le mettre dans son rehausseur, d'attacher son harnais et de contourner la voiture au pas de course. Alors que j'ouvre la portière à la volée j'entends le hurlement strident d'un Klaxon.

— Nom d'un chien, madame ! Vous voulez vous tuer ?

Je regarde par-dessus mon épaule la voiture qui vient juste d'éviter de m'arracher la portière de la main. Je hausse les épaules, pour m'excuser ou marquer mon indifférence, au choix, je grimpe dans le taxi et je claque la portière. Le chauffeur sikh me regarde dans le rétroviseur. Il a des yeux très tristes. Comme ceux de mon portier, ceux de mon mari, ceux de tous les gens déçus par mon comportement.

— Central Park Ouest et 81e Rue.

À mesure que nous avançons dans le parc, le chauffeur se détend. Je déroule mon écharpe de mon cou. William et moi restons silencieux. Nous ne parlons jamais sur la route. Il regarde par sa vitre et je regarde par la mienne. Une odeur nauséabonde commence à me chatouiller les narines. Je plisse le nez. La merde de chien qui est restée collée sous la semelle de William a commencé à décongeler.

3

Dans les livres d'Olivia[1], que la petite cochonne blanche ait sommeil ou non, elle doit faire la sieste. William, lui, n'est soumis à aucune contrainte de ce genre. Sa mère a décrété que l'imagination de William était si « active », que son fils était si brillant, si créatif, si incroyablement intelligent, qu'il avait besoin d'être stimulé en permanence, et qu'il ne devait donc pas être contraint à dormir durant la journée. Je ne peux pas m'empêcher de penser que Carolyn n'aurait jamais prononcé un tel décret si elle avait dû elle-même stimuler la petite personnalité active de William. Quand William n'est pas sous la responsabilité de Jack ou de la mienne, il est avec Sonia, sa nounou. Les jours de congé de Sonia correspondent aux jours de garde légaux de son père, à savoir les mercredis et un week-end sur deux. Ce n'est que durant ces jours-là qu'elle peut se retirer dans les intestins du Queens pour boire de la Slivovitz, jouer du gusle à une corde, retrouver son gangster croate de petit ami, ou faire ce que les nouveaux immigrants de Dalmatie sont censés faire quand ils n'ont pas à répondre aux besoins et aux caprices de garçonnets trop privilégiés de l'Upper East Side. À vrai dire, je ne sais virtuellement rien de Sonia, je connais juste le nom de la région de Croatie dont elle est originaire et je sais qu'elle a un jour confié à Jack

1. Héroïne d'une série de livres pour enfants. *(N.d.T.)*

que l'un de ses grands-pères était juif avant la guerre. J'ignore ce que cela veut dire « avoir été juif avant la guerre ». J'ignore depuis quand Sonia vit en Amérique. J'ignore où elle habite quand elle ne dort pas dans sa petite chambre, juste derrière la cuisine, que j'ai aperçue un jour alors que je cherchais les toilettes au cours d'un dîner d'affaires, avant que Carolyn ne mette Jack à la porte, avant que je ne m'envoie en l'air avec Jack dans le fauteuil Aeron noir de son bureau de Friedman and Taft, bureau choisi par Carolyn quand il est devenu associé et qu'on lui a alloué une pièce donnant sur un angle de l'immeuble et un budget pour la décorer.

Sonia s'occupe de William tous les jours après l'école, sauf le mercredi. Je m'occupe de William tous les mercredis. Carolyn ne s'imagine pas à quel point il est difficile de distraire son fils pendant tout un après-midi. Je sais, pour l'avoir lu dans UrbanBaby. com, que le Dr Carolyn Soule est l'un des rares obstétriciens de la ville de New York, sinon le seul, à n'autoriser aucun autre médecin à s'occuper de ses patients et à les accoucher en personne en toutes circonstances – au milieu de la nuit, le week-end, ou le matin de Noël, s'il le faut –, à l'exception des trois semaines du mois d'août qu'elle passe dans la maison familiale de Nantucket. Ce qui fait d'elle un médecin désiré et rassurant, et dans une certaine mesure une épouse moins désirable et moins rassurante ; bien que ce dernier point ne soit pas stipulé dans UrbanBaby. com. Néanmoins, on peut supposer que les week-ends où elle ne travaille pas, si elle n'est pas appelée à l'hôpital pour un accouchement ou pour monitorer une patiente à haut risque, Carolyn doit supporter la compagnie de William heure après heure. Peut-être est-elle plus endurante que moi. Ou plus excitée à la perspective d'entendre son fils lui lire le dictionnaire de la première à la dernière ligne et débattre des mérites de chacune de ses définitions. Peut-être que, comme lui, elle trouve très troublant l'emploi que nous faisons du mot « matin » pour qualifier la période qui s'étend du lever du soleil à midi au lieu de lui préférer le terme plus adapté de « matinée ». Peut-être que mère et fils gardent une loupe rangée dans un tiroir de la cuisine afin de pouvoir lire la liste des ingrédients inscrite sur chaque aliment et vérifier qu'il ne contient pas les redoutables molécules de blé ou de lactose, et, pis que tout, des huiles végétales partiellement hydrogénées. Carolyn doit adorer. À moins qu'elle n'endure jamais ce traitement plus d'une demi-heure sans appeler Sonia à l'aide. Sinon elle n'aurait jamais interdit le doux répit que pourrait offrir la télévision.

Je me plains toutefois rarement de ces après-midi, car, après tout, ne suis-je pas la seule responsable ? Une meilleure belle-mère que moi n'aurait-elle pas mis au point une série d'occupations fascinantes pour tuer le temps ? Construire une réplique rigoureuse du barrage Hoover en carrés de sucre par exemple, ou produire des drosophiles cyclopes génétiquement modifiées dans le but de découvrir un remède contre le daltonisme et leur apprendre à pédaler sur des vélos minuscules. Il m'arrive de me plaindre à ma mère, qui me fait aussitôt jurer de ne jamais en souffler mot à Jack. Je ronchonne, mais je lui fais confiance. Ma mère a été belle-mère, elle aussi. C'est mon modèle dans ce domaine. Non en raison de son succès, mais de son dramatique, épique et indubitable échec. Mes sœurs aînées ont détesté ma mère dès le premier regard, plusieurs années après que leur propre mère les a abandonnées aux soins réticents et incompétents de mon père. Ma mère s'est dévouée corps et âme aux pauvres petites abandonnées par leur mère et négligées par l'homme beaucoup plus vieux qu'elle qui l'avait convaincue d'abandonner la fac pour l'épouser. Ma mère a eu beau consacrer sa vie à prendre soin de Lucy et d'Allison, alors âgées de huit et dix ans, à les conduire à leurs répétitions d'orchestre, à les envoyer régulièrement chez le dentiste, à laver leurs vêtements, à afficher leurs dictées sans fautes et leurs résultats de brevet des collèges sur la porte du frigo, elle n'a jamais trouvé grâce à leurs yeux. Elle n'a récolté que mépris et témoignages de mépris.

Elles sont même tellement soulagées du divorce de mes parents, après ces quelque trente années amères, qu'elles sont prêtes à reconnaître le rôle qu'elles ont tenu dans le désastre qu'a été ce mariage. Lucy m'a avoué : « Ça n'a pas dû être facile pour ta mère de prendre soin de deux enfants qui n'ont jamais voulu d'elle. » Elle m'a demandé si ma mère avait beaucoup grossi depuis le divorce et si j'avais déjà rencontré la nouvelle petite amie de notre père, qui était : « Tout simplement fabuleuse. Et magnifique. Très mince. » Sur quoi elle avait ri.

Alors, quand ma mère me dit que je ne devrais pas dire à Jack que passer du temps avec William me fatigue au point que je sens la migraine naître au plus profond de mon crâne, je l'écoute. Je m'autorise le fantasme ridicule que chaque nouveau jour passé en sa compagnie sera celui où nous nous découvrirons miraculeusement un atome crochu, un langage commun. Dans mon autre fantasme, je me vois embaucher une brillante étudiante de l'université de Columbia pour lui tenir compagnie pendant que je suis au cinéma. Quand je travaillais à plein temps, William restait chez sa mère avec Sonia le mercredi après-midi, et Jack passait le récupérer après le travail. Seulement, j'ai quitté mon boulot et nous avons changé d'emploi du temps pour permettre à Sonia d'avoir un jour de congé. Il ne serait pas juste de priver Sonia de son jour de congé pour la simple raison que je trouve son travail incroyablement difficile. Surtout depuis que je suis déterminée à laisser Jack dans l'ignorance de mon inaptitude aussi grotesque qu'inacceptable à aimer son fils.

— Tu connais eBay ? me demande William, interrompant le cours de mes pensées.

Comme toujours, il ne fait pas la sieste et nous goûtons. William touille son sorbet allégé avec sa cuillère.

À en croire sa mère, il est allergique au lactose. Il boit du lait de soja et mange une barre chocolatée au tofu et du sorbet.

— Oui, dis-je, distraite.

— Le papa de mon ami Bailey vend des trucs sur eBay.

— Hum.

— Bailey dit que son père vend tous leurs vieux trucs sur eBay. Tous les trucs qu'ils ne veulent plus. Comme le vieux vélo de Bailey, par exemple, et les skis de son père quand il était étudiant.

J'acquiesce, toujours distraite.

— Emilia ?

— Oui, William.

— Le père de Bailey se fait beaucoup d'argent avec eBay. Beaucoup.

— Tant mieux pour le père de Bailey.

— Tu es déjà allée sur eBay ?

Je soupire et je le regarde.

— Non, pas vraiment.

— Peut-être que tu devrais.

— Ou je pourrais juste demander au père de Bailey. Je suis certaine qu'il me vendrait ses vieux skis.

William fronce les sourcils.

— Non, non. Je veux dire que *tu* devrais vendre des trucs. Pour gagner de l'argent, comme le père de Bailey. Tu n'as pas de vieux trucs ?

— On pourrait vendre la paire de skis de ton père. Ou seulement un. Qu'en dis-tu ? Un Völklski. Vieux de deux ans. Et un bâton.

William secoue la tête.

— C'est idiot. Personne ne voudra d'un seul ski. On devrait vendre les trucs du bébé.

Je ne réponds pas. Je m'assois de l'autre côté de la table de la cuisine et je serre si fort ma tasse de café que je suis étonnée qu'elle ne se brise pas entre mes mains.

— On pourrait vendre le berceau. Le berceau vaut mille trois cent onze dollars.

William aime connaître le prix des choses.

— Si on le vend sur eBay on pourra en tirer deux mille dollars. Ou peut-être même dix mille dollars.

— Non, on ne peut pas.

— C'est comme ça que marche eBay. Tu prends tous les trucs dont tu n'as plus besoin et les gens te donnent beaucoup d'argent en échange.

Je fixe le sommet de la tête de William. Il a les cheveux du même châtain clair que Carolyn, mais alors que ceux de sa mère s'étalent telle une nappe d'un soyeux surnaturel sur ses épaules, ondulant harmonieusement, sans la moindre fourche ni le plus petit cheveu rebelle, ceux de William sont pleins d'épis pointant par-ci et aplatis par-là. Il a les cheveux si fins qu'on peut voir son cuir chevelu à travers ses mèches grasses. William a ce qu'on appelle des croûtes de lait, d'après Jack, ou plutôt Carolyn. Nous lui massons la tête avec de l'huile pour nourrissons tous les soirs, puis nous le coiffons avec une brosse à poils souples et nous soulevons délicatement les croûtes à l'aide d'un peigne fin. Quand Jack a fait allusion à son affection pour la première fois, j'ai dû serrer les dents pour ne pas lui faire remarquer que son enfant était bien trop vieux pour avoir des croûtes de lait, et que, a priori, il n'a ni plus ni moins qu'un gros problème de pellicules.

— Non, personne n'achèterait le berceau à dix mille dollars sur eBay.

— On pourrait vendre la poussette, aussi. On en tirerait sûrement cinq mille dollars.

— Ce n'est pas comme ça que ça marche, William. eBay ne fait pas de magie. Il faut que des gens aient envie d'une chose avant d'enchérir. Et personne ne paiera plusieurs milliers de dollars une poussette qu'il peut s'acheter neuve à huit cent soixante-quinze dollars.

J'ai la mâchoire tellement crispée que la douleur remonte jusqu'à mes oreilles, puis le long de mes tempes pour se nouer au sommet de mon crâne.

— Le père de Bailey dit…

— Tu as dû mal comprendre le père de Bailey. Ou c'est Bailey qui l'a mal compris.

William m'adresse une moue méprisante.

— Tu ne connais même pas Bailey. Ni son père.

— Je ne veux plus entendre parler de vendre les affaires du bébé, William.

— Mais c'est à ça que ça sert eBay. À vendre les choses dont tu n'as plus besoin. Tu n'as plus besoin de toutes ces affaires, et tous les vêtements de bébé, et les couches. Et cette poupée idiote que tu lui as achetée, elle est toujours dans sa boîte. Tu devrais la vendre sur eBay, cette stupide Samantha.

Cette fois, c'en est trop.

— La ferme, William. La ferme !

Je me lève de table. Ma chaise se fracasse par terre. Je la fixe, coupable, et pleine de ressentiment de me sentir coupable. J'ai parfois l'impression que William est le petit porte-voix de Carolyn, son aiguillon télécommandé. Il me picote et me pique sans cesse, jusqu'à ce que je satisfasse ses basses espérances, jusqu'à ce que je lui prouve une fois encore que je suis une horrible personne. J'ai beau essayer de me persuader qu'il n'est pas là pour me piéger, qu'il ne me pousse pas à révéler mes failles et mes défauts, que William n'est qu'un petit garçon ; il n'en demeure pas moins que Carolyn et moi l'avons toutes deux investi d'un pouvoir qu'il n'est pas en âge de posséder.

Je laisse ma chaise par terre et William assis sur la sienne, et je sors de la pièce. Je m'arrête à l'entrée de la petite chambre à coucher, au bout du couloir. Celle qui était destinée à la bonne, quand l'immeuble a été construit. Elle est vert tendre avec une frise de roses pâles. Je l'ai peinte moi-même, d'où ses bords irréguliers, comme déchirés. Quand on y regarde de plus près on s'aperçoit que la bande de roses est toute tordue, qu'elle zigzague en penchant vers le bas, tout autour de la chambre ; qu'elle arrive trois bons centimètres plus bas à gauche de la fenêtre, que là où elle a démarré à droite. Ça me dérange beaucoup. J'aimerais le refaire, ou payer quelqu'un pour qu'il le fasse correctement.

Je m'appuie contre le chambranle de la porte et j'enfonce mes doigts dans la chair molle de mon ventre. Je cherche mon utérus. Je me demande s'il est toujours enflé. Je palpe le bourrelet flasque qui fut jadis ma taille et j'enfonce deux doigts au bon endroit, juste sous le nombril. Ça fait encore mal et j'en suis heureuse. Je déteste l'idée que tout soit redevenu normal, que tout soit effacé, qu'une frise tordue sur un mur mal peint soit la seule preuve que tout cela est bien arrivé.

Je fixe toujours la frise. Je ne regarde pas le reste de la chambre. Je ne regarde pas le berceau ridiculement cher avec sa parure en vichy rose d'un côté et à grosses roses de l'autre. Je ne regarde pas la table à langer, les piles nettes de couches, le réchaud à lingettes avec son fil enroulé tel un serpent mort, les flacons de pâte à l'eau et de lotion de bébé. Je ne regarde pas le tapis d'Orient antique aux motifs *Arts and Crafts*, d'un rose si rare que le marchand m'a affirmé qu'il n'en avait jamais vu de semblable. Je ne regarde pas la balancelle, avec son siège en cuir crème ni le repose-pied assorti, spécialement commandé par ma mère pour le bébé. Mon père nous a donné cinq mille dollars en bons du Trésor. Qu'est-on censé faire de bons du Trésor libellés au nom d'une personne qui n'existe plus ?

Ce n'est que lorsque je me passe la langue sur les lèvres que je réalise que je pleure à chaudes larmes. Je m'essuie le visage sur ma manche et je retourne à la cuisine. Je dois convaincre William de ne pas raconter à sa mère que j'ai encore prouvé que je suis une horrible marâtre, que je lui ai dit de la fermer et que j'ai pleuré devant lui.

4

Avant Jack, je n'étais jamais sortie avec un homme marié. Je pense que les femmes qui sortent avec des hommes mariés sont cruelles et irresponsables, et qu'elles trahissent leurs sœurs. Pis, je pense qu'elles sont folles. Si elles s'imaginent qu'un homme marié qu'elles ont réussi à séduire leur sera fidèle, alors elles se bercent d'illusions. Qui a trompé trompera. L'infidélité est un trait de caractère, pas un concours de circonstances. C'est une question de personnalité et non d'opportunité.

Ma relation avec Jack a démarré de la manière la plus ordinaire. J'étais jeune collaboratrice dans le cabinet d'avocats où il était associé. C'était mon patron. Nous nous sommes embrassés pour la première fois au cours d'un voyage d'affaires, devant la porte de ma chambre d'hôtel, au troisième étage du Claremont d'Oakland, en Californie. Ainsi que je l'ai dit précédemment, nous avons fait l'amour pour la première fois dans son bureau. J'avais trente ans, il s'efforçait d'accepter l'arrivée imminente de son quarantième anniversaire. Bref, je suis la Porsche rouge de Jack.

Tout cela paraît plutôt banal et miteux, voire sordide et humiliant. Sauf que je suis amoureuse de lui. Je suis si amoureuse de Jack que je ne comprends pas comment font les autres femmes dans mon cas pour continuer à accomplir leurs tâches quotidiennes sans arrêter des passants dans la rue et leur clamer la magnificence de leur amant. Je l'aime tellement que je vis dans la terreur constante qu'il lui arrive malheur et que je voudrais l'envelopper dans du coton et le ranger dans ma poche, où je sais qu'il ne pourra rien lui arriver. Quand j'ai les yeux posés sur lui, je ne crains plus rien ; je sais qu'il ne peut pas mourir dans un accident d'avion, ni se faire renverser par un taxi, ni avoir le crâne fendu par une boule de bowling jetée du haut d'un immeuble. Je l'aime tellement que j'ai envie de le manger, en commençant par ses petits orteils recroquevillés pour remonter jusqu'aux volutes de ses petites oreilles haut perchées.

Je n'aurais jamais cru pouvoir éprouver un tel sentiment. Je croyais avoir déjà aimé. Il y a eu l'Israélien qui travaillait pour les Déménagements Moshe que j'étais persuadée de vouloir épouser. Ce type, à l'école de droit, que j'aurais sans doute épousé s'il ne s'était pas convaincu que se marier avec une femme blanche risquait de réduire à néant ses chances d'être élu à un poste gouvernemental (il vient d'emménager à Washington DC avec son épouse café au lait, ils sont représentants de la dix-neuvième circonscription de New York). Et tous les autres. Tellement d'autres que, aujourd'hui que le dévergondage est revenu à la mode, je suis un véritable porte-drapeau. Mais je n'avais jamais rien ressenti qui ressemble, même de loin, à ce que j'ai éprouvé à l'instant où j'ai posé les yeux sur Jack. Je l'ai aimé pendant deux ans avant qu'il ne me remarque. Et un an de plus avant qu'il s'autorise à me toucher.

Je l'ai rencontré lors de mon tout premier jour chez Friedman, Taft, Mayberry and Stein. La directrice des ressources humaines me précédait dans le couloir pour me montrer le bureau que je devais partager avec un autre collaborateur récent, un jeune diplômé de Yale aux yeux languides qui donnait l'impression de ne pas vraiment se soucier de son travail au sein de la compagnie, prenait de longues pausesdéjeuner et partait de bonne heure, et qui pourtant deviendrait le plus jeune associé de l'histoire, après avoir élaboré une série de contrats d'acquisition de communications sidérant nos concurrents par son avarice inattendue. Je suivais la directrice des ressources humaines, fixant ses talons. Ils dépassaient de ses mules noires trop petites, mules qui claquaient contre la plante de ses pieds à chaque pas. Je faisais de mon mieux pour avoir l'œil vif et l'air motivée par ce job au salaire à six chiffres. Je ne voulais pas laisser paraître à quel point l'endroit me déprimait avec son hall chic et ses cimaises, ses réceptionnistes sinistres armés de grands sourires, ses rangées de bureaux carrés à peine plus grands qu'un box de toilettes, ses portes ouvertes sur des avocats en costume soyeux exhibant leur zèle pour le bénéfice de tyrans faussement bienveillants.

J'avais entrepris mes études de droit sans avoir aucun plan pour l'avenir et, à présent que j'étais diplômée, mes ambitions n'étaient pas plus évidentes. À ce jour, je ne sais toujours pas ce qui m'a poussée vers la carrière d'avocate, en dehors du fait que mon père est lui-même avocat, ce qui aurait aussi bien pu être une raison de me faire fuir cette profession. Non que mon père ait exprimé la moindre insatisfaction pour son travail. Au contraire, sa vie professionnelle le satisfait pleinement. Il pratique le droit immobilier dans le New Jersey, près de la ville où j'ai grandi, dans une société dont les bureaux se trouvent à la sortie de la Route 17. Mon père a jadis été président de l'Association du barreau du New Jersey. Si quelque chose avait dû me dégoûter du métier, ce n'est pas un éventuel mécontentement de sa part, mais plutôt le fait que, petite, rien ne garantissait mieux le repos de mon cerveau insomniaque qu'une discussion avec mon père sur ses affaires en cours. Autre raison d'éviter cette carrière : ma sœur Allison est avocate à la cour d'appel de l'aide juridique de Manhattan. Ils disent qu'elle sera bientôt appointée à la magistrature. Ils, c'est-à-dire Allison et mon père.

Je n'ai pas foncé à l'école de droit sitôt diplômée de l'université, comme Allison et mon père. Ce n'est qu'après avoir voyagé quelques années et accepté le genre de boulots artistiques que les diplômés de l'université plus ambitieux que talentueux trouvent quand ils emménagent à New York, que je me suis inscrite à l'examen d'évaluation. Je l'ai fait pour rigoler, je dirais, ou peut-être parce que j'en avais marre de vivre dans un appartement où je pouvais allumer la cafetière dans la cuisine sans avoir à me lever du canapé-lit dans lequel je dormais, dans le salon. En toute honnêteté, je ne me souviens plus vraiment pourquoi j'ai passé l'examen. Mais je m'en suis très bien tirée. Mieux qu'Allison. À la suite de quoi, l'école de droit m'a paru inévitable. J'y suis entrée avec la vague ambition de faire du droit public. Le droit criminel était la seule branche qui m'intéressait un peu, mais j'avais peur de suivre les traces impressionnantes de ma sœur aînée. À l'automne de ma troisième année, alors que je passais des entretiens d'embauche, j'ai décidé que, tant qu'à être condamnée à un emploi monotone, autant le choisir lucratif. C'est ainsi que je me suis retrouvée chez Friedman Taft, à suivre le derrière ondulant de la DRH aux chaussures inconfortables.

Elle a perdu une mule devant le bureau de Jack. Je ne sais pas vraiment comment c'est arrivé, mais elle s'est débrouillée pour l'envoyer valser et pour trébucher dessus. La suivant de près, j'allais m'écraser sur elle quand mes mains ont rencontré le piédestal d'une sculpture de femme nue qui trônait dans le couloir. La femme en bois a vacillé sur son socle et… elle et moi nous sommes écrasées sur la DRH. En fait, non. La sculpture s'est vite stabilisée, et j'ai retrouvé l'équilibre. Ce que j'ai immédiatement regretté en découvrant un homme séduisant, accroupi auprès de la directrice des ressources humaines, tenant son pied entre ses mains.

— Ça fait mal quand je serre ? a-t-il demandé.

Les muscles de son dos jouaient sous le tissu blanc soyeux de sa chemise. Je les ai regardés onduler tandis qu'il posait délicatement le pied au creux de sa paume. J'ai ressenti le furieux désir de m'agenouiller derrière lui, de presser mon corps contre le sien, d'encastrer mes seins et mon ventre dans son dos et de glisser mes mains autour de sa taille.

— Oh, a murmuré la blessée, en grimaçant.

Simulatrice.

— C'est probablement une entorse, a-t-il déclaré.

Il a reposé son pied par terre, tendrement, il a soufflé vers le haut pour écarter une mèche de son front – il traversait une période cheveux plats à l'époque –, il a passé les bras autour de sa taille et l'a hissée sur son pied valide pour la soutenir en la guidant jusqu'à son bureau.

— Marilyn. Pourriez-vous essayer de trouver de la glace ? a-t-il lancé à sa secrétaire, dont le bureau se trouvait dans le couloir.

Elle s'est levée et s'est tournée vers moi :

— Frances vous conduisait-elle quelque part avant la perte tragique de sa chaussure ?

Elle ne semblait pas particulièrement pressée d'aller chercher la glace.

— Oui. Elle devait me montrer mon bureau.

— Je pense que vous allez devoir attendre un moment. Vous vous appelez ?

— Emilia Greenleaf. Je suis une nouvelle collaboratrice.

— Quel est le numéro de votre bureau ?

J'ai regardé le dossier que je tenais dans ma main. Un numéro de bureau était inscrit sur une page avec mon numéro de code, ma ligne directe et mon adresse e-mail.

— Dix-huit, dix-huit.

— Double vie.
— Pardon ?
— Les chiffres. C'est ce qu'ils signifient.
Elle a posé sur moi un regard approbatif.
— Vous êtes juive, n'est-ce pas ?
— Oui.
— Je m'appelle Marilyn Nudelman.
— Je ne suis pas pratiquante.
Elle a haussé les épaules.
— Venez, je vais vous conduire à votre bureau.

Marilyn est toujours la secrétaire de Jack et, bien qu'elle ait dansé la hora à mon mariage, bien qu'elle apprécie que je sois un peu plus juive que Carolyn Soule, descendante de la douzième génération des colons du *Mayflower*, elle ne me considère toujours pas comme suffisamment juive. Les cadeaux qu'elle me fait parvenir en attestent : un calendrier hébraïque tous les ans avant Rosh Hashana, une boîte de loukoums aux fruits à Pessah, un petit filet de pièces dorées pour Hanoukka. Ces offrandes ont sans doute quelque chose d'agressif, mais je suis toujours disposée à relever le défi. Pulls en cachemire de chez Saks, porte-document et porte-monnaie assorti Vuitton, chèque-cadeau pour une journée de traitement de beauté chez Elizabeth Arden, j'achète des présents somptueux à Marilyn et je demande instamment à Jack de les lui offrir la veille de Noël.

Cette gentille bataille risque fort de durer éternellement, du moins jusqu'à ce que Marilyn prenne sa retraite. Elle a débuté le soir où Jack a répondu pour la première fois aux signaux que je lui envoyais depuis trois ans – depuis le jour où il n'avait même pas remarqué que je me tenais derrière Frances Defarge, la déchaussée, dans le couloir, devant son bureau.

Il était environ dix-huit heures. J'avais rédigé une plaidoirie en vue d'une motion pour récuser un juge texan qui, à deux reprises, s'adressant à un client de

Jack, l'avait désigné comme son « avocat de Jew[1]-York ». Ce n'était pas la première mission que Jack me confiait en trois ans de collaboration chez Friedman Taft. J'avais fait des recherches au cours de l'année passée, rédigé des comptes rendus dont une collaboratrice moins expérimentée aurait pu s'acquitter, mais j'avais sauté sur l'occasion de travailler avec Jack. Cette plaidoirie m'a enfin offert l'opportunité de crâner un peu. J'étais bonne en plaidoiries. À l'école de droit, j'avais appris que le style, allié à des recherches bien ciblées et à une connaissance pointue de la loi, pouvait transformer un argument soporifique en argument vainqueur. Ma plaidoirie ne visait pas à persuader le juge texan de son erreur. Le pauvre homme se torturait déjà assez chaque matin pour choisir la robe qu'il porterait : la noire ou la blanche. Sans compter que, pour lui, je n'étais moi aussi qu'une avocate véreuse de Jew-York. Ma plaidoirie s'adressait à la cour, et je l'avais rédigée pour Jack. Lucide, incisive, elle étrillait le juge bigot et le crucifiait. En plus, elle était drôle.

J'ai pris place dans un fauteuil, devant le bureau de Jack, et je l'ai regardé lire. Au début, il est demeuré impassible, mais, au bout d'un moment, un petit sourire s'est formé au coin de ses lèvres. Jack a les lèvres très rouges, on dirait qu'il porte du rouge à lèvres prune en permanence, sauf au cœur de l'hiver, à la saison du ski, elles sont gercées et couvertes de peaux mortes blanches. Sa lèvre supérieure est ourlée sur le bord, et son sourire naît sur le côté droit de sa bouche. Ses lèvres ont frémi, une fois, puis une autre. Il n'avait pas fini sa lecture qu'il riait franchement.

— C'est très bon, m'a-t-il félicitée.

— Merci.

— Le juge Gibbs va péter une durite quand il va lire ça.

1. Signifie juif en anglais. *(N.d.T.)*

J'ai le teint très pâle et le visage couvert de taches de rousseur. Je rougis facilement, mais pas très joliment. Mon visage se marbre. Aussi, rougir me met mal à l'aise, et plus je suis mal à l'aise, plus je rougis, jusqu'à ce que quelqu'un finisse par me demander si j'ai besoin d'un médecin. Jack a observé l'effet que ses félicitations avaient sur moi et ses yeux ont plongé dans mon décolleté en V. Je portais un chemisier en coton blanc, ce jour-là. Son col amidonné évoquait deux ailes rigides encadrant ma gorge, pour, je l'ai réalisé, un effet plutôt sexy. On aurait dit un écrin ouvert sur l'une des manifestations les plus sidérantes de la pyrotechnie de mon système cardio-vasculaire.

— C'était un compliment, a dit Jack.

— Je sais.

Il a étudié ma gorge, et son expression s'est altérée. Il s'est mis à irradier. Aujourd'hui, je sais que lui aussi rougissait, mais, à l'époque, je ne connaissais pas suffisamment la topographie de sa peau pour interpréter ses variations de ton. Doté du teint hâlé de sa mère, il ne vire pas au rouge, comme moi, quand il rougit ; son visage rayonne d'une nuance d'un brun cuivré. C'est un changement subtil et, au début, il a simplement l'air encore plus beau, plus vivant, plus vibrant. Jack s'illumine lorsqu'il est embarrassé ou honteux.

— J'ai juste quelques remarques, a-t-il repris.

Il a étalé les pages de la plaidoirie sur la console noire, contre le mur le plus éloigné de son bureau. La console est légèrement trop basse pour qu'on s'y appuie confortablement, aussi ai-je été obligée de me pencher sur sa surface en bois verni très brillant, qui nous renvoyait des reflets presque aussi distincts que si nous nous regardions dans un miroir. On voyait l'intérieur de mon chemisier. L'un de mes seins était un peu sorti du bonnet de mon soutien-gorge et dévoilait sa rondeur quasiment jusqu'au téton. Jack se tenait à ma gauche, un peu en retrait, sa main gauche feuilletait les pages, une à une, sa main droite glissée dans sa poche. Je sais maintenant qu'il faisait de son mieux pour camoufler une érection.

Je portais une minijupe noire, pas assez courte pour paraître indécente, mais pas assez longue pour passer l'inspection d'une surveillante générale d'école catholique. J'avais mis des bas et un porte-jarretelles. Si nous avions été en juillet ou en août, j'aurais pu prétendre porter ce type de lingerie démodé en raison de la chaleur, ou que mettre un collant en plein été à New York était une invitation à l'eczéma. C'était d'ailleurs la raison pour laquelle je possédais un porte-jarretelles. Seulement, nous étions en mars. Les premiers crocus commençaient tout juste à percer les dernières nappes de neige. Je portais un porte-jarretelles parce que je rêvais de séduire Jack. Je m'étais habillée avec ce fantasme en tête, sans pour autant imaginer qu'il se réaliserait. Je ne pensais pas avoir le culot nécessaire.

Je me suis penchée un peu plus bas pour retravailler une phrase qu'il venait de corriger. Ma formulation était certes malheureuse, mais celle qu'il proposait était plus maladroite encore. La joue posée dans ma paume gauche, j'ai amélioré la phrase et j'en ai rayé une autre qui paraissait redondante dans le paragraphe suivant. C'est à cet instant que je me suis aperçue que ma jupe était remontée et que les attaches du porte-jarretelles, qui s'enfonçait dans ma chair, étaient sûrement visibles, de même que quelques centimètres de peau douce et blanche. Je me suis arrêtée, stylo en l'air, écoutant la respiration sifflante de Jack. Sans réfléchir, avant même de prendre le temps d'envisager les conséquences de mon geste, j'ai très légèrement écarté les jambes, et me suis reculée, tout doucement, jusqu'à ce que je sente la laine de son pantalon contre ma cuisse.

Jack s'est aussitôt pressé contre moi. C'était comme dans une boum de lycée, quand on se frotte à la trique d'un garçon couvert de taches de rousseur, qui sait avec une certitude désespérante qu'il n'a pas une chance sur un million de s'envoyer en l'air ce soir. Sauf que là, au lieu de jouer à frotti-frotta, nous nous contentions de nous presser l'un contre l'autre, très légèrement, mais avec insistance. Sauf que là, je me serais volontiers envoyée en l'air avec Jack sur-le-champ, ici même, avec la porte ouverte.

Je me suis tournée vers le couloir et j'ai vu Marilyn, la main sur la poignée. Nos regards se sont croisés avant que la porte ne se referme avec un clic net.

La honte m'a tordu les entrailles. J'avais le sentiment d'avoir poursuivi Jack de mes assiduités, de l'avoir traqué, mis en joue et de le rapporter sur mon épaule, sans une pensée pour sa femme et son fils. Mais c'était faux. J'y pensais. Je n'arrêtais pas de penser à eux. Je me sentais coupable, lamentable, je me détestais de vouloir si ardemment, si furieusement leur prendre Jack ; pas seulement parce que je savais que c'était mal de poursuivre un homme marié, mais parce que je savais précisément ce que Carolyn et William ressentiraient. Je savais ce que c'était d'être trahie et abandonnée par l'homme autour duquel vous avez érigé votre vie, parce qu'il a trouvé un objet de désir plus jeune et plus appétissant.

Quand ma sœur Lucy m'avait informée des nombreuses infidélités de mon père, elle ne m'avait rien appris. De fait, j'étais au courant de certains secrets de mon père qui feraient dresser les cheveux sur la tête de ma sœur si elle venait à les apprendre. C'était moi qui avais écarté les cheveux du visage de ma mère alors qu'elle vomissait son désespoir dans les toilettes bleu pâle de la grande salle de bains familiale. Moi qui avais patienté dans la salle d'attente de son gynécologue – le même docteur qui, dix ans auparavant, m'avait prescrit du Zovirax et assené un cours magistral sur la responsabilité sexuelle – quand il avait tenté de lui expliquer par-dessus ses sanglots pourquoi une femme de cinquante-trois ans qui n'avait couché qu'avec un seul homme durant toute sa vie devait faire un test VIH. Ni mes sœurs, ni les amis de mes parents, ni ma grand-mère, ni, je présume, les associés de mon père, sont au courant que ce n'est pas mon père qui a quitté ma mère, mais que c'est elle qui l'a jeté dehors quand elle a découvert qu'il dépensait cinquante mille dollars par an pour entretenir une strip-teaseuse russe. Je suis la seule à le savoir, et mon père l'ignore. Il l'ignore tout comme Jack, à qui j'ai tout dit sauf ça. Avec moi, le secret de mon père est bien gardé, en dépit de ce qu'il m'en coûte. Chaque fois que je le vois en compagnie de mon époux, je me sens souillée, comme si mon silence faisait de moi sa complice. Je ne sais pas pourquoi je n'en ai pas parlé à Jack. Est-ce par crainte du dégoût qu'il pourrait éprouver pour mon père et pour moi, ou par peur que, justement, il n'en ressente aucun et qu'un comportement aussi répugnant paraisse normal à l'homme que j'aime.

Je redoute qu'il ne s'agisse d'une pratique typiquement masculine. Qu'il existe un vaste monde souterrain dont les épouses et les mères ignorent tout. Peut-être que les hommes se réunissent tous dans les boîtes de nuit minables du New Jersey pour regarder des jeunesses aux fesses roses marquées par l'acné, écarter leurs jambes frêles sur des strings douteux ? Peut-être que tous les hommes ressentent des picotements aux doigts à l'idée d'explorer les corps replets de strip-teaseuses plus jeunes que leurs filles ? Peut-être est-il parfaitement normal de recevoir les billets de cent dollars des grosses mains de gros bonshommes dont les chaînes en or sont incrustées dans le double menton, d'accepter de passer une heure ou deux dans une chambre d'hôtel de troisième zone, de recevoir un bonus pour laisser le préservatif dans son emballage, et un autre bonus pour faire des choses que les épouses et les filles n'imaginent même pas ?

Ou peut-être que mon père est un foutu psychopathe. J'opte pour cette dernière solution. Me dire qu'il est cinglé m'aide à ne pas le détester. Ça m'aide à garder un lien avec lui, bien qu'il ait abandonné ma mère dans la grande maison pseudo-Tudor, telle une épave pleurant dans son vin mousseux et me demandant s'il lui serait resté fidèle si elle n'avait pas pris autant de poids au fil des ans. Ça m'aide à aimer mon mari de penser que seuls les hommes atteints de la même maladie mentale – la compulsion sexuelle, l'obsession sexuelle, que sais-je ? il y a sûrement une rubrique du *Dictionnaire de la folie* dans laquelle faire rentrer mon père – sont susceptibles de se comporter de la sorte.

Alors, oui, je connaissais la trahison et son prix. J'avais honte de me comporter en digne fille de mon père. Penchée sur la console de Jack, sentant son érection contre mes fesses, avant même de voir mon dégoût se refléter dans les yeux de Marilyn, une part de moi a éprouvé de la honte pour ce que j'étais en train de faire à Carolyn et à William. Mais la part principale était si heureuse, si remplie de joie par la preuve palpable du désir de Jack, que j'ai repoussé l'idée de la menace que je représentais pour sa famille. Ils étaient Hiroshima et Nagasaki, j'étais une bombe atomique de désir. Je n'avais pas de temps pour la pitié. J'avais une guerre à gagner.

5

Quand Jack rentre à la maison, William construit un Mega Bionicle dans sa chambre. William m'a déjà fait remarquer à deux reprises que, selon lui, la tranche d'âge qu'il faudrait inscrire sur la boîte de ces Lego sophistiqués et agressifs devrait être « de sept à douze ans », et j'ai exprimé mon étonnement et mon admiration devant ses prouesses. Je l'ai également informé que personne n'aimait les petits prétentieux. Je suis dans la cuisine. Je sors notre dîner des emballages en carton et en aluminium dans lesquels il a été livré. Une fois encore, l'une des boîtes est mal scellée et la sauce des crevettes au curry a coulé dans le fond du sac en plastique. L'huile s'est séparée du lait de coco et j'ai des petits grumeaux de sauce aux cacahouètes collés aux doigts. Le temps de réaliser que je suis en train de rejouer lady Macbeth à l'évier, j'ai vidé la moitié de la bouteille de liquide vaisselle sur mes mains.

Ma mère m'a appris à cuisiner. C'est une cuisinière-née. Elle a commencé dès sa plus tendre enfance à ajouter des épices au ragoût familial et à exploiter des méthodes alternatives de pochage de la carpe, que l'on conservait vivante, pour progresser rapidement vers les roux enseignés par Julia Child. Deux de mes livres les plus précieux sont des éditions de poche écornées de *La Cuisine provinciale française* et de *La Cuisine italienne* d'Elizabeth David, offerts par ma mère quand je suis partie pour l'université. Elle détestait l'idée que je subsiste de vulgaires en-cas alors qu'elle m'avait élevée au coq au vin de Bourgogne et à la *saltimbocca alla Romana*. Lorsqu'elle cuisine un légume, il craque légèrement sous la dent, quand il n'est pas destiné à fondre dans la bouche, auquel cas il fond avec style. Bien que nourrie comme la plupart des petites Juives de sa génération au régime strict poulet et kasha, et même si elle a élevé sa famille dans le désert culinaire des années soixante-dix, ma mère n'a jamais transformé un seul haricot vert en pâte grise, ni démarré une recette en ouvrant un sachet de soupe à l'oignon déshydratée ou de jelly au citron. Elle faisait pousser ses légumes et ses aromates, et était prête à parcourir des kilomètres pour une bonne tomate ou un coin à morilles. Si elle ne s'était pas mariée, elle serait peut-être devenue l'une de ces chefs révolutionnaires qui, vers la fin du siècle, ont transformé l'Amérique en palais délicat. Elle aurait sûrement ouvert un restaurant après le divorce, si elle avait été assez jeune pour supporter les rigueurs de la cuisine professionnelle, qui nécessite de rester debout des heures durant. Du moins, j'aime à le penser. Elle dit qu'elle aurait voulu retourner à la fac et finir son mastère en bibliographie.

Je n'ai jamais atteint son art en la matière, mais le premier repas que j'ai cuisiné pour Jack a été une véritable révélation pour lui. Il n'y avait presque pas de meubles dans son appartement. J'ai dû apporter mes propres casseroles et poêles. Je lui ai préparé une soupe froide à la tomate, au poivron, au concombre et au basilic, des boulettes de veau aux artichauts agrémentées d'olives vertes et de sauge, et un simple mesclun aux figues. J'ai fait un gâteau au citron pour le dessert. J'ai confectionné tout cela sous ses yeux, équipée d'un long tablier blanc, les cheveux relevés au sommet du crâne. Assis sur le comptoir de sa cuisine, il ouvrait gentiment la bouche pour que j'y glisse des morceaux de pain trempé de vinaigre balsamique, des olives, des bouts de légumes craquants, des cuillerées de crème fouettée. J'étais la sorcière de la forêt, et Jack mon gentil petit Hansel. Sauf qu'il n'a pas engraissé, et que, si je prévoyais bien de le dévorer, c'était au sens figuré.

Je n'ai pas cuisiné depuis des mois. Je fais toujours les courses comme si je prévoyais de m'y remettre. Je vais chez Fairway tous les deux ou trois jours et je remplis mon panier de légumes charnus, de fromages bien faits, de saumon sauvage rouge foncé, de poulet rôti bio. J'ai envie de nourrir Jack. J'ai envie d'enchanter son palais et de remplir son estomac de mets dont je sais qu'ils le rendront heureux. Mais je n'arrive pas à me résoudre à affronter ma magnifique batterie de casseroles étamées, mes marmites Le Creuset, et les ustensiles Piazza que ma mère m'a rapportés d'un récent voyage dans une station balnéaire de Caroline du Nord avec son école de cuisine. Alors les légumes se ratatinent, les filets de poisson et les côtelettes pâlissent et pourrissent. Tous les quinze jours, le service d'entretien passe et débarrasse le frigo de tous les aliments périmés.

Après avoir glissé sa clef dans la serrure et poussé la porte de l'appartement, Jack marque une pause. Je sais qu'il renifle les éventuels effluves d'estragon et de thym, de roux au vin blanc, de zeste de citron ; ou, une fois encore, des crevettes Princesse de chez Empire Szechwan.

— Coucou, mon cœur, lance-t-il en entrant dans la cuisine. Je peux t'aider à préparer le dîner ?

— Tout est sous contrôle, dis-je, levant le visage pour qu'il m'embrasse.

— Qu'est-ce que vous avez fait aujourd'hui ?

— Bah, la routine. On a construit un réacteur à fusion à froid avec un élastique et des cuillères à cocktail.

Jack rit du bout des lèvres. Je me répète qu'il faut que j'arrête mes plaisanteries sur la précocité de William.

Des pas résonnent dans le couloir. William fait irruption dans la cuisine, fait une glissade sur le carrelage et fonce la tête la première dans son père. Il enfouit son visage dans le ventre de Jack et se frotte sauvagement à lui en hurlant :

— Papa, papa, papa ! Tu m'as tellement manqué !

— Tu m'as manqué toi aussi, bonhomme, répond son père en le soulevant dans ses bras.

Je sais que ce tableau devrait me faire fondre. Je sais que je devrais taper des mains et adresser à mes hommes un sourire bienveillant.

— Qu'est-ce qu'on mange ? me demande Jack.

— Thaï.

— Génial ! s'écrie-t-il à mon grand regret.

Je préférerais qu'il s'emporte : nom d'un chien, Emilia, j'ai travaillé toute la journée, ça te tuerait de me cuisiner un repas ? Je préférerais qu'il me demande à quoi j'occupe mon temps pendant qu'il s'échine pour subvenir à nos besoins. Mais il est bien trop gentil, bien trop attentionné envers moi et mon cœur brisé. Ce n'est pas bien de ma part de déplorer sa gentillesse qui m'aide beaucoup trop à me vautrer dans l'autocompassion.

— Emilia m'a dit « la ferme », déclare William.

Jack repose son fils par terre et nous regarde l'un après l'autre.

— Que se passe-t-il ?

Je reporte mon attention sur le sac livré par le traiteur et finis d'en sortir les barquettes en aluminium.

— Demande-lui.

Jack s'accroupit devant son fils.

— William ?

— J'expliquais à Emilia comment marche eBay, papa. Et elle m'a demandé de la fermer.

— William m'a suggéré de vendre les affaires du bébé sur eBay. La poussette. Le lit. La poupée.

— Quoi ? Qu'est-ce que ça signifie, William ?

Jack fait de son mieux pour ne pas élever la voix. Sa colère réprimée me rend très heureuse. Et, immédiatement, je me sens coupable d'avoir la méchanceté, l'immaturité, de me réjouir d'avoir provoqué un conflit entre cet enfant et son père.

— On n'est pas obligés de vendre ces trucs-là, explique William. N'importe quel autre truc dont on ne se sert pas peut faire l'affaire. On peut vendre… je ne sais pas moi, mes vieux Lego. Parce que je ne m'en sers plus.

Jack se passe la main dans les cheveux.

— C'est quoi cette histoire avec eBay, mon poussin ?

— Il voulait vendre les affaires du bébé ! Il voulait prendre toutes les affaires du bébé, ses vêtements, ses jouets et les mettre aux enchères sur eBay !

Jack pose la main sur mon bras.

— Accorde-moi une seconde, veux-tu ?

Il se retourne vers William.

— Dis, bonhomme ? Tu voulais vraiment vendre les affaires du bébé ?

Je n'arrive pas à croire que ça ait tourné en confrontation, que Jack doute de moi.

Les cils de l'enfant sont lourds de larmes étincelantes.

— Je voulais aller sur eBay, alors je cherchais des trucs qu'on n'utilise plus. J'ai pensé que, comme le bébé est mort, elle n'a plus besoin de ses affaires. Je ne voulais pas mettre Emilia en colère.

Jack me regarde. Je sens mes joues chauffer.

— Emilia n'est pas en colère.

— Si.

— Non, mon chou.

Si, je suis en colère.

— Emilia est juste tellement triste pour le bébé que c'est difficile pour elle de parler de vendre ses affaires. Tu as raison, nous n'utiliserons jamais les affaires du bébé, mais nous n'allons pas les vendre sur eBay.

— Pardon, papa.

William enfouit son visage couvert de larmes dans le ventre de son père.

— Ça va, mon cœur, le réconforte Jack en le reprenant dans ses bras. Ça va, mon petit homme. Je sais que tu ne voulais blesser personne.

— C'est vrai. C'est vrai, papa, je ne voulais blesser personne. Je voulais juste aller sur eBay, gémit l'enfant.

— Je sais, et Emilia aussi le sait, n'est-ce pas, Emilia ? Elle est désolée, elle aussi, mon poussin.

Jack m'adresse un demi-sourire d'encouragement, ou une prière, par-dessus la tête de son fils.

Oui, je suis désolée, bien sûr que je suis désolée. Je suis désolée pour tellement de choses. Je suis désolée que ton fils se révèle capable de me transpercer le cœur avec une précision redoutable. Je suis désolée d'être incapable de laisser couler, de me dire que William n'est qu'un enfant, que je suis une adulte. Je suis désolée que le bébé soit mort. Je suis désolée d'être devenue un monstre de colère et de culpabilité, incapable de rire à l'idée de faire un malheur sur eBay avec ma poussette Bubagoo. Je suis désolée, Jack. Tu n'as pas idée de ce tout ce qui me désole. Est-ce que tu m'aimerais si tu connaissais tous mes motifs de désolation ?

J'ai sorti trois belles assiettes vert trèfle.

— Qui veut un filet de citron ?

6

Le soir, au lit, Jack me dit :

— William ne mesure pas la portée de ses paroles.

— Je sais.

— Il essaie juste de trouver sa place dans tout ça.

— Je sais.

— Elle lui manque, à lui aussi.

Je ne réponds pas. Je me répète mentalement son prénom. Je l'ai choisi alors que je n'étais enceinte que de quelques semaines. Avant même de l'avoir annoncé à Jack. Le jour où il m'a parlé de sa grand-mère, la mère de son père, qui avait quitté Marseille pour les États-Unis quand elle était petite, mais avait continué à s'exprimer avec un fort accent français jusqu'à son dernier jour. Il était en train de m'enrouler une écharpe Prada autour du cou en me disant que sa grand-mère l'aurait adorée. Elle n'avait jamais été fortunée, mais avait un goût sûr en matière de couture et adorait les couleurs vives. Nous venions de déguster un repas coûteux chez Nobu et avions pris le chemin des écoliers pour nous rendre chez Barney's. C'était l'anniversaire de notre première nuit d'amour et, bien qu'ayant envisagé de la célébrer en réitérant nos acrobaties dans le fauteuil Aeron de Jack, nous avions finalement décidé de ménager Marilyn et de nous offrir des cadeaux somptueux, en échange. Un sac contenant une veste en cuir noir pendait d'un doigt de Jack. Une veste qui amputerait une bonne partie de mon salaire du mois en cours. Pour ma part, j'avais dû écarter trois ou quatre sacs noirs de son chemin, afin qu'il noue l'écharpe en soie verte autour de mon cou d'une main experte.

— Nous devrions donner le nom de ta grand-mère à notre bébé, ai-je déclaré, en m'admirant dans le miroir.

— Hein ?

— Je veux dire, si nous avons un bébé un jour.

Jack a pris ma main et l'a serrée dans la sienne.

— Oui, Em, nous aurons un bébé. Un jour. Mais pas maintenant, d'accord, mon cœur ?

Je n'ai pas répondu.

— Mon divorce n'a même pas été prononcé. William s'est à peine habitué à l'idée que nous vivons ensemble. Et tu n'es encore qu'un bébé, toi-même.

J'aurais voulu éclater d'un rire musical, caresser sa joue du bout du doigt et chanter : « Trop tard, mon amour, trop tard ! Tu vas devenir papa ! » L'esprit d'escalier. Mais j'ai éclaté en sanglots déchirants, laissant une traînée luisante sur l'écharpe Prada, que Jack a dû payer cash pour que nous n'ayons pas à attendre l'authentification de sa carte bancaire, sur quoi il m'a poussée vers la sortie.

Huit mois plus tard, notre fille naissait.

C'était un bébé en parfaite santé, et l'accouchement, au dire de la doula[1], s'est déroulé sans difficulté et sans problème. J'ai ma propre opinion sur le sujet. Celles de mes amies qui ont survécu à de longues heures de travail (j'en ai une qui saute sur toutes les occasions de se plaindre de ses quarante-quatre heures d'enfer, avec une fierté irritante) n'éprouvent que peu de compassion pour cette partie de mon expérience de la maternité. (Elles sont cependant si rabougries de commisération quant au reste, qu'elles n'arrivent même pas à se résoudre à décrocher leur téléphone pour

1. Terme grec, sorte de sage-femme à domicile, très en vogue dans les milieux bourgeois américains. *(N.d.T.)*

m'appeler. Elles préfèrent m'envoyer des e-mails vaguement énigmatiques dans lesquels elles ne mentionnent jamais le prénom du bébé, quand elles y font allusion, me demandent comment je vais, et espèrent que « je digère le choc » et que « je reprends le dessus ». Et, franchement, comment leur en vouloir ? Je ne serais moi-même pas folle d'impatience d'appeler une personne foudroyée d'une tristesse si profonde et si contagieuse qu'elle risquerait de me contaminer *via* les fibres optiques des câbles téléphoniques. Si les rôles étaient inversés, aurais-je fait mieux qu'envoyer une corbeille de fruits et une carte de condoléances affectueuses mais point trop dégoulinantes ? Sans doute pas.) L'accouchement n'a duré que neuf heures. J'avais prévu d'en passer la plus grande partie chez nous, dans la baignoire, ou sur le gros ballon d'exercice violet que la doula nous avait fourni, mais nous avons vite filé à l'hôpital. Moi qui avais réagi avec placidité à la poignée de glace qu'on nous avait donnée pour simuler la douleur de l'accouchement lors des cours de préparation. Aucun problème pour inspirer par le nez et expirer par la bouche en visualisant les pétales de fleurs de lotus dansant au-dessus de ma tête. Et voilà qu'à la première contraction je me mettais à gémir et à haleter de manière désordonnée.

Nous nous sommes donc rendus à l'hôpital, accompagnés des meilleurs vœux d'Ivan à M. et Mme Woolf, et de sa recommandation de bien couvrir le petit au retour, parce que novembre était un mois plus froid qu'il n'en avait l'air. En traversant le parc en taxi, j'ai posé la tête sur les genoux de Jack. Il a posé le bout de ses doigts autour de mes yeux, délicatement, comme il le fait quand j'ai mal à la tête.

— Embrasse-moi, lui ai-je demandé.

Il s'est penché et il a pressé ses lèvres contre les miennes. Elles étaient un peu gercées. Il était allé skier sachant qu'il n'aurait plus beaucoup de temps libre avant la fin de la saison. J'ai passé la langue sur sa lèvre inférieure. Il m'a embrassée encore une fois, juste au moment où une contraction montait. J'ai tenté de m'écarter, mais il ne m'a pas laissée faire. Il m'a embrassée durant toute la contraction, fouillant ma bouche de sa langue, me sondant, me léchant jusqu'à ce que je ne puisse plus distinguer la douleur de la contraction du plaisir.

Notre fille est née à l'hôpital presbytérien de New York Avenue. Si j'avais eu le choix, elle serait née à Mount Sinaï. J'ai été accouchée par le Dr Fletcher Brewster (et non le Dr Brewster Fletcher, comme on peut le lire dans UrbanBaby. com). C'est le premier médecin non juif à avoir jamais posé la main sur moi, intimement ou non, en dehors du dentiste népalais qui m'a réparé la dent que je m'étais cassée en trébuchant sur une patte de vache dans une rue de Katmandou. Sans avoir aucun préjugé défavorable envers les médecins non juifs, ni être une juive intégriste, comme mon père, je suis convaincue, par pure superstition, et sûrement à tort, que si mon médecin s'était appelé Abramowitz ou Cohen, si j'avais accouché à Mount Sinaï, si je n'avais pas été manipulée par des mains goys dans un hôpital goy, ma fille serait encore en vie à l'heure qu'il est.

Seulement, le Dr Carolyn Soule a son cabinet d'obstétrique à l'hôpital Mount Sinaï.

Allongée à côté de Jack, je murmure son prénom. Mes lèvres le forment, sans bruit, afin qu'il ne l'entende pas.

Isabel.

Jack soupire.

— William est triste, lui aussi, insiste-t-il.

— Je sais.

Il croise les mains derrière sa tête et fixe le plafond. Je compte les cheveux gris, sur sa tempe gauche. Il m'arrive de le faire à voix haute et, bien qu'il s'amuse à mimer la colère, je ne pense pas qu'il apprécie beaucoup. Ça lui rappelle qu'il a neuf ans de plus que moi.

— Em, dit-il d'une voix rauque.

— Je sais.

— Tu sais quoi ?

— Je sais qu'on va devoir débarrasser sa chambre.

Jack ne répond pas. Il a cessé depuis longtemps de se demander comment j'arrive à lire dans ses pensées, à deviner ce qu'il ressent avant qu'il le sache lui-même. Je lui ai expliqué que c'était parce qu'il était mon *bashert*, ma moitié d'orange. Je l'ai su dès le premier regard. Une légende juive raconte qu'avant votre naissance, un ange vous emmène faire un voyage autour de votre vie et vous montre la personne que vous êtes destiné à épouser. Puis, l'ange vous frappe la lèvre supérieure, vous imprimant une subtile gouttière entre le nez et la bouche, et vous oubliez tout ce que vous avez vu. Mais pas complètement. Il reste un vestige de souvenir qui suffit à provoquer un sursaut de reconnaissance si vous avez la chance de croiser le chemin de votre *bashert* au cours de votre vie. Quand j'ai vu Jack agenouillé sur la moquette bordeaux, le pied de Frances Defarge entre les mains, j'ai su qu'il était mon *bashert*. Je l'ai reconnu.

— Je ne suis pas encore prête.

— Ça n'est pas grave.

Il a glissé un bras sous mon cou et j'ai frotté ma joue contre le doux coton de sa manche de pyjama. Jack ne porte de pyjama que lorsque William dort chez nous. Moi pas. J'ai essayé, au début, mais je me tournais et me retournais tellement durant mon sommeil, que je me retrouvais emberlificotée dans ma chemise de nuit. Je finissais toujours par m'en débarrasser en pleine nuit. À présent, je l'étale au pied du lit, et quand William crie pendant son sommeil ou vient dans notre chambre, je l'enfile prestement.

— Ce n'est pas un mausolée. Ça n'a rien à voir avec ça.

— Je sais, Em.

— C'est juste que… pas maintenant.

— D'accord.

— Je suis désolée de lui avoir dit de la fermer.

Jack change de sujet.

— Qu'est-ce que tu as fait aujourd'hui, avant d'aller chercher William ?

Je hausse les épaules.

— Pas grand-chose. J'ai lu le journal. J'ai parlé avec mon père au téléphone.

— Comment va Greenleaf l'Ancien ?

C'est ainsi qu'ils se surnomment l'un l'autre, Jack et mon père. Greenleaf l'Ancien et Woolf l'Ancien. Je suppose que c'est venu de la réaction horrifiée de mon père quand il a appris notre différence d'âge. Plutôt ironique venant d'un homme qui a épousé une femme de quatorze ans sa cadette pour la tromper avec une fille de vingt et un ans à tout casser. Quand j'y ai fait allusion (à son mariage et non au reste), il a reconnu à contrecœur que je marquais un point, mais m'a néanmoins rappelé que son mariage avec ma mère s'était soldé par un divorce et que ça aurait dû me servir de leçon. J'ai riposté que ledit mariage avait tout de même duré trente ans, me retenant une fois de plus de mentionner la strip-teaseuse. Puis il a rencontré Jack et il l'a immédiatement apprécié. Il s'est mis à le taquiner en le surnommant « l'Ancien ». L'affection étant mutuelle, Jack lui a retourné la plaisanterie. D'où Greenleaf l'Ancien et Woolf l'Ancien. Ils passent leur temps à se titiller, se chamailler et rire de leurs jeux de mots et autres blagues. Je suis heureuse de cette amitié, même si, chaque fois que nous sommes en compagnie de mon père, je ne peux pas m'empêcher de me demander comment réagirait mon mari s'il apprenait que Greenleaf l'Ancien glissait une bonne partie de son salaire dans les sous-vêtements froufroutants de strip-teaseuses tourbillonnantes.

— Greenleaf l'Ancien va bien. Lucy et lui se sont disputés.

— À quel propos ?

— Je ne sais pas, je n'écoutais pas vraiment. Je suis sûre que Lucy a fait sa garce.

Je ne suis pas très charitable envers mes sœurs, et envers Lucy en particulier. Je ne leur ai jamais pardonné le traitement qu'elles ont fait subir à ma mère. Elles ont été épouvantables pendant tant d'années que je ne sais pas si je pourrais leur pardonner même si elles s'excusaient. Enfin, comme elles sont loin de s'imaginer que leur comportement justifie un acte de contrition, je n'aurai jamais à affronter ce dilemme. Néanmoins, dans le fond, je nourris l'espoir secret qu'elles finiront par regretter leur attitude et présenteront des excuses à ma mère.

Il me vient soudain à l'esprit que je n'ai pas envoyé de mot de remerciement à Lucy pour la vaisselle en argent gravée et les assiettes Dora l'Exploratrice qu'elle m'a envoyées. Quelle est l'étiquette en de telles circonstances ? Est-on censé envoyer un mot de remerciement ? Et si oui, que dit-on ? Merci pour ton cadeau, désolée si le bébé ne pourra jamais s'en servir ? Doit-on retourner le cadeau quand la personne qui vous l'a offert a pris soin de préciser qu'il avait coûté les yeux de la tête, et qu'elle avait payé un supplément exorbitant le plaisir de l'offrir dans sa boîte bleu pâle au ruban blanc ? Je devrais peut-être écrire à Mlle Bonnes Manières. Je ne suis certainement pas la seule à me retrouver dans cette situation. Demain je surferai sur le Net pour trouver un forum de mères qui ont perdu un bébé. Peut-être trouverai-je une réponse à ma question.

En règle générale, j'essaie d'éviter ce genre de site et tous les groupes de soutien qui pullulent à travers la ville. La compagnie d'autres mères endeuillées ne me réconforte pas. Elle me déprime juste un peu plus. De même que la compagnie de mères non endeuillées. En dehors de Jack, je ne supporte que les individus non parents qui n'ont pas l'intention de le devenir. Mon ami Simon, gay et célibataire, est un compagnon supportable. Jack a essayé de me convaincre d'assister à une réunion d'un groupe de soutien pour les parents ayant « survécu à la grossesse et à la perte d'un enfant ». Je l'ai renvoyé à un article du *Times* qui citait les études révélant que la plupart des personnes en deuil d'un être cher n'ont pas besoin, ou ne tirent aucun bénéfice, d'une participation à un groupe de soutien ou d'une aide psychologique.

— Tu as parlé à ta mère ?

Je hoche la tête. Cela va sans dire. J'appelle ma mère tous les jours, plusieurs fois par jour, et davantage lorsqu'elle s'inquiète à mon sujet, comme c'est souvent le cas depuis la mort d'Isabel. Je suis devenue l'affaire courante de ma mère, et je m'inquiète franchement pour la Banque alimentaire du comté de Berden et pour l'Association du voisinage de Glen Rock.

Jack éteint sa lampe de chevet. Il glisse une main hésitante sur ma hanche et, du petit doigt, trace une courbe à l'endroit où la grossesse a distendu ma peau.

Je me raidis.

— Ça ne te dérange pas que je lise ? Je ne suis pas encore fatiguée.

— Non, pas du tout.

Sa déception est si évidente que c'en est presque risible. On dirait un enfant de cinq ans qui vient de découvrir que son paquet-cadeau contient un livre et non un pistolet laser.

Pauvre Jack. Je crois qu'en épousant une femme de dix ans sa cadette, il supposait que sa vie allait devenir une longue lettre au forum *Penthouse*. Et, pendant plus d'un an et demi, ses nuits ont effectivement été le genre de bacchanales qui vous laissent sans forces, en sueur, avec des trucs sous les ongles et aux coins de la bouche. Il s'imaginait sans doute que ça durerait toujours. Il pensait qu'il devrait bientôt s'envoyer des Viagra pour tenir le coup. Au lieu de quoi, je ne l'ai pas laissé me témoigner plus que de l'affection depuis trois mois. Depuis la naissance d'Isabel.

Je continue à lire mon roman sur des jeunes New-Yorkais qui brûlent la vie par les deux bouts, de restaurants fabuleux en vernissages, et de vernissages en clubs sadomaso, farcis d'amphétamines. C'est le seul genre de livre que je parviens à lire ces derniers temps : pas de bébés, pas même de possibilité de reproduction. Quand je suis sûre que Jack s'est endormi, j'attends encore quelques minutes le doigt glissé dans mon livre, puis je plie le coin de la page, je le pose sur ma table de nuit sans un bruit et, doucement, très doucement, j'ouvre le petit tiroir où je conserve les secrets les plus intimes de notre union. Préservatifs, lubrifiant, vibrateur bleu surmonté d'une boule argentée, la pince à épiler que j'utilise pour épiler les poils qui relient les sourcils de Jack et ceux qui poussent autour de mes tétons, un joint dissimulé dans une boîte d'allumettes, une enveloppe contenant des photos.

La semaine qui a précédé mon accouchement, j'ai offert un appareil photo numérique à Jack. Il me taquinait depuis plusieurs semaines, me disant que nous devrions filmer l'accouchement, qu'il pourrait zoomer entre mes jambes au moment où j'expulserais le contenu de mon côlon, juste avant la tête du bébé. Je lui ai répondu qu'il s'agissait de vaines menaces, que je savais que Carolyn avait gardé leur caméra après le divorce. Elle avait également gardé l'appareil numérique, et nous ne possédions qu'un Nikon F3 bien trop compliqué à manipuler pour Jack. Finalement, il n'a pas pris tellement de photos. Pas autant que je l'aurais souhaité. Pas autant qu'il l'aurait souhaité s'il avait pu prévoir qu'elles seraient tout ce qu'il nous resterait de notre fille.

Nous ne possédons que dix-sept photos d'Isabel Greenleaf Woolf. Jack a dû les enregistrer avant sa mort et les envoyer sur un site pour obtenir un tirage papier. Le jour où elles sont arrivées par courrier, je les ai subtilisées.

La première photo la montre de face, le visage violet après l'effort, les yeux fermés, les joues gonflées et percées de fossettes, une traînée de *vernix caseosa* sur un œil. Le reste de son corps est toujours en moi. Juste après avoir pris cette photo, Jack a tendu l'appareil à Felicia et s'est agenouillé à côté du Dr Brewster. Il a placé ses mains sur celles du médecin, comme on le lui a expliqué, et il a reçu Isabel dans ses paumes. Quand elle a senti l'air froid et le contact chaud des mains de son père, ma fille a émis un cri déchirant ; mais sitôt que le Dr Brewster l'a enveloppée dans une serviette et déposée sur mon ventre, elle s'est tue. Felicia a insisté pour qu'ils laissent le bébé téter un peu avant de le reprendre pour le peser et le mesurer. Isabel s'est collée à mon sein comme si elle avait tété toute sa vie, ou qu'elle attendait impatiemment à l'intérieur de mon ventre d'avoir enfin la possibilité de souder sa bouche à ce qu'elle considérait comme sa propriété inaliénable.

Il y a deux photos d'Isabel sur le pèse-bébé. Sur l'une d'elles, la balance électronique indique trois kilos quatre cent cinquante-neuf. Un bon poids. La moyenne. Parfait. Il y a une photo du bébé dans les bras du Dr Brewster, et une autre dans les bras d'une infirmière. Il y en a une d'Isabel avec Felicia. Il y a la photo floue de Jack et d'une autre infirmière lui donnant son premier bain, environ une heure après sa naissance. Une photo plus nette montre Jack avec sa fille dans les bras, dans la chambre d'hôpital. Son large sourire repousse ses pommettes aux extrémités les plus éloignées de son visage. Il y a celle où Isabel a un œil fermé et un œil ouvert, et où l'on peut apercevoir mon pied enflé dans la chaussette en acrylique vert pâle de l'hôpital, en bas à droite. C'est la seule photo de nous trois.

Il y a trois photos de ma fille et moi, dans mon lit d'hôpital. J'ai les cheveux sales et plaqués au crâne. Le visage rond et bouffi. Mon corps ressemble à une chambre à air qu'on a gonflée à bloc et qui vient d'éclater. Isabel, par contre, est plutôt mignonne pour un nouveau-né. Ses joues sont rebondies et sa tête couverte d'un duvet noir qui boucle au-dessus des oreilles. Jack me dit que William avait exactement le même type de cheveux, et qu'ils sont tombés avant son deuxième mois.

Isabel avait la bouche de Jack. Une minuscule petite bouche rouge qui appelait les baisers. Ses yeux étaient ronds, pas juste deux fentes sans cils comme ceux de certains bébés. Ils étaient bleu marine. Je le sais. Jack et Felicia disaient que c'était difficile à affirmer, que les yeux des bébés changent, mais je reconnaîtrais cette couleur entre mille.

Les dernières photos montrent Isabel durant sa première et unique journée à la maison. Isabel redressée sur un coussin du canapé. Isabel sans couche sur sa table à langer, les fesses couvertes d'une substance noire gluante que j'essuie avec une mine dégoûtée, langue tirée et louchant. Isabel sur sa table à langer avec une couche propre et une grenouillère trop grande. Isabel sur une peau de mouton que l'on m'a offerte pour sa naissance. Isabel, minuscule sur notre grand lit, ressemblant de manière prémonitoire à un point négligeable, trop petit pour durer dans un espace si vaste.

Je fixe ces photos, la gorge serrée et les yeux remplis de larmes, quand je réalise que Jack n'est plus profondément endormi à mon côté. Il est immobile, mais je sens une pulsation d'énergie irradier de lui. Je baisse la tête. Il a les yeux ouverts, il me regarde. Les photos glissent de ma main et tombent en un tas sur le couvre-lit, celle d'Isabel perdue dans notre lit au sommet.

— Je déteste celle-là, dit Jack.

Il tend la main et fourrage dans le tas. Il en tire une photo d'Isabel et moi à l'hôpital. Nous sommes de profil, face à face. J'ai les pouces sous ses bras, je soutiens sa tête avec les quatre autres doigts de chaque main et son derrière repose au creux de mes coudes. Nous avons le même double menton.

— C'est ma préférée. Avec celle où tu changes sa couche. Je les ai fait encadrer toutes deux pour les avoir sur mon bureau.

— Tu as des photos d'Isabel au travail ?

— Oui.

— Je l'ignorais. Tu ne m'en as pas parlé.

— Tu ne me l'as pas demandé.

Je lui reprends les photos.

— J'ai l'air énorme.

— Tu as l'air d'avoir accouché.

Évidemment, je fonds en larmes. Je n'essaie pas de pousser Jack à me réconforter, mais il le fait. Il se redresse et me prend dans ses bras. Je pose la tête sur sa poitrine et, m'essuyant le nez sur les poils de son torse, je balbutie :

— Tu n'es pas en colère contre moi ?

— Pourquoi le serais-je ?

J'enfouis mon visage dans sa poitrine.

— Pourquoi, Emilia ? Pourquoi devrais-je être en colère contre toi ?

— Pour… avoir volé les photos.

— J'en ai juste commandé un deuxième tirage que je me suis fait envoyer au bureau.

Je lève les yeux.

— Tu n'es pas en colère que je ne t'aie pas dit que je les avais ? Que je les aie cachées dans mon tiroir ?

Jack tire un mouchoir en papier de la boîte, sur sa table de nuit, et essuie la morve que j'ai laissée sur sa poitrine.

— Bien sûr que non.

— Pourtant, tu devrais.

— On dirait que tu voudrais que je sois en colère.

Je presse ma joue contre son torse. Il est si chaud. Ses poils me chatouillent le visage.

Jack m'embrasse le sommet de la tête.

— Tu veux choisir une photo pour que je te la fasse agrandir ? Je peux te trouver un ou deux jolis encadrements pour que tu les mettes quelque part. Ici, peut-être. Ou dans le salon.

— Mon Dieu non. Je ne suis pas prête pour ça.

Son soupir est presque imperceptible.

— Je n'ai rien contre le fait d'accrocher une de ces photos. C'est juste que… pas encore…

— D'accord.

— Pour l'instant j'ai juste besoin qu'elles restent privées. À moi et à personne d'autre.

Je mets un instant à réaliser ce que je viens de dire.

— Et à toi, bien sûr.

— Bien sûr.

Je ramasse la petite pile de photos et la feuillette jusqu'à ce que je tombe sur celle de Jack et Isabel avec mon pied dans l'angle.

— Tu aimes celle-là ?

— Pas beaucoup. Elle ressemble à Popeye avec son œil fermé.

— Mais tu es bien toi.

Je caresse son sourire du bout du doigt.

— Tu as l'air heureux.

— J'étais heureux. Le jour où Isabel est née et le jour où William est né sont les deux plus beaux jours de ma vie.

— Moi aussi j'étais heureuse.

— Je sais, Em. Je sais.

Je mets longtemps à m'endormir.

7

Le lendemain j'encourage Simon à sécher le travail pour m'accompagner au cinéma. Je devine qu'il n'a pas le temps pour ce genre de bêtise, qu'il a des choses sérieuses, adultes, à faire, du vrai travail. Simon est avocat spécialisé en droit du travail, mais seulement en attendant que le Syndicat des droits civils américains[1] ne l'embauche. Il pose sa candidature, année après année, pour tous les postes vacants, même ceux qui ont trait au projet de loi sur la reproduction. En attendant, il y a de fortes chances pour qu'il s'associe à son cabinet actuel, même s'il déteste ce job. Simon est brillant, vif, et ne se laisse pas facilement distraire. Sa dévotion envers un travail qu'il méprise m'oblige à jouer la carte du bébé mort.

— Ça n'est pas juste, Emilia.

— À qui le dis-tu. C'est à l'Angelika, un film cambodgien qui dure trois heures et demie. Je t'offre un double espresso.

Nous sommes tout seuls dans la salle à onze heures du matin, bien que cette œuvre expérimentale morose extrême-orientale ait été nominée aux oscars. Le film est tellement sinistre que Simon finit par proposer des sous-titres de sa composition.

— Oh ! Dieu du ciel ! fait-il mine de lire avec un fort accent du Sud.

---

1. American Civil Liberties Union. *(N.d.T.)*

Simon prétend être originaire d'Alabama ou du Mississippi. En réalité il a grandi à Great Neck, dans l'État de New York.

— C'est tellement difficile de garder les cheveux propres dans ces champs de bataille dégoûtants !

Je sens un gloussement me chatouiller la gorge pour la première fois depuis longtemps.

— Toi là, avec le fusil ! You-houu ! T'aurais pas de l'après-shampooing ? Un petit Paul Mitchell ? Du baume frisant ? Je n'ai jamais vu des cheveux manquant à ce point de corps, ni autant de corps, si vous voyez ce que je veux dire.

Cette fois, j'éclate de rire. Le personnage féminin du film trébuche le long d'une rivière, poussée par un soldat armé d'une baïonnette. Simon continue ses commentaires.

— Je jure devant Dieu que je ne partirai plus jamais aussi longtemps sans ma trousse de toilette !

Je lui file un coup de coude dans les côtes.

— Dis, tu vas t'arrêter à la fin ! C'est un génocide que tu regardes.

Mais je suis tellement hilare qu'il faut que j'aille pisser.

— Non, mon amie, c'est un mauvais film que je regarde, répond Simon.

Il se tait soudain.

La femme est tombée dans la rivière. Elle remonte à la surface. L'eau dégouline dans ses yeux. Elle est entourée de cadavres de bébés. Ils ondulent à la surface de l'eau, nus, les yeux grands ouverts, sans vie. Elle les repousse, criant, hurlant, gémissant de terreur et de révulsion.

— Merde ! lance Simon. On se casse.

— Non.

— Viens, Emilia. Tu n'as pas besoin de ça.

J'insiste. Je lui rappelle que je ne suis jamais sortie au milieu d'un film, aussi mauvais soit-il. Nous sommes allés voir tous les films asiatiques ennuyeux jamais projetés sur un écran de la ville de New York. *Épouses et concubines*, *L'Odeur de la papaye verte*, *Épouses de la papaye verte*, *La Papaye verte des concubines II*. Nous sommes allés voir ces films atroces de notre plein gré et avons supporté leurs fins sinistres, et même leurs génériques. Impossible de partir, question de fierté.

Simon m'entoure de ses bras et me soulève de mon fauteuil.

— Debout, jeune dame, dit-il en m'entraînant vers la sortie.

Arrivés dans l'entrée du cinéma, nous enfilons nos manteaux et nos écharpes. Le nouveau manteau noir de Simon gonfle comme une cape lorsqu'il l'envoie sur ses épaules et lui donne un air singulièrement débonnaire. Tous les vêtements de Simon sont noirs, gris ou blancs. Son appartement est entièrement gris. Simon justifie la monotonie de sa palette par son prétendu daltonisme. Mais il n'est pas daltonien. Simon est juste un homosexuel sans aucun sens du style. Il est grand, un peu cadavérique et a les yeux exorbités d'un hyperthyroïdien. Son front commence à se dégarnir et il se coupe les cheveux si courts que son crâne apparaît nettement sous ce qu'il en reste. Néanmoins, dans son genre un peu lugubre, il est séduisant.

— Bon, qu'est-ce qu'on fait maintenant ?

— On va s'acheter des chaussures ?

— Pourquoi tout le monde veut-il m'entraîner dans ces foutus magasins de chaussures ? Mindy a insisté pour que je l'accompagne chez Manolo Blahnik. Qu'est-ce qui vous donne à tous l'impression qu'acheter des chaussures va me remonter le moral ?

— Tu aimes les chaussures.

— Oui, tout comme j'aime les sushis, mais personne ne s'imagine qu'un rouleau californien va résoudre tous mes problèmes. Et j'aime Jane Austen, mais personne ne s'imagine que relire *Orgueil et préjugés* va me consoler de la perte de mon bébé.

— Tu m'aimes et j'imagine que je peux t'aider à te consoler de la perte de ton bébé.

Simon ne me regarde pas en disant cela. Il regarde ses pieds et enroule son écharpe écossaise deux fois autour de son cou. Il ne voit pas mes yeux brillants de larmes, et il n'ajoute pas un mot. Peut-être parce que ses yeux aussi sont remplis de larmes. Je glisse la main dans sa poche.

— D'accord, parfait. Va pour les chaussures. C'est tout de même une meilleure idée que l'autre lubie de Mindy.

Et je prends la direction de notre boutique de chaussures préférée.

— Quelle lubie ?

— Une marche du souvenir, dis-je en frissonnant.

— Une quoi ?

Contrairement à moi, Mindy a intégré un groupe de soutien de bon cœur. Elle essaie d'avoir un enfant et a fait trois fausses couches en deux ans. Elle consulte un psychologue du deuil et participe activement à deux forums sur l'infertilité. Parfois je pense que mon sens de la dérision est la seule chose qui retient Mindy de créer un site entièrement dévoué à sa bataille contre l'infertilité, illustré par un concerto pour violon et un clip art de chérubins ailés. Elle m'a entraînée dans sa dernière folie en tirant expertement sur la corde sensible des jardins d'enfants pleins de bébés de Central Park.

— Ce dont tu aurais vraiment besoin, a argué Mindy, c'est de te balader dans le parc avec d'autres personnes comme nous.

— Des personnes comme nous ?

— Qui ont vécu la perte d'un enfant. Pour que tu puisses reprendre le parc aux mères arrogantes.

Le plan de Mindy pour « reprendre le parc » consiste à me faire participer à une marche de groupe. Cet événement annuel se déroule normalement en octobre, un mois qui s'est vu attribuer l'honneur discutable, par

Ronald Reagan en personne, d'être proclamé mois du Souvenir national des femmes enceintes et des nourrissons disparus. Tout un mois dédié aux bébés disparus lors de fausses couches et de grossesses extra-utérines, aux mort-nés et aux victimes de la mort subite du nourrisson. Cette année, nous avons la chance de nous voir offrir une marche supplémentaire pour commémorer la disparition du fils de la fondatrice de la marche new-yorkaise.

— Nous allons célébrer sa grossesse extra-utérine ? ai-je demandé.

— Ne fais pas ta garce, Emilia, m'a grondé Mindy. Elle a perdu deux bébés atteints d'une maladie génétique des reins. Le plus âgé est mort il y a dix ans, le 29 février. Nous lui rendrons hommage lors de cette marche spéciale parce que c'est une année bissextile.

Je me suis sentie suffisamment embarrassée et repentie pour consentir à accompagner Mindy et ses marcheurs douloureux.

— C'est très thérapeutique, tu verras, a-t-elle conclu.

— J'en doute.

— Tu veux que je t'accompagne ? me propose à présent Simon.

— Dieu du ciel, non !

Je m'achète une paire de bottes en cuir rouge que je ne porterai sans doute jamais, et Simon, une paire de chaussures à lacets en cuir verni blanc dont je *sais* qu'il ne les portera jamais. Il ne les achète que parce que le vendeur porte les mêmes et lui dit qu'il les trouve chouettes sur lui, qu'elles mettent en valeur ses longs pieds élégants. J'attends qu'il enchaîne sur le vieil adage postulant qu'il y a un lien entre la taille des pieds et celle du pénis, mais il n'a pas besoin de le faire, il est déjà en train de pratiquer à Simon une fellation plantaire. Quand il disparaît pour aller chercher la pointure au-dessus, je dis :

— Je ne suis pas sûre que la grand-mère de Jack aurait approuvé les chaussures blanches avant les grandes vacances.

— La grand-mère de Jack ?
— Isabel, experte en style.
Simon fronce les sourcils. On dirait des ailes de pigeon en plein vol. Son air de clown triste me donne envie de le baffer.
— Le prénom du bébé vient d'elle ?
— Oui.
Je m'abstiens de faire d'autres commentaires. J'ai une furieuse envie, aussi cruelle qu'inacceptable, de lui dire que le vendeur a bien mérité sa commission. Je me retiens, parce que Simon n'est pas seulement mon meilleur ami, il devient doucement mon unique ami. Je ne veux pas l'obliger à prendre du recul, lui aussi. Je ne peux plus supporter mes amis parents et mes amies enceintes. Même Mindy est limite. Elle s'imagine que nous sommes membres de la même communauté de mères endeuillées, que nous sommes sœurs de douleur, que nous allons nous asseoir ensemble sur un banc et tirer des tronches sinistres aux mères qui se pavanent fièrement avec leurs poussettes et leurs ventres gonflés. Quand je suis avec Mindy, je me retiens sans cesse de lui cracher au visage qu'elle n'a pas la plus petite idée de ce que j'endure, qu'un filament d'ADN qui flotte dans une cuvette de toilettes pleine de sang n'est pas un bébé, qu'on ne peut en rien le comparer à un enfant mort qu'on tient dans ses bras. Ce qui ne ferait aucun bien à notre amitié.
Simon est le seul ami dont je suis quasiment certaine qu'il n'aura jamais d'enfants, et que je ne peux donc pas écarter, même si ses froncements de sourcils tristes quand je prononce le nom d'Isabel me paraissent artificiels. Et puis, je sais qu'il m'aime, et qu'il est malheureux pour Isabel, lui aussi. Je crois même que c'est la seule personne extérieure à la famille, à l'être sincèrement. Ce n'est pas de sa faute si je n'apprécie pas sa manière d'exprimer sa tristesse. C'est moi qui attends trop de lui.

Je demeure silencieuse pendant le déjeuner. Simon prend presque toute la conversation à son compte, ce qui n'est pas dans nos habitudes. En temps normal, elle rebondit naturellement de l'un à l'autre. En temps normal, nous nous offrons notre petit moment Emilia et Simon. Nous sommes tout ouïe l'un pour l'autre. Et ce, depuis notre première rencontre à l'école de droit, dans le groupe d'étude que nous formions avec une poignée d'autres étudiants de notre section. Je n'ai pas fait long feu dans le groupe, ils étaient bien trop sérieux et appliqués pour moi. Mais Simon a tenu le coup, et durant le reste de l'année, il m'a généreusement fait profiter des idées du groupe, violant non seulement son règlement, mais le contrat en bonne et due forme établi par l'un de ses membres les plus névrosés, lu, approuvé, et signé par tous les autres.

Simon picore sa salade César. Je termine la mienne et commande des frites de patates douces.

— Je redoute ce week-end, me confie Simon.

— Pourquoi ?

— J'ai encore droit à une soirée de célibataires. On pourrait croire que mon homosexualité me dispenserait d'assister à ces soirées terrifiantes, mais non. Chaque fois qu'un de mes anciens colocataires de fac se marie, on s'attend à ce que je m'envoie des tequilas frappées en regardant une jeune Russe s'entortiller autour d'un pilier. Et franchement, Emilia, tu n'as pas idée de la nudité de ces filles. Je pourrais obtenir une bourse en gynécologie.

Je crois que je vais vomir ma salade César. La serveuse m'apporte mes patates douces frites et je les fixe bêtement. On dirait un tas de cheveux qu'on vient de tondre. Je frissonne. Morte.

— Je ne comprends pas pourquoi on ne fait pas fermer ces boîtes, continue Simon. Elles n'ont rien de clandestin. Ces filles taillent des pipes là-dedans. J'ai même failli y avoir droit. Moi ! Tu m'aurais vu essayer d'expliquer le mot « homosexuel » à une adolescente qui venait de quitter sa ferme de Moldavie, j'étais pitoyable. J'ai fini par la payer pour qu'elle ne me touche pas.

Je suis incapable de répondre. J'ai la gorge serrée. Je suis en train de me représenter mon père et la strip-teaseuse russe dont il prétendait être amoureux. La fille de Plainfield, dans le New Jersey, qu'il est allé voir tous les lundis matin pendant un an. La fille pour laquelle il tirait mille dollars chaque lundi à neuf heures précises, au distributeur de la Citizens First National Bank. Si je n'avais pas initié ma mère aux joies des services bancaires en ligne, elle n'aurait jamais remarqué ces transactions. Et encore, elle ne les aurait sans doute pas remarquées si elles n'avaient été si régulières et si rigoureusement identiques. À mesure que les relevés se téléchargeaient de leur compte bancaire à son programme Quicken, avec un agréable glougloutement, ma mère est devenue de plus en plus perplexe. Finalement, réactionnaire dans l'âme, elle s'en est remise au papier et a tiré leurs vieux relevés envoyés par la poste, qu'elle a étudiés pour la première fois de sa vie. Elle a fini par comprendre pourquoi, bien qu'étant mariée à un avocat en vue, président de l'Association du barreau, élu avocat immobilier du nord du New Jersey de l'année à deux reprises, il ne restait jamais assez d'argent pour qu'elle fasse une croisière par an, comme ses amies, ou pour qu'elle s'offre l'entraîneur à domicile dont elle rêvait pour l'aider à perdre du poids, et une voiture plus attrayante que sa vieille Honda Accord. Au début, elle a pensé qu'il jouait. Elle lui a collé les relevés sous le nez et elle l'a supplié d'aller s'inscrire aux Joueurs anonymes. Ma mère m'a raconté que leur dispute a duré jusque tard dans la nuit, et que le jour se levait presque quand il a fini par avouer que l'argent allait à Oksana.

Je me la représente avec un grand front, des cheveux ondulés réunis en un chignon rond au sommet de la tête, des lèvres pulpeuses. Mon père a prétendu qu'elle n'avait que quelques années de moins que moi, mais je l'imagine bien plus jeune, à peine sortie de l'adolescence. J'ai réussi à lui enlever ses patins à glace, mais la tenue demeure. Pomponnée pour les besoins de ma rêverie, elle ne porte pas de justaucorps rose pâle pour simuler la peau, c'est sa véritable peau qui apparaît à travers sa minijupe en lambeaux pailletés et ses lanières. Quand je les imagine ensemble, mon père et sa pute russe, je les vois exécuter une sorte de triple lutz[1] pornographique. Je suppose que si elle s'était prénommée Nadia ou Olga, je les aurais plutôt vus exécuter des saltos arrière sur les barres asymétriques. Le plus pathétique dans cette histoire, c'est que mon père affirmait qu'Oksana était amoureuse de lui. Qu'elle ne le considérait pas comme un client mais comme son amant, son petit ami, l'homme qu'elle aurait voulu épouser si elle l'avait pu. Il a avoué ça à ma mère alors que le soleil se levait sur les arbres aux couleurs flamboyantes de ce jour d'automne frisquet annonciateur de l'hiver. Et puis il est parti travailler. Ma mère m'a appelée au bureau. J'ai pris l'autobus de Port Authority et j'étais à la maison moins d'une heure plus tard. À temps pour lui écarter les cheveux du visage alors qu'elle vomissait. Je l'ai aidée à faire les valises de mon père, et je l'ai toisée, les bras croisés, quand elle a essayé de revenir sur sa décision.

— Nous sommes mariés depuis trente ans, a-t-elle invoqué.

Elle était dans sa chambre, une pile de pulls en laine dans les bras. Sa robe d'intérieur était mal boutonnée, un bout du col pointait sous son oreille, et ses petits pieds potelés aux ongles vernis de rose étaient nus.

— Vingt-neuf, ai-je corrigé.

— Presque trente.

— Il t'a trompée pendant combien d'années ?

— Je ne sais pas.

---

1. Figure en patinage artistique. *(N.d.T.)*

Elle a rangé les pulls dans la valise, les intercalant de papier de soie.

J'ai attrapé le papier et j'en ai fait une boule que j'ai envoyée à la poubelle. J'ai ouvert le tiroir à sous-vêtements de mon père et, retenant mon souffle, j'en ai jeté le contenu dans un fourre-tout.

— Il dit que cette Russe est amoureuse de lui.

— Ouais, c'est ça. Et les autres Russes, elles l'aimaient, elles aussi ?

J'ai regardé par-dessus l'épaule de ma mère quand elle a envoyé un e-mail à mon père pour lui dire où il pourrait trouver ses affaires, et je suis allée déposer les valises dans un Ramada Inn sur la Route 17, pas trop loin de son bureau. J'ai réservé une chambre à son nom et réglé la note avec une carte de crédit de ma mère, imitant sa signature que j'avais apprise à contrefaire au lycée. Quand je suis retournée à la maison elle se tenait dans le hall d'entrée, toujours en robe d'intérieur.

— Je ne sais pas si j'en suis capable, Emilia.

J'étais sur le perron. Je faisais sauter les clefs dans ma main.

— Je ne te le pardonnerai jamais si tu le laisses revenir, maman.

Ma mère m'a dévisagée, le visage spongieux et pâle.

— Oh !

Elle a piétiné sur place, et j'ai compris qu'elle était au bout du rouleau. J'ai également compris qu'elle n'oserait jamais me dire que, quels que soient mes sentiments, c'était elle, et non moi, que mon père avait trahie.

— Je suis désolée, ai-je dit.

J'ai couru jusqu'à elle, je l'ai entourée de mes bras et elle s'est affalée sur moi, douce et humide, comme si le désespoir suintait de sa personne, trempant sa peau et ses vêtements.

— Je n'avais pas le droit de te dire ça.

C'était un fait. Mais il était également vrai que je ne lui aurais jamais pardonné de laisser mon père revenir, et elle le savait aussi bien que moi.

Assise dans un café de Soho, face à Simon, je n'arrive pas à me sortir mon père et sa jeune strip-teaseuse russe de la tête. Je vois son dos nu, sa peau flasque et grise, ponctuée de taches de naissance brunes. Je vois le visage lisse de la jeune fille posé sur son épaule. L'air ennuyée et anxieuse, elle regarde l'horloge au-dessus de la porte ; elle scra châtiée s'il lui prend trop de temps. Je sais que j'ai une imagination très vive que l'abus de télévision et de romans gothiques a rendu tortueuse, et que je souffre d'un complexe d'Électre qui mériterait vingt ans de séances sur le divan de Freud. Je sais aussi que, comme mon ami Simon, mon père est un homme très sensible. Comment fait-il pour se supporter ?

— Emilia ?

— Pardon ?

— Tu as entendu ce que je viens de dire ?

— Non, je suis désolée.

— Je te parlais d'une danseuse de seize ans.

— Je crois que je vais me sentir mal.

— Je sais. C'est répugnant. Et que font les flics, pendant ce temps-là ? Que fabrique le FBI ? Ils font des descentes chez des fumeurs de marijuana ? Ils nous protègent de toutes ces vieilles dames souffrant d'un cancer aux ovaires qui font pousser du haschisch dans leur jardin ? Et n'oublions pas le temps et l'argent que le ministère de la Justice dépense pour rédiger des mémos en faveur de l'interdiction de l'avortement thérapeutique.

Avec ses doigts, il mime des guillemets pour ponctuer sa petite citation :

— Faut s'assurer que ces femmes aux bébés hydrocéphales aient le temps de prison qu'elles méritent. On vit dans un pays complètement foireux, tu le sais, ça ?

Simon parle de plus en plus fort. En temps normal, c'est un être tranquille à la verve sardonique qui marmonne dans sa barbe. Mais quand une injustice le met en colère, quand il défend un point de vue politique, Simon peut monter sur une tribune improvisée et beugler comme le meilleur des politiciens. Je le laisse continuer, espérant que son indignation sonore camouflera mon silence. Je trouve étrange de ne jamais avoir parlé de mon père à Simon. Je comprends presque mieux pourquoi je ne me suis pas confiée à Jack. Après tout, mon mari voit mon père très régulièrement et doit feindre l'affection. Simon n'a rencontré mon père qu'en de rares occasions, et la sauce n'a pas pris. Même s'il ne l'admettra jamais, au contraire, il collerait son poing dans la gueule de toute personne qui l'en accuserait, mon père, donateur de longue date du Parti démocrate, ancien membre de la Jeune Ligue communiste, sybarite sexuel, est homophobe. Il est le seul à qui on a dû expliquer pourquoi mon cousin Seth, qui vit dans une ville voisine de Fairlawn et que j'ai souvent vu durant mon enfance, met de l'eye-liner et porte des pantalons taille basse en cuir à presque toutes les réunions familiales. Quand ma tante Irène a fini par lui dire, comme si elle s'adressait à un enfant attardé, que Seth « préférait les garçons aux filles », la couleur a déserté son visage et il est resté bouche bée. Je ne l'ai jamais plus vu serrer son neveu dans ses bras, depuis. Dans les rares occasions où Simon et lui se sont croisés, il s'est toujours débrouillé pour éviter d'avoir à lui serrer la main. Simon serait trop content d'entendre une histoire vile sur mon père, et je ne comprends pas pourquoi je ne parviens pas à me confier à lui, pourquoi je me montre si loyale envers un homme apparemment étranger au concept.

L'homme qui me fait face, en revanche, ne croit en rien tant qu'à la loyauté. Depuis dix ans, c'est un ami presque inconditionnel et, au cours des derniers mois, il m'a soutenue en dépit de ma mauvaise humeur. Pis, en dépit de ma morosité. Je l'interromps :

— Simon. J'ai quelque chose à te dire, Simon.

— Quoi ? il grimace, en réaction à la tension dans ma voix.

— Tu es mon meilleur ami, Simon. Je t'aime.

— Et ?

— Et rien. C'est tout ce que je voulais te dire.

— C'est tout ? Je sais que tu m'aimes, ma chérie. Et je t'aime aussi.

Il prend une de mes frites, la trempe dans l'aïoli et la fourre dans sa bouche.

— Je ne te mérite pas. Tu es trop bien pour être mon ami.

— Oh, je t'en prie. De combien de mecs atroces tu m'as sauvé ?

Il frissonne.

— N'as-tu pas terrifié l'horrible Christopher jusqu'à ce qu'il me rende toutes mes affaires ? Et où étais-je, moi, pendant ce temps-là ? J'attendais, tremblant dans l'ascenseur, en maintenant les portes ouvertes.

— C'était pas un mec pour toi.

— Précisément ! Alors, tu as foncé à son appartement et tu m'as récupéré deux boxers noirs Hanro, mon beau jean Diesel, et ma brosse à dents. Tu t'es même débrouillée pour me rapporter une bouteille de shampooing qui ne m'appartenait pas ! J'adore ce shampooing, d'ailleurs. Je n'utilise que celui-là depuis. Bumble & Bumble. Hors de prix. Ça va chercher dans les un dollar cinquante la pellicule.

Je ne me laisse pas distraire.

— Tu es si merveilleux avec moi, depuis la mort d'Isabel.

— On va sortir les violons ? Parce que, si c'est le cas, il va me falloir un dessert. Je ne peux pas supporter les grosses émotions sans dessert. J'ai entendu dire qu'ils faisaient une tarte incroyable ici.

— Tu n'aimes pas les tartes ! William et toi, vous êtes les deux seules personnes de l'univers à ne pas aimer les tartes.

— Comment va le cher petit William ? Il fait sa thèse ? Il entre en première année de médecine ?

Simon feint le mépris pour mon seul bénéfice. En réalité, il aime beaucoup William. Je suis jalouse de son aisance avec l'enfant. Quand il nous rend visite, ils finissent invariablement par parler à bâtons rompus de Philip Pullman, leur intérêt commun, ou par s'enfermer dans la chambre de William, et s'atteler à une réplique sophistiquée de l'univers en Lego. Je crois que Simon voit en William l'enfant qu'il a été : un enfant maladroit, précoce, plus à l'aise avec les adultes qu'avec les enfants de son âge, un marginal capable d'expliquer le mouvement des lunes de Saturne, mais incapable de demander à un autre gosse de jouer avec lui dans les cages à poules.

— Il est en grande forme.

Je lui raconte le fiasco d'eBay.

— Oh ! mon Dieu. Ma pauvre chérie. Quel cauchemar !

Il boit une gorgée d'eau gazeuse.

— Je suis sûr qu'il voulait juste se faire un peu d'argent. Je cherchais toujours des moyens de me faire de l'argent de poche quand j'étais petit.

— Il n'a pas besoin d'argent de poche, sa mère lui offre tout ce qu'il veut.

— N'empêche, ce n'est pas de *l'argent*. Des espèces sonnantes et trébuchantes. Je demandais toujours à ma grand-mère de me donner l'argent de mon anniversaire en petites coupures pour en avoir plus. J'aimais le simple fait d'avoir plein de billets. Je les étalais sur mon lit et je me roulais dedans.

— Il est trop petit pour ça.

— William ? Il n'est trop petit pour rien. Ton beau-fils est plus vieux que nous, ma douce.

8

Nous sommes à nouveau mercredi et il pleut. Ça va rendre mon trajet jusqu'à la halte-garderie plus désagréable, mais, au moins, je n'aurais pas à traverser un parc plein d'enfants. Je garde de mes premières visites à Central Park, avec mon père, le souvenir d'un lieu désert et paisible. Je ne fais pas allusion à une paix bucolique, bien sûr. Au début des années quatre-vingt, le parc était un endroit négligé. L'Étang de la Tortue était rempli de canettes de bière, et la Prairie aux Moutons, pleine de moutons, que l'on forçait à se nourrir de terre plutôt que d'herbe. Mais, à cette époque-là, mon père n'était que nostalgie pour les sentiers et les terrains de jeux du parc, et nos visites tenaient du pèlerinage, aussi miteux et déserté qu'il fût. Il avait grandi dans l'Upper East Side, dans une famille qui ne pouvait se permettre des vacances dans les Catskills qu'un seul mois par an. Durant le reste de l'été, Central Park était son terrain de jeux. Tous les six mois, quand nous avions une ou deux heures à tuer entre la file d'attente du kiosque à billets de théâtre demi-tarif et notre séance de cinéma du début de l'après-midi, au lieu de nous entraîner chez Bloomingdale ou au Gotham Book Mart, mon père nous emmenait au parc. Ma mère n'aimait pas ces excursions. Elle avait peur des agresseurs et des jeunes types qui nous proposaient des joints sur notre passage. Ses craintes n'étaient sans doute pas déraisonnables ; le parc était un endroit bien plus dangereux à l'époque. Et ces jeunes nous haranguaient davantage pour nous intimider que parce qu'ils s'imaginaient qu'un père de famille prospère accompagné de sa femme en manteau de fourrure et de sa fillette en collant blanc et chaussures vernies noires étaient là pour se procurer de l'herbe. Mais j'adorais traverser le parc avec mon père. Il me désignait les terrains où il jouait au base-ball avec ses frères et leurs amis, il enfouissait la pointe de sa chaussure à la base de l'arbre où Bobby Finkelman avait enterré son dollar en argent canadien de 1946.

Une fois, quand j'avais dix ans, nous nous y étions promenés seuls, lui et moi. Je ne me souviens plus pourquoi ma mère avait décidé de ne pas nous accompagner. Peut-être qu'elle était enrhumée, ou que mon père et elle s'étaient disputés, ou qu'elle n'avait pas envie de voir *Dreamgirls*. Ce jour-là, mon père m'avait emmenée à l'Harlem Meer. Toute une aventure. Le ciel gris était menaçant, et la vieille cabane n'était encore qu'une carcasse calcinée couverte de graffitis et empestant l'urine. Je n'avais jamais mis les pieds à Harlem auparavant. J'imaginais l'endroit sombre et effrayant, plein de gens sombres et effrayants. Ignorant mon appréhension, mon père m'avait entraînée autour du Meer, me désignant les falaises de schiste et les différentes variétés d'arbres qui poussaient sur les pentes, souriant aux passants, même aux vieux ivrognes qui buvaient au goulot des bouteilles de vin enveloppées dans des sacs en papier froissé. Je reconnais aujourd'hui l'expansivité maladroite du libéral gêné, mais à l'époque, il n'était rien de moins qu'un militant pour l'équité raciale et, après avoir suffisamment surmonté mon appréhension pour voir au-delà des signes de vandalisme, un protecteur de la beauté sauvage du coin le plus au nord du parc.

J'ai commencé à explorer le parc seule quand j'ai emménagé à New York. Il commençait tout juste sa lente transformation. Et troquait sa sauvagerie urbaine, ses sans-abri poussant des caddies de supermarché et ses jeunes Noirs arborant de gros colliers en or et fourguant du crack, pour une sauvagerie pastorale, des femmes blanches observant des fauvettes jaunes à l'aide de jumelles onéreuses et des vieux Noirs guettant des perches truitées. Mue par une bravoure pionnière, je traversais seule les parties les plus isolées du parc, comme le ravin qui s'étend de la patinoire à la piscine. Aujourd'hui, grâce à l'administration de Rudy Giuliani, pour qui nous autres libéraux n'admettrons jamais avoir voté, mais qui nous inspire une admiration rageuse chaque fois que nous traversons cette ville virtuellement sûre, même les sentiers du Ramble sont surpeuplés. Jadis, seuls des hommes empruntaient les chemins de randonnée, anonymes, notamment autour de la péninsule du Point, où ils ignoraient les oiseaux pour s'adonner à une distraction plus terre à terre. Aujourd'hui, c'est la mêlée générale. Oh ! les hommes sont toujours là (notamment le sybarite que j'ai croisé à plusieurs reprises avec sa chaise pliante ; l'inconfort d'un rocher ou d'un tronc d'arbre, très peu pour lui), mais ils ont été rejoints par les hordes de touristes, les employés de bureaux pique-niqueurs, les personnes âgées en promenade, et des enfants en sortie scolaire armés de listes plastifiées énumérant les différentes essences forestières. Néanmoins, durant l'hiver, quand il pleut, j'y trouve la solitude avec bonheur.

Je ne suis pas seule dans l'ascenseur, mais mes compagnons sont trop captivés l'un par l'autre pour me saluer. Les yeux sur les portes, je fais mine de ne pas remarquer que le guitariste a glissé la main sous le ciré jaune de sa compagne gloussante. Quand nous arrivons dans le hall, il lui pince les fesses avant de retirer sa main prestement. Je me suis tellement concentrée à ne pas les regarder, que je ne me suis pas préparée à ma traversée du parc. Quoi qu'il en soit, il tombe une pluie glacée, et même les plus coriaces des petits New-Yorkais ne sortent pas par ce temps-là.

Ivan ouvre son parapluie au-dessus de ma tête et s'apprête à me siffler un taxi. Il fronce les sourcils quand je lui dis que je préfère marcher et me propose le parapluie de rechange qu'il garde à l'intérieur. Je désigne l'énorme capuche de mon long imperméable et soulève un pied chaussé d'une grande botte en caoutchouc au motif léopard du plus bel effet. J'ai failli laisser ces bottes réjouissantes dans le placard du couloir, elles me semblaient former un contraste trop indécent avec l'humeur que je m'ingénie à entretenir depuis plusieurs mois. Mais je n'ai pas été assez lamentable pour sacrifier une paire de chaussures si parfaite dans l'unique but de me prouver que ma vie était foutue. De plus, ces bottes vont me permettre de satisfaire ma vieille envie de parcourir le parc sous la pluie sans craindre de m'éloigner des sentiers battus. Je vais pouvoir traverser le Ramble, et patauger dans la gadoue des bois et du marais. Il y a deux ans, en franchissant le Ramble, je suis tombée sur une petite bicoque en bois et je veux crapahuter un peu partout pour la retrouver.

Je prends le chemin du lac, et aux environs de l'Étang aux Azalées, je quitte la route et coupe à travers les buissons. Le Ramble est traversé par plusieurs chemins, si bien qu'au début j'ai du mal à me sentir franchement intrépide. Cependant, comme ils ne débroussaillent pas les sentiers en hiver, pas plus qu'ils ne les débarrassent de ce que le vent y a déposé, je finis par m'égarer. Les brindilles desséchées craquent sous mes pas en dépit de l'humidité, et je ne vois pas très loin devant moi. Je n'entends même pas le trafic qui, d'ordinaire, murmure en fond sonore. Le bruit de la pluie noie tout le reste. Je savoure ma solitude avec délice. Je pourrais aussi bien me trouver dans les Adirondacks ou sur une section isolée du sentier des Appalaches. J'escalade un rocher en m'agrippant à sa paroi froide et moussue, serrant bien les orteils dans mes bottes, pour ne pas glisser.

Soudain, du coin de l'œil, je distingue un mouvement de l'autre côté du rocher. J'essaie de me replier vers l'arrière, mais je ne trouve aucune prise sur le rocher glissant. J'atterris sur les fesses, sentant une douleur me foudroyer le coccyx. Un homme vêtu de deux sacs-poubelle noirs, un pour son buste, avec deux trous pour les bras, et un autre en guise de capuche avec un trou pour son visage, se déplie devant moi et me domine soudain, visage tordu par la rage, bouche ouverte sur des dents jaunes ébréchées et une longue langue bleuâtre.

Je hurle, songeant immédiatement au tueur en série qui a violé et matraqué une joggeuse de Central Park, l'abandonnant le crâne enfoncé, avec pour seul avenir un best-seller racontant comment elle a réappris à parler, à lire et à marcher, et une culpabilité éternelle pour avoir joué un rôle dans l'incarcération d'un groupe d'adolescents innocents pendant trente ans. L'homme au visage de cendre me dévisage de ses yeux sombres, ses lèvres gercées et fendues remuent. Il regarde mes bottes léopard et recule, en grommelant. J'essaie de me relever, mais je ne réussis qu'à basculer en avant pour atterrir en boule à ses pieds.

Il hurle et se jette sur moi, les mains tendues. Ses ongles sont longs et incrustés de crasse.

La plupart des gens pensent qu'ils possèdent des réserves de bravoure inexploitées dans lesquelles ils pourraient puiser si la situation le nécessitait. Personne ne s'est jamais cru capable d'authentique et profonde lâcheté. Dans l'absolu, tout le monde est une Miep Gies qui fait passer de la nourriture et des cahiers en contrebande à Anne Frank par le placard de l'annexe de la Dutch Opekta Company. Le courage est, pour une large part, une forme d'autoglorification. Les rares moments de courage de mon existence ont tous été mus par mon narcissisme, mon désir de *paraître* courageuse, de montrer aux autres que j'étais une personne de valeur, d'avoir une histoire à raconter qui me mettrait une bonne fois pour toutes dans le camp des Miep et des partisans. Comme la fois où j'ai volé à l'aide d'une femme qui se faisait tabasser par son mari devant un restaurant de la 8e Avenue. J'avais ordonné à mon taxi de s'arrêter, ouvert la portière, et avais invité la victime à monter ; le tout dans un accès de joie insouciante et intense. Le courage est compulsif, son narcissisme est mâtiné de nihilisme. Ce n'est pas que le courageux ne réalise pas la gravité du danger qu'il affronte ; c'est qu'il prend la décision consciente de s'en moquer.

Je bondis sur mes pieds et hurle : « Dégage ! » à pleins poumons.

L'homme sursaute et détale vers les bois sans demander son reste.

Je glisse du rocher, me remets sur pied et file dans la direction opposée, fonçant dans un entrelacs de branchages épais. Je me retrouve bientôt derrière le Balanced Rock, un rocher massif posé sur une dalle de schiste. Je saute au bas de son mètre vingt de hauteur, et je cours aussi vite que je le peux sur le chemin familier, à l'arrière du Loeb Boathouse. Une fois sortie de l'isolement du bois, je m'arrête pour souffler, les mains sur les genoux, et je pleure presque de soulagement. Je me remets à courir en direction d'East Drive et je remonte vers la 79e Transverse, essayant de mettre un maximum de distance entre l'homme et moi. Quand j'arrive à la 5e Avenue, la colère a remplacé la peur. Comment a-t-il osé me prendre *mon* refuge ? Comment a-t-il osé m'effrayer au point de me faire renoncer à mon heure de solitude et m'expulser de mon parc ? Je suis furieuse contre ce fou crasseux, et je suis furieuse contre Central Park. L'Ange des eaux m'a trahie en hébergeant un sans-abri avec la même bienveillance qu'il m'a tendu la main. Pourquoi aimer ce qui se révèle incapable de vous préserver ?

9

Une femme que je n'ai jamais vue attend dans le couloir, devant la classe rouge. Je suis certaine qu'il ne s'agit pas d'une nounou. Pas de doute, c'est une mère. Il est toujours facile de distinguer les mères des femmes dont l'amour est une qualité professionnelle. Non que les mères soient plus manifestement dévouées à leurs enfants. Au contraire. J'ai vu des nounous dont l'amour pour les enfants dont elles s'occupent est si franc, si féroce, si évident, que je le trouve inquiétant car l'objet de leur dévotion peut leur être retiré selon le bon vouloir d'une autre personne, pour des raisons économiques, par pur égoïsme ou suite à un accès de mauvaise humeur. Non, ce qui distingue les mères des nounous, dans les couloirs des maternelles, c'est la différence de classe sociale, d'âge, et de confiance en soi. Certaines femmes sont forcément des nounous, notamment les Noires originaires des îles qui viennent récupérer des fillettes blondes répondant aux noms de Kendall, Cade ou Amity. Si la maternelle de la Rue Y est une maternelle juive qui « célèbre la diversité », il n'y a toutefois pas plus d'un ou deux élèves café au lait par classe. Et personne ne confondrait les mères de ces enfants avec des nounous. L'apartheid qui règne dans le couloir empêche toute confusion. Les nounous des enfants de cette maternelle sont, en général, mieux vêtues que les mères qui, à l'exception des avocates ou des conseillers financiers, adoptent un look artiste débraillé qui leur coûte sûrement les yeux de la tête. De plus, alors que les mères ont l'air dépassées et au bout du rouleau, les nounous paraissent compétentes et solides ; certaines semblent même s'ennuyer. Bien que chaque groupe semble apprécier la compagnie de ses semblables, le rire des nounous est plus discret. Les voix des mères, elles, résonnent fort. Même lorsqu'elles murmurent, elles le font à plein volume. Les nounous sont plus réservées. Elles se saluent chaleureusement et avec un plaisir évident, mais à voix basse, comme pour ne pas déranger.

Cette nouvelle mère est jeune. Son âge est plus proche du mien que de celui des autres. Elle se tient un peu à l'écart, tout comme moi, bien qu'elle glisse imperceptiblement vers les autres mères. Elle croise mon regard et me sourit.

— Bonjour, lance-t-elle.

Je suis si surprise d'être remarquée que je bégaye en la saluant à mon tour. Il y a une autre belle-mère qui a un beau-fils dans la classe rouge, mais elle n'a jamais osé révéler sa lettre écarlate. Je suis la seule à venir chercher le fils de mon mari, et les mères, qui connaissent toutes Carolyn depuis la classe orange, ont uni leurs forces pour me battre froid. Elles ne m'adressent jamais la parole, s'éloignent à mon approche et écartent leurs enfants de moi comme si j'avais la peste, comme si l'adultère était une maladie contagieuse.

— Nous sommes nouveaux, me dit la jeune femme. Je m'appelle Adik Brennan. Je suis la mère de Frida. Nous venons de L.A.

— Oh ! réponds-je, sonnée.

Je jette un œil vers les autres mères pour voir laquelle d'entre elles va s'avancer pour escorter Adik dans leur cercle et l'éclairer sur son erreur.

— Je m'appelle Emilia.

Pour ne pas gâcher cette opportunité d'échange, je n'explique pas ma relation avec William.

— Ce n'est pas très commun. Quoique, c'est bien à moi de parler, pas vrai ?

— Oui, enfin, euh, non…
— Je n'arrive pas à croire à ce temps. J'ai appelé un service de chauffeurs pour me conduire ici. Pas la peine d'essayer d'attraper un taxi avec cette pluie.
— Votre fille s'appelle Frida ?
— Oui. Comme Frida Kahlo. Je sais, vous vous dites probablement qu'elle a été complètement récupérée et galvaudée. Qu'elle symbolise presque le féminisme poids plume. Et il ne fait aucun doute que le monde de l'art a évolué bien au-delà des politiques identitaires.
— Hum.
— Mais j'adore Frida Kahlo depuis le début. Comme toutes les étudiantes en art. Je fais toujours référence à elle dans mon travail, même si ma peinture est non objective.
Elle encadre le mot « peinture » en mimant des guillemets de ses doigts.
— Aujourd'hui je m'inspire d'une palette d'artistes assez large. Vous connaissez le travail de John Currin, ou du photographe Philip-Lorca diCorcia ?
— J'ai vu *Frida*. C'était assez terrible.
Je rougis.
— Le film ? Pas vu. Je ne m'intéresse pas au cinéma. J'éprouve des difficultés à suivre les narrations linéaires.
Quelqu'un me touche le coude. Je sursaute. C'est Sonia, la nounou de William. Elle porte un manteau noir qui lui arrive aux genoux et des bottes hautes en cuir verni. Son visage est relevé d'ombre à paupières bleue et d'un rouge à lèvres sombre mélodramatique. Je ne l'ai jamais vue comme ça. D'habitude elle semble récurée au gant de crin et ses cheveux sont maintenus en arrière par un bandeau ou un élastique, au lieu d'être étalés sur ses épaules, comme aujourd'hui.
— C'est votre jour de congé, non ? C'est moi qui suis censée récupérer William aujourd'hui ?
Me suis-je trompée de jour ?
— Le Dr Soule me dit de vous donner cela.

Elle me tend un sachet de pharmacie contenant un flacon de médicament rose.

— Pour les oreilles.

— Pourquoi ne l'a-t-elle pas mis dans son sac à dos, ce matin ?

— Elle me donne des instructions. Elles sont très spécifiques.

L'anglais de Sonia est bon. Elle possède un vocabulaire étendu et la construction de ses phrases est en général presque parfaite, à la différence de certains chauffeurs de taxi russes et de vendeurs des boutiques de bagels près de Stuyvesant Town, où j'achetais mon petit déjeuner chaque matin avant d'emménager avec Jack. Seulement, elle ne connaît que le présent. Je ne l'ai jamais entendue employer un autre temps. Et Jack non plus, bien qu'il ait passé des centaines, et même des milliers d'heures en sa compagnie. Sonia est la nounou de William depuis le jour où Carolyn a repris le travail, quand il avait six mois.

— Mais c'est votre jour de congé. Elle vous fait travailler pendant votre jour de congé.

Sonia a un visage slave, large et plat, qui évoque des ancêtres pilleurs galopant sur des chevaux hirsutes à travers les steppes et les forêts. Elle cligne ses yeux en amande et une moue de mépris vole fugacement sur sa grande bouche, si fugacement que je me demande si je ne l'ai pas imaginée. Peut-être qu'en réalité elle ne méprise pas ma tentative flagrante de me mettre à son niveau, de la convaincre qu'elle et moi sommes du même côté de la barrière, que nous sommes toutes deux des victimes de la puissante Dr Soule. Je me répète pour la millième fois que c'est moi qui ai fait du mal à Carolyn, que je mérite toutes les manifestations de sa colère, tout le venin qu'elle crache dans ma direction, toutes les pierres qu'elle lobe par-dessus le parc, de son appartement de la 5e Avenue au nôtre, dans la 81e Ouest. Il n'empêche que ça me fout en rogne qu'elle se sente le devoir de m'envoyer une émissaire avec des instructions spécifiques sur la manière de faire avaler une cuillerée à café d'antibiotique à son fils.

— Trois fois par jour, il prend cela. Pendant les repas. Il faut le laisser au frais. Mais pas dans le réfrigérateur.

— Comment suis-je censée le garder au frais si je ne peux pas le mettre au frigo ?

Sonia hausse les épaules.

— Le Dr Soule dit également que quand M. Woolf dépose William, cette fois, les vêtements de William sont propres et pliés, pas juste fourrés dans le sac à dos.

— Bon, alors là ça n'est pas juste ! Premièrement, c'est ridicule de nous obliger à retourner ses vêtements tous les vendredis matin, au lieu de nous laisser les garder jusqu'au week-end et, deuxièmement, ils n'étaient pas fourrés dans le sac à dos, je venais de les tirer du sèche-linge, je les avais sans doute pliés un peu vite…

Sonia lève la main.

— Mademoiselle Greenleaf, je suis juste une messagère. Je ne suis pas le Dr Soule, ce n'est pas mon message. Merci de ne pas me hurler dessus.

— Je ne hurle pas.

Sonia est plus jeune que moi. Vingt-huit, vingt-neuf ans je dirais. Mais à côté d'elle, je me fais l'effet d'un bébé capricieux.

— Je suis désolée. Seulement… je suis désolée.

Elle hoche la tête.

— Je vois William et je prends mon congé. N'oubliez pas, trois fois par jour. Frais, mais pas au réfrigérateur.

— Pigé. Frais, mais pas au frigo. Et plié, pas fourré.

Elle hoche la tête.

Nous levons toutes deux la tête vers la porte de la classe rouge. Elle est toujours fermée. Les mères se sont avancées plus près. Adik les a rejointes. Je lui souris, mais elle m'ignore. On a dû lui parler de moi. À moins qu'elle n'ait entendu ma conversation avec Sonia. Quoi qu'il en soit, Adik et moi ne discuterons plus jamais d'art non objectif et de narration linéaire.

10

Impossible d'arrêter un taxi devant la maternelle. Surtout sous la pluie. William et moi sommes déjà trempés, et le foutu rehausseur dans sa housse en vinyle clair est un véritable repoussoir. Je m'entête un peu, faisant de mon mieux pour éviter les nappes d'eau boueuse projetées par les voitures. J'adresse des signes désespérés à tous les taxis, y compris ceux dont les lumières sont éteintes. Finalement, je propose à William :

— Essayons Park Avenue. On aura peut-être plus de chance là-bas. C'est une double voie au moins.

Nous marchons en direction de l'ouest, têtes baissées. William porte la tenue de pluie la plus morose que j'aie jamais vue sur un garçonnet. Les autres enfants portent des imperméables jaune vif, des manteaux en toile huilée fuchsia, des cirés violets. Son imper à lui est vert kaki et se boutonne sur le devant. Enfin, au moins il est fourré de plumes d'oie et semble très chaud. Je frissonne dans le mien. Même avec mon épais pull en laine et mes caleçons longs en soie, je suis frigorifiée. Les bottes de William, également vert morose, sont de simples bottes en caoutchouc ; je crains que ses pieds ne soient aussi glacés que les miens. À Park Avenue, les taxis vont et viennent dans les deux sens, mais ils sont tous pris. Je me maudis d'avoir oublié mon parapluie. J'imagine Carolyn téléphoner à Jack et beugler que j'ai fait attraper un rhume à son fils en l'obligeant à rester sous une pluie glaciale sans parapluie. Pis, j'imagine

Jack et Carolyn penchés sur le petit corps comateux de William branché sur un respirateur artificiel, gonflant et dégonflant ses poumons endommagés par la pneumonie. Désespérés et paniqués par la maladie de leur enfant ils tombent dans les bras l'un de l'autre, s'agrippent l'un à l'autre. Comment ont-ils pu laisser cela leur arriver ? Comment ont-ils pu mettre leur enfant et leur mariage en danger ? Ils renouvellent leurs vœux de fidélité jusqu'à ce que la mort les sépare, si William parvient à s'en sortir.

Je prends la direction du centre-ville, essayant de passer tous les piétons trempés qui attendent des taxis. Nous atteignons l'angle de la 90e Rue et de Park Avenue quand je finis par craquer.

— On va prendre le bus !

— Le bus ?

— Je t'en prie, ne me dis pas que tu n'as jamais pris le bus.

— J'ai déjà pris le bus.

— Dieu soit loué !

— Mais jamais en hiver. Pas pendant la saison des rhumes. Ma mère préfère que je ne prenne pas les transports en commun l'hiver.

J'envoie le rehausseur sur mon autre hanche et je le fusille du regard.

— Ta mère ne voudrait pas que tu restes ici à attendre sous la pluie.

— Tu aurais dû appeler le service de chauffeurs privés de papa.

Bien sûr que j'aurais dû appeler le service de chauffeurs privés. Même un gamin de cinq ans le sait. Seulement, je n'en ai tout bonnement pas eu l'idée. Je ne suis pas le genre de New-Yorkaise à appeler des chauffeurs privés. Je suis le genre de New-Yorkaise à prendre le métro ou le taxi. Je ne prends même pas le bus, en général ; sauf pour me rendre dans le New Jersey.

— L'arrêt de bus n'est qu'à cinq minutes.

— L'arrêt du bus qui traverse la ville se trouve dans la 86e Rue, précise William.

— Tout juste. Allez, viens.

— Emilia ?

— Quoi William ?

— Le Pain quotidien se trouve à l'angle de Madison et de la 85e Rue.

— Le quoi ?

— Le Pain quotidien. Mon café préféré. Sonia m'y emmène souvent. À l'angle de Madison et de la 85e Rue.

— Et ?

— Il semble que c'est le seul café de la ville qui fasse des muffins sans lait.

— Il pleut, William. Nous sommes trempés jusqu'aux os, alors je n'ai pas l'intention de marcher cinq cents, non six cents mètres de plus, pour un muffin sans lait.

William ne pleure pas, mais son nez prend une coloration rouge plus soutenue que celle que le froid peut produire. Il fait la lippe et a soudain l'air du petit garçon qu'il est. Je me fais l'effet d'un monstre. Je suis épouvantable, une véritable harpie. Évidemment qu'il veut un muffin. Quand suis-je devenue le genre de femme à refuser un muffin à un enfant qu'elle est censée aimer ?

— Si tu me promets que tu ne me casseras pas les oreilles et que nous pourrons prendre le bus après.

Le coin droit de sa bouche se relève, il sourit. Nous courons aussi vite que possible jusqu'à la 85e Rue et tournons dans Madison. Le rehausseur et la cantine de William rebondissent entre nous.

Le café est censé évoquer un paysage français. Son sol est recouvert de larges lattes de chêne ciré, doux comme du beurre. Les murs sont terre de Sienne et une immense table rustique trône au centre de la salle où mères, nounous et enfants soufflent sur leurs chocolats chauds et leurs cafés servis dans des bols en lourde porcelaine blanche. Je reconnais deux femmes.

Leurs enfants vont à la maternelle de William. À une autre table, sur le côté, deux mamans sont assises près de deux poussettes couvertes d'un film plastique. Je m'exhorte à ne pas regarder à l'intérieur, à ne pas estimer l'âge de leurs bébés pour le comparer à celui qu'aurait Isabel aujourd'hui. J'entraîne William vers la table communautaire. Quand la serveuse arrive, je commande un espresso et un chocolat chaud au lait de soja. William demande un muffin sans lait, expliquant à la serveuse qu'il est allergique au lactose, donc qu'il ne doit pas consommer de lait, ni de beurre, auquel cas il aurait mal au ventre et des rougeurs.

Au début de ma relation avec Jack, quand je n'étais pas encore versée dans l'art des permutations nécessitées par la pseudo-allergie au lait de son fils, j'avais donné à William un morceau de gâteau à la ricotta qu'il avait joyeusement mangé sans qu'il s'ensuive le moindre effet secondaire. Quoi qu'il en soit, je n'ai jamais eu le courage de parler dudit morceau de gâteau, je n'ai jamais eu le courage de lui dire que l'allergie au lactose de William n'existe que dans l'esprit de Carolyn. À l'époque, réalisant mon erreur, j'avais dit à William qu'il s'agissait de gâteau de tofu au citron. Je n'ai pas envie qu'il découvre, même si deux ans se sont écoulés depuis, que j'ai menti. La serveuse attend toujours, alors je commande mon muffin.

— Sans lait ?

— Non, normal. Fraise.

Quand elle revient avec nos consommations et la note, je lui donne quinze dollars et je lui dis de garder la monnaie. Elle me remercie avec froideur. À voir sa tête, elle a sans doute elle-même toute une panoplie d'allergies alimentaires imaginaires – levure, farine, agrumes, pectine.

William s'est déjà attaqué à son muffin. Il ne commence pas par en lécher le glaçage, comme le ferait n'importe quel enfant. Comme je le fais moi-même. Il mord des petites bouchées tout autour du gâteau, écartant le papier petit à petit. Quand une miette atterrit sur la table, il lèche son doigt et le pose dessus.

Mon gâteau est jaune avec un glaçage rose. C'est le meilleur muffin que j'aie jamais mangé de ma vie. Je lèche le glaçage à la fraise lentement, stoïquement, savourant consciencieusement les arômes de vanille et de fraise, la texture douce et beurrée du glaçage qui fond sous la langue, je ne laisse aucune place dans mon esprit à la femme qui allaite, à l'autre bout de la table.

Victime de son approche occidentale masculine et rationnelle de la dégustation du muffin, William termine son gâteau bien avant moi, et coule un regard envieux vers ma pâtisserie.

— Ils ne font pas de muffins sans lactose avec du glaçage rose.

— C'est bête.

— Juste à la vanille et au chocolat.

— Peut-être que ça ne leur est jamais venu à l'idée d'en faire avec du glaçage rose. Peut-être que tu pourrais laisser une note au pâtissier. J'ai un stylo. Tu veux que je te le prête ?

— Peut-être.

Il se lèche les lèvres. L'intensité de son regard gâche mon plaisir et brise ma concentration.

— Tu veux goûter ?

— J'aimerais bien, mais je suis allergique au lactose.

— Je sais que tu es allergique au lactose, William. La serveuse sait que tu es allergique au lactose. La jeune fille derrière le comptoir des pâtisseries sait que tu es allergique au lactose. Tout le monde dans ce café sait que tu es allergique au lactose. Mais ça ne te tuera pas de mordre un bout de mon muffin. Je suis sûre que ça ne te fera aucun mal.

— Peut-être une toute petite bouchée alors.

Je lui tends mon gâteau. J'ai léché presque tout le glaçage d'un côté, et William prend soin de le tourner pour goûter le côté demeuré intact. Il mord une bouchée délicatement, tenant le muffin à deux mains. On dirait une souris de dessin animé se délectant d'une pépite de fromage. Il me le rend.

— Merci.

— Pas de quoi.

— C'est très bon.

— Oui.

— Je crois qu'il est meilleur que mon muffin sans lait.

— Vraiment ?

— Il était bon. Très bon, même. C'est juste que le tien est meilleur. Un peu meilleur. À cause de la fraise.

Son expression devient grave.

— Ou du beurre.

— Trop bon le beurre.

Il soupire.

Au bout de la table, le bébé repu rote bruyamment. Sa mère rit. Je déglutis, étonnée de pouvoir passer si facilement d'une conversation plaisante sur les muffins, aux larmes.

William regarde le bébé et dit à voix haute :

— Je me demande quel âge il a.

— Il a quatre mois, répond la mère.

— Il a l'air plus vieux. Il est grand pour son âge.

La mère sourit et m'adresse un regard « les enfants ne sont-ils pas délicieux ». J'essaie de répondre à son sourire, en vain.

— Il est plutôt grand, oui.

William sirote son chocolat chaud, pensif.

— Emilia, tu savais qu'Isabel n'était pas vraiment une personne ?

— Quoi ? dis-je dans un souffle – parce que si je ne souffle pas, je vais hurler.

— Elle n'a pas eu le temps d'être une vraie personne. C'est ce que dit la religion juive. Dans la religion juive, un bébé ne devient une véritable personne que lorsqu'il atteint son huitième jour. Isabel n'avait que deux jours quand elle est morte. Ça signifie qu'elle n'était pas une personne. Pas aux yeux de la religion juive.

— Où as-tu entendu ça ?

Il lèche le bord de sa tasse.

— C'est ma mère qui me l'a dit. Je lui ai dit que j'étais un peu triste pour Isabel, mais pas aussi triste que si je l'avais connue pendant longtemps. Pas comme si elle avait eu le temps de devenir ma petite sœur. Alors maman m'a parlé de la religion juive qui dit qu'elle n'était même pas une personne, et elle m'a dit que je n'avais pas à me sentir coupable de ne pas être trop triste.

Je me répète que ce sont les paroles de Carolyn, pas les siennes.

— Isabel était une vraie personne. C'était une personne au même titre que toi et moi, ni plus ni moins.

William ne semble pas troublé le moins du monde par ma véhémence et mes postillons qui éclaboussent la table en chêne.

— Ce n'est pas moi qui dis ça, c'est la religion juive. Ma mère a dit qu'elle était surprise qu'ils nous aient autorisés à organiser des funérailles.

Isabel est enterrée au cimetière de Linden Hill, du Queens. Dans un coin réservé à ses semblables, dont les concessions sont si petites qu'elles occupent un tiers de la place normalement réservée à un adulte. Nous avons enterré Isabel quatre jours après son décès, un délai plus long que celui dicté par la religion juive, sur laquelle William fait apparemment autorité, en raison d'un retard de la morgue de New York, et aussi parce que, lorsqu'un enfant en pleine santé décède sans raison apparente, une autopsie doit être pratiquée, qu'importe si la religion juive refuse l'embaumement du corps humain et impose un enterrement immédiat.

Je portais des lunettes de soleil. La lumière était éblouissante. Mes yeux étaient à vif. J'avais les yeux à vif d'avoir pleuré presque non stop pendant quatre jours, enfermée dans l'appartement, rideaux et stores tirés. La lumière crue du milieu de la matinée avait réveillé la migraine qui rampait sur ma nuque. Les voitures nous ont conduits jusqu'à la fosse. Il n'a presque pas fallu marcher. Tout le monde était là. Mes parents, mes sœurs accompagnées de leurs époux et de leurs enfants, la mère de Jack, nos amis et collègues de travail. Il y avait plusieurs douzaines de personnes massées autour de la minuscule fosse taillée dans la terre et recouverte de rouleaux de gazon vert brillant. Pendant le service, d'autres personnes sont arrivées. Je sursautais chaque fois que j'entendais une portière de voiture claquer.

Le service était assuré par la femme rabbin qui nous a mariés. Je me demandais qui l'avait contactée. Je ne m'étais pas posé la question du rabbin. De mes vêtements, oui. J'avais réussi à consacrer cinq minutes au choix d'une jupe noire simple qui m'arrivait aux genoux et d'un pull, mais il ne m'était pas venu à l'idée de me demander qui réciterait le *kaddish* sur la tombe de notre fille.

Jack a réussi à retenir ses larmes jusqu'à ce que le corbillard entre par les grilles du cimetière. Avant cela il était trop pris par son rôle de consolateur et valet de pied de la mère endeuillée pour accorder beaucoup de temps à sa propre peine. Mon désespoir était dévorant. Il était si envahissant qu'il n'avait laissé aucun espace à celui de Jack. Il avait dû gérer sa tristesse quand il l'avait pu, au détour de la mienne. Les quatre jours précédents, il m'avait bercée, donné des pilules pour dormir, acheté des boîtes et des boîtes de mouchoirs en papier les plus doux, s'était assis à côté de moi alors que je repoussais du bout de la fourchette les repas cuisinés par sa mère et la mienne. Mais là, sur le flanc rocheux de Ridgewood, dans le Queens, le désespoir de Jack l'a submergé, et il a éclaté en sanglots.

Ses larmes n'avaient rien de viril. Il ne les contenait pas, le regard stoïque. Elles coulaient en torrent violent et ses sanglots secouaient tout son corps. Le temps que nous traversions la petite étendue d'herbe qui séparait la voiture du petit rectangle creusé dans la terre, Jack hurlait sa douleur. Quand ils ont descendu le cercueil blanc aux poignées dorées, si petit, si léger que j'avais le sentiment que j'aurais pu le porter sans effort et le serrer contre ma poitrine, il a gémi. Son désespoir était si flagrant, si candide, qu'il mettait ses témoins mal à l'aise. Les femmes pleuraient, et les hommes trépignaient. C'est alors qu'une chose étrange s'est produite. Ses sanglots m'ont provoqué une montée de lait. Le liquide inutile a jailli de mes seins gonflés et douloureux, il a traversé les coussinets en coton et mon soutien-gorge et a dessiné des cercles sur la laine de mon col roulé noir.

Au moment où j'ai senti que je ne pourrais pas supporter cela une minute de plus, au moment où j'allais pivoter sur mes talons et m'enfuir, William a couru vers son père et a entouré ses jambes de ses bras.

— Papa, Papa, ne pleure pas. Ne pleure pas.

— Oh ! mon Dieu ! a répondu Jack.

Il a soulevé William dans ses bras et il l'a bercé, le serrant très fort contre lui.

— Papa est si triste, Will. Papa est tellement triste.

— Seuls les rabbins les plus orthodoxes pensent qu'un bébé de deux jours n'est pas une personne, dis-je à présent à William, m'exhortant à la patience en souvenir de son geste pour réconforter son père. Nous sommes réformistes. Les juifs réformistes savent que les bébés sont des personnes dès la première seconde de vie.

William pèse mes paroles en finissant son chocolat.

— Je crois que je suis orthodoxe, déclare-t-il.

— Tu n'es *pas* orthodoxe.

J'ai une envie effrayante de le baffer.

— Tu n'es même pas vraiment juif. Ta mère est épiscopalienne.

— Je suis moitié épiscopalien, moitié juif orthodoxe.

— On s'en va.

Il ne pleut plus. Je lève la main et un taxi s'arrête aussitôt. Le Dieu de mon beau-fils juif orthodoxe épiscopalien vient de réaliser un miracle.

J'ouvre la portière du taxi et je sors le rehausseur de sa housse.

— Je ne veux pas m'asseoir dans un siège de bébé, se rebelle William.

— Ce n'est pas un siège de bébé.

Avec un immense soulagement, je réalise que je me fous qu'il s'asseye dans son foutu rehausseur. Je me fous qu'il soit attaché par un harnais à cinq points ou qu'il se tourne et se retourne sur la banquette arrière, telle une boule de Loto dans un tambour rotatif. Je lance au chauffeur :

— Ouvrez le coffre.

J'envoie le rehausseur tenir compagnie à une vieille couverture NY Giants et à un carton de balises de trafic.

— Monte, dis-je à William.

Il a les yeux écarquillés.

— Sans rehausseur ?

— Quoi, tu veux ton rehausseur maintenant ?

— Non, non !

William est si content qu'il a du mal à se contenir. Il s'agenouille sur la banquette et regarde par le pare-brise arrière, m'offrant des commentaires croustillants alors que nous passons devant un érable, puis une femme avec un gros chien gris, un barzoï peut-être, ou un lévrier d'Écosse. Je reste immobile, les lèvres serrées. J'essaie de me retenir de hurler au taxi de s'arrêter n'importe où pour que je puisse mettre William en sécurité dans son rehausseur, là où il aurait toujours dû être.

Quand la voiture s'arrête devant notre immeuble et qu'Ivan ouvre la portière, William bondit de la voiture et annonce :

— Je n'ai plus besoin de rehausseur !

— Eh bien, bravo, jeune homme, le félicite Ivan en lui ébouriffant les cheveux de sa main gantée.

Une fois seuls dans l'ascenseur, je lui dis :

— Si tu racontes à quiconque que je te laisse prendre le taxi sans ton rehausseur, William, je te remets dedans. Je te forcerai à t'asseoir dans ton rehausseur jusqu'à tes trente ans.

— Tu n'as pas le droit. C'est six ans ou trente kilos.

— C'est six ans *et* trente kilos. Et tu es plutôt maigrichon. Tu ne pèseras pas trente kilos avant très longtemps. Des années.

William réfléchit. J'ouvre la porte de l'appartement quand il me répond avec un léger sourire conspirateur :

— Je n'en parlerai à personne.

11

Carolyn appelle dès le lendemain soir. Je devine que c'est elle à la première sonnerie parce qu'il est dix heures du soir, et que c'est la seule personne qui ose téléphoner si tard, en dehors de Simon. Mais nous sommes jeudi, et le jeudi soir il fait du bénévolat dans un hospice. (Bien que Simon soit un être altruiste, il ne fait pas cela par bonté d'âme mais pour rencontrer des hommes. Pas des mourants. Il n'est pas aussi ravagé. Il est convaincu que, s'il tient le coup assez longtemps, il finira par rencontrer un séduisant jeune homme gay en mal de réconfort.) Jack est sous la douche quand le téléphone sonne. Je laisserais bien le répondeur prendre la communication, mais je déteste les messages de Carolyn. Il y aura le bip, puis elle marquera une longue pause avant d'ordonner sans préambule, sans même s'identifier : « Jack, rappelle-moi immédiatement. » Bien sûr que nous reconnaissons sa voix, mais ça la tuerait de commencer par : « C'est Carolyn » ? Je comprends sa difficulté à accepter ma présence dans le domicile de son ex-époux, néanmoins le fait qu'elle se comporte comme s'il était le seul à posséder ce répondeur me dérange. Ce qui m'insupporte le plus, c'est qu'il n'y a jamais de véritable urgence. L'immédiateté du rappel de Jack n'est jamais justifiée.

Et merde, me dis-je en répondant à la troisième sonnerie.

— Allô ?

La pause habituelle.

— Je voudrais parler à Jack, s'il vous plaît.

Sa voix est si glaciale, si méchante. Sur UrbanBaby.com, les femmes parlent toutes de sa chaleur, du réconfort qu'elle leur apporte, de sa douce assurance en salle de travail. Je me demande à nouveau s'il existe une autre obstétricienne répondant au nom de Carolyn Soule dans la ville de New York.

— Comment allez-vous, Carolyn ?

— Comment je vais ? Comment pensez-vous que je vais ? Je gère les retombées de votre conduite irresponsable. Alors je ne dirais pas que je suis au meilleur de ma forme.

Ce petit faux jeton m'a vendue.

— Le mot irresponsable me paraît un peu fort.

— Ah bon ? Vous pensez que ce n'est pas irresponsable de laisser un enfant attraper une infection respiratoire ?

— Je vais chercher Jack.

— Une minute. Je n'ai pas terminé. Je sais à quoi vous jouez, mais j'espère qu'un jour vous aurez un enfant et qu'une étrangère lui fera traverser la ville sous la pluie. Peut-être que ça vous donnera une petite idée de ce que je ressens en ce moment. Peut-être que vous comprendrez ce que c'est que de voir votre enfant souffrir.

La pulsion est presque trop forte. Je pourrais si facilement craquer. Lui dire qu'elle a raison, que je ne comprends pas ce que c'est de voir son enfant souffrir, parce que Isabel est morte pendant son sommeil. Je pourrais si facilement répondre à cette horrible bonne femme que je donnerais n'importe quoi pour avoir eu un enfant suffisamment longtemps pour l'envoyer dans la rue sous la pluie dans un imperméable vert sinistre et des bottes en caoutchouc. Ce serait si bon de la culpabiliser, de la mettre dans ses petits souliers, de lui faire ce qu'elle me fait chaque fois que nous échangeons quelques paroles depuis deux ans. Mais je suis si soulagée qu'elle soit en colère à cause de la pluie et ne semble pas au courant de l'histoire du rehausseur – sans parler du muffin au lait –, que je me contente de répondre :

— Je suis vraiment désolée.

Sur quoi, j'emporte le téléphone dans la salle de bains. Jack a fermé les robinets de la douche. Il s'essuie, debout sur le tapis de bain, quand je lui tends le combiné.

— C'est Carolyn.

Il tient le téléphone contre son oreille d'une main, la serviette de l'autre. Je reste dans la salle de bains et je dessine sur la condensation du miroir tout en écoutant ce qu'il dit.

— Salut.

J'entends la voix stridente et vibrante de rage de Carolyn. Je dessine un cercle, des yeux, un nez et un front plissé. J'ajoute des cheveux ondulés dressés au sommet de son crâne, tout en longueur. J'essaie de dessiner un stéthoscope, mais ça ne donne rien.

Jack me regarde. Je murmure :

— J'ai oublié mon parapluie.

Il soupire.

Je retourne à mon dessin, critique. Mon talent limité ne peut pas faire grand-chose pour l'améliorer. Je prends la serviette de Jack et je la plie en deux avant de la pendre sur le porte-serviettes.

— Je crois que tu exagères, répond Jack.

Je me poste derrière lui et je regarde le miroir pardessus son épaule. Des bouts de Jack se réfléchissent sur les lignes du visage furieux de Carolyn.

— Nous savons tous deux que c'est le lot de la maternelle, Carolyn. Tu es médecin. Tu sais qu'ils n'ont pas besoin d'avoir pris la pluie pour se refiler leurs rhumes.

Je tends le bras par-dessus son épaule et je dessine une ligne verticale sur le bord droit du miroir. Un point pour mon mari.

— Oui, je lui en parlerai. Mais je suis certain que ça ne se reproduira pas.

J'efface le bâtonnet avec le bord de ma paume.

Jack demeure silencieux un instant, puis répond :

— Je crois que tu surinterprètes.

Je souffle :

— Quoi ?

Il secoue la tête.

— Alors c'est lui qui surinterprète. Et à quoi ça rime, de toute façon ? C'est terminé, il y est allé, point final. Tu avais donné ton accord. Le psy aussi était d'accord pour qu'il y assiste. Il disait que ça ferait du bien à William, que ça faciliterait le processus de deuil.

— Quoi ?

Il lève la main pour me faire taire. Je laisse glisser mon regard le long de son corps. Son pénis pend, flasque, sur ses testicules. Je le prends dans ma main et je le presse tendrement. Il m'attrape le poignet et secoue la tête.

Je le laisse dans la salle de bains pour aller m'allonger dans notre chambre. Il me suit et s'assoit à côté de moi, parlant toujours à Carolyn. Ils parlent encore près de vingt minutes. Quand la conversation se termine enfin, je sais à peu près à quoi m'en tenir. Après sa nuit passée chez nous, William est rentré chez sa mère en reniflant et s'est essuyé le nez sur les fauteuils en disant que nous avions parlé de nouveau-nés et d'enterrements. Il était si bouleversé, ou plutôt Carolyn a décidé qu'il était si bouleversé, qu'elle a appelé son thérapeute. Le Dr Allerton est convenu que l'enterrement d'Isabel avait été une expérience traumatisante qui avait mis en danger son équilibre fragile, équilibre déjà précarisé par le désarroi causé par le divorce de ses parents. Carolyn est furieuse contre Jack et moi d'avoir forcé William à assister à la mise en terre d'Isabel au cimetière de Linden Hill, entre les corps de Flora Marley Moscowitz née le 17 août 1984, décédée le 1er octobre 1984, et Sebastian Jacob Hillman Baum, enlevé à ses parents le jour de sa naissance, 6 Elul 5759.

Le matin de la mort d'Isabel, Carolyn a été remarquable. Elle a été compatissante et affectueuse. Elle a été tout ce que les femmes d'UrbanBaby. com disent d'elle. Quand Jack lui a annoncé la nouvelle, elle a pleuré. Elle a dit qu'elle était désolée, qu'elle ne pouvait pas imaginer notre douleur. Elle lui a même demandé de me transmettre ses condoléances. C'est Carolyn qui a prévenu William et, apparemment, elle l'a bien fait. Simplement. Sobrement. En lui laissant tout l'espace nécessaire pour exprimer ce qu'il ressentait.

Les appels téléphoniques ont commencé le soir même. Carolyn voulait connaître l'*intensité* de ma douleur. Le thérapeute de William craignait que l'enfant ne soit exposé à des émotions d'une violence inappropriée. J'ai manqué cet appel parce que, à ce moment, je gisais sur mon lit entre Simon et Mindy, essayant de me retenir de hurler dans mon oreiller. Mais mon père était dans la cuisine, l'oreille traînante. Jack était trop épuisé, trop tendu, trop désespéré pour se montrer discret. Après avoir raccroché, devant un verre de scotch rempli à ras bord, Jack a raconté la partie de la conversation que mon père n'avait pas entendue et, dans un rare moment de détente, mon père a tout chuchoté à ma mère qui me l'a raconté, maudissant l'égoïsme cruel de Carolyn alors qu'elle ramassait les mouchoirs en papier dispersés autour de mon lit pour les jeter dans un sac-poubelle.

Je ne sais pas combien de fois Carolyn a téléphoné au cours des jours qui ont suivi, mais je sais que, de temps en temps, je titubais à la recherche de Jack et je le découvrais dans la cuisine, dans son bureau, ou avachi dans un fauteuil, le téléphone collé à l'oreille, essuyant machinalement ses larmes en écoutant les braillements colériques de son ex-femme. Il y a eu de longs débats. Que devaient dire les instituteurs aux autres écoliers ? William devait-il prendre sa leçon de piano du vendredi ? Pourrait-il se rendre à un anniversaire le matin des funérailles ? Devait-il assister à l'enterrement ? Serait-il autorisé à faire partie du Miniane ? Est-ce que Jack pourrait le laisser un week-end à Carolyn, après tout, nous avions dépassé notre quota ? En fait, je me moquais que William vienne à l'enterrement ou non. J'ai même failli le dire à Jack à un moment.

Nous étions assis dans le salon. J'étais recroquevillée sur le canapé. Je me réchauffais les mains avec une tasse de thé que je ne buvais pas. Il y avait moins de monde dans l'appartement qu'au cours des jours précédents. Mon père était au bureau, mes sœurs chez elles, à s'occuper de leurs enfants, la mère de Jack était retournée à son hôtel faire une sieste, Mindy était chez elle avec Daniel. Il ne restait que Simon et ma mère.

Jack est entré dans le salon, le téléphone à la main. Il a levé les sourcils pour me demander comment j'allais, si la douleur était insupportable, ou juste horriblement précise.

— Jack, ai-je dit.

Il a désigné le téléphone.

— Jack ! Dis-lui que ça n'est pas grave.

— Emilia, ma chérie. Non... est intervenue ma mère.

— Ne quitte pas, a dit Jack à Carolyn.

Puis, couvrant le combiné de sa main :

— Qu'est-ce qu'il y a, mon ange ? Tu veux quelque chose ?

— Non, a soufflé ma mère, si doucement que j'ai été la seule à l'entendre.

J'ai fermé mes yeux rougis et boursouflés.

— Qu'est-ce que tu veux, mon ange ?

— Rien, Jack. C'est juste... Finis-en vite si tu peux.

Il a hoché la tête.

— Je n'en ai que pour une minute.

Ce soir, en raccrochant, Jack a l'air abattu. Toute la vigueur tirée de sa douche et de sa friction avec la serviette de toilette s'est envolée. Il est assis au bord du lit, avachi, la mâchoire relâchée. Grâce à Carolyn, j'entrevois le vieil homme qu'il deviendra un jour. Comme pour se venger d'avoir été abandonnée pour une femme plus jeune, elle a fait de Jack une poupée vaudoue qu'elle a modelée afin qu'il personnifie l'incongruité fondamentale de notre relation. Elle l'a changé en vieil homme.

Je l'attrape par la taille pour le forcer à s'allonger et je me pelotonne contre lui. J'aime sentir son corps nu contre mes vêtements. Je me sens étrangement puissante. Dangereuse, même. Je le pousse sur le dos et j'enfourche ses cuisses, pressant les coutures dures de mon jean contre son pénis. Je me balance légèrement et le sens se dresser entre mes jambes.

Il pose la main sur ma taille.

— C'est maintenant que tu es excitée, Emilia ?

— Non.

Je me presse contre lui jusqu'à lui faire mal. Il tressaille.

— Fais-moi une faveur, mon cœur. Quand il pleut, prends un taxi.

— J'ai essayé de prendre un taxi. Tu crois que ça m'amuse de rester sous la pluie avec un gamin de cinq ans ? Je ne trouvais pas de taxi.

— Il fallait appeler le service de chauffeurs.

— Tiens, c'est drôle, c'est justement ce qu'a dit William.

Jack sourit.

— C'est un petit futé.

Je ne souris pas.

— Ce n'est pas plus facile de trouver un chauffeur qu'un taxi par temps de pluie. De toute façon, tu sais quoi, Jack ? Si tu n'aimes pas que j'aille chercher William à la maternelle, tu n'as qu'à y aller toi-même.

— Tu sais que je ne peux pas. Je travaille.

Y avait-il une légère emphase dans le « Je » ? Y avait-il une critique sous-jacente ?

— Va te faire foutre.

— Quoi ? Qu'est-ce que tu as dit ?

— Je vais reprendre le travail. J'ai juste besoin d'un peu de temps.

— Emilia, pourquoi tu me sautes à la gorge ? Je ne t'ai pas reproché de ne pas travailler. Ça m'est égal que tu ne travailles pas. J'ai juste dit que je ne pouvais pas aller chercher William parce que je travaille. Mais si tu ne veux plus aller le chercher, nous pouvons demander à Sonia de le ramener à la maison, comme avant.

Je goûte la saveur délicieuse de ces mots dans ma bouche : Oui, faisons-le. Faisons-le parce que je ne veux plus avoir à lui tenir compagnie.

J'ai l'affreux sentiment que Jack peut voir ces mots délicieux rouler dans ma bouche.

— Bien sûr que je veux continuer à aller le chercher. J'ai juste oublié mon foutu parapluie, pour l'amour de Dieu.

La mâchoire de Jack tressaute. Il s'exhorte au calme.

— Son thérapeute s'inquiète pour lui.

— D'après Carolyn.

— Ce n'est pas une menteuse, Emilia. Carolyn est tordue à bien des égards, mais elle est compulsivement honnête.

Je me demande si l'embrasser maintenant serait trop téléphoné. Si la manipulation crue, si la jalousie impuissante qu'exprimerait nécessairement un baiser à cet instant, risquerait plus de le rebuter que de le séduire. Je pose mes lèvres sur les siennes et je glisse ma langue dans sa bouche.

Sa mâchoire se détend un instant. Ses lèvres s'assouplissent sous les miennes. Il reprend :

— Le Dr Allerton pense que Will risque d'avoir des troubles post-traumatiques.

— William n'a pas de troubles post-traumatiques.

Jack se frotte les yeux avec le poing.

— Oh, mon Dieu, mon Dieu, pauvre Will.

— Il va bien, Jack. Will va s'en sortir.

Je n'ai pas employé son surnom depuis des années. Quand j'ai rencontré William pour la première fois, j'ai essayé de l'appeler par le surnom que lui donnait Jack, comme on essaie un vêtement inhabituel dans sa boutique préférée, ou une paire de chaussures originales. *Qui sait, peut-être que ces sabots bleu pastel m'iront. Peut-être que mes sempiternelles sandales à lanières argentées font trop conservateur, trop lâche.* Mais venant de moi, Will sonnait faux. Notre relation étant aussi formelle qu'une banale paire de chaussures noires, j'ai recommencé à l'appeler William.

— Je suis désolé, Em. Je suis désolé de partir en vrac comme ça, s'excuse Jack en s'essuyant les yeux.

Il me fait rouler à côté de lui et me cale sous son bras.

— Tu ne pars pas en vrac. Tu n'as jamais été en vrac.

Il ne répond pas. Je me lève et me déshabille, entassant mes vêtements sur le petit fauteuil français, au coin de la pièce.

Je glisse sous les draps et je me tourne vers lui. Il presse ses lèvres contre mes cheveux, qui, depuis qu'il me connaît, ont une jolie nuance naturelle rouge prune. C'était la couleur des cheveux de ma sœur avant qu'ils ne deviennent gris, et j'ai entendu dire que c'était la couleur des cheveux de sa mère, la première épouse de mon père. Mes grandes sœurs avaient quatre et six ans quand leur mère a divorcé de mon père et les a abandonnées. Comme je ne pense pas pouvoir me fier au souvenir troublé d'une fillette privée de sa mère, je ne sais pas vraiment si mes cheveux sont de la même couleur que ceux d'Annabeth Giskin. Les seules photos que nous possédons de cette femme datent de l'enfance de mes sœurs et sont en noir et blanc. Et quand Annabeth a contacté ses filles, alors qu'elles avaient la trentaine, ses cheveux étaient blancs depuis longtemps. Quoi qu'il en soit, j'ai la peau et les taches de rousseur d'une rousse, et j'ai envié à Allison le reflet roux de ses boucles jusqu'au jour où j'ai découvert que Bumble and Bumble pourrait me l'offrir. D'où ma présente rousseur. Bien que l'absurdité qui consiste à bâtir sa personnalité autour d'une couleur de cheveux artificielle ne m'échappe pas, j'ai été assez surprise quand Isabel est née avec des cheveux très bruns.

Je laisse glisser ma main le long du ventre de Jack. Il gémit, mais non de plaisir, et couvre ma main de la sienne.

— Je n'arrive pas à croire ce que je vais dire, mais, non ma chérie, ce soir, je ne peux pas. Je suis trop mal pour William. Excuse-moi, tu veux ?

Ma main sous la sienne, je tâte gentiment son torse ferme.

— Bien sûr.

L'espace d'un instant, je me sens soulagée. L'espace d'un instant, seulement. Après trois mois d'abstinence, il repousse mes avances ? Après trois mois de tripotage illicite sous la douche, il repousse ma main ? C'est la première fois depuis que nous sommes ensemble que Jack dit non au sexe. Depuis le tout début, le sexe est l'un des éléments les plus importants de notre relation, le pivot autour duquel elle s'articule. Ce qui ne signifie pas que notre amour est moins profond, moins sincère que celui des couples pour lesquels la passion physique n'est pas importante. Abélard et Héloïse n'ont pas trouvé le bonheur dans l'amour platonique, la lecture de la Bible et la composition de poèmes. Bien au contraire. Ils ont violé leurs corps virginaux, défié leurs souverains, risqué l'excommunication, et sacrifié leurs testicules à la luxure – enfin, lui. Tout comme Jack et moi. La partie virginale exceptée. Et la castration. Et l'excommunication, bien que William s'étant converti au judaïsme orthodoxe, il est maintenant en mesure de convaincre ses amis juifs hassidiques de nous excommunier.

Cette importance du sexe entre Jack et moi est indubitablement liée au fait que Carolyn refusait de coucher avec lui. Même avant la naissance de William, elle ne le laissait pas approcher à moins de cinquante centimètres et lui refusait son long corps doré que sa libido de juif assimilé le poussait à désirer ardemment. Ils étaient mariés depuis deux ans quand William est né, et vivaient déjà ensemble depuis deux ans avant ça. Et Jack m'a juré se souvenir de toutes les fois où ils avaient fait l'amour durant ces quatre années de vie commune, tant les occasions étaient rares. Après la naissance de William, il ne se souvient de rien, parce que ça n'est plus arrivé. Dès l'instant où elle est tombée enceinte, ils ont cessé d'avoir des rapports sexuels.

Jack m'a dit que Carolyn le méprisait quand il lui demandait de faire l'amour – le monde à l'envers. Elle le trouvait pathétique. Quand je lui ai demandé pourquoi elle refusait de faire l'amour, il m'a répondu qu'après la naissance du bébé elle était épuisée, lessivée par son travail et par William. Et avant ? D'après Jack, avant, elle le trouvait juste repoussant. Elle l'aimait, mais quelque chose dans son physique la révulsait. Une fois, elle lui avait avoué que c'était sa petite taille. Qu'il lui faisait penser à un écureuil lorsqu'il se jetait sur son corps.

Jack m'a raconté tout cela au début de notre liaison. À l'époque où je ne cessais de l'interroger sur son mariage, où je quêtais les moindres détails de sa vie, où je voulais devenir la dépositaire de tous ses secrets intimes, où je sondais son corps en le léchant des pieds à la tête. Je me rappelle m'être hissée sur lui, avoir passé mes bras autour de son cou, et lui avoir murmuré à l'oreille qu'il était l'homme le plus beau que j'avais jamais rencontré, qu'il était fort, puissant et si sexy que je mouillais rien qu'à lire son nom sur le papier à en-tête de la société. Plus tard, assouvis et en sueur, les oreillers et les couvertures de l'hôtel gisant par terre, je lui ai demandé pourquoi il avait épousé cette femme qui ne le désirait pas.

Il a réfléchi un instant, puis il a haussé les épaules.

— Nous étions amoureux.

Maintenant, allongée à côté de lui, ma main à quelques centimètres de son pénis mou, je suis terrifiée à l'idée d'être devenue comme Carolyn. Frigide. De marbre devant mon mari. Oublieuse de la passion qui m'avait consumée. Pis, je suis terrifiée à l'idée que cette femme qui désirait si peu mon mari, se soit débrouillée pour tuer son désir pour moi.

— Jack ?

— Quoi ?

— Je te promets que je ne le laisserai plus prendre la pluie.

— D'accord. Merci.

— Je te promets que j'appellerai un service de chauffeurs la prochaine fois. Et je te promets de ne plus oublier mon parapluie.

— Merci.

— En fait, je vais nous acheter des bonnets de pluie assortis. Et des imperméables, aussi. Du genre de ceux que tu peux plier pour les ranger dans ton sac à main. William et moi les mettrons chaque fois que le temps sera un peu menaçant. Même un tout petit peu.

Il m'adresse un pâle sourire.

— Tu veux que je t'en achète un à toi aussi ? Tu serais craquant avec un petit chapeau de pluie.

— Bien sûr, Em, achète-moi un chapeau de pluie.

Je l'embrasse tendrement et glisse ma langue entre ses lèvres.

— Je vais essayer d'être à la hauteur, Jack, je te le promets.

— Je le sais, répond-il, en me calant au creux de son bras.

12

Un week-end sur deux, quand nous avons William, Jack ne travaille pas. Il est compulsif en matière d'organisation de ses rendez-vous, d'appels téléphoniques, d'auditions et de dépositions, pour être certain d'être libéré à cinq heures un vendredi sur deux. Mais ce vendredi, à l'heure où il est censé attendre, mal à l'aise, dans l'entrée de son ancien appartement du 1010 de la 5e Avenue, que William vérifie qu'il a bien pris tout ce dont il a besoin dans son sac à dos stegosaurus, Jack se trouve à l'aéroport international George-Bush de Houston.

— Je ne comprends pas. Tu es au Texas, non ? Comment peux-tu être bloqué par la neige ?

— Je ne suis pas bloqué par la neige. C'est l'avion qui est bloqué par la neige. À Denver. Et il n'y en a pas d'autre avant demain matin. Il va falloir que tu ailles chercher William à ma place.

Je suis dans un taxi qui roule en direction du centre-ville, *via* le parc. Je dois rejoindre Simon et Mindy pour aller voir un film. Ils exigeaient que je dîne avec eux, mais j'ai la mâchoire trop crispée pour discuter. Et comme je suis tombée sur deux femmes enceintes en train de comparer leurs nombrils exorbités devant le rayon fromages d'importation de Fairway, cet après-midi, j'ai les yeux bouffis. J'ai besoin de me retrouver dans le noir.

— Comment veux-tu que j'aille chercher William ? Je ne suis pas autorisée à mettre les pieds chez elle.

Je ne suis même pas autorisée à mettre le pied dans le hall de son immeuble. C'est tout juste si j'ai le droit de mettre le pied dans la 5ᵉ Avenue.

— Tu n'auras pas besoin de monter. Dis au portier que tu viens chercher William, Carolyn le fera descendre.

— Aucune chance. Elle va complètement paniquer. Je suis la mégère irresponsable qui lui a fait attraper une infection respiratoire, tu as oublié ?

— Tu ne la verras même pas. Il n'est pas encore cinq heures. Et puis, j'ai laissé un message pour lui expliquer ce qu'il se passait.

— Comme si ça pouvait changer quoi que ce soit. Dis à Sonia de l'amener chez nous.

— J'ai essayé de joindre Sonia et Carolyn tout l'après-midi, sans succès. Il va falloir que tu y ailles, Emilia.

— Tu as laissé un message à son secrétariat ?

— Bien sûr. Des tas. Elle ne m'a pas rappelé.

— Mais je suis en route pour le cinéma.

Ça ne mérite pas de réponse. Une dernière tentative :

— Et si j'essayais d'appeler Sonia, de mon côté ? Ou Carolyn ? Je suis sûre que je finirais par joindre l'une d'elles.

— Je suis bloqué à Houston, Em, OK ? Je rentre à la maison le plus vite possible. Demain matin. À dix heures. Ou à midi au plus tard. Tu veux bien m'accorder cette faveur ? Tu veux bien aller chercher William chez Carolyn et le ramener à la maison, s'il te plaît ? Tu pourras lui mettre un DVD si tu veux. Tu n'as qu'à emprunter *Microcosmos* chez VidéoPresto.

— William n'a pas l'autorisation de regarder la télévision. Regarder la télévision provoque des troubles de l'attention chez les enfants et les encourage à se montrer violents.

— Emilia, s'il te plaît.

Jack n'a jamais été si près de se mettre en colère, depuis la mort d'Isabel. Ça m'excite. J'ai enfin réussi à mettre son éternelle patience à l'épreuve. J'ai enfin fait tomber le masque de tendresse attentionnée.

— Je suis désolée. Bien sûr que je vais aller le chercher.

— Ne sois pas en retard, s'il te plaît.

J'entends l'écho de la voix de Carolyn derrière cette requête.

— J'y vais de suite.

— Je t'aime, Em.

— Changement de programme, dis-je au chauffeur de taxi. Je dois retourner au nord de la ville. Dans l'East Side. À l'angle de la 5e et de la 83e.

Ce n'est que lorsque j'ai raccroché que je réalise que Jack ne sera pas à la maison ce soir. Ni demain matin. Comment vais-je pouvoir affronter une matinée entière en compagnie de William ? Pis, une autre nuit seule dans mon lit ? Je prends deux Lexomil avant d'aller me coucher, craignant que ce soit trop ou pas assez. Je ne peux pas prendre le risque de me réveiller au milieu de la nuit ou dans la semi-obscurité de l'aube coupable. Isabel est morte à l'aube. Non, c'est faux : j'ai réalisé à l'aube qu'Isabel était morte.

Je regarde par la vitre du taxi les arbres sombres du parc, et je pense à la nuit où nous étions une famille réunie à la maison. Après l'excitation du retour de l'hôpital avec le bébé, nous avions décidé de nous coucher de bonne heure. J'ai pris une douche pendant que Jack berçait Isabel dans la balancelle. Je me tenais sous le jet d'eau chaude de la douche, quand mes seins et mes tétons douloureux ont commencé à durcir. Le temps que je sorte de l'eau, ils étaient gonflés et lourds comme des boules de bowling, et mes tétons avaient la taille de deux gros pouces.

— Je crois que j'ai une montée de lait ! ai-je crié à Jack. Ça fait mal !

J'ai passé la chemise de nuit de batiste blanche avec les fentes d'allaitement offerte par Allison, et je suis allée dans la chambre d'Isabel. Jack avait glissé son petit doigt dans sa bouche. Il a souri en me voyant. Il y avait des rides autour de ses yeux de velours et il faisait une moue en tous points identique à celle du bébé.

— Super, parce que cette petite a faim. Elle veut sa maman tout de suite.

Sur les instructions de Felicia, nous n'avions pas permis à l'hôpital de lui donner de compléments. Isabel n'avait pas ingéré grand-chose d'autre que de l'eau sucrée depuis sa naissance. Tout ce qu'elle avait pris, elle l'avait tiré de mes seins. Du pur colostrum doré.

Je l'ai prise des bras de Jack et je l'ai ramenée dans notre chambre. J'ai soulevé le haut de ma chemise de nuit, je me suis mise au lit, et je l'ai positionnée selon les instructions du prospectus d'allaitement que m'avait donné Felicia, parée pour une séance d'allaitement aussi facile que celles dont j'avais fait l'expérience à l'hôpital. Nous étions une équipe hors pair, Isabel et moi. Nous étions si décontractées, si paisibles que Felicia nous avait photographiées pour illustrer son album d'encouragement à l'allaitement. Cette fois, Isabel frottait ses petites lèvres à mon téton protubérant, cherchant à coller sa bouche sur mon aréole, gémissante. Durant les trois heures qui ont suivi, je l'ai fait passer d'un sein à l'autre, j'ai feuilleté *La Bible de l'allaitement* et *Le Compagnon de la mère nourricière*, j'ai tiré mon lait à la main pour assouplir mon sein, j'ai laissé des messages en larmes sur le répondeur de Felicia et appelé la hotline de l'association La Leche League, j'ai pris des douches chaudes et j'ai appliqué des compresses chaudes et des poches de glace sur mes seins. Isabel continuait à se battre contre les sphères engorgées qui lui avaient procuré un si doux confort jusqu'ici, et qui à présent lui étaient une torture. Durs et inhospitaliers, au lieu de se blottir contre eux et d'y arrimer sa bouche, elle ne faisait que s'y cogner la tête et pleurer. À onze heures, je pleurais plus fort que le bébé. Et, à une heure, Jack était au téléphone avec une consultante agréée par La Leche

League à qui il offrait mille dollars pour qu'elle vienne chez nous à la minute. Elle a promis qu'elle viendrait le lendemain à la première heure, et m'a suggéré un bain chaud.

À une heure quarante-cinq, après un bain qui a fait jaillir le lait de mes seins pour former une nappe brumeuse sur l'eau, Isabelle s'est arrimée à mon téton. Elle tétait toujours dix minutes plus tard.

— Je crois que tu peux t'adosser aux coussins, m'a suggéré Jack.

— Tais-toi, ai-je soufflé.

Nous étions assis au bord du lit. J'étais penchée en avant, Isabel perchée haut sur mon bras gauche. De la main droite, j'écartais mon sein de ses narines. Ses lèvres étaient ourlées autour de mon aréole et elle tétait en rythme, émettant un petit couinement à chaque gorgée. Nous sommes demeurés ainsi, immobiles, pendant près de vingt minutes. Puis, sans aucune raison apparente, Isabel s'est écartée de mon sein et s'est remise à hurler. Je l'ai fait basculer sur mon bras droit. Elle s'est accrochée à mon sein avec un grognement et elle a repris ses joyeux couinements. Au bout de quelques minutes, je me suis glissée lentement vers la tête de lit, m'arrêtant chaque fois que je la sentais glisser ou remuer.

— Tu veux un coussin sous ton bras ? m'a proposé Jack.

J'ai secoué la tête. Tout doucement, je me suis adossée au montant du lit, jusqu'à ce que je sois à moitié allongée, Isabel épousant le creux de mon bras, son poids reposant sur le matelas. J'écartais mon sein de son nez de la main gauche, ce qui m'obligeait à garder le bras levé.

— Tu en es sûre ?

— Je suis bien, ai-je murmuré. Éteins la lumière. Je crois qu'elle s'est endormie.

Quand nous nous sommes réveillés, trois heures s'étaient écoulées. Isabel n'avait pas bougé. Elle dormait toujours au creux de mon bras droit, pelotonnée contre moi. Mon bras gauche reposait en travers de ma taille. Sa bouche s'était écartée de mon sein. Dans la faible lumière qui arrivait des fenêtres, j'ai vu le bout de sa langue pointer entre ses lèvres, courbée comme une petite crevette rose. Elle était glacée. J'ai relevé l'édredon sous son menton et j'ai frotté une de ses petites mains entre les miennes. Elle était raide et cireuse. Je me suis redressée et j'ai pris son menton entre mon pouce et mon index. Je me suis penchée sur sa bouche. Et je me suis mise à hurler. Je sais que ça n'est pas possible, mais je me revois, planant au-dessus de notre lit, près du plafond, baissant les yeux sur mon double, en train de hurler, et sur Jack, tiré de son profond sommeil par mes cris. Je le revois faire tomber sa lampe de chevet et allumer la mienne. Je le revois à quatre pattes sur notre lit, la bouche grande ouverte sur la bouche et le nez d'Isabel, soufflant de l'air dans ses poumons, tandis qu'agenouillée à côté d'eux, me couvrant le visage des deux mains, mes ongles enfoncés dans la peau tendre sous mes yeux, la bouche ouverte, je pousse un hurlement aigu que je n'entends pas.

Jack a attrapé le téléphone tout en continuant à insuffler de l'air à Isabel. Il a composé le numéro des urgences et il m'a tendu le combiné. Je ne me souviens plus de ce que j'ai dit. Je ne pense pas avoir été capable d'articuler quoi que ce soit d'intelligible, mais ils ont compris. Je crois que c'est Ivan qui les a conduits à l'appartement. Je n'en suis pas certaine. Il y avait des policiers et des infirmiers. Je garde même le souvenir de pompiers. Ils nous ont écartés de notre lit de leurs grandes mains expertes et se sont affairés autour de notre bébé. L'un d'eux s'est penché sur Isabel, un genou posé sur le matelas. J'ai fixé sa semelle épaisse. Il y avait un morceau de chewing-gum profondément incrusté dedans.

L'infirmier qui avait marché sur un chewing-gum s'est relevé et nous a dit :

— Je suis vraiment désolé, mais je crains qu'elle ne nous ait quittés.

Je suis remontée au plafond. Je me suis regardée et, avec une curiosité presque dépassionnée, je me suis demandé quand j'avais pris le temps de remettre ma chemise de nuit ? Et vous savez le plus intéressant ? Quand votre corps est transpercé par une douleur insoutenable, vous tombez. Je me suis regardée, étendue sur le tapis de la chambre, la chemise de nuit emmêlée autour de mes jambes. Il y avait une drôle d'expression sur le visage de Jack. Il avait les sourcils froncés, la bouche pincée, l'air renfrogné et ahuri à la fois. Une expression que je me remémorerais souvent durant les mois qui suivraient. Une expression dont nous reparlerions, dans les rares occasions où nous pourrions supporter le souvenir de cette aube sinistre. Quand Jack parviendrait à se la rappeler (il prétendrait parfois ignorer ce dont je parle), il prétendrait que c'était l'expression d'un homme déconcerté, incapable de comprendre le concours de circonstances qui avait mené à cette conclusion impensable. Je lui répondrais toujours oui, bien sûr. Mais pour moi, c'était un regard accusateur, un regard qui me disait : « Comment as-tu pu laisser cela arriver ? », voire : « Qu'est-ce que tu as fait, Emilia ? »

De mon perchoir, au-dessus de la pièce, j'ai regardé Jack tomber à genoux et m'attirer à lui. J'ai vu ses lèvres former mon nom, encore et encore.

Je n'entendais rien.

13

La livrée du portier de l'Upper East Side est plus chic que celle d'Ivan. Le tissu de son manteau est plus raide, les doubles rangs de boutons en cuivre plus étincelants, et la cordelette dorée tourne plusieurs fois autour de ses épaulettes. Je me demande si Ivan ambitionne une position aussi prestigieuse. Peut-être qu'il a envoyé des CV à tous ces immeubles et qu'il attend la convocation qui le fera évoluer vers la partie la plus élégante du parc.

Le portier de Carolyn me tient la portière du taxi le temps que j'en descende. Je ne me dirige pas vers le tapis rouge qui mène aux grandes portes. J'ai peur de pénétrer dans cet immeuble, même si je sais que Carolyn est sûrement au travail. L'idée de mettre le pied dans son territoire hostile me noue les intestins.

Je suis à mi-chemin de l'entrée quand le portier me tape sur l'épaule.

— Mademoiselle. Vous venez pour William ?

— Pardon ?

— Vous êtes bien venue chercher le jeune William Woolf ?

— Euh, oui.

— William et Sonia vous attendent au jardin d'enfants des Trois-Ours. Dans la 79e Rue. Au sud du Metropolitan Museum.

— *Quoi ?*

Le soleil est en train de se coucher et il fait froid. Je regarde ma montre. Il est cinq heures moins cinq.

— Ils vous attendent là-bas. Ce n'est qu'à quelques centaines de mètres, dans la 5e Avenue.

— Pourquoi n'ont-ils pas attendu ici, dans le hall ?

Le portier hausse les épaules et se poste entre moi et l'entrée de l'immeuble. Je réalise soudain qu'il n'a pas l'intention de me laisser entrer. Je me demande si on l'a prévenu que j'étais un danger potentiel, un risque pour l'élégant palace qu'il garde dans son costume de casse-noisette. Et, tout à coup, parce qu'on m'en refuse l'accès, j'ai une envie irrépressible de désobéir, de foncer droit devant, sans le regarder, de pénétrer dans le hall et d'arracher une feuille du palmier en pot ou de voler un menu de traiteur chinois comme preuve de ma transgression. À la place, je le remercie et je file.

Je traverse la rue et je longe le parc, décision folle, a posteriori, car je me trouve obligée d'esquiver les flots de touristes qui vont et viennent du Metropolitan. Je danse un pas de deux agacé avec un groupe de jeunes qui, pour une raison que j'ignore, attendent d'atteindre le trottoir pour enfiler leurs manteaux et mettre leurs écharpes, et il me vient à l'idée qu'on peut quasiment être certain qu'une personne qui porte un T-shirt *Rebel Rebel* n'en est pas un. Je finis par me tailler un chemin entre eux.

— Il est cinq heures, me dit William en guise d'accueil.

Il est assis sur un banc, à côté de Sonia, son sac à dos stegosaurus sur les genoux, et son rehausseur dans sa housse, à ses pieds.

— Le square ferme à cinq heures. C'est contre la loi d'être ici si tard. On pourrait se faire arrêter.

L'image de William se faisant traîner hors du parc les menottes aux poignets est si plaisamment ridicule que je souris presque.

— On n'arrête pas les gens parce qu'ils sont encore au square après cinq heures.

— Si.

— Premièrement, William, je n'avais pas le choix. Mon taxi m'a déposée devant chez toi, où, incidemment, je comptais te récupérer. Je suis venue ici aussi vite que j'ai pu. Deuxièmement, regarde autour de toi. Ce square est plein d'enfants, et aucun d'eux ne paraît sur le point de se faire arrêter.

J'englobe la scène d'un mouvement du bras pour illustrer mon propos. Le jardin des Trois-Ours est l'un des squares les plus pathétiques de Central Park avec sa statue des Trois-Ours, son antique cage à poules inquiétante plantée sur sa surface souple, son grand bac à sable circulaire, son toboggan en fer, et son échelle qui ne mène nulle part. Les enfants qui jouent ici n'ont pas des têtes de criminels, mais ils n'ont pas l'air de beaucoup s'amuser non plus.

— Tu aurais dû appeler un service de chauffeurs. Un chauffeur nous aurait attendus, me reproche William.

Je soupire.

— William, tout le monde n'a pas un service de chauffeurs qui lui répond au doigt et à l'œil. Tout le monde ne peut pas se permettre d'aller et venir dans une voiture de location.

Sonia fixe un point distant derrière ma tête. Elle a le visage inexpressif, mais sa désapprobation est tout aussi évidente que si elle faisait une moue dégoûtée. Sonia sait comme moi, et comme William, que nous pouvons nous permettre d'avoir une voiture à notre disposition en permanence pour aller où bon nous semble. Jack est associé du cinquième plus gros cabinet d'avocats de la ville, l'un des plus grands et des plus riches des États-Unis. Il n'est pas associé depuis très longtemps, certes, mais il gagne sans doute trois fois plus que mon père.

Je ne leurre personne. Ma frauduleuse parcimonie est évidente même pour un enfant de cinq ans. Même si mes parents avaient eu un revenu plus substantiel, si mon père n'avait pas sacrifié ses meilleurs honoraires à sa compulsion sexuelle, je n'ai jamais manqué de rien de toute ma vie. Le fait d'avoir partagé un studio dans l'East Village avec deux autres filles et d'avoir mangé des nouilles chinoises au dîner trois fois par semaine, parce que j'étais une serveuse trop médiocre pour garder un emploi plus de deux mois, ne constitue pas une privation. Je devine à l'expression composée de Sonia qu'elle sait ce qu'est la privation. J'ignore si elle est déjà allée se coucher le ventre creux, mais je suis certaine que les ennuis qui l'ont poussée à parcourir cinq mille kilomètres pour atterrir dans le crépuscule glacial de ce pitoyable square sont plus sérieux que d'avoir vu la vendeuse d'un magasin de chaussures découper sa carte de crédit en deux, ou d'avoir découvert que son abonnement de téléphone portable était suspendu alors qu'elle attendait les résultats de ses examens.

— Va jouer, William.

— Quoi ?

— Tu es dans un jardin d'enfants. Va jouer.

— Je ne veux pas jouer. Il fait trop froid. Et il fait nuit.

— Tu n'auras plus froid quand tu joueras. Regarde, aucun autre enfant n'a froid. Ils sont trop occupés à jouer.

Il y a plus d'enfants que je ne m'y serais attendue vu l'heure. Il y a quelque chose de désespéré dans leur manière de jouer, comme s'ils voulaient absolument tirer parti de la dernière lueur de ce jour gris. William soupire comme si je l'envoyais au fond d'une mine de Virginie, et non escalader une cage à poules en spirale de la 5e Avenue. Il tend son sac à dos à Sonia et, enfonçant ses mains dans les poches de son manteau, traînant ses bottes dans la poussière, il se dirige dans un coin, à l'écart des autres enfants, déterminé à passer un moment minable.

Je prends sa place sur le banc que son petit derrière a plus réchauffé que je ne l'aurais cru possible.

— Je déteste les squares.
— Pardon ?
Sonia est sur le point de se lever mais elle se ravise quand je reprends :
— Les squares. Je les déteste. Je veux dire, depuis la mort d'Isabel. Isabel était notre bébé.
— Je sais qu'Isabel est le nom de votre fille.
Je pense que je vais lui acheter un livre de conjugaisons pour qu'elle apprenne d'autres temps.
Sonia croise ses doigts gantés. Ses gants sont très beaux. Fauve, doublés de fourrure. De vison, ou de castor, pas de lapin. Mais le bout des doigts est plus foncé que le reste et les coutures un peu étirées. Ça doit être une vieille paire de Carolyn.
Sonia hésite à parler, mais quand elle se décide à prendre la parole, je sens qu'elle a pris la décision de rester et de me manifester un intérêt dépassant les règles de la stricte civilité.
— Pourquoi détestez-vous le square maintenant ?
Je soupire bruyamment et j'englobe les portiques et les balançoires, à peine visibles maintenant, d'un geste de la main.
— Tous ces enfants. Les bébés surtout. Isabel me manque trop quand je les vois.
— Les bébés vous rendent triste ?
— Pas seulement triste. Je…
Je regarde une femme qui porte un bébé sur sa hanche et pousse un petit garçon assis sur le devant d'une poussette double. Le bébé est vêtu d'une combinaison en patchwork si épaisse que ses cuisses évoquent des petites saucisses. Il bat des bras tandis que sa mère le chatouille tout en sanglant son autre enfant.
— Je suis en colère.
— Vous êtes en colère quand vous voyez des bébés ?
— Ouais. En fait… Je me demande pourquoi ces bébés sont en vie alors que le mien est mort.
Je regarde le visage rond du nourrisson. Ses joues sont très rouges, gercées par le froid.

— Mais je ne déteste pas les bébés. Ce sont leurs mères que je déteste.

— William ! appelle soudain Sonia. Rends son jouet à ce petit garçon.

De l'autre côté de l'immense bac à sable, j'arrive tout juste à distinguer William, accroupi à côté d'un garçonnet d'environ deux ans. Il est assis, désemparé devant William qui manipule son bulldozer jaune.

— Il le lui répare sûrement, dis-je à Sonia.

— Il sait qu'il ne doit pas toucher les jouets des autres enfants. William !

William repose le bulldozer et se lève. Il tapote la tête du petit garçon et gagne une autre partie du square.

— Je crois que les gens sont toujours tristes et en colère quand il leur arrive une chose terrible.

— Probablement.

— Je crois que vous avez un autre bébé, et alors, vous ne détestez plus les mères. Parce que vous êtes une mère à présent, et vous ne vous détestez pas. Vous ne voulez pas que votre nouveau bébé meure.

Ici s'achève cette conversation, me dis-je, sachant que je me suis plus confiée à Sonia qu'à la plupart des gens. Peu de gens savent à quel point je suis en colère. Mindy connaît mes sentiments envers les autres mères, parce qu'elle éprouve les mêmes, et j'ai avoué à Jack que j'aurais préféré qu'un autre bébé meure à la place d'Isabel. Ce que je n'ai confié à personne, c'est que je ne m'imagine pas avoir d'autre bébé. Je ne veux pas d'autre bébé, précisément parce que Sonia se trompe. Parce que je voudrais que mon nouveau bébé meure, si ça pouvait me rendre Isabel. Si une tractation aussi immorale était possible, si je pouvais négocier avec un diable armé d'un trident, je serais prête à tuer un millier d'enfants pour qu'on me rende Isabel.

Je regarde William qui est venu se poster devant moi.

— La pancarte dit que le jardin ferme à la tombée de la nuit. Ça fait longtemps qu'il fait nuit.

— D'accord, on y va.

— Au revoir, William. À lundi. Fais-moi un bisou.

Sonia lui plante un baiser sur la joue, qu'il accepte plus gracieusement que les miens. Je réalise que William est bien plus sensible que je veux bien l'admettre. Il sait que la tendresse de Sonia est sincère, en dépit de son sérieux, aussi y répond-il avec chaleur. Je crains qu'il ne perçoive le côté renfrogné de mon affection, d'où cette manière de se raidir quand je le serre dans mes bras. À moins qu'il ne préfère simplement Sonia à moi.

William envoie son sac à dos sur ses épaules et regarde sa nounou sortir du parc d'un pas vif. Nous la suivons. Elle tourne dans la 5e Avenue.

— Où va Sonia ?

— Chercher sa valise. Elle n'aime pas apporter ses sacs au parc, parce qu'elle doit sans cesse les surveiller et qu'elle ne peut pas jouer avec moi.

— Mais elle devait juste te déposer. Vous n'aviez pas le temps de jouer.

— On s'est dit que tu risquais d'être en retard.

— En réalité, William, dis-je en attendant que le feu vert relâche un nouveau flot de voitures et d'éventuels taxis, je n'étais pas vraiment en retard. Je suis venue aussitôt que ton papa m'a appelée. Et tu ne jouais pas. Tu étais assis sur un banc.

— J'ai faim.

Il ne lâche jamais de mou, cet enfant.

— Ça te dirait, une glace ? Ça te dirait, un sundae pour dîner ? Avec du caramel chaud ? Tu es déjà allé chez Serendipity ? Ils font les meilleures glaces de New York. Ils ont des sundaes de la taille de ta tête chez Serendipity. Et du chocolat chaud glacé.

William secoue la tête.

— Je suis allergique au lactose.

— Oh ! mon Dieu, j'avais oublié !

— Ça signifie que je suis allergique aux produits laitiers. Je risque de tomber très malade si je mange de la glace.

Un taxi s'arrête. J'ouvre la portière arrière et j'envoie le rehausseur à l'intérieur. William passe sous mon bras et grimpe dedans, il a un air inhabituel.

— Emilia, tu crois que Serendipity fait des glaces sans lait ? Tu crois qu'ils font des sundaes sans lait ?

Je réalise que son expression inhabituelle est de l'espoir.

— Je ne sais pas.

Je me dégoûte. William n'est qu'un petit garçon. Mais je serai dûment châtiée pour ma cruauté. Il n'y a pas un seul endroit dans tout New York où il y a plus de bébés et d'enfants que dans la file d'attente de Serendipity 3, un vendredi soir à cinq heures et demie. Et il n'y a aucune chance pour qu'ils servent de la glace sans lait.

— 60e, entre la 2e et la 3e, dis-je au chauffeur.

— Nous avons de la glace arc-en-ciel, propose la serveuse.

— Il y a du lait dedans ! Il y a du lait dans la glace !

William est au bord de la panique. Il est agenouillé sur le coussin de sa chaise en fer forgé, les coudes posés sur la belle table victorienne, les mains étalées sur le menu poisseux. Nous avons attendu près d'une heure dans le froid pour avoir cette table et William est désespéré. Il a passé cette heure à discuter des mérites relatifs des chocolats glacés et des sundaes sans lait pendant que je faisais mes exercices respiratoires de yoga pour me retenir de fixer les familles qui attendaient avec nous. J'ai été considérablement soulagée quand l'hôtesse a annoncé que les poussettes n'étaient pas autorisées dans le restaurant, ce qui a obligé la famille qui attendait derrière nous à pousser sa poussette sport contenant un bébé de quatre mois vers des contrées plus hospitalières. Tout en ce bébé me paraissait trop semblable à Isabel. Je ne pouvais pas en supporter la proximité. Je suis certaine que William n'a remarqué ni l'annonce ni mon soulagement. Il était absorbé par un bruyant débat avec lui-même visant à déterminer si son incapacité à aller à la selle ce jour était un signe trop évident de constipation pour risquer de consommer les bananes d'un banana split.

— Je crois que je vais prendre un sorbet, finit-il par décider au bord des larmes. Vous avez du sorbet ?

— Il prendra un chocolat chaud glacé, dis-je. Et un banana split avec un supplément de cacahouètes.

— Je ne peux pas, Emilia. Je suis allergique au lactose. Je risque de tomber très malade.

Il est livide. Il a déjà l'air très malade.

À présent, il est temps de lui annoncer qu'il n'est pas allergique au lactose. Qu'il a déjà mangé une énorme part de cheese-cake sans que ça lui cause le moindre problème, et que sa grand-mère, la mère de Jack, remplit régulièrement ses tourtes de munster et de gruyère, et ment quand elle prétend qu'il s'agit de tofu. Elle ne croit pas plus que moi à son allergie aux laitages. Mais je manque de bravoure. Je préfère inventer :

— Serendipity a du Lactaid. Tu sais, ce médicament qu'on prend quand on est allergique au lactose ? Ils en saupoudrent leurs chocolats glacés. Et leurs sundaes.

Je me tourne vers la serveuse, une femme d'âge mûr avec un tablier à froufrous.

— Vous avez de la poudre Lactaid, n'est-ce pas ? Je sais que ça coûtera un supplément, mais ça ne me dérange pas.

La serveuse secoue la tête, indécise, et je lui souris, la priant silencieusement de me couvrir, d'accepter ma douteuse autorité, de m'aider à tromper cet enfant et lui faire risquer des maux de ventre imaginaires pour une heure de béatitude. Parce que, quoi qu'en pense William, je suis certaine que les délices d'un coulis de caramel chaud sur une glace surmontée de chantilly surpasseront les improbables périls que lui fait encourir sa maladie imaginaire.

— Ma mère n'est pas convaincue de l'efficacité de Lactaid, déclare l'enfant.

— Fais-moi confiance.

L'incongruité de cette requête pèse lourdement sur ses frêles épaules.

— Quel genre de glace ? demande la serveuse.

— William ?

— Euh, chocolat ?

— Vous avez le droit à trois parfums.

Elle tapote son carnet d'un crayon impatient.

— Chocolat, pépites de chocolat, et pépites de cookies, interviens-je. Ça te paraît bien ?

William hoche la tête.

Je demande à la serveuse :

— S'il vous plaît, demandez au chef de moudre le Lactaid très finement, pour qu'on ne sente pas les granulés sur la glace.

— Bien, dit-elle. Et pour vous ?

— Je prendrai un sundae au coulis de caramel chaud avec des pépites de chocolat à la menthe. Et un café *latte*. Avec du lait écrémé.

Quand la serveuse s'éloigne, William me demande :

— Pourquoi tu veux du lait écrémé dans ton café *latte* puisque tu prends une glace avec de la chantilly ?

William mange tout son chocolat chaud glacé et presque tout le banana split. Il lèche les deux bols et sa cuillère, gratte les coulures de caramel sur la coupe avec les ongles et aspire la glace fondue avec sa paille comme un petit aspirateur. Il se penche si bas sur la grande coupe en forme de flûte qu'il produit de la buée avec son nez. Je réalise que c'est la première fois qu'il demeure silencieux pendant si longtemps. Une heure avec William revient généralement à supporter le cours magistral d'un professeur très court sur pattes. Mais depuis un moment, je n'entends que le sifflement nasal de sa respiration, le glougloutement de sa paille et le lapement de sa langue sur la longue cuillère. Et, pour la première fois, j'éprouve un sentiment de bien-être en sa présence. Je déguste mon sundae et bois mon café en le regardant maculer sa chemise orange de caramel. Finalement, son inquiétude pour ses intestins l'emporte sur sa gloutonnerie et il abandonne le reste de son banana split dans une mare de glace fondue au fond de la coupe en forme de croissant. Il me la tend gracieusement, mais je décline son offre avec la même grâce.

Quand il a terminé, quand ses joues sont collantes de glace et de sauces variées et que son ventre ressort comme un petit ballon rond, nous partons. Alors que nous nous postons à l'angle de la rue pour attendre un taxi, William glisse sa main dans la mienne. Je sens des picotements dans mes doigts, réalisant soudain que j'ai enfilé des moufles à ces petites mains, je les ai lavées à grande eau, je les ai pansées, mais je ne les ai jamais tenues dans les miennes. Je serre ma paume contre la sienne.

— C'était excellent, dit William.

— Un autre secret ? Comme le rehausseur ?

Il lève la tête et m'adresse un clin d'œil hardi.

— Vendu !

14

Le lendemain matin, dès que Jack arrive de l'aéroport, nous sautons dans un taxi pour nous rendre à l'anniversaire de la fille d'Allison. J'aime beaucoup ma nièce et mon neveu, mais en général, j'évite de passer trop de temps en compagnie de ma sœur et de sa famille. Le tempérament d'Allison n'est pas aussi difficile à supporter que celui de Lucy et elle est davantage encline aux bonnes intentions, mais le fait qu'elle se conforme à ses idéaux avec une dévotion religieuse peut se révéler fatigant. Elle est également très arrogante et, bien que Jack me rappelle que c'est un trait de caractère Greenleaf, je suis convaincue que son refus d'hériter du sens de l'autodérision de mon père, que je cultive si assidûment, la rend plus insupportable que moi. Du moins, je l'espère. Quel serait l'intérêt de cet autodénigrement sinon de modérer un répugnant égotisme ?

William n'a jamais mis les pieds à Carroll Gardens. Plus surprenant encore, il nous a déclaré qu'il n'a jamais mis les pieds dans le quartier des restaurants de Lundy, le Charlotte russe, et le Dodgers perdu depuis longtemps, mais toujours regretté et tendrement aimé. Je trouve cela difficile à avaler, et alors que nous quittons Manhattan, je lui explique qu'une personne qui n'a jamais traversé le pont de Brooklyn peut difficilement se targuer d'être new-yorkaise.

— Brooklyn n'est pas vraiment New York, riposte-t-il.

Il est assis entre Jack et moi sur la banquette du taxi. Il ne présente aucun stigmate de sa soirée de débauche laitière. Il est dans son rehausseur, dans lequel il s'est laissé attacher sans piper, à ma grande surprise. Il semble avoir pris notre marché au sérieux.

— Je connais près de deux millions et demi de personnes qui discuteraient cette déclaration, bonhomme, intervient son père.

— N'empêche que quand les gens disent New York, ils pensent Manhattan. S'ils veulent dire Brooklyn, alors ils disent « Brooklyn ». Pareil pour le Queens, ou le Bronx, ou Staten Island, ou le New Jersey.

— Le New Jersey n'est pas un quartier de New York.

— Je sais, Emilia. Je ne suis pas un stupide bébé. Je sais qu'il n'y a que cinq quartiers à New York. Mais, parfois, tu dis toi-même que tu es new-yorkaise, alors qu'en fait tu viens du New Jersey. New York signifie Manhattan, pas Brooklyn. Et certainement pas le New Jersey.

Jack pouffe et désigne le pare-brise arrière.

— Regarde. Si tu te retournes tu pourras voir l'emplacement des Twin Towers.

— Je ne peux pas me retourner quand je suis dans mon rehausseur.

Il me jette un coup d'œil complice.

— Mais je suis bien, je suis content d'être dans mon rehausseur. C'est plus sûr. Six ans et trente kilos, c'est la loi.

— Tu seras probablement au lycée quand tu pèseras ce poids-là, dis-je, mais qu'importe.

William pouffe.

— Qu'est-ce qui vous fait rire tous les deux ?

Jack est si léger qu'il a l'air de planer à cinq centimètres de la banquette en skaï. Quand il nous voit plaisanter ensemble, William et moi, le poids qui l'écrase depuis plus de deux ans quitte soudain ses épaules pour s'envoler par la vitre du taxi.

Je me penche par-dessus l'enfant et je frotte mon nez contre le visage de Jack.

— C'est un secret, dis-je en déposant un baiser sur sa joue non rasée.

Le sourire de Jack est si large que ses rides sont dures sous mes lèvres.

La table de la cuisine d'Allison est recouverte de douzaines de bagels, de saladiers de cream cheese en poterie brillante, de plats de saumon fumé rose, de montagnes de miettes de poisson. Il y a des tomates, des oignons rouges, des câpres, des pâtes multicolores, des pâtés et des ragoûts dont je suppose qu'ils ont été préparés par les différentes familles noires qui s'affairent au salon. L'écurie d'amis d'Allison est toujours méticuleusement assortie. Toutes les nuances de peau sont représentées.

Elle échange nos manteaux contre des assiettes et nous pousse en direction du buffet.

— Il faut absolument que vous goûtiez au riz à la noix de coco et au poulet. C'est Marybeth Babalalu qui l'a préparé et c'est tout simplement délicieux.

Allison désigne une femme au visage hâlé, drapée dans un *kente* noir, vert et jaune avec des losanges et des flèches. Un autre *kente* noir entoure ses cheveux, enroulés en une tour légèrement inclinée au sommet de sa tête. Son mari, au teint noir prune, a une petite cicatrice rose de la même couleur que sa lèvre inférieure sous un œil. Il porte un Chino et une chemise à col boutonné blanche.

— William, tu es un géant ! s'exclame Allison. Sers-toi à manger et file au sous-sol. Emma est en bas avec tous les autres enfants.

Emma, la fille d'Allison, a neuf ans. Elle est en CM1 à l'école primaire de Carroll Gardens. Une école publique, évidemment. Lennon, son fils aîné, est sorti diplômé de Stuyvesant High l'année dernière. Ma sœur a vécu l'enfer quand Lennon a décidé de postuler pour entrer dans un lycée privé. Elle est opposée au système des classes de niveau. Elle croit qu'il stigmatise les élèves qui ne sont pas dotés d'une intelligence facilement quantifiable et qu'il favorise de manière injuste les classes moyennes et supérieures. Mais Lennon tenait beaucoup à suivre ses amis de l'autre côté de la rivière, et ses résultats aux admissions étaient parmi les meilleurs de la ville. Son père, peu porté à discuter les décisions du bientôt-juge Greenleaf, a néanmoins pris la défense de son fils. Allison n'aura pas à revivre ce genre de crise avec Emma. La pauvre petite a du retard et a du mal à suivre même dans les écoles les plus modestes. À Pessah, l'année dernière, après son troisième verre de vin, dans un rare moment d'insécurité maternelle, sinon de désespoir, Allison m'a avoué qu'elle craignait que sa fille ne soit jamais en mesure d'apprendre à lire, qu'elle avait peur que son handicap ne se révèle permanent et qu'elle ne puisse jamais suivre de scolarité normale, même dans les environnements scolaires les moins exigeants.

Visiblement, ma sœur a décidé de vaincre ses angoisses. Elle est parent d'élève élue de la classe d'Emma, et la plupart des adultes présents sont, comme Marybeth et Olatunji Babalalu, des parents d'élèves de la classe de sa fille. Lucy n'est pas venue. Son benjamin a un match de hockey, ce week-end. Lancaster, Pennsylvanie. Elle est parent accompagnateur. Allison m'avoue que Lucy nourrit de grandes espérances à l'égard de l'entraîneur de son fils, père divorcé de deux garçons de l'équipe. Depuis son divorce, il y a plusieurs années, Lucy est sortie avec deux entraîneurs d'équipes de football, un prof de fac, et un prof de sciences de la vie et de la terre.

William ne veut pas descendre rejoindre les autres enfants. Il reste près de Jack et moi, à manger des triangles de pita tartinés d'un houmous particulièrement coloré, tandis que Jack discute avec Ben, le mari d'Allison. J'aime beaucoup Ben, même s'il ressemble à un œuf. Il est rond et chauve, et sa peau est douce et couverte de taches de rousseur. Il a également un caractère d'œuf. Il est difficile de s'accrocher à Ben, difficile de se sentir proche de lui ou de savoir s'il vous écoute vraiment. Allison dit que ses clients, en particulier les jeunes Noirs, l'adorent, qu'ils le considèrent comme une sorte d'âme sœur. Il me paraît difficile d'imaginer qu'un Afro-Américain de dix-huit ans, flottant dans un pantalon dont l'entrejambe lui descend si bas sur les genoux qu'il trébuche quand il essaie de s'enfuir de la bodega qu'il vient de dévaliser, ait beaucoup en commun avec Ben, mais je suis prête à accorder le bénéfice du doute à mon beau-frère.

— Comment va le boulot ? demande Ben à Jack.

— Bien.

Jack ne parle jamais de son travail avec ma sœur ou son mari. Non parce qu'il a honte d'être un avocat commercial, mais parce qu'il refuse de se laisser traiter d'instrument des multinationales. Je ne devrais pas critiquer ma sœur. Comme je l'ai dit, elle vit selon ses principes. Elle est procureur et ne représente que les indigents depuis qu'elle a obtenu son diplôme. Avant cela, elle a passé une année à creuser des puits avec les Peace Corps au Burkina Faso. Allison et sa famille mangent bio et cultivent des légumes dans leur jardin. Son thermostat est réglé sur dix-neuf degrés et elle ne possède pas de voiture. Je ne peux pas la chicaner sur sa manière de vivre, mais le jour où Jack a parlé de son travail pour la première fois, lors d'un dîner dans un restaurant chinois, et qu'elle lui a adressé un regard dédaigneux, j'ai failli lui envoyer le plat de nouilles froides sauce sésame en pleine face. Mon père nous avait tous invités pour que Lucy, Allison et Ben rencontrent l'homme avec lequel j'emménageais, l'homme que j'avais avoué avoir l'intention d'épouser sitôt que son divorce serait prononcé. Si Jack s'attendait à un minimum de suspicion de la part de ma famille, il pensait surtout qu'elle serait motivée par notre différence d'âge, ou par sa situation d'homme marié. Il ignorait que mes sœurs considéraient que tous les avocats qui ne vouaient pas leur existence à défendre les défavorisés (mon père et moi compris) avaient vendu leur âme au diable. J'aurais dû le prévenir, mais j'étais si éblouie par Jack que je n'imaginais pas qu'on puisse lui trouver le moindre défaut.

Allison a accueilli la description de la dernière affaire de Jack, une acquisition entourée de procédures judiciaires, avec une moue dégoûtée.

— Pourquoi les personnes qui trouvent que gagner de l'argent est moralement répréhensible sont justement celles qui ont grandi dans le luxe ?

— Euh, chut, m'a coupé Jack.

— Non, mon amour. Tu sais quoi, Allison, toi qui es si foutrement supérieure ? Il se trouve que Jack n'a pas eu notre enfance. Il n'a pas grandi dans une belle demeure du New Jersey. Il n'a pas eu droit à des cours d'équitation.

À douze ans, Allison avait brièvement voulu devenir jockey.

— Jack a grandi à Yonkers, dans une maison que se partageaient trois autres familles, et que les impôts ont saisie à son père quand Jack était en seconde. Il est allé à Suny New Platz, parce qu'il ne pouvait pas se permettre une université payante, et il a obtenu une bourse pour l'école de droit de Columbia. Il a deux bonnes centaines de cousins syriens à qui il envoie de l'argent, il a acheté des maisons à Boston à sa mère et à ses sœurs, et il paie une pension alimentaire plus élevée que la plupart des pères divorcés de New York. Alors lâche-nous, tu veux, Allison.

Jack fixait son assiette, ratissant son riz avec ses baguettes.

— Notre travail est une expression du monde que nous voulons, a répondu Allison.

— Ça suffit les filles ! est intervenu mon père.

Il était assis en face de moi, et par-dessus le tas de nouilles à la sauce soja, les pots de moutarde et les divers plats pleins à ras bord, j'ai vu ses mains tendues en prière.

— C'est un dîner familial, pas un débat politique.

— Tout est débat politique avec elle. Et si tu oses répondre que « le personnel est politique », Allison, je te colle le plat de crevettes Princesse dans le décolleté !

Tout le monde a ri, faisant mine de croire que je plaisantais, et le reste du repas s'est déroulé tranquillement, comme si rien ne s'était passé, comme si je n'avais pas humilié mon petit ami en étalant son CV comme un trophée, un gros atout dans l'éternel jeu de tarot de la famille Greenleaf, adepte de la surenchère. Jack n'a plus jamais parlé de son travail à ma famille – sauf à mon père, et seulement en l'absence des autres.

— Et toi, Ben ? demande-t-il. Des affaires intéressantes, ces derniers temps ?

— Un viol. Tu l'as sans doute lu dans le journal. La victime a eu un doigt coupé.

— William, il est temps de descendre jouer avec les autres enfants, a lancé Allison de l'autre bout de la pièce. L'étage est réservé aux adultes.

Allison possède des pouvoirs magiques. Elle peut entendre toutes les conversations qui se déroulent dans ses murs dans leurs moindres détails. Ça doit être très agaçant de l'avoir pour mère.

— Je ne veux pas descendre.

— Allons, Will, intervient Jack. Tous les autres sont en bas. Tu vas t'amuser, tu vas voir.

Lennon fait son entrée au salon, sans aucun doute à la demande de sa mère.

— Ohé William, tu te souviens de moi ?

— Oui. Tu es Lennon, comme John Lennon.

— Tout juste, mec. T'es affreusement petit pour connaître John Lennon.

— Mon père m'amène à Strawberry Fields, parfois.

— C'est cool !

— Je n'aime pas les Beatles.

— Tu n'as peut-être pas entendu le meilleur. On t'a déjà fait écouter *Imagine* ?

Lennon chante « *Imagine all the people, living for today…* » d'une voix de ténor étonnante.

— *Imagine* n'est pas des Beatles. John Lennon l'a écrite seul.

— Descends avec Lennon, dis-je à William. Si tu ne t'amuses pas, tu pourras toujours remonter.

Il ferme les yeux et hoche la tête, les lèvres serrées. Il suit Lennon sous l'arcade et nous les regardons s'éloigner. On dirait des êtres de deux espèces différentes. Lennon mesure près d'un mètre quatre-vingt-dix. À l'instar de son père qui a tout d'un œuf, lui a tout d'un poussin avec ses genoux cagneux, ses pieds palmés, et ses cheveux duveteux résistant au gel bleu brillant qu'il s'est tartiné dessus. Ses bras évoquent deux longues ailes battant maladroitement à ses côtés, comme s'il n'arrivait pas à contrôler leurs mouvements brusques. Alors que Lennon, qui a onze ans de plus que William, paraît encore inachevé, légèrement flou sur les contours, il y a quelque chose de défini et de ferme chez le fils de Jack. On dirait qu'il est né sous cette forme et ne changera jamais.

Sitôt William descendu dans le périlleux intestin de la maison animée de conversations, Ben se met à nous parler de son procès en cours. De son client quasi attardé et de la victime dont il croit qu'elle s'est accidentellement sectionné l'index en découpant du poulet. Il nous narre cette histoire avec son stoïcisme habituel, comme s'il nous racontait un match ennuyeux des Mets après que l'équipe a depuis longtemps abandonné l'espoir de remporter le championnat. Je me demande si Ben verse dans le style laconique quand il se trouve devant un jury ? Si c'est justement cette douceur qui lui vaut de faire acquitter presque tous ses clients ?

— Ben ! l'appelle Allison de l'autre bout de la pièce. J'ai besoin que tu fasses un saut au marché.

Il remonte ses lunettes sur son visage d'œuf d'un doigt, et hoche la tête distraitement, tout en continuant à nous narrer ses vaines tentatives pour convaincre le juge de l'autoriser à faire appel à un expert en automutilation.

— Maintenant, mon amour !

Ben regarde sa femme.

— Tu as oublié le Rice Dream, lui reproche-t-elle.

— Le Rice Dream ?

— Pour les enfants qui ne mangent pas de glace.

— Ne t'embête pas pour William, dit Jack. Le gâteau d'anniversaire suffira. Il est habitué.

— Mais pas du tout ! s'entête Allison de sa voix pétillante. Nous avons d'autres enfants allergiques au lactose, ici. J'ai prévu de l'épeautre pour les enfants allergiques au blé et je veux du lait de riz pour les enfants allergiques aux laitages. Ben, il faut que tu y ailles tout de suite si on veut couper le gâteau à midi et demi.

Ben gagne la porte d'entrée. Alors qu'il enroule un long cache-nez violet autour de son cou, il lance à Jack :

— Ça ne te dit pas de m'accompagner ? de faire une promenade jusqu'au marché ? C'est à quelques centaines de mètres.

— D'accord, répond Jack.

Je suis sur le point de les suivre quand Allison m'appelle.

— Emilia, viens ici que je te présente Lizbet. Sa fille Fiona a l'âge de William. Lizbet et sa compagne, Angela, habitent l'Upper East Side, elles aussi.

Jack m'adresse un clin d'œil et s'échappe. Je me traîne de l'autre côté de la pièce pour être présentée à une version un peu plus jeune de ma sœur. Lizbet a la touffe frisée grise d'Allison et la même expression grave et bigote.

— Lizbet a inscrit Fiona à l'école publique, déclare Allison.

— Nous voulions qu'elle bénéficie d'un programme bilingue, explique Lizbet. En quatrième, les enfants sont totalement bilingues. Vous avez déjà inscrit William à la maternelle ? À moins qu'il n'aille dans…

Elle marque une pause et pince les lèvres, comme si les mots étaient trop durs à prononcer.

— … une école privée ?

— Ça ne dépend pas de nous. La mère de William ne le laissera jamais approcher d'une école publique.

— Quel dommage ! commente Allison d'une voix peinée. William est un enfant adorable, mais il me semble qu'on voit déjà les effets de son éducation trop protégée. Quand un enfant grandit uniquement entouré de camarades de sa propre race et de sa catégorie sociale, il ne faut pas s'attendre à ce qu'il devienne sensible aux différences.

— Oh, pour l'amour de Dieu, Allison ! Il va à la maternelle du 92 de la Rue Y. Il y a des Noirs et des Asiatiques dans sa classe. La diversité est leur marotte.

— Rencontrer des riches de toutes les couleurs n'est pas faire l'expérience de la diversité.

— Ils ne sont pas tous riches.

— Vous l'êtes, vous.

— Pas vraiment.

Bien sûr que si, nous sommes riches. Certainement plus riches que les autres personnes rassemblées dans cette maison. Certainement plus riches que j'aurais jamais espéré le devenir.

Olatunji Babalalu, qui a écouté notre conversation, me rassure.

— Il y a des écoles privées fantastiques. J'ai moimême été élève du collège privé de Bishop Pertteeson, à Mbosi.

Je suis dispensée de répondre car un pas pesant remonte du sous-sol. Lennon apparaît, le visage rouge et suant.

— Emilia ! Tu ferais bien de descendre tout de suite !

— Que se passe-t-il ? C'est William ?

Je traverse la pièce en courant, évitant la table, mais renversant presque une femme en sari vert pomme.

Je descends les marches deux à deux, Lennon sur les talons. En bas, au rez-de-jardin que ma sœur a transformé en salle de jeux avec des poufs poire, une moquette pêche affreuse et une vieille chaîne stéréo (ni télé, ni magnétoscope, ni rien qui pourrait polluer des esprits purs), je découvre une douzaine d'enfants regroupés sous une bannière « Feliz Compleaños Emma ».

— Où est-il ? Où est William ?

Suçant le bout d'une de ses nattes, ma nièce me désigne un canapé en mousse.

— Il est caché derrière.

J'attrape un bout du canapé et je le soulève. Il est si léger que je l'envoie involontairement voler à plusieurs mètres, près du groupe d'enfants qui s'éparpillent en glapissant.

William est par terre, en boule, la tête enfouie sous ses bras pliés. Je comprends immédiatement ce qu'il s'est passé. C'est affreusement évident. L'odeur est envahissante.

— Oh non, William. Tu as fait caca dans ton pantalon ?

Il se recroqueville encore plus.

— On jouait à Un deux trois soleil, m'explique Lennon, qui est venu me rejoindre et fait des efforts visibles pour respirer par le nez. Il s'est immobilisé et je crois qu'il a eu peur de bouger. Ça a dû le prendre d'un coup parce qu'il était bien, et l'instant d'après… c'est arrivé.

Je m'agenouille à côté de William, et, faisant de mon mieux pour retenir mes haut-le-cœur, je tends une main hésitante vers lui.

— William ? Hé, William ? Ça va ?

Son gémissement est étouffé par ses bras.

— Oh, William. Pourquoi tu n'as pas dit à Lennon que tu voulais aller aux toilettes ?

Je sais avant même qu'il n'éclate en sanglots que je n'aurais pas dû dire ça, mais je suis en territoire inconnu. Je ne sais pas comment gérer ce genre d'incident, ni l'humiliation de William.

— Viens, mon chou, on va chercher des vêtements propres, tu veux ?

— Va-t'en !

Je me penche pour l'aider à se relever, mais je suspends mon geste, hésitant à poser les mains sur son pantalon de treillis où s'étale la tache à l'odeur intenable.

— Laisse-moi ! hurle-t-il. Je veux ma maman ! Je veux ma maman tout de suite !

Évidemment qu'il veut Carolyn. Elle saurait quoi faire, elle. C'est sa mère, elle parle son langage, elle n'a pas besoin de chercher à imiter une réaction maternelle. J'ai déjà du mal à le déchiffrer quand tout roule, alors quand il est si humilié et désemparé, je suis carrément inadaptée. Quand il a vraiment besoin d'une mère, une pseudo-mère ne sert à rien.

— Ta maman n'est pas là, mon chou, dis-je dans un murmure.

— Papa !

— Papa est sorti faire une petite course. Il est allé acheter du Rice Dream.

Oh ! non. Je réalise que tout est de ma faute. C'est à cause de la glace. Il a eu cette diarrhée foudroyante à cause de la glace d'hier.

— Il n'y a que moi, William. Je suis toute seule. Mais je vais t'aider, mon chou.

— Je ne veux pas de toi ! Tu n'es pas ma maman ! Je veux ma maman ! Je veux ma maman tout de suite !

Il s'écarte d'un bond et bat des pieds de toutes ses forces, m'envoyant un coup malheureux dans l'estomac. Le souffle coupé, je tombe à genoux. Pliée en deux sur ma douleur, je crachote :

— William, je t'en prie, mon chou, viens avec moi. Tu as du caca dans ton pantalon, il faut te changer.

— Je te déteste ! Je te déteste !

— Pourquoi tu ne me laisses pas essayer ? me propose gentiment Allison.

Je ne l'avais pas remarquée, mais je réalise qu'elle a dû me suivre et qu'elle a assisté à toute la scène avec les autres enfants. Elle m'écarte de William, s'agenouille devant lui et lui caresse les cheveux. Puis elle se penche et lui murmure à l'oreille. Au début, il secoue la tête sans s'arrêter de pleurer, mais, au bout de quelques minutes, il commence à se calmer. Finalement, hoquetant, il se déplie et se relève. Allison lui tend la main et ils gagnent la porte. William s'applique à ne pas me regarder. Accroché à Allison, il monte l'escalier. Je les suis.

Une fois dans le salon, Allison se tourne vers moi.

— Je vais monter et lui donner un bain rapide. Pourquoi ne pas nous attendre ici ? Ça ne prendra qu'une minute.

— C'est bon, je peux m'en charger.

— Non ! s'écrie William, se blottissant contre ma sœur. Je ne veux pas Emilia. Je veux toi !

— Je m'en occupe, dit Allison. Emilia, tu veux être un ange et préparer le gâteau à ma place ? Les bougies sont dans le tiroir à côté de la cuisinière.

Tandis qu'ils montent à l'étage, elle me lance un regard qui signifie « ne t'inquiète pas ». Facile à dire.

Les invités ont repris leurs petites conversations, mais j'ai le sentiment qu'ils m'ignorent ostensiblement. Seule une femme m'adresse un sourire compatissant, les autres évitent mon regard. Je sais ce qu'ils pensent. Que je dois être une belle-mère atroce pour que ce garçonnet me déteste au point de chercher le réconfort chez une étrangère.

Je dispose les bougies sur le gâteau célébrant les neuf années d'existence d'Emma, quand Jack et Ben reviennent. Je me prépare à raconter à Jack ce qu'il s'est passé, mais il monte déjà l'escalier en courant. Je sais que je ne devrais pas être soulagée d'être dispensée de la corvée de lui narrer l'humiliation et la rage de William, mais je le suis.

J'emporte le gâteau décoré dans la salle à manger et je le dépose au centre de la table. Quelques minutes plus tard Allison redescend, les vêtements de William en un ballot serré dans les mains.

— Il va bien ?

— Laisse-moi mettre ça dans un sac, d'abord.

Je la suis dans la cuisine. Elle met les vêtements dans un sac en plastique et le noue. Elle me le tend et se lave les mains.

— Il va bien ?

— Il va bien. Il est juste paniqué. Il a eu la diarrhée. Il était terriblement embarrassé devant les autres. Et, au lieu de l'aider, ces idiots se sont contentés de rigoler. Emma va devoir lui rédiger une longue lettre d'excuses.

— Elle n'est pas obligée de le faire.

— Oh ! que si.

Je balance le sac sur mon doigt.

— C'est de ma faute s'il a eu la diarrhée. Il est allergique au lactose et je lui ai fait manger de la glace.

— Pourquoi tu as fait ça ?

— Parce que je ne croyais pas qu'il était allergique. Je pensais qu'il s'agissait d'une idiotie de Carolyn. Allez, vas-y, dis-moi que je suis abominable.

Elle soupire.

— Tu n'es pas abominable, Emilia. Tu es immature et égoïste, mais tu n'es pas abominable.

— Merci beaucoup.

— Quoi ? Tu voudrais que je te mente ?

— Non. Tu as raison.

Je plisse le nez. La puanteur des vêtements de William traverse le sac plastique.

— Il me déteste.

— Il ne te déteste pas.

— Il dit qu'il me déteste.

— Il ne te déteste pas vraiment. C'est un petit garçon triste et perturbé, c'est tout. Les enfants de son âge ne sont pas capables de ressentir de la haine. C'est une émotion adulte.

— Je sais. Tu as raison.

Elle a tort. Je crois qu'elle sous-estime William. Je crois qu'il est capable de ressentir toutes sortes d'émotions adultes, la haine comprise.

— Viens, dit Allison en me poussant hors de la cuisine. C'est l'heure du gâteau d'anniversaire.

Nous retraversons le pont de Brooklyn quand la voix de William brise le lourd silence qui règne dans le taxi.

— Je déteste Brooklyn.

C'est la première chose qu'il dit depuis que Jack et lui sont redescendus, après son bain. Il porte une salopette d'Emma roulée aux chevilles et un T-shirt blanc sous son manteau.

Ni Jack ni moi ne répondons.

— Je vois l'emplacement des Twin Towers.

— Bien, marmonne Jack.

William fixe le trou dans la ligne d'horizon.

— Emma a neuf ans. C'est presque deux fois mon âge. Deux fois cinq ça fait dix. Et neuf c'est un de moins que dix.

— Oui, c'est exact.

— Et elle ne sait même pas lire !

— OK, Will. Je sais que tu es en colère et embarrassé, mais ce n'est pas une raison pour dire des méchancetés sur Emma.

— Je n'ai que cinq ans et je sais lire des livres avec des chapitres.

— William ! Ça suffit, j'ai dit, gronde Jack.

— Elle est stupide. C'est une fille stupide.

— William !

— Elle n'est pas stupide, interviens-je. Elle a juste du mal à lire.

— C'est quoi la différence ?
Jack lui caresse la joue.
— Tais-toi, Will.

15

Un message de Simon m'attend à la maison. Comme je leur ai posé un lapin la veille au soir, il me propose de les accompagner à la séance de trois heures, Mindy et lui. Je rappelle immédiatement pour accepter l'invitation. Je ne supporte pas l'idée de passer le reste de la journée dans cette hostilité ambiante. Je dis à Jack qu'il est clair que son fils et lui ont besoin de passer du temps ensemble et j'essaie de cacher mon soulagement quand il ne fait aucune objection.

Après le film, Simon, Mindy et moi commençons la soirée dans un restaurant indien de la 6e Rue Est. Simon prétend qu'on l'y a traîné de force. Il appelle ça un palliatif de dispute pour cause de diarrhée, touche à peine à son curry épicé, et marmonne que tous les restos indiens partagent une même cuisine condamnée par le service d'hygiène du ministère de la Santé.

J'ai assez parlé de diarrhée pour un bon moment.

— C'est une vieille plaisanterie, Simon. C'est une vieille histoire de ponts et de tunnels. Tu vois cet homme, là-bas ?

Je désigne un homme trapu dont les cheveux noirs rampent sur le crâne et descendent sur la nuque comme de la mousse sur une souche.

— Cet homme a fait exactement la même plaisanterie ce soir, en traversant le Tunnel Holland.

— Ne fais pas ta snob, Emilia. Tu viens du New Jersey.

— Oui, je viens du New Jersey, mais j'ai épousé New York. J'ai épousé Bombay Palace. Je mange mon poulet tikka massala avec plaisir et je ne me plains pas de quelques cafards et des rares cas de salmonellose.

Simon lève les yeux au ciel, mais je vois qu'il est content. Je l'ai vu échanger une brève tape de la main avec Mindy quand nous sommes sortis du cinéma, et que j'ai annoncé que j'étais d'humeur à manger indien, mais seulement dans un restau merdique, et seulement si ça rendait Simon malade.

Mindy transperce le dernier morceau de poulet récalcitrant dans mon assiette.

— Tu savais que le poulet tikka massala n'est pas indien du tout ? La recette a été inventée par les Indiens en Angleterre parce que leurs clients locaux ne pouvaient pas supporter les arômes subtils et les épices de la véritable cuisine indienne. Il y a du ketchup dedans. Ou du jus de tomate. Je ne me rappelle plus exactement.

Je sauce mon curry avec un morceau de nan brûlé.

— Le poulet tikka massala est fait avec du concentré de tomate. Il est épicé avec de la cardamome, du curcuma, du cumin, de la noix de muscade et du macis, il me semble. Et si ça a été inventé par les Indiens, alors c'est indien, peu importe la raison pour laquelle ils l'ont inventé. C'est comme de dire que la pizza n'est pas vraiment italienne. Je déteste ça. Je suis allée en Italie. En Italie, les gens passent leur temps à gober des pizzas. Et des pâtes. Comme si c'était important que Marco Polo ait volé les nouilles aux Chinois. Le chow fun est chinois. Les pâtes sont italiennes. Point final.

Le plaisir avec lequel Simon et Mindy accueillent ma diatribe grogneuse est si évident que je suis surprise qu'ils ne bondissent pas de joie et ne se mettent pas à danser la hora autour de la table. Ils pensent que cette bonne vieille Emilia, célèbre pour ses opinions tranchées, son joyeux cynisme, son souci névrotique d'être perçue comme un être pétillant et méchamment drôle, est de retour. Ils ne se rendent pas compte que je ferais n'importe quoi, que je me lancerais dans un monologue fougueux jusqu'à ce que leurs yeux brillent de fatigue, que je jonglerais avec des assiettes de biryani et d'agneau roganjosh, pour oublier que le dessin de Ganesh, au-dessus de la caisse, n'est pas exactement le même que celui du minuscule T-shirt brodé que j'ai acheté pour Isabel, alors que j'étais enceinte de six mois, à la boutique indienne de Park Slope, près de chez Mindy. Que je ferais n'importe quoi pour qu'ils restent avec moi ce soir, pour qu'ils m'empêchent de rentrer chez moi, pour qu'ils me tiennent éloignée du petit garçon dont les talents de prodige incluent celui de me donner l'impression d'être abominable, de me rappeler que non seulement je ne suis pas sa mère, mais que je ne suis la mère de personne. Je ferais n'importe quoi pour rester loin de cet endroit où il vit et où ma fille n'est qu'un souvenir glacé, celui de son corps dur et froid, de sa langue pointant au coin de sa bouche, de son souffle suspendu pour toujours dans sa poitrine.

— Et si on allait danser ? propose Mindy.

— Ne sois pas ridicule, répond Simon en lui collant un coup de pied sous la table, ce qui a pour effet de renverser le bol de sauce violette sur la table.

— Subtil, dis-je.

Je pose ma serviette sur la surface en verre pour empêcher la sauce de se répandre davantage. Les serviettes roses sont faites d'un polyester remarquable qui a pour propriété de repousser l'eau.

— C'est une bonne idée, allons-y !

Simon secoue la tête.

— Non, Emilia, tu n'as pas vraiment envie de danser.

— Si, j'en ai envie. Danser est exactement ce dont j'ai envie en ce moment.

— Ce n'est pas possible, s'entête mon ami.

Il coule un regard oblique à Mindy qui écarquille des yeux innocents et bat ses cils noirs de mascara. J'insiste :

— Bien sûr que si, c'est possible.

— Nous ne sommes pas habillés pour.

— Tu plaisantes ? Tu portes un jean et un T-shirt noir. Tu pourrais passer des heures devant ton placard que c'est précisément ce que tu finirais par choisir. Et puis, premièrement, je me fous de ce que tu peux porter, et deuxièmement, je porte un T-shirt sous mon pull au cas où j'aurais trop chaud. Quant à Mindy, elle est toujours habillée comme si elle cherchait à s'envoyer en l'air. Au fait, comment Daniel a réagi à la minijupe en cuir rouge ? Il ne t'a pas trouvé un brin trop habillée pour une toile ?

Elle hausse les épaules.

— Nous sommes parfaits. Nous sommes époustouflants. Nous sommes torrides. Allons danser.

Simon croise les bras et foudroie Mindy du regard. Je m'impatiente :

— Quoi ?

Mindy entoure le papier d'emballage de sa paille autour de son doigt, qui devient rouge au bout et blanc près du garrot formé par la bande de papier. Un petit sourire danse aux coins de sa bouche.

— Qu'y a-t-il ?

— On ne peut pas aller danser, Emilia, me dit Simon d'une voix très tendre, comme une mère s'adressant à son bébé, comme il me parlait juste après la mort d'Isabel.

— Pourquoi pas ?

— Parce que Mindy est enceinte.

— Oh.

Quel genre de personne reprocherait cette joie à une amie ? Quel genre de personne dénierait le droit à une amie de savourer un moment de béatitude après deux années d'attente frustrée ? Quel genre de personne ne se retiendrait pas de rappeler à son amie, qu'à trois reprises, déjà, ce moment de béatitude s'est clos sur la découverte d'une tache dans sa culotte, une éclaboussure sur le carrelage des toilettes qu'il a fallu ramasser et qui a fini dans la poubelle de l'hôpital ?

— Ça signifie que je n'ai plus à faire la Marche du souvenir ?

— Non, tu n'es plus obligée de faire la Marche du souvenir avec moi. Je pensais y aller toute seule de toute façon, et je risque toujours d'avoir à y aller en octobre. Mais je préfère ne pas y aller ce mois-ci. Je me sens un peu superstitieuse sur ce coup-là.

— Parfait. Parce que je n'avais pas envie d'y aller.

— C'était assez clair.

— Quoi qu'il en soit, pas de danse ce soir.

— Mais je veux danser, moi. Je me suis sagement reposée, je n'ai pas fait d'efforts, je n'ai pas monté d'escaliers, je n'ai pas couru, je n'ai pas marché. Même en restant allongée sur mon lit, parfaitement immobile, je peux perdre le bébé. Cette fois, je vais tenter une approche différente. Je vais essayer de danser. Je vais essayer de me secouer jusqu'à ce que je sois en sueur, je vais tourner à en avoir le tournis, danser jusqu'à tomber par terre, et voir ce qu'il adviendra. Qui sait, peut-être que celui-ci s'accrochera ?

Simon secoue la tête mais lève les mains en signe de défaite.

— Mistress Formica est à l'Opaline ce soir. On n'a pas vécu tant qu'on n'a pas été vu à l'Area 10009.

L'Opaline est une sorte de caverne qui pulse de l'électro-beat. Des néons stroboscopiques pastel flashent les corps sombres tourbillonnant sur la piste. Sur le bar, des gogos danseurs encadrent une femme avec des pastilles à pompons et une culotte en peau de léopard. Des visions fugitives : un cul dépassant d'un chaps, une poitrine huilée dans un marcel déchiré. Sur la piste, les garçons nous absorbent dans leur sillage de vapeur, sans faire mine de remarquer que Mindy et moi sommes les deux seules femmes présentes dans la boîte, en dehors de la go-go danseuse et des quelques lesbiennes aux cheveux gominés et au rouge à lèvres foncé étalées sur les banquettes.

Nous dansons ensemble sur la 15e de Fischerspooner remixée par Felix Da Housecat. Mindy et moi prenons Simon en sandwich entre nos hanches mouvantes, telle une saucisse dans un petit pain de taille réduite, jusqu'à ce qu'il soit enlevé par un homme avec une crinière de cheveux noir corbeau. Un homme tout en cheveux, piercings, avec, je le crains, un goût prononcé pour la solitude, la désillusion, et pour l'envie de Simon de se lâcher dans la backroom d'un club de l'East Village, en échange d'un numéro de téléphone, qui se révélera probablement être celui d'une épicerie coréenne de la 57e Rue Ouest. Mindy et moi dansons seules jusqu'à ce qu'elle pose ses mains sur ses hanches et me crie :

— Je suis épuisée ! Je vais me chercher un verre d'eau !

Je hoche la tête et je fais mine de la suivre, mais elle me repousse.

— Non, reste. Tu t'amuses.

Je continue à danser et à virevolter seule, mais sans mes amis autour de moi, la chaleur devient pesante et Jack commence à me manquer. Je remue plus lentement, regrettant de ne pas être dans mon lit, allongée près de mon mari, à penser à ma fille et à me sentir triste pour moi-même, comme tous les soirs. Je tire un étrange plaisir de ces soirées tristes et ennuyeuses. Je savoure cette douleur familière, comme certains se plaisent à s'arracher les croûtes d'une bonne grosse cicatrice, ou à glisser leur langue dans une plaie irritée au goût métallique. La douleur que je ressens sur la piste de danse de l'Opaline n'est pas familière, je ne l'apprécie pas le moins du monde.

Tout à coup, je sens des mains sur mes épaules. Je me retourne et me retrouve nez à nez avec un homme dont les hanches remuent en rythme avec les miennes.

Il paraît plus jeune que moi. Il a dans les vingt-cinq, vingt-six ans. Il est mince et séduisant avec son nez pointu, ses yeux endormis et ses hanches étroites. Sa casquette vert poison est inclinée sur le côté. Il pousse un petit rugissement et je rigole. Il est visiblement gay. Les hétéros ne portent pas de T-shirts moulants Christina Aguilera et de pantalons taille-si-basse que leurs poils pubiens dépassent de la ceinture. Il glisse les mains le long de mes côtes puis les place devant mes yeux et remue les doigts comme une danseuse thaïe. Sa bague étincelle sous les stroboscopes. Je lève les bras pour l'imiter, et nous dansons face à face, mimant nos mouvements. Nous sommes comme le reflet l'un de l'autre. Nos hanches remuent au même rythme, nos jambes se soulèvent du sol au même instant. Nous sommes fluides. Nous sommes exquis. Nous sommes l'équipe absolue. Le roi et la reine de la piste. Des patineurs artistiques. Nous devrions être sur scène. Nous devrions danser aux Ice Capades. Mon partenaire prend mes mains et son corps ondule comme un serpent alors qu'il m'attire à lui. Nos genoux se touchent, puis nos hanches, puis nos ventres. Mes seins se plaquent contre sa poitrine, mes lèvres contre son cou. J'ouvre la bouche et enfonce ma langue dans le creux de son cou. Sa peau est acide et salée, presque amère. Je sens la pulsation de son sang contre ma langue, et la sensation me traverse le corps, le cou, les seins, le ventre. Je me liquéfie. Mes genoux se dérobent quand il me cueille dans ses bras.

— Raouww ! miaule-t-il. Tu es un petit chat torride !

Je ris, comme si je jouais, comme si une vague de désir brûlant pour cet étrange homme gay au T-shirt affreux ne m'avait pas fait perdre l'équilibre. Je lui adresse un signe d'adieu et fonce tête baissée dans la foule, à la recherche de Mindy et Simon. Je ne sais pas ce qu'il m'arrive, mais je dois sortir d'ici avant que ça ne tourne mal.

Jack a laissé la petite lampe en perle de l'entrée allumée. À sa faible lueur, je me débarrasse de mon manteau et de mon sac, et je me dirige vers la chambre. Il dort, bien sûr. Il est minuit passé. Il doit se lever de bonne heure demain pour déposer William à l'école avant d'aller au travail. Je me dépouille de mes vêtements trempés de sueur et les enfonce au fond du panier à linge. Puis je grimpe dans mon lit.

Jack plaisante souvent en affirmant que, pour le séduire, je lui ai donné de faux espoirs, parce que notre premier rapport sexuel a été une fellation. Ce qui l'a conduit à penser que j'étais une adepte de la chose et que l'acte ferait partie de notre routine amoureuse.

— Tu suçais tellement bien que j'ai été obligé d'abandonner ma femme, dit-il. Tu m'as piégé.

Ce que je trouve plutôt amusant. Ce soir, je suis déterminée à renouer avec cette pratique. Je dois absolument faire l'amour avec lui, parce que j'ai voulu baiser avec ce gay à l'Opaline. Mais je ne peux pas supporter l'idée de l'avoir en moi. Mon ventre se contracte et se révulse à cette perspective. Je ne suis pas encore prête. Mais ça oui, je peux le faire.

Quand Jack se réveille pour se découvrir dans ma bouche, il m'est si reconnaissant que ses yeux bleu marine, ses yeux que j'aime tant, se remplissent de larmes. Après, il prend ma tête entre ses mains, me caresse les cheveux en partant des tempes et il me dit qu'il m'aime. Il m'allonge sur le dos et dépose des légers baisers sur mon nombril.

— Tu n'es pas obligé, dis-je.

— J'en ai envie.

— Non.

— Pas toi ?

— Je suis bien comme ça.

Il pose sa joue contre mon ventre.

— Allison a téléphoné. Trois autres gosses ont eu la même chose que William. Elle pense que c'était le houmous arc-en-ciel au pistou. Elle a dit qu'elle était vraiment désolée.

— Ça l'aurait tuée de commander des pizzas ?

Il rit doucement et l'air qu'il souffle sur mon estomac me donne la chair de poule. Je gigote.

— Tu es sûre que tu ne veux pas que je te fasse jouir ?

— Tout à fait sûre. Je suis bien.

Il m'embrasse encore mais n'insiste pas.

Je fixe la chambre plongée dans le noir, sentant sa tête peser sur mon ventre, et je me souviens du commencement. Après ce premier frôlement dans son bureau, après que Marilyn a refermé la porte et nous a laissés, penchés sur la console, dans une position animale. Nous nous sommes éloignés l'un de l'autre et nous avons fini de corriger la plaidoirie. Toujours aussi consciencieuse, j'ai pris les pages annotées et je suis retournée à mon bureau où j'ai méticuleusement réécrit la plaidoirie en tenant compte des remarques de Jack.

Nous ne nous sommes plus vus pendant deux semaines. Jusqu'à ce qu'il m'appelle, un mardi soir où j'étais encore au bureau. J'avais tout fait pour l'éviter, et pour éviter le dix-septième étage d'une manière générale, préférant imprimer des procès entiers de Lexis plutôt que de me rendre à la bibliothèque et tirer le volume de son étagère. J'avais été trop loin, pensais-je. Après des années passées à rechercher mon *bashert* comme un faucon à queue rouge un chien de prairie, l'œil aiguisé, je l'avais perdu en frappant trop fort, trop vite, en m'imposant là où je n'étais pas désirée.

— Salut, ai-je répondu au téléphone, un petit glurps dans la voix, comme une adolescente qui répond à son premier appel d'un garçon.

— Salut, a-t-il dit. Hum, tu travailles tard.

— J'ai des tas de choses à faire.

Je ne travaillais pas. Je faisais du shopping en ligne en attendant que Simon m'appelle pour m'annoncer qu'il avait terminé sa journée et que nous pouvions aller manger des sushis.

— Oh !

— Je peux faire quelque chose pour toi ?

— Pas si tu es occupée.

— J'ai menti. Je surfe sur le web. En quoi puis-je t'être utile ?

Il a ri.

— J'ai besoin d'aide pour me préparer à une étude de dossier. Ce n'est pas très glamour. C'est même plutôt sordide. Il y a un entrepôt plein de vieux disques durs et de documents manuscrits. Notes et croquis. Du fatras. Il faudrait que quelqu'un m'aide à les compulser.

— Je passe à ton bureau prendre les plaidoiries et les documents nécessaires. Demain, ça te va, ou dois-je venir tout de suite ? C'est local ou je vais devoir réserver un billet ?

— C'est à Emeryville, en Californie. Tu sais où c'est ? En dehors de San Francisco, près d'Oakland. Et tu ne seras pas seule. Tu seras avec moi. Tu pourras lire les documents dans l'avion. Enfin, si tu peux partir demain matin.

— Tu montes un dossier toi-même ?

Les associés ne trient presque jamais des poubelles remplies de papiers poussiéreux et de dossiers. Ce genre de boulot merdique est réservé aux travailleurs du bas de l'échelle.

— C'est un client important. Marilyn a fait les réservations. Elle t'enverra ton billet par e-mail.

— Tu as déjà réservé mon billet d'avion ?

Il y a eu un silence sur la ligne limpide, sans grésillement, sans le moindre souffle.

— JFK ou LaGuardia ?

Nous étions au mois de mars. Le printemps pointait déjà sur Bay Area. Les érables japonais avaient perdu leurs fleurs roses et étaient couverts de feuilles rouges.

Les pruniers et les cornouillers commençaient à fleurir avec exubérance, humiliant les tulipes, les jonquilles, et les narcisses blancs. Notre hôtel trônait au sommet des collines d'Oakland. C'était un vaste manoir victorien rococo. Un gros gâteau de mariage blanc avec des froufrous bleus, une tourelle et des rangées de roses sans parfum. Jack et moi y sommes arrivés au coucher du soleil, à l'issue d'un long voyage en classe affaires, passé à déchiffrer des documents gribouillés, sous une lumière fluorescente. Nous avons dîné sur une petite terrasse donnant sur les lumières de San Francisco. La nuit était fraîche mais il y avait une lampe chauffante à côté de notre table, si bien que nous avons passé un long moment devant notre repas, à échanger des souvenirs d'enfance, les titres de nos livres préférés, des potins de bureau. Parfois, un silence s'intercalait, tandis que l'un de nous deux se remémorait que ce voyage était ou risquait de devenir illicite. Nous étions dans un hôtel, loin de chez nous, et il avait été clair, dès l'instant où nous avions mis le pied dans l'entrepôt, que la tâche à accomplir ne nécessitait pas, et n'avait jamais nécessité, deux avocats. Jack m'avait fait traverser tout le pays sous un faux prétexte, et j'en étais venue à espérer que je ne me trompais pas.

Quand il n'a plus été possible de s'éterniser à table, quand nous avons terminé les glaces dont nous n'avions pas réellement envie, et bu une seconde tasse de café, quand Jack a jeté un coup d'œil sur la liste des digestifs et finalement refusé de terminer le repas avec un ballon de cognac Hennessy, nous avons quitté le restaurant. Nous sommes montés dans l'ascenseur et j'ai appuyé sur le bouton du troisième étage. Nous sommes restés silencieux dans la petite cabine en panneaux de bois, et nous n'avons pas davantage parlé en traversant le couloir. Nous avions laissé nos valises au portier pendant que nous mangions et, à présent, elles rebondissaient derrière nous, le grincement étouffé de leurs roues sur le tapis était le seul bruit qui résonnait dans le couloir. J'ai baissé les yeux sur le petit carton qui indiquait le numéro de ma chambre, et laissé glisser mon regard sur les portes, à mesure que nous progressions. Je me suis arrêtée devant ma chambre.

— Bien, je suis ici. Où est ta chambre ?

— Au niveau du spa.

— Mais c'est au sous-sol.

— Je sais.

Il s'est penché et m'a embrassée. J'ai lâché la poignée de ma valise et j'ai entrouvert les lèvres. Jack a posé ses mains sur le mur de chaque côté de ma tête et il a pressé sa bouche contre la mienne, me léchant, me mordillant, aspirant ma lèvre inférieure dans sa bouche, caressant mes dents et mes gencives de sa langue, me goûtant, m'avalant. Nous nous sommes embrassés et embrassés, debout devant la porte de ma chambre. J'avais tellement envie de lui. J'étais folle de désir et de bonheur de sentir enfin sa bouche contre la mienne.

Jack a fini par s'écarter.

— Je crois qu'il vaut mieux s'arrêter là. Je ne pense pas que nous puissions aller plus loin pour le moment.

— Tant que tu ne me dis pas que tu es marié, que tu n'as jamais fait ça avant et que tu as peur de faire souffrir ta femme.

— Je suis marié. Je n'ai jamais fait ça avant. Et j'ai peur de faire souffrir ma femme.

— C'est ce qu'ils disent tous.

Le lendemain matin, Jack a reçu un appel lui annonçant que les plaignants avaient provisoirement accepté la proposition de compromis de notre client. L'affaire n'existait plus. Nous nous sommes rendus à l'aéroport une heure avant le départ de notre avion, et Jack a payé mon adhésion pour que je puisse le suivre à l'Admiral's Club d'American Airlines. Nous nous sommes installés dans des fauteuils contigus avec nos *New York Times* et nos tasses de café. Je parcourais les titres quand j'ai senti le regard de Jack peser sur moi. J'ai levé les yeux.

— Bon sang, a-t-il murmuré. Tu es si belle.

J'ai souri et j'ai reposé mes yeux sur mon journal.

Quelques minutes plus tard, il s'est levé.

— Je reviens dans une minute.

Je l'ai regardé traverser la pièce puis j'ai bondi à sa suite. Arrivée devant les toilettes, je suis tombée sur un homme en costume chic qui secouait ses mains mouillées.

— Il y a combien de personnes là-dedans ? lui ai-je demandé.

— Pardon ?

— Dans les toilettes des hommes ? Il y a combien de types à l'intérieur ?

— Juste un.

Je lui ai adressé un clin d'œil et j'ai foncé sur la porte. Jack était devant l'urinoir, les jambes légèrement écartées, les hanches en avant. Quand il m'a vue, il est resté bouche bée. Je l'ai rejoint, je l'ai attrapé par la ceinture, et je l'ai tiré jusqu'à la dernière cabine de la rangée.

S'ils s'étaient penchés un peu, nos camarades du Club de l'amirauté auraient pu voir mon jean trompette et mes bottes à talons hauts dépasser de sous la porte. Certains auraient sûrement trouvé à redire à la présence de deux personnes dans la même cabine. D'autres auraient apprécié la vue excitante. Ils auraient pu se glisser discrètement à côté des lavabos, et se laver les mains plus longtemps que nécessaire. Mais personne n'est entré dans les toilettes des hommes de l'Admiral's Club au cours des minutes qui ont suivi. Ou peut-être que si, mais je n'ai pas remarqué. J'étais bien trop occupée à écouter Jack murmurer mon nom pour me laisser distraire par l'éventuel cliquetis de belles chaussures d'hommes sur le carrelage.

16

J'ai passé le mercredi qui a suivi l'anniversaire catastrophe avec ma mère dans le New Jersey, laissant Jack profiter de son fils pendant cet après-midi de repos. Le week-end suivant était pour Carolyn. J'ai essayé de ne pas trop penser à William au cours des dix derniers jours. J'ai mal à l'estomac en pensant que j'ai encore échoué dans ma tentative de me hisser au niveau le plus élémentaire du maternage. Pour me consoler je me rappelle que je suis hors de cause pour Serendipity.

William semble avoir oublié ce qu'il s'est passé. Il est égal à lui-même quand je passe le prendre à la maternelle la semaine suivante. Il est aussi distant et mal à l'aise que d'habitude, tout comme moi.

Pendant qu'il met son manteau, je regarde les autres enfants. Une petite fille, avec des gants très roses et une robe de patineuse à paillettes, pirouette sur un pied, alors que sa nounou essaie de lui enfiler un manteau à poils blanc. Elle est gracieuse et délicate, comme une petite fée. Elle se penche avec agilité et sa queue-de-cheval touche presque ses doigts de pied. Si je pouvais l'échanger contre William pour l'après-midi, je l'emmènerais à la patinoire.

J'adore patiner. Je n'ai pas particulièrement de talent dans ce domaine, je n'ai jamais fait de compétition, j'ai laissé ça à ma sœur Lucy. Elle prenait des cours trois fois par semaine et j'étais bien obligée de l'accompagner avec ma mère. Au bout d'un moment, fatiguée de m'entendre geindre, ma mère m'avait loué des patins, et je m'étais mise à faire des tours de piste en attendant la fin du cours de Lucy. J'aimais la vitesse et la fluidité du mouvement, et le bruit de mes lames sur la glace me mettait littéralement en transe. Plus tard, au lycée, j'avais même essayé d'intégrer l'équipe de hockey féminine. J'aurais pu réussir, mais avec mon mètre cinquante-huit je n'étais pas de taille à affronter des monstres d'un mètre quatre-vingt-trois aux épaules de déménageurs, lancés à pleine vitesse et armés d'une batte de hockey.

William se penche pour attacher le velcro de ses bottes, trébuche et tombe sur le derrière. Il se remet sur pied, mais se débrouille pour trébucher une fois de plus sur une manche de son manteau qu'il traîne derrière lui. Peut-être que la raison pour laquelle cet enfant est si maladroit, à la différence de la petite fille en manteau blanc, c'est que personne n'a jamais essayé de l'aider à changer. Jack ne l'emmène plus skier depuis le divorce, et je suis sûre que Carolyn n'encourage que les activités cérébrales. Je l'aide à se relever et lance :

— Dis, ça te dirait d'aller faire du patin à glace ?

— Quoi ?

— On pourrait aller à la patinoire. Il ne devrait pas y avoir trop de monde au Wollman Rink en semaine.

— Je ne sais pas patiner.

— C'est facile.

— Je sais patiner, moi, déclare la fillette dansante. Je vais tout le temps à la patinoire.

— Tu vois. C'est génial le patin à glace.

— Mon père est patineur, reprend la fillette. Il a gagné une médaille d'argent aux Jeux olympiques.

L'une des mères rit.

— Ton père possède une banque, Kendall. Il est banquier, pas patineur artistique.

— Non, elle a raison, intervient une autre mère. Misha a été patineur olympique. Il a vraiment remporté une médaille d'argent. À Innsbruck. C'est comme ça que Colette l'a rencontré. Elle patinait, elle aussi. Pas aux Jeux olympiques, cela dit. Dans l'Ohio.

— Dis donc, Kendall ! s'exclame la première maman. Tu en as de la chance !

— Viens, William. Tu ne gagneras jamais de médaille d'argent si tu ne commences pas à t'entraîner dès aujourd'hui.

William est horrifié qu'on ne lui fournisse pas de casque à la patinoire.

— Les gens qui font du roller mettent bien des casques, eux, argue-t-il. Et la glace est aussi dure que l'asphalte. Plus dure, même.

— La glace n'est pas aussi dure que l'asphalte, dis-je en laçant mes patins.

Il y a un nœud au milieu de mon lacet, je tire fort pour le faire passer dans l'œillet.

— Si. Bien plus dure. L'asphalte est assez mou en fait. Plus mou que le béton. C'est pourquoi ma mère préfère courir sur la chaussée, parce que les trottoirs causent des déchirures aux mollets. Ma mère sait ce genre de chose parce qu'elle est médecin.

— Pourquoi ne pas enfiler tes patins ?

— Je ne crois pas que je devrais patiner sans casque. Les patins à glace sont comme des patins à roulettes, et on doit toujours porter un casque, des genouillères, des coudières et protège-poignets quand on fait du roller.

— Le parc est plein de patineurs qui ne portent ni casques ni protections.

— Eh bien c'est tout à fait stupide. Dans le cabinet de mon pédiatre il y a des photos d'enfants en patins à roulettes avec des casques et des protections. Il y a des photos d'enfants sur des vélos aussi. Il y a même une photo de moi quand j'ai eu mon tricycle, pour mes trois ans. Sur la photo, je porte mon casque bleu. J'en ai un rouge, aussi. Si tu veux vraiment patiner, on n'a qu'à retourner à la maison chercher un de mes deux casques.

— Non, on ne va pas retourner chez toi chercher un de tes deux casques. Tu vois quelqu'un avec un casque ici, William ? Non. Il n'y en a pas. Personne ne porte de casque à la patinoire. Alors arrête de gigoter que je puisse t'enfiler tes patins.

Il fixe la patinoire, le front plissé par la perplexité, tandis que je lace ses bottines en serrant autour de sa cheville.

— Elle mesure plus de mille mètres carrés.

— Mais non.

Je fronce les sourcils.

— Comment pourrais-tu connaître la surface de la patinoire Wollman ?

— C'est écrit dans mon livre.

— Quel livre ?

— Mon livre sur Central Park.

— Celui que je t'ai offert ?

Il hausse les épaules. L'année dernière, pour son anniversaire, sur la montagne de jouets, d'animaux en peluche, de puzzles, de maquettes et de livres sur les dinosaures que Jack a choisis pour William, j'ai ajouté un livre sur Central Park, que j'avais trouvé à l'issue de plusieurs heures de shopping consciencieux. Je l'avais acheté sur un coup de tête en passant devant la Laiterie de Central Park, où les petits New-Yorkais allaient jadis boire un bon lait frais et où les touristes peuvent aujourd'hui s'offrir des T-shirts aux couleurs des ligues de base-ball du parc, des tasses décorées de cartes miniatures du parc, des nounours portant des T-shirts « I love NY », et des livres sur le parc. J'étais entrée dans la boutique de souvenirs pour voir de quoi elle avait l'air. Je n'avais jamais mis les pieds dans la Laiterie rénovée. Le livre et ses illustrations avaient attiré mon attention, parce que, tout ce que je savais de Central Park, je l'avais glané par hasard, en lisant les inscriptions sur les socles des monuments et les arches, ou des prospectus ramassés au cours de mes vagabondages. En feuilletant le volume, j'étais tombée sur la photo sépia d'un chameau attaché à une tondeuse.

Le livre était assez clairement hors de portée d'un garçon de cinq ans, mais les détails factuels dont il regorgeait feraient certainement le bonheur de William. Nous pourrions nous contenter de regarder les images et de lire les légendes, ensemble. Je l'avais enveloppé dans une carte du parc et ajouté au monceau de cadeaux d'anniversaire. Cette année-là, William avait été plus intéressé par un kit de construction composé de tiges et de boules aimantées. Il avait feuilleté le livre le temps d'exprimer sa reconnaissance, puis il l'avait mis de côté.

— Il est cool ce livre, hein ? Tu as vu la photo du chameau qui tond la Prairie aux moutons ?

— Non.

— Ah. Bon, et qu'est-ce qu'ils disent sur la patinoire, à part ça ?

— Rien.

Nous longeons lentement la bande en bois de la patinoire quand un garçonnet nous dépasse à toute vitesse en chantant à tue-tête. Il porte un casque. Et des protections aux poignets.

— Ça fait drôlement peur, Emilia, dit William paniqué.

Il tient la bande des deux mains. On dirait que ses chevilles sont en caoutchouc, elles s'entrechoquent si fort qu'il fait des trous dans la glace.

— Mais non ça ne fait pas peur. Pas vraiment. Lâche un peu la rambarde.

— Tu ne peux pas dire ce qui me fait peur ou non. Il n'y a que moi qui sais ce qui me fait peur. Tu n'as pas peur parce que tu sais patiner. Et ce garçon n'a pas peur parce que sa mère lui a acheté un casque.

Il fait cette dernière réflexion en gémissant.

Je détache les mains de William de la bande et je le tire, tout doucement, patinant à reculons. Au début, il fait des soubresauts sur la glace, avançant par saccades comme s'il essayait de se catapulter vers le refuge de la barrière, puis, tout à coup, il semble s'abandonner. Il met ses patins parallèles et se penche légèrement en avant. Je continue à patiner à reculons, un sourire hésitant aux lèvres.

— Tu vois que ce n'est pas si affreux.

— Peut-être pas pour toi.

Je nous imagine exécutant une pirouette lente d'abord, puis de plus en plus vertigineuse, jusqu'à ce que la patinoire se brouille devant mes yeux, et que je ne puisse voir que le visage de William, tournant au bout de mes bras tendus. Je me vois alors le lâcher pour l'envoyer vriller à travers la piste.

Nous parcourons un autre tour de piste lent, et je le ramène à la bande.

— Je vais faire un tour toute seule. Tu n'as qu'à te tenir à la rambarde et avancer doucement. Tout ira bien.

Je m'éloigne et je commence par faire de simples tours de piste, accélérant graduellement. C'est alors que je prends conscience d'une forme à côté de moi. Je me tourne : il s'agit d'un garçon de dix-sept, dix-huit ans. Il est très séduisant avec ses boucles brunes, ses joues rouges, et sa dent de devant ébréchée. Le genre de garçon qui ne m'aurait jamais remarquée au lycée.

— Je te prends à la course ! me lance-t-il en guise de défi.

Je me penche plus bas et j'utilise mes bras comme deux balanciers. Ce garçon n'a pas idée du pétrin dans lequel il vient de se mettre. Il ne va même pas me voir partir. Je vais lui remplir la bouche de paillettes de glace, même s'il porte des patins de hockey et que les miens sont en plastique moulé vert et une taille trop grands.

Mon beau gosse et moi faisons deux tours de piste à l'issue desquels il me bat. Je ne suis pas si forte que ça, en fin de compte. N'empêche que je lui en ai donné pour son argent. Tout comme moi, il halète, les mains posées sur ses genoux.

— T'es plutôt rapide, me complimente-t-il.

— Mais tu es plus rapide que moi.

C'est alors que je vois William tomber sur les fesses de l'autre côté de la patinoire. Je fonce le rejoindre, mais je suis fatiguée de ma course et, le temps que je l'atteigne, il est en larmes.

Je me poste derrière lui et j'essaie de le soulever par la taille, mais je n'ai pas le temps de réaliser ce qu'il m'arrive, que je me retrouve sur la glace à côté de lui.

— Merde !

— Je suis tombé ! geint William.

— Moi aussi.

Je tente de me relever, et je retombe aussitôt sur les fesses. William s'accroche à moi et nous nous écrasons en chœur sur la glace. Un vrai numéro des Marx Brothers. Dans un grand éclat de rire, je m'exclame :

— Je suis tombée, et je n'arrive pas à me relever !

William ne saisit pas l'allusion. Comment le pourrait-il, il n'a que cinq ans, et il n'a pas le droit de regarder la télévision. Néanmoins, il m'accorde un petit rire pathétique qui lui vaut mon admiration. Il ne voulait pas venir, au fond de lui, il sait sans doute que je l'ai attiré ici alors que je me doutais qu'il serait un patineur déplorable, et pourtant, il essaie de rire de ma plaisanterie minable. Comment a-t-il deviné que je suis fière de mon sens de l'humour ? Et pourquoi cherche-t-il à me faire plaisir ? Pourquoi ça aurait la moindre importance pour lui ? Peut-être qu'il rit juste parce qu'il a vu une adulte tomber ?

Je parviens enfin à me relever et je le hisse sur ses pieds.

— Ça va ? Tu n'as rien de cassé ?

— Je ne crois pas. Juste quelques cheveux.

— Tu veux qu'on sorte, ou tu veux réessayer de faire un tour ?

Il jette un regard envieux vers la sortie quand le petit garçon casqué repasse, patinant à reculons, cette fois, toujours en chantant.

— Tu pourrais me montrer comment il fait ? Sans me traîner ?

Durant les quinze minutes qui suivent, William et moi effectuons des petits cercles, au centre de la patinoire. Il tombe à trois reprises, mais se relève chaque fois et recommence courageusement. Je lui montre comment réunir ses pieds et se propulser doucement. Au bout d'un moment, il se sent suffisamment à l'aise pour tenter un tour de piste.

— Mais en tenant tes mains.

— Certainement.

Nous mettons très longtemps et nous restons près de la bande, mais il parvient à faire un tour entier. William patine presque exclusivement avec son pied droit, comme si son pied gauche était paralysé. Une jambe de bois dans un patin à glace, mais il patine.

— Tu as été super, lui dis-je en le poussant vers la sortie. Bien meilleur que moi la première fois.

Il trébuche sur le tapis en caoutchouc.

— Ça fait tout drôle de marcher, maintenant.

— Ça fait toujours tout drôle de marcher après avoir patiné.

Il vacille et se rattrape à mon bras.

— Tu savais que cette partie du lac s'appelait l'étang des Dames avant ?

— Quoi ?

— Avant que ça ne devienne la patinoire Wollman, les gens patinaient sur le lac, et une partie de ce lac s'appelait l'étang des Dames. Il était interdit aux hommes.

— Tu as appris ça dans ton livre ?

— Ouaip.

Je souris, glisse ma main dans la sienne, et nous allons faire la queue pour rendre nos patins.

— Emilia ?

— Oui.

— Je crois que ce que nous avons fait aujourd'hui devrait rester secret. À cause du casque. Et parce que mon jean est tout mouillé. Ma mère déteste que je mouille mes vêtements.

— Mon jean est mouillé, à moi aussi.

Il hoche la tête.

— Alors, marché conclu ? La patinoire est notre secret ?

Je ressens une soudaine bouffée de gratitude et d'affection pour cet enfant. Est-ce qu'il réalise que je suis la seule que son silence va protéger ?

— Marché conclu, dis-je.

17

Hier soir, à la réunion de parents d'élèves, l'institutrice de William m'a fait ravaler toutes mes pensées malveillantes à son égard. Désormais, je n'ai que des choses gentilles à dire sur Sharlene. Je suis amoureuse de Sharlene, l'institutrice de maternelle sud-africaine qui a le cran de tenir tête à Carolyn Soule.

Jack et Carolyn avaient reporté le rendez-vous deux fois de suite. La première, à cause d'un accouchement prématuré de jumeaux, la deuxième parce que Jack s'était retrouvé bloqué dans le Lincoln Tunnel en rentrant à la maison après une déposition. Organiser ces réunions parents-professeurs est plus difficile que de programmer un procès pour meurtre de dimension nationale et nécessite un nombre de coups de fil colériques bien plus important. J'ai suggéré à Jack de rencontrer Sharlene seul, mais la politique de l'école veut que l'institutrice voit les deux parents en même temps ; sauf lorsque leur relation est trop dégradée et que les réunir risquerait de placer l'institutrice dans une situation inconfortable. La civilité tendue de Jack et Carolyn était apparemment considérée comme gérable.

D'après Jack, Carolyn et lui étaient assis sur des petites chaises de part et d'autre d'une table octogonale, écoutant Sharlene leur raconter les emplois sophistiqués que William faisait des pinces à linge multicolores, quand Carolyn a jeté un coup d'œil derrière l'institutrice et vu un dessin de son fils accroché à une corde à linge.

— Qu'est-ce que c'est ? a-t-elle demandé en le désignant du doigt.

Je vois d'ici son long doigt effilé tremblant. J'imagine que les ongles de Carolyn sont parfaitement dessinés, oblongs et pâles, récurés avant et après chaque opération chirurgicale. Je suis certaine qu'elle ne porte pas de vernis.

— Ne sont-ils pas adorables ? a répondu Sharlene. J'ai fait une séance sur les structures familiales. Les enfants ont dessiné leur famille. Laissez-moi vous montrer celui de William. Il est vraiment remarquable.

Elle a décroché le tableau de la corde et le leur a apporté. William s'était représenté au centre de la page, avec une casquette rouge. Carolyn était dessinée à côté de lui, de la même taille que lui. Il avait colorié ses cheveux raides en marron, et lui avait dessiné un long nez en forme de carotte. Jack se tenait de l'autre côté, également de la même taille que William. Il portait la même casquette rouge que l'enfant. À côté de Jack se tenait une silhouette plus petite, ronde, avec des cheveux roux. Et planant dans les airs, au-dessus de moi, il avait dessiné une forme au crayon pâle, avec ce rose orangé qu'on appelle la couleur « chair ». La forme était dessinée si légèrement qu'elle était à peine visible. Il s'agissait d'un bébé ailé.

— Il a dessiné sa petite sœur en ange, a expliqué Sharlene. Ça m'a presque fendu le cœur quand j'ai vu ça.

Carolyn Soule a arraché le dessin des mains de l'institutrice et l'a étudié de plus près. Ses mains agiles, assurées et fermes quand elles tranchaient une paroi abdominale ou un utérus, se sont mises à trembler si violemment que le morceau de papier Canson a vibré entre ses doigts crispés. Voyant que le dessin commençait à se froisser et à se déchirer un peu, Sharlene a tendu la main pour le récupérer.

— Docteur Soule ?

Retrouvant sa superbe et son aisance, Carolyn a soudain déchiré le dessin en deux d'un geste fluide.

Sidérée, l'institutrice lui a arraché le dessin qui ne tenait plus qu'à un centimètre au bas de la feuille.

— Comment osez-vous ! s'est-elle indignée.

Carolyn a détourné les yeux.

— Comment osez-vous ! a répété Sharlene. Vous êtes dans ma classe. Personne n'a le droit de détruire les objets qui se trouvent dans ma classe !

La véhémence de l'enseignante, sa colère qu'on ait violé l'intégrité de son territoire, étaient d'autant plus impressionnantes que ses yeux s'étaient remplis de larmes.

— Puis-je ? a demandé Jack gentiment.

Sharlene a semblé hésiter.

— S'il vous plaît.

Sharlene lui a tendu le dessin déchiré. Il l'a étudié un instant, puis l'a emporté vers la table des fournitures, au fond de la salle. Il l'a posé à plat sur la table, il l'a scotché soigneusement des deux côtés, aplanissant les bords du ruban adhésif pour qu'il soit le moins visible possible, puis il l'a raccroché à sa place, à côté des autres dessins.

— Donc William aime les pinces numérotées ? a-t-il repris en se rasseyant sur sa chaise miniature.

Carolyn n'a plus ouvert la bouche de tout le reste de la réunion. Elle est restée assise, les épaules basses, une douce cascade de cheveux sur les yeux. Quand ils sont ressortis de la classe et qu'ils ont enfilé leurs manteaux, Jack a dit :

— J'aimerais récupérer William plus tôt ce week-end, si ça ne te dérange pas. Juste après l'école au lieu de passer le prendre chez toi à cinq heures.

— Pourquoi ?

— On m'a donné deux billets pour la représentation du *Roi Lion* de vendredi soir. Je pensais que ça pourrait lui faire plaisir.

— Il a déjà vu *Le Roi Lion*.

— Ça ne le dérangera pas de le revoir.

Carolyn a paru sur le point de protester, mais elle s'est ravisée et elle a haussé les épaules.

— Alors, c'est d'accord. Je viens le chercher ici demain.

— On a les réponses pour les écoles primaires demain.

— Génial. Appelle-moi pour me dire où il est pris. Je lui dirai.

Carolyn a lissé le col en castor de son manteau en laine.

— J'aimerais le lui annoncer moi-même. William et moi avons entrepris toutes les formalités ensemble. J'étais avec lui lors des entretiens. Je crois que c'est à moi de lui annoncer la réponse.

— D'accord. Tu lui diras.

— Parce que William et moi avons choisi Collegiate ensemble. Nous avons pris la décision ensemble, alors quand il sera admis, je veux que nous célébrions la nouvelle ensemble. J'ai vraiment mérité de lui annoncer la réponse.

— J'ai dit d'accord.

— C'est juste que… il sait que les lettres arrivent demain. Il va être impatient de savoir.

— Carolyn, je viens chercher William à la maternelle demain en début d'après-midi. Je l'emmène voir *Le Roi Lion* demain soir. Ensuite il va passer le reste du week-end avec moi. Si tu veux qu'il apprenne demain quelle école primaire l'a retenu, alors il faudra que tu t'en remettes à moi. Sinon, tu devras attendre lundi pour le lui dire toi-même.

Jack n'a pas informé son ex-femme qu'elle avait agi comme une enfant gâtée en essayant de détruire le dessin que son fils avait réalisé de sa famille recomposée. Qu'elle avait, au moins temporairement, perdu le droit d'ordonner quoi que ce soit. Mais la dureté du ton de son ex-époux était éloquente, et, à son crédit, Carolyn a saisi le message.

— D'accord, est-elle convenue.

Bien entendu, je n'ai aucune idée de la manière dont cela s'est réellement passé. Le récit de Jack était informatif, il n'incluait aucun détail émotionnel. Le reste est de moi. D'ailleurs, je me demande si mon époux est demeuré si calme et inflexible face à la rage de Carolyn.

Aujourd'hui, je vais retrouver Jack et William à la maternelle pour voir le dessin d'Isabel. Nous avons prévu de passer l'après-midi ensemble avant d'aller nous distraire de l'extravagance rebattue de Broadway qu'est *Le Roi Lion*. Ça ne me tente absolument pas.

Je suis un peu en retard. Jack a déjà mis son manteau à William.

— Donne-moi une minute, dis-je. Je veux filer à la classe rouge voir le dessin.

— Jack !

La voix suraiguë de Carolyn résonne si fort que, l'espace d'un instant, elle fait taire le brouhaha de la sortie des classes. Carolyn fend la foule en jouant des coudes. Je ne l'ai vue qu'une fois avant aujourd'hui. Dans son appartement, quand Jack et elle étaient toujours ensemble. Ils avaient organisé un dîner de Noël pour le personnel du service des litiges. Elle paraît plus vieille à présent. Elle a les traits tirés et davantage de rides. Néanmoins, je suis surprise de sa beauté. Je ne me rappelais plus qu'elle était si manifestement plus belle que moi.

— Jack, répète-t-elle en agrippant la manche de son manteau. Il faut qu'on parle. Tout de suite !

Jack libère son bras de la poigne aux longs doigts blancs.

— Calme-toi.

— Maintenant, Jack ! Maintenant !

— D'accord, concède-t-il d'une voix apaisante.

— Emilia, tu veux bien emmener William dans sa classe une minute ? Carolyn, je ne sais pas si tu as déjà rencontré Emilia ?

— Nous nous sommes rencontrées à votre soirée de Noël, il y a trois ans…

— On ne peut pas parler ici, me coupe Carolyn, regardant autour d'elle, paniquée.

Certaines mères la dévisagent. Une ou deux semblent sur le point d'approcher pour lui demander ce qui ne va pas, si elles peuvent l'aider, mais quelque chose dans sa frénésie les en dissuade clairement.

— Bien, allons-y, dit Jack.

Je veux voir le dessin d'Isabel, je suis venue pour ça, mais je les suis dans l'ascenseur. Je reviendrai mercredi. Je le verrai à ce moment-là.

Nous demeurons silencieux jusqu'à ce que nous soyons dans la rue. Carolyn adopte un pas rapide que nous sommes bien obligés de suivre. Quand la maternelle et les autres mères sont loin derrière nous, Carolyn s'arrête. Jack tient la main de William, sa cantine sur l'épaule, le rehausseur coincé sous son bras.

— Il n'a pas été pris, annonce Carolyn, regardant par-dessus son épaule pour s'assurer que personne n'écoute.

— Quoi, pas pris ?

— À Collegiate ! grogne-t-elle entre ses dents serrées. Il n'est pas accepté à Collegiate.

— Ah.

— Ah ? Ah ? C'est tout ce que tu trouves à dire ? Il n'est pas accepté à Collegiate ! Il n'ira ni à Collegiate, ni à Dalton, ni à Trinity. Il n'a même pas eu la UN International School ! Il est sur la liste d'attente de Riverdale County, dont je n'ai rempli le dossier de candidature que parce que tu as insisté, parce que tu as passé ton enfance à Yonkers à baver devant les gosses de Riverdale et à regretter de ne pas prendre le train avec eux. Eh bien, il est sur leur liste d'attente ! Ils ne l'ont même pas pris. La seule école qui l'a accepté est Ethical Culture !

— Ethical Culture est une école géniale.

— Ce n'est pas une école géniale, crache Carolyn. C'est une école médiocre. C'est une école de seconde zone. Je n'arrive pas à croire que nous n'ayons pas eu les trois premières. C'est un désastre, Jack. Un véritable désastre, et le fait que tu ne t'en rendes pas compte me porte à croire que tu es encore plus stupide que je ne le pensais.

— Ce n'est pas une école de seconde zone, Carolyn.

— Dis, Jack, interviens-je. Je vais faire un tour avec William et je vous retrouve à la maison.

Jack hoche la tête. Carolyn est trop occupée à tancer son ex-époux pour remarquer que j'ai pris la main de son fils et arrêté un taxi. Elle crache tellement de vitriol qu'elle ne remarque pas que le visage de William a pâli et que sa respiration est devenue sifflante. Elle ne remarque même pas que j'ai laissé le rehausseur à Jack.

Une fois dans le taxi, je demande à William :

— Ça va ?

— Non.

— Pouvez-vous nous déposer le plus près possible du château du Belvédère ?

William siffle si fort lorsque nous gravissons l'escalier en colimaçon du château du Belvédère, que le temps d'arriver à la terrasse, je suis convaincue qu'il fait de l'asthme. Je lui tends le sac de découverte vert que j'ai attrapé pour lui au bureau des rangers au rez-de-chaussée.

— Qu'est-ce qu'il y a dans le tien ?

Il hausse les épaules.

J'ouvre mon propre sac à dos et en tire un vieux guide d'orientation à la couverture déchirée, une poignée de feutres et de crayons de couleur, et une planche à pince avec quelques feuilles de brouillon.

— Regarde. Un enfant a laissé son dessin.

Je montre à William l'oiseau rouge vif dessiné accroché à la planchette. Ses pattes sont si disproportionnées par rapport au reste de son corps, qu'on dirait qu'il porte des gros chaussons en peluche.

— Pas étonnant que le gosse l'ait laissé. Ce dessin est affreux. Qu'est-ce qu'il est censé représenter ? Un cardinal en après-skis ? Tu devrais dessiner quelque chose, William. Tu es mille fois meilleur que ce gosse.

Un faible sourire titille le coin de sa bouche et s'efface aussitôt.

Je tire du sac à dos une paire de jumelles d'une qualité étonnante.

— Sors tes jumelles et allons observer les aigles. Les aigles sont des rapaces, tout comme les vélociraptors que tu aimes tant. Central Park en est plein. D'aigles, pas de vélociraptors. Tu sais des trucs sur les aigles ?

— Non, répond-il, faisant un effort visible pour demeurer renfrogné.

J'ouvre son sac à dos et je lui tends ses jumelles. Il les prend mais ne les porte pas à ses yeux. Je regarde à travers les miennes, les orientant vers le Turtle Pond, l'étang de la Tortue, tout en bas, puis remontant vers la cime des arbres et le ciel gris. Aucun rapace en vue. Je me demande si je cherche au bon endroit. Quand j'en ai assez de chercher les aigles, je me concentre sur les gens, qui évoluent sur les bandes d'herbe près de l'étang. Je vois un gros homme avec une veste marron usée, assis sur la pelouse. Il a collé une larme sur sa manche avec du ruban adhésif argenté et il se cure le nez. Je me tourne vers William pour lui désigner le cureur de nez. Il est toujours immobile, ses jumelles pendent au bout de leur corde.

— Allez, c'est amusant.

Il inspire de manière saccadée.

— Tu n'as rien à me dire sur le château ? Genre qui l'a construit ? Quand ?

Voyant que ça ne marche pas, je tente autre chose.

— Tu savais qu'un couple d'aigles à queue rouge vit juste à côté de chez toi ? Ils ont leur nid sur la corniche d'un immeuble de la 5e Avenue.

Il donne des coups de pied dans le mur, manifestant son désintérêt pour les volatiles au goût extravagant en matière d'immobilier. Soit il est trop bouleversé, soit il se fout des rapaces disparus.

— William, ce n'est pas la fin du monde. Ethical Culture est une école très chouette. Je connais des tas de gens qui y sont allés et qui l'adorent.

— Collegiate est la meilleure école.

— C'est faux. Collegiate est snob. Et, en plus, elle est réservée aux garçons. Tu voudrais aller dans une école réservée aux garçons ?

— Quand on va à Collegiate, on peut aller à Harvard plus tard.

— Premièrement, tous les enfants qui vont à Collegiate ne font pas nécessairement Harvard. En fait, la grande majorité des diplômés de Collegiate ne fait pas Harvard. Il se trouve que j'ai rencontré des tas de diplômés de Collegiate si stupides qu'ils ont eu de la chance d'être acceptés à Bergen Community College.

Je ne précise pas que j'ai couché avec un certain nombre d'entre eux.

— Deuxièmement, il y a des tas de gosses d'Ethical Culture qui font Harvard. Troisièmement, tu n'as que cinq ans. Qu'est-ce que ça peut bien te faire d'aller à Harvard ?

— Tu y es allée, toi.

— Ouais, justement.

William prend cette réplique un peu trop au sérieux à mon goût.

— William, ton père est allé à Suny. Et ça lui a réussi. L'université dans laquelle tu étudies importe peu. Alors l'école primaire… Ça n'a vraiment aucune importance. Tout ce qui compte, c'est que tu aimes l'école. Tu adores l'école. Tu es le roi des pinces à linge numérotées. C'est Sharlene qui l'a dit.

— Tu ne peux pas comprendre.

— Si, je comprends. Tu es déprimé parce que tu avais envie de porter une des casquettes ringardes de Collegiate. Mais tu t'en remettras, je te le promets. Et ta maman aussi.

— Ils ne portent pas de casquettes. Ils portent des vestes et des cravates.

— Pouah, c'est pire. Tu imagines ? Porter une cravate tous les jours ? Affreux.

— J'aime bien les cravates.

Je pose mes jumelles sur le muret en pierre et je m'accroupis pour le regarder dans les yeux. Il joue avec la cordelette de ses jumelles, retenant ses larmes.

— Hé ! bonhomme, ça n'est pas grave. Vraiment pas.

— Si, c'est grave. C'est vraiment grave, murmure-t-il d'une voix rauque. Ma maman est en colère après moi.

Je suis sur le point de lui assurer qu'il se trompe, mais cet enfant n'est pas stupide, il sait reconnaître la colère quand il la voit. Carolyn est furieuse, et il a l'impression que sa rage est dirigée contre lui.

— Quand les adultes veulent certaines choses et qu'ils ne les obtiennent pas, il leur arrive de craquer. Ils se mettent à en vouloir à tout le monde. Mais ta maman est surtout en colère après Collegiate. Et contre ton papa. Tu as l'impression qu'elle est en colère après toi parce qu'elle est en colère après tout le monde.

William a toujours les yeux baissés. Je pose un bras maladroit sur ses épaules et l'attire contre moi. L'espace d'un instant il pose sa tête sur mon épaule ; puis, soudain, réalisant ce qu'il fait, il s'écarte.

— Tu ne comprends pas. Tu ne comprends pas pour Collegiate parce que tu n'es pas assez sophistiquée. Tu viens du New Jersey. Tu n'es pas aussi sophistiquée que moi et ma maman.

Je me redresse, je le soulève par la taille et le tourne vers le muret en pierre qui m'arrive à la poitrine. Tout en bas on peut voir le socle rocheux sur lequel est bâti le château.

— Prends tes jumelles, William.

Il bat des jambes, paniqué.

— Ne me lâche pas !

— Je ne vais pas te lâcher. Assieds-toi là-dessus et prends tes jumelles.

Je l'assieds sur le mur et je le maintiens fermement par la taille.

Il porte ses jumelles à ses yeux.

— Tu vois ?

Je lui montre comment faire le point sur la vaste étendue du parc à nos pieds.

— Regarde ces immeubles, là-bas. C'est l'Upper West Side. C'est là que nous vivons, et c'est là que se trouve Collegiate.

— C'est à l'angle de la 78e et de Broadway.

— Exact. Et, regarde de l'autre côté. C'est l'Upper East Side. C'est là où tu habites avec ta maman.

Puis je lui désigne le nord.

— Maintenant, regarde le plus loin possible au nord. Après Harlem. Si ce n'était pas une journée si merdique tu pourrais peut-être voir jusqu'à Riverdale.

Il tourne la molette soigneusement à présent, commençant à apprécier ça, malgré lui.

— C'est une très grande ville, William. C'est une ville immense, et Collegiate est un petit point minuscule. C'est un minuscule petit point insignifiant. C'est une ville immense et tu vas avoir une vie immense, alors je te promets que Collegiate ne veut rien dire. Qu'importe ce qu'il se passera, qu'importent la colère et la tristesse, tu dois juste te rappeler à quel point tout est grand et regarder le plus loin possible avec tes jumelles. D'accord ?

Il balance ses jumelles mais ne répond pas.

— OK ?

— Je ne vois rien, dit-il.

Je le repose par terre, je prends ses jumelles et je me dirige vers l'escalier en colimaçon. William me suit, ses chaussures françaises à lacets traînant sur les marches en pierre. Alors que je rends nos sacs à dos à l'accueil, je jette un coup d'œil sur le panneau d'annonces. Les promenades naturalistes hebdomadaires reprendront le 1er avril, on demande des volontaires pour le comptage des oiseaux d'eau de la prochaine migration, et il y aura une Marche du souvenir spéciale le dernier soir de février. Les personnes intéressées sont encouragées à s'inscrire en ligne ou par téléphone. Pourquoi ? Pour qu'ils puissent vérifier l'authenticité du deuil ? Est-ce qu'ils consultent les registres des décès ? À moins qu'ils ne souhaitent mettre à jour une liste de mailing d'un genre très particulier, pour la vendre à des prix exorbitants à des sociétés spécialisées : les fabricants de lingettes faciales double épaisseur superabsorbantes, de mascara *waterproof*, ou d'urnes funéraires miniatures.

— Je sais tout des aigles, déclare William.

Il est derrière moi.

— Le mâle vit au 927 de la 5e Avenue, au niveau de la 74e Rue. Dans Central Park il y a des aigles criards et des aigles royaux, et des balbuzards, des crécerelles, et des faucons. Je sais tout d'eux, Emilia.

— C'est bien, William. Allez, on rentre à la maison.

18

Jack rentre avec deux sacs de provisions. William et moi l'attendons depuis près d'une heure. Son fils se précipite sur lui et le plaque contre la porte toujours ouverte. Jack pose les sacs et s'agenouille.

— Je suis si fier de toi, dit-il.

L'enfant éclate en sanglots.

— Ethical Culture est une école géniale !

— Je n'ai pas eu Collegiate.

— Ce n'est pas grave, mon bonhomme. Tu vas t'éclater à Ethical Culture. Tu vas te faire des tas d'amis. Tu vas adorer. Bon, maintenant, je ne veux plus entendre parler de ces histoires d'école, d'accord ? Ce n'est pas si important, Will. Tu vas aller dans une école géniale, point final.

Jack se relève, prend Will d'un bras et essaie de ramasser les sacs avec sa main libre. Je les ramasse avant lui.

— Qu'est-ce que c'est ?

— Je n'étais pas d'humeur à manger des plats du traiteur. Je vais faire du *kibbe*.

Il va jusqu'à la cuisine et dépose William sur une chaise.

— Will, tu veux m'aider à préparer un *kibbe* comme mamie ?

— Bien sûr.

— Depuis quand tu sais faire le *kibbe* ?

— J'ai vu ma mère en préparer des milliers de fois. Je devrais pouvoir l'imiter.

Jack vide les sacs de provisions et pose sur la table un morceau de viande enveloppé dans du papier de boucherie, un sachet de pignons de pin et une grande bouteille d'huile d'olive. Je la prends. C'est de l'huile bio de Californie, elle a coûté trente-deux dollars.

— Regarder quelqu'un cuisiner et cuisiner soi-même sont deux choses différentes.

— Tu as regardé ma mère en préparer une seule fois et tu as bien été capable de le refaire, toi.

— Parce que je sais cuisiner. Toi pas.

— Je sais cuisiner.

— Faire des œufs brouillés, ce n'est pas cuisiner. Les pâtes au pistou tout prêt, ce n'est pas de la cuisine.

Jack balaye la table avec un bouquet de persil, semant des petits bouts verts au passage. William a les yeux écarquillés.

— Nom d'un chien, Emilia ! Je n'ai pas l'intention de m'envoyer un autre foutu plat chinois. Je ne veux pas manger thaï, et je ne veux pas de salade de chez le traiteur. Je vais préparer un *kibbe*. J'ai passé trois heures au téléphone avec ma mère qui m'a tout expliqué.

— Je vais le faire.

Je déballe la viande et la dépose dans un saladier. J'enfonce mes doigts dans la chair tendre et fraîche de l'agneau haché et en prélève une poignée que je serre dans mon poing. Ce n'est qu'en voyant la viande hachée s'enfuir entre mes doigts que je réalise que je ne me suis pas lavé les mains.

— Je suis désolé, s'excuse Jack.

— Non, c'est moi qui suis désolée.

— Tu as oublié de te laver les mains, dit William.

En émincant les oignons, je pense à Tmima, la mère de Jack. Avant la naissance d'Isabel, elle se montrait courtoise avec moi, mais formelle, un peu raide. À notre mariage elle faisait une telle mine d'enterrement que ma grand-mère l'avait réconfortée, supposant que, comme à elle-même, la cérémonie lui avait rappelé son défunt mari, sa jeunesse. Tmima a secoué la tête et a répondu à ma grand-mère : « Là d'où je viens, on ne divorce pas. »

Sidérée qu'on puisse pleurer la perte de la première épouse, la *shiksa,* ma grand-mère a insisté : « Mais Emilia est juive ! »

Tmima a secoué la tête gravement. « Personne. Jamais. Le mari, il préférerait prendre une deuxième femme que de divorcer. Comme les Arabes. J'ai entendu parler d'hommes qui font ça, en dehors de la ville. Mais maintenant, ces jeunes, ils divorcent sans même penser au pauvre enfant. »

« Pfft ! » a fait ma grand-mère en s'éloignant à grands pas. Que dire à une femme qui préférerait voir son fils choisir la polygamie à un second mariage et une garde partagée ?

J'ai fait de mon mieux pour conquérir ma belle-mère. Je l'ai observée attentivement alors qu'elle préparait son chou au vinaigre et son poulet cocotte, et je lui en ai bêtement servi quand elle nous rendait visite, réalisant trop tard qu'elle m'en voulait de mon intrusion dans son univers culinaire. Je l'avais alors appelée et priée de m'envoyer un petit colis des biscuits au sucre glace que Jack aimait tant, prétendant être incapable de les réussir comme elle. En réalité, mes *mahmoul* sont meilleurs que les siens. J'emploie du beurre à la place de la margarine et, au lieu d'obtenir un biscuit légèrement friable, le mien fond dans la bouche. Elle met également trop d'amandes dans la farce.

Quoi qu'il en soit, il semble que tout ce que j'avais à faire pour gagner l'amour éternel de ma belle-mère était de perdre ma fille. Quand Isabel est morte, Tmima a tout laissé en plan. Littéralement. La sœur de Jack m'a dit qu'elle en a lâché son balai mécanique, qu'elle a foncé faire sa valise dans sa chambre et pris un taxi pour se rendre à l'aéroport. Quand elle est arrivée à l'appartement, elle s'est dirigée droit sur moi et elle m'a prise dans ses bras embaumant la cannelle. Elle m'a étreinte pendant que je versais des larmes de désespoir et de culpabilité et m'a confié :

— Je sais, ma fille. Je sais. Avant de quitter la Syrie, j'ai vu ma petite sœur mourir de diphtérie. Et avant Jack, j'ai eu un bébé né trop tôt. Je sais ce que c'est de perdre un enfant.

— Vous avez perdu un bébé ? Je ne le savais pas. Vous ne me l'avez jamais dit.

— Il y a des tas de choses que tu ignores.

Elle n'est allée réconforter son fils que lorsque mes larmes se sont taries.

— Je suis heureuse de te préparer du *kibbe*, dis-je à Jack. Je suis désolée de ne pas avoir cuisiné depuis si longtemps.

— Ce n'est pas grave, mon cœur. Ce n'est pas comme si c'était ton boulot de cuisiner pour moi.

— Emilia ne travaille pas, intervient William.

Je rectifie :

— J'ai pris un congé sans solde.

Je fais frire les oignons et l'agneau ensemble. Jack a oublié la confiture de grenade et le sumac – je doute qu'il sache que cette recette en nécessite, je doute même qu'il connaisse l'existence de ces produits.

— Je prends un congé sans solde de cette cuisine, répond William, gloussant de sa plaisanterie.

Il descend de sa chaise et sort en courant, faisant des glissades sur le parquet avec ses chaussettes. Je l'entends glousser jusqu'au couloir.

— Eh bien, on a nagé en plein drame, dis-je.

— Elle lui a fait un tel numéro pour cette école.

Jack tire une bouteille de vin du garde-manger et deux verres du placard.

— Ton ex est un sacré numéro.

— C'est pour lui que je suis inquiet. Vraiment. C'est comme si rien d'autre ne comptait à part Collegiate.

— Ne t'inquiète pas pour William, il va retomber sur ses pieds. Inquiète-toi plutôt pour Carolyn. C'est elle qui risque de finir enfermée. Ils vont peut-être l'emmener de force à Bellevue. Ils ont sans doute un service spécial pour les parents dont les enfants n'ont pas été acceptés à l'école primaire de leur choix.

Jack me tend mon verre et boit une gorgée du sien, puis une autre. Il a une moustache bordeaux sur la lèvre supérieure. Je goûte le vin, le laissant rouler sur ma langue. Je ne supporte pas le goût de l'alcool. Je n'en boirais jamais s'il n'offrait pas l'avantage d'enivrer. J'aime effacer mes émotions, ou au moins leur souvenir.

— Il y a beaucoup de choses derrière tout ça.

Je grille les pignons dans une petite poêle, en les remuant de manière continue pour qu'ils dorent uniformément, et je sors mon autocuiseur. Il est poussiéreux. Quand je décroche mon tablier suspendu depuis des mois, les plis sont figés par l'immobilité et la cordelette du cou garde la marque du crochet.

— Qu'est-ce qui pèse derrière le choix d'une école primaire ? Harvard ou pas Harvard ? Ne t'inquiète pas pour ça. William n'aura même pas besoin d'aller à l'université, il ira directement au MIT pour faire une thèse d'État en physique nucléaire.

Jack termine son verre et s'en verse un autre. Il incline la bouteille dans ma direction mais je secoue la tête.

— Carolyn comptait sur la règle de préférence familiale. Elle est enceinte et elle a peur que son prochain enfant ne soit pas aussi brillant que William. Elle pensait qu'elle mettait un joker dans son jeu en le faisant entrer à Collegiate. Maintenant elle est convaincue qu'elle est coincée à Ethical Culture et Fieldston. Elle a peur de ne jamais obtenir Collegiate ou un autre de ses premiers choix.

Je tends la main vers la poêle en fonte où frémissent l'agneau et les oignons, la manique m'échappe et je saisis le manche brûlant. Je hurle et je cours jusqu'à l'évier. Je tiens ma main brûlée sous le jet d'eau en pleurant.

— Dieu du ciel ! s'écrie Jack en s'élançant vers moi. Il faut qu'on aille aux urgences ? Mon cœur, tu t'es beaucoup brûlée ? Laisse-moi voir.

Il retire ma main du jet d'eau et l'examine, à la recherche d'une cloque. Une légère rougeur barre ma paume. Il replace ma main sous le jet.

— Tu ferais bien de la laisser sous l'eau.

— Elle est enceinte ? Comment peut-elle être enceinte ?

Je sanglote. Je m'essuie le nez avec le dos de mon autre main et la frotte sur mon jean.

— Elle n'est même pas mariée ! Et elle a quarante-trois ans ! Comment peut-elle être enceinte ?

— Elle a quarante-deux ans. Et elle voit quelqu'un depuis l'été dernier.

— C'est impossible. William nous en aurait parlé. Il est incapable de garder un secret.

Mais je sais que c'est faux. Il garde parfaitement les miens.

— William n'est pas au courant pour le bébé. Elle attend le cap des trois mois pour le lui annoncer.

— Elle est enceinte de combien ? Deux mois ? Deux mois et demi ?

Jack ferme le robinet et m'enveloppe la main d'une serviette.

— Qu'est-ce que ça peut faire, Emilia ? Elle arrive au troisième mois. Elle m'a dit que notre perte lui a fait réaliser qu'elle voulait un autre enfant. Elle est tombée enceinte tout de suite.

J'ai arraché ma main des siennes.

— Elle est tombée enceinte à cause d'Isabel ? Ton ex-femme est tombée enceinte parce que mon bébé est mort ?

Je hurle à présent. Ma voix résonne dans toute la cuisine et se répercute sur les casseroles en cuivre qui pendent à leurs crochets.

— C'est gentil de sa part, Emilia. Carolyn a dit qu'elle avait été touchée par notre malheur et par mon amour pour Isabel. C'est ce qui lui a fait réaliser qu'elle voulait à nouveau aimer comme cela. Ça devrait te faire plaisir. Ça devrait te réconforter que la mort d'Isabel ait une conséquence positive, qu'elle ne soit pas morte en vain.

— Isabel n'est pas morte pour ça ! Isabel n'est pas morte pour que Carolyn ait un autre bébé ! Va au diable, espèce d'enfoiré, ce n'est pas pour ça qu'elle est morte ! Ce n'est pas une raison suffisante !

Je me rue hors de la cuisine. Dans le couloir je passe devant William, les poings pressés contre ses joues. J'attrape mon manteau, je glisse mes pieds dans mes chaussures et je claque la porte derrière moi. L'ascenseur n'arrive pas assez vite, je dévale l'escalier et je traverse le hall de l'immeuble pour me plonger dans la triste grisaille de cet après-midi de février.

19

Il fait nuit quand j'arrive chez ma mère, bien qu'il ne soit que cinq heures. Je fais le tour par-derrière. Elle est dans la cuisine. Elle vide le lave-vaisselle. Elle pousse un petit cri quand j'ouvre la porte.

— Emilia. Mon Dieu, tu m'as fait la peur de ma vie !

— Salut, dis-je.

Et j'éclate en sanglots. Il y a une photo de ma mère quand elle était petite, dans le petit salon attenant à la cuisine. Avant, elle était chez ma grand-mère, mais, à sa mort, ma mère l'a récupérée et l'a accrochée au mur au-dessus de la télévision, avec les autres photos de famille. Elle n'a pas changé l'encadrement. C'est la seule photo qui n'est pas dans un sous-verre en Plexiglas mais dans le genre de cadres en bois doré qui reviennent à la mode. Elle est en noir et blanc et montre ma mère sur un poney Shetland. Mes grands-parents n'étaient pas du genre à posséder un poney, et ma mère n'appréciait pas particulièrement les chevaux – même si elle a revendiqué cette affinité quand Allison a traversé sa période jockey ; elle n'est assise sur ce poney que pour les besoins de la photo, ainsi que l'indique sa robe noire à smocks, ses chaussures vernies et ses socquettes blanches. Ma mère n'avait que sept ans quand cette photo a été prise, et déjà, elle avait ce sourire inquiet et cette expression légèrement servile que j'ai essayé d'effacer de son joli visage rond pendant tant d'années.

— Ma chérie ! s'attendrit-elle en me prenant dans ses bras.

Nous faisons exactement la même taille. Je dois me pencher un peu pour enfouir mon visage dans sa poitrine douce et généreuse. Nous traversons la cuisine sans nous lâcher pour aller nous asseoir sur le canapé du bow-window. Les canapés de ma mère suivent toujours le même schéma migratoire. Ils commencent leur vie dans le salon, puis, lorsqu'ils sont trop usés pour les invités, ils migrent au petit salon, et quand ils sont vraiment défoncés, ils finissent leurs jours sous le bow-window de la cuisine. Celui-là est ici depuis le divorce de mes parents. Alors que nous nous enfonçons dedans, je songe que c'est sans doute le dernier canapé de cuisine qu'aura ma mère. Une femme seule n'use pas autant un canapé qu'une famille de cinq personnes. Une femme seule n'use sans doute pas du tout un canapé.

Je parle de Carolyn à ma mère et elle trouve les mots pour me réconforter. Ma mère sait que j'ai besoin qu'elle déteste Carolyn et, bien qu'elle n'ait jamais éprouvé la moindre haine pour quiconque, ni pour ses belles-filles, ni pour son mari qui l'a abandonnée pour une brochette de strip-teaseuses, elle feint de détester l'ex-épouse de Jack pour me faire plaisir.

— Elle essaie juste de le manipuler. Je suis surprise de la réaction de Jack, vraiment. J'aurais cru qu'il verrait clair dans son jeu.

— Il ne voit jamais clair dans rien. C'est comme si elle l'avait plongé dans un brouillard perpétuel.

Ma mère me serre très fort, sans rien dire. Elle ne hoche pas même la tête. Elle est trop intelligente pour cela. Elle sait que dans un petit moment je vais arrêter de pleurer, et que dans quelques heures je me souviendrai qu'en réalité Jack voit assez clair dans les petits jeux et les manipulations de son ex, et que ce n'est que lorsque William est impliqué qu'il se montre aveugle jusqu'à la bêtise. Ma mère sait qu'il vaut mieux ne pas critiquer mon mari.

— Elle va se marier, j'espère ? J'ai toujours prié pour qu'Annabeth se remarie et soit heureuse. Pour ne plus avoir à penser à elle.

— Je ne sais pas. J'espérais la même chose. J'espérais que Carolyn tomberait amoureuse, qu'elle se remarierait et serait heureuse. Que toute cette jalousie et cette amertume seraient balayées par une passion nouvelle. Ma culpabilité avec. C'est tellement typique de cette femme de me torturer avec un bébé sans m'offrir le soulagement d'un mariage.

Je réalise que je ne pleure plus. Je hoquette toujours un peu, mais mes yeux sont secs. Je me redresse.

— J'ai faim.

— Je nous prépare à dîner ? J'allais faire griller du saumon. Je peux courir au marché nous acheter un ou deux filets de plus.

— Tu as toujours cette crêpière que tu m'as offerte quand j'étais au lycée ? On pourrait se préparer des crêpes au saumon. Un filet suffirait. Et on pourrait manger des crêpes en dessert aussi. J'ai vu du Nutella dans le garde-manger la semaine dernière.

Je mets un CD de Joni Mitchell. J'ai acheté le disque et la chaîne stéréo à ma mère pour son premier anniversaire après le divorce. Mon père lui a laissé tous les meubles et toutes les photos, excepté celles de mes deux sœurs, il lui a même laissé la télé, mais il a emporté la Bang & Olufsen.

Ma mère et moi déplorons avec Joni Mitchell qu'on ait pavé le paradis, tout en préparant la pâte à crêpes. Nous formons une bonne équipe derrière les fourneaux. Il y a longtemps que je suis passée de sous-chef à partenaire, mais, aujourd'hui, je laisse ma mère diriger les opérations. Je plonge la crêpière dans la pâte quand elle me le dit et je la laisse décoller la crêpe du Téflon d'un mouvement souple de sa spatule en caoutchouc. Elle est toujours aussi agile, bien que nous n'ayons pas fait de crêpes depuis 1992. Elle confectionne une simple sauce à l'estragon pour accompagner le saumon et nous mangeons trois crêpes chacune. Quand l'heure du dessert a sonné, je lui abandonne la crêpière et je file jusqu'au marché où j'achète un pot de crème fraîche et des noisettes salées. De retour à la maison, je bats la crème avec une ou deux pincées de sucre, je pile les noisettes, et nous dégustons nos crêpes avec les doigts, le menton dégoulinant de Nutella, nous souriant avec des dents noires de chocolat.

— C'est un véritable calvaire pour un mariage d'avoir à gérer l'ex, déclare ma mère, alors que nous remplissons le lave-vaisselle.

— Sans blague.

— Parfois, je me demande si ton père et mes problèmes ne sont pas affreusement liés à Annabeth.

J'arrête d'essuyer la crêpière.

— Tes problèmes sont surtout affreusement liés au fait que papa est un salaud.

Elle prend le temps de rincer l'évier plein de mousse, avant de répondre :

— Elle écrivait aux filles pour leur dire qu'elle passerait les prendre pour les vacances d'été ou pour Noël. Ça me brisait le cœur de les voir faire leurs petits sacs de voyage, tout excitées. Le plus souvent, Annabeth ne venait même pas les chercher. Au mieux, elle les emmenait pour un après-midi alors qu'elle leur avait promis tout un week-end. Les filles étaient tellement tristes. Après, Lucy pleurait pendant des jours. Et Allison avait cet horrible petit rictus. Tu te souviens ? Avec son menton pointé ?

— Oui.

Elle s'appuie contre l'évier et essuie ses mains dodues avec un torchon.

— Une fois, quand tu avais trois ou quatre ans, elle les a rendues dingues en leur promettant de les emmener en Californie, à Disneyland. J'ai demandé à ton père de leur parler, de les prévenir qu'elle risquait fort de revenir sur sa parole, mais il n'a rien voulu entendre. Il a prétendu que même Annabeth n'était pas cruelle au point de revenir sur sa promesse de les emmener à Disneyland. Bien entendu, quand le grand jour est arrivé, on n'a pas réussi à la joindre. Quelques jours plus tard, elle est passée avec un de ses petits amis et elle a emmené les filles à la ferme des Catskills pour la journée.

Je m'arrête, les mains posées sur la chaise que je m'apprête à pousser sous la table.

— Je m'en souviens ! Je me souviens du jour où elles sont allées à la ferme des Catskills. J'étais tellement jalouse.

— Tu t'en souviens ? Tu étais très petite pourtant.

— Elles ont rapporté des pistolets à eau. Et Allison avait une grenouille en peluche rose.

— Ah ? Je ne m'en souviens pas. Ce dont je me souviens, c'est que le lendemain, au petit déjeuner, les filles étaient plus odieuses que d'habitude. Et quand j'ai voulu envoyer Allison dans sa chambre, elle s'est mise à hurler qu'elle n'avait pas à m'obéir, pas après que j'ai refusé que sa mère les emmène à Disneyland, Lucy et elle.

— Quoi ?

Je bois ses paroles, assise sur la table, les genoux sous le menton. Ma mère me raconte si rarement ces histoires sur mes sœurs aînées et la manière affreuse dont elles l'ont traitée. Elle ne se plaint pas davantage de l'ex-femme de mon père, même depuis qu'elle aussi fait partie du passé de mon père.

— Annabeth leur avait raconté que tout était de ma faute. Qu'elle avait organisé le voyage mais que je l'avais annulé.

— Non !

— Si.

— Mon Dieu ! Quelle salope ! Et elles l'ont crue ?

— Bien sûr qu'elles l'ont crue. Ou elles ont décidé qu'il valait mieux la croire. L'autre possibilité, à savoir que leur mère leur mentait, était intolérable.

— Qu'est-ce que tu as fait ? Tu leur as dit la vérité ? Papa l'a fait pour toi ?

— Oh, on a essayé, mais ça n'a rien changé.

Ma mère m'a adressé un drôle de demi-sourire.

— J'ai fini par avoir ma revanche.

— Qu'est-ce que tu veux dire ? Qu'est-ce que tu as fait ?

Je vois la nuque de ma mère dans la fenêtre, au-dessus du lavabo. Le col de son chemisier rose est relevé. Elle le remet en place.

— Tu te souviens de mon vieux manteau en vison au col et aux poignets en zibeline ?

— Bien sûr, je compte même en hériter un jour.

— Tu veux savoir comment je l'ai eu ?

— Dis-moi.

Elle se penche vers moi avec un air conspirateur, comme si Annabeth Giskin se tapissait à portée d'oreille.

— Quelques mois plus tard, à l'automne, j'ai reçu un coup de téléphone très étrange d'un gentleman qui possédait un dépôt de fourrures à Paramis. Il avait appelé le bureau de ton père et demandé Mme Greenleaf, et la réceptionniste, une petite nouvelle, lui avait donné le numéro de la maison.

— Je devine qu'elle n'a pas fait long feu. Papa l'a virée séance tenante, n'est-ce pas ?

— Je ne sais pas. Quoi qu'il en soit, l'homme de l'entrepôt de fourrures rappelait tous ses clients pour leur faire savoir qu'il fermait boutique. Pauvre homme. Son fils, qui était également son associé, venait de succomber à une leucémie, il me semble. Il n'avait pas le cœur de continuer. Sa femme et lui partaient pour la Floride.

— Et ?

— Il m'a demandé de passer chercher mon manteau de vison et de zibeline.

— Et ?

— C'est ce que j'ai fait. Soit dit en passant, j'ai acquitté des droits de stockage assez coûteux.

Elle jette un coup d'œil critique sur la cuisine et gagne la porte.

— Alors ?

Elle s'arrête et me regarde par-dessus son épaule.

— C'est un joli manteau, tu ne trouves pas ?

— C'est un manteau magnifique, maman. Enfin, si tu n'as rien contre le massacre de petits mammifères.

— C'est comme ça que j'ai puni Annabeth.

— Attends une minute… C'était *son* manteau ?

Elle m'adresse un clin d'œil.

— Oh ! mon Dieu ! Tu lui as volé son manteau de zibeline !

— Je ne le lui ai pas volé. Elle l'a laissé dans un coffre pendant des années sans payer. Je n'ai fait que le racheter. Et il n'est pas en zibeline. Il est en vison, seuls le col et les poignets sont en zibeline.

Je glousse, impressionnée et fière de l'audace de ma mère. C'est une femme qui n'a jamais affirmé sa domination sur qui que ce soit, qui a passé sa vie à s'assurer du bonheur et du confort des autres, à se démener pour répondre à leurs besoins et à leurs désirs : trouver leur marque d'ibuprofène préférée, un oreiller en latex pur pour les allergiques aux plumes, des cours de violon si une fille montre un intérêt pour la musique, un panier de muffins aux pépites de chocolat, un bon d'achat pour le teinturier, un bouquet de marguerites roses et jaunes pour les nouveaux voisins. C'est la toute première fois que je l'entends se féliciter d'avoir gardé quelque chose pour elle.

— Attends une minute… Papa n'a jamais remarqué que tu portais la fourrure de son ex-femme ?

— Non.

Elle éteint les lumières de la cuisine et m'engage à la suivre dans l'escalier.

— Aussi étonnant que ça puisse paraître, il n'a jamais remarqué. J'ai pensé qu'il se rappelait avoir acheté ce manteau, mais qu'il ne savait plus à quelle femme.

Pendant que ma mère me borde, je lui avoue :

— Je n'ai pas passé de si bonne soirée depuis la mort d'Isabel.

Elle dépose un baiser sur mon front.

— Tu sais, ma chérie, j'aimerais beaucoup avoir une photo d'Isabel, si tu en as.

Je me raidis sous mon duvet usé. Je sens les creux du matelas dans mon dos. Pour détourner ses pensées d'une photo que je suis incapable de lui donner, je lui parle de la Marche du souvenir.

— Mindy m'avait demandé de l'accompagner avant de tomber enceinte.

— Hum.

Elle écarte des mèches de mon visage.

— Je suis tellement soulagée de ne pas avoir à y aller.

— Ah bon ?

— Tout ça me paraît tellement vain. Errer dans Central Park à la tombée de la nuit avec une poignée de familles en deuil d'un bébé. C'est ridicule.

— Pourquoi ça, Emilia ? Tu ne penses pas que ça pourrait être réconfortant de marcher avec d'autres femmes et d'autres familles ? Ce serait une sorte d'hommage à la mémoire d'Isabel. Ça me semble être une très bonne idée. Très thérapeutique.

Je ferme les yeux, sous les mains chaudes de ma mère. Elle sait qu'en dépit de mon cynisme de façade, je suis d'accord avec elle. Marcher dans le parc avec des personnes qui n'auront besoin d'aucune explication, d'aucune excuse. Un groupe de femmes meurtries de la même manière. Traverser le parc, alors que le ciel hivernal s'assombrit et que les branches des arbres s'étirent vers les nuages gris. Prononcer le nom d'Isabel avec celui de tant de petits êtres disparus. Ça me paraît une très bonne idée. Très thérapeutique.

— Si je décidais d'y aller, tu m'accompagnerais ?

— C'est possible ? Les grands-parents sont acceptés ?

— Je suis sûre que oui. Je suis sûre que tout le monde est bienvenu.

— J'adorerais t'accompagner, dans ce cas. J'en serais honorée.

— Si je décidais d'y aller.

— Si tu décidais d'y aller.

20

À mon réveil, le lendemain, je téléphone à Jack sur son portable. William et lui sont en route pour Amsterdam Avenue. Ils vont retrouver des amis pour un brunch au Sarabeth's. Scott et Ivy. Un couple d'amis que Carolyn et lui voyaient quand ils étaient encore mariés. La seule fois où j'ai essayé de faire leur connaissance a été un désastre. Au cours de la même soirée, Ivy m'a forcée à lui dire mon âge d'une dizaine de manières différentes. Elle m'a demandé en quelle année j'avais passé le bac, quand j'étais entrée à Harvard, si j'étais assez vieille pour avoir pu voter contre le premier président Bush, et si j'étais trop jeune pour avoir pu regarder la première saison de *Cagney et Lacey*. Scott et elle s'échangeaient des œillades entendues pour ponctuer mes commentaires les plus inoffensifs, et chaque fois que l'un d'eux mentionnait le nom de Carolyn, il se confondait en excuses. Depuis ce dîner, Jack a joué au squash avec Scott plusieurs fois et ils sont allés skier une fois. Il me semble qu'ils déjeunent ensemble de temps en temps, aussi. Je ne crois pas qu'il ait jamais emmené William les voir, mais je suppose que William et Carolyn sont souvent invités chez Scott et Ivy, à Apthorpe. Jack a sauté sur l'occasion pour profiter de leur compagnie.

— Je vais rester dans le New Jersey un jour ou deux, dis-je.

— Deux jours ?

— Ouais.

— Mais tu n'as pas de vêtements.

Ce n'est pas tout à fait vrai. J'ai trouvé des sous-vêtements de rechange dans ma commode. C'est un slip taille haute et j'ai l'air ridicule avec mon jean taille basse, mais c'est le mien. Il date du lycée. Je porte le sweat-shirt de l'Association des femmes juristes de Harvard que j'ai offert à mon père. Quand je l'ai trouvé dans le tiroir de ma mère, ce matin, je me suis indignée : « Je n'arrive pas à croire qu'il l'ait laissé. C'est moi qui le lui ai offert. C'était un cadeau. » Toujours prête à lui trouver des excuses, ma mère a évoqué sa circonférence croissante. Quand j'étais étudiante, j'achetais à mon père toutes sortes de T-shirts et de sweat-shirts féministes dont l'humour était plus évident pour moi que pour les autres. Je me souviens de l'avoir vu porter courageusement un T-shirt noir brodé d'une crête de montagne et des mots : « Annapurna, un endroit pour les femmes », et un autre qui disait : « LBE – Lesbiennes et bisexuels, exigeants et fiers de l'être. » Le seul cadeau qu'il m'ait jamais retourné est le débardeur que j'ai choisi lors d'une manif pro-IVG sur Washington Avenue. Réfutant tous mes arguments, mon père avait refusé de m'accompagner faire un jogging avec les mots « Bush de là » imprimés en travers de sa poitrine.

Ma mère a dû oublier de les mettre dans sa valise lorsqu'elle l'a jeté dehors et, quand il est revenu chercher le reste de ses affaires, il ne s'est pas donné la peine de les récupérer dans le tiroir du bas de la commode, reconverti en tiroir à vêtements hors saison de ma mère.

Je réponds à Jack :

— J'ai encore de vieilles affaires, ici, et je peux toujours passer prendre ce qu'il me manque.

J'attends qu'il s'excuse pour m'avoir tenu tête. Il doit attendre la même chose de moi, parce qu'il demeure silencieux.

— Bon, je vais te laisser. Je te vois dans deux jours.

— Rentre à la maison, Emilia.

— Je vais rentrer. Je ne suis pas partie. Je suis juste à Glen Rock, je rends visite à ma mère.

— Rentre à la maison.

— Je vais rentrer.

Ma mère et moi passons la journée à faire les magasins. Chez Lord and Taylor, j'essaie de la convaincre de ne pas s'acheter un autre gilet bleu marine, et je m'entends répondre que j'ai développé des goûts de riche. Voyant que ça me contrarie elle décide d'acheter un gilet en cachemire. Je l'en empêche, prétendant qu'il la grossit. À voix basse, elle qualifie de « yuppies » les gens qui vivent dans cette ville. Ma mère adopte toujours ce genre d'expressions huit ou neuf ans après qu'elles sont passées de mode. Nous sommes dans la voiture quand elle murmure le mot yuppie. Je lui dis qu'elle n'a pas besoin de chuchoter, que personne ne peut l'entendre. Elle s'excuse et je me sens si mal que je me mets à critiquer sa manière de se garer.

— Allez, vas-y, ou laisse-moi faire. Bon, recule, je vais le faire.

Ma mère ne souligne pas que je suis bien plus mauvaise conductrice qu'elle. Elle ne me rappelle pas que j'ai échoué deux fois au permis de conduire. La première parce que je n'arrivais pas à me garer en épi et que j'avais été impliquée dans quatre accidents allant de l'accrochage dans le parking de mon appartement de Cambridge, à un carambolage sur la Route 4. La deuxième fois, ça n'était pas de ma faute. L'autre type était saoul, et c'est miracle que tout le monde s'en soit sorti indemne. Les flics qui ont téléphoné à mes parents leur ont dit que je n'étais pas blessée, juste hystérique, et que je menaçais d'intenter un procès à l'ivrogne et à la ville de Paramus. Ils ont suggéré à mon père de m'envoyer faire un stage de la Prévention routière, ou une thérapie pour gérer ma colère. Ma mère recule pour me laisser le volant, mais une place se libère aussitôt et elle s'y glisse.

Nous partageons un gobelet de pop-corn, un sachet de Skittles, des Maltesers, et un grand Coca light devant une comédie romantique qui me déprime tellement que j'ai envie de hurler. J'ai choisi ce film sachant qu'il n'y aurait aucun bébé dedans : les acteurs sont tous trop jeunes pour jouer le rôle de parents ; seulement, il y a un couple avec un bébé assis deux rangs derrière nous. Depuis quand, ai-je envie de leur demander, est-il considéré comme acceptable d'imposer un bébé geignard à toute une salle de spectateurs qui ont payé pour s'offrir un moment d'évasion, et dont certains ont sûrement payé une baby-sitter pour s'occuper de leurs enfants ? Mais, en réalité, ce bébé est incroyablement silencieux. Je ne l'aurais même pas remarqué si je ne m'étais pas retournée pour voir si la salle était pleine. Il ne fait pas un bruit. Je suis plus bruyante que lui. Je n'arrête pas de me tortiller dans mon fauteuil et de me moucher.

— Ça va, s'inquiète ma mère. Tu veux un autre mouchoir ?

— Ça va, merci.

Je fixe l'écran et je me persuade que je pleure parce que je devine que le couple du film ne réalisera jamais que l'empathie qu'ils croient ressentir l'un pour l'autre cache une irrésistible attirance sexuelle.

Je force ma mère à rester jusqu'à la fin du générique. Ce n'est que lorsque le bébé est parti que j'accepte que nous nous levions. Ma mère rassemble les emballages de nos sucreries, ainsi que ceux que nos voisins ont laissés derrière eux.

— Ce n'est pas à toi de faire ça, maman. Il y a des gens payés pour nettoyer. Ils vont tout briquer après notre départ.

— Tu as vu les petites poubelles dansantes, Emilia.

— Ils ne s'attendent pas que quiconque remarque leurs petites poubelles dansantes. Tout le monde jette ses papiers de bonbons par terre.

— Pas moi. Et tu ne devrais pas non plus. C'est grossier.

Je soupire. Elle a raison. C'est grossier.

Alors que nous regagnons la voiture, je trouve que son attitude a changé. Son pas semble plus léger. On dirait qu'elle glisse au-dessus du sol, alors que j'ai les jambes en plomb. Marcher à côté d'elle me donne l'impression d'évoluer avec un ballon gonflé à l'hélium.

— Qu'est-ce qu'il te prend ?

— Hein ?

— Tu as l'air heureuse.

— Ah ?

Elle sourit.

— Oui.

Je ne voulais pas me montrer si ronchon. Je réessaie :

— Tu as l'air vraiment heureuse.

Guère mieux.

— Non, je ne le suis pas.

Elle rit.

— Je ne suis ni heureuse ni malheureuse. Je suis juste moi. J'ai bien aimé le film. Pas toi ?

— Non.

— Oh, ma chérie.

Elle me caresse le bras, puis le serre.

— Tu finiras par te sentir mieux. Ça va prendre du temps, mais tu finiras par te sentir mieux.

— Qu'est-ce qui t'a plu dans ce film ? C'était une comédie sentimentale. J'aurais cru que ça te rendrait triste.

Nous sommes devant la voiture. Je tends la main pour qu'elle me donne les clefs. Elle me les envoie légèrement. Elle est pleine de ressort, comme sa fameuse génoise.

— Attends une seconde… Tu as rencontré quelqu'un ! C'est ça, hein ? Tu vois quelqu'un ? Tu as un petit ami ?

Ma mère n'a pas eu un seul rendez-vous galant depuis que je l'ai aidée à jeter mon père dehors. Elle dort seule depuis quatre ans.

— Non, je n'ai rencontré personne.

Elle monte dans la voiture et claque la portière derrière elle. Je l'imite, mais je ne démarre pas tout de suite.

— Si tu n'as rencontré personne, pourquoi te comportes-tu de manière si étrange ?

— Oh, Emilia !

Il y a du nouveau. Ça crève les yeux. Je réalise soudain qu'elle a été comme ça tout le week-end, que sous son attention patiente couvait une petite étincelle d'excitation.

— Emilia, tu ne vas pas me croire, mais ton père et moi avons passé un moment ensemble jeudi soir.

Il y a quelque chose d'embarrassant dans son rire d'adolescente, il ressemble presque à un gazouillement.

— Je suppose qu'on peut dire que ton père et moi avons eu un rendez-vous galant.

— Tu as couché avec lui ? Tu as couché avec lui la première nuit, ou il t'a embrassée et il est allé se chercher une pute ?

Le problème avec les ballons gonflés à l'hélium, c'est qu'une fois que vous avez planté une épingle dedans, vous ne pouvez plus les gonfler pour les renvoyer planer joyeusement dans les airs. Une fois qu'ils sont crevés, on ne peut plus les réparer.

Ma mère est silencieuse. Elle a les mains sur les genoux, paumes vers le haut. Je vois son ventre moelleux reposant sur ses cuisses, à travers le lourd manteau en patchwork qu'elle a depuis des lustres.

— M'man.

— Ça va, Emilia. Je sais que tu ne le pensais pas.

Elle me caresse la joue. Je serre sa main entre ma joue et mon épaule et m'y frotte, comme un chat.

— Maman. C'est juste que… j'adore papa mais… il n'a pas changé. Qu'est-ce qui te fait penser qu'il a changé ?

— Oh, je ne pense pas qu'il a changé.

Elle secoue tristement la tête.

— Il y a des choses que tu ne peux pas comprendre, ma chérie. Des choses sur ton père et moi, sur notre couple, que tu ignores.

— Raconte-moi. Aide-moi à comprendre pourquoi tu voudrais le reprendre après tout ce qu'il t'a fait.

— Je ne l'ai pas repris. Nous n'en sommes pas là. Nous sommes sortis une fois. C'est tout.

Je sors du parking et je m'engage sur Ridgewood Avenue, une rue pleine de restaurants. En dépit de l'heure tardive – il est presque dix heures – et du fait que nous sommes en banlieue, les trottoirs sont noirs de monde.

— Ça n'a pas été difficile de ne pas te rappeler ce qu'il t'a fait ? Tu n'as pas passé tout le repas à penser à sa trahison ?

Ma mère se mord la lèvre. Elle regarde droit devant elle.

— Nous en avons parlé. Nous avons parlé de tout. Il m'a dit tout ce qu'il avait fait. Il… il m'a montré.

— Il t'a *montré* ?

Elle secoue la tête.

— Tu ne peux pas comprendre, Emilia. Je ne comprends pas moi-même… mais l'entendre en parler était… très excitant. Ton père et moi… cette partie de notre relation a toujours été bien. Et même après le divorce, je n'ai pas cessé d'éprouver des sentiments pour lui. L'entendre parler de ça… je ne sais pas… c'était juste terriblement excitant. Sexuellement.

C'est plus que je ne peux en supporter. Ignorant le stop, je tourne brusquement à droite, je me gare dans un couloir de taxis devant la gare de Ridgewood, j'arrête le moteur, je descends de voiture, et, ignorant les appels de ma mère, je cours sur le trottoir et je saute dans un taxi.

— Manhattan. Upper West Side.

21

La première fois que Jack et moi faisons vraiment l'amour depuis la mort d'Isabel est également la première fois que je feins l'orgasme. Étonnamment facile à faire. Quelques gémissements au bon moment, des resserrements vaginaux rythmés, et Jack n'y voit que du feu. Après coup, je m'attends à ce qu'il me remercie, mais il n'a pas conscience que je viens de lui accorder une faveur. Comment pourrait-il ? C'est la première fois que je fais ce genre de chose. Notre relation sexuelle n'a jamais été fondée sur le mensonge. Avant la mort d'Isabel, j'étais une amante insatiable et il n'avait aucune raison de douter de la véracité de ma passion. La réciproque n'a pas toujours été vraie, d'ailleurs. Depuis le premier jour, Jack hésite toujours un peu avant de capituler devant la frénésie du plaisir. Je ne me suis pourtant jamais imposée à lui. Au contraire, c'est toujours Jack qui réservait les chambres d'hôtel, m'installait sur son fauteuil de bureau, emmêlait ses doigts dans mes cheveux et me poussait dans la bibliothèque de la boîte. Mais juste avant que nous fassions l'amour, ses yeux de velours se voilaient toujours une seconde. Je retenais mon souffle, attendant qu'il se rappelle qu'il était marié, qu'il avait un petit garçon et que ce que nous faisions était mal.

Il a rompu au bout de trois mois et demi. Nous avions fait l'amour vingt-sept fois. Vingt-huit si on compte l'Admiral's Club, mais je ne suis pas certaine qu'on puisse considérer une pipe taillée dans des toilettes publiques comme « faire l'amour ». Nous dînions au Two Boots, dans l'East Village, un de mes restaurants préférés de l'époque. Jack et moi ne mangions que dans l'East Village, et occasionnellement à Chelsea, deux quartiers où nous étions sûrs de ne tomber ni sur Carolyn ni sur l'une de ses connaissances.

Je m'étais brûlé la langue sur ma première bouchée de pizza au poulet, je la refroidissais en la collant dans le goulot de ma bouteille de Desperado. Jack ne mangeait pas.

— Tu n'as pas faim ? ai-je demandé.

Soudain, mes mains se sont mises à trembler.

— Non, je t'en prie, l'ai-je imploré. Je t'aime.

— Je le sais.

— Et tu m'aimes, aussi. Tu sais que tu m'aimes. Tu m'aimes trop pour ne plus jamais me revoir.

— Je te verrai. Je te verrai au travail chaque jour.

— Ça ne fera qu'aggraver les choses. Ça te rendra dingue.

Je n'essayais pas de ravaler mes larmes. Elles coulaient, grosses le long de mes joues et de mon menton.

— J'ai un fils, Emilia. Je ne peux pas faire ça à Will. Ce n'est pas juste. Tu ne comprends pas ce que c'est d'avoir un enfant.

Jack était très pâle sous son bronzage.

— Ça te retire le droit d'être heureux, d'avoir un enfant ?

— Ça te retire le droit d'être égoïste.

— Pourquoi tu l'as épousée ? Pourquoi tu ne m'as pas attendue ? Tu savais que j'allais arriver. Tu aurais dû m'attendre.

Il ne m'a pas répondu que j'avais l'air d'une folle. Il s'est levé et il est venu à côté de moi. Il m'a embrassé les joues, essuyant mes larmes de ses lèvres, puis il a déposé de l'argent sur la table et il m'a entraînée dehors. La température était insupportable, en ce début juillet. Il était encore tôt pour qu'une chaleur si chargée d'humidité se soit installée si radicalement sur la ville. Nous avons marché jusqu'à la 1re Avenue. Là, Jack a fait signe à un taxi et il m'a fait monter dedans. Il a donné mon adresse au chauffeur et il a refermé la portière. Je l'ai regardé par le pare-brise arrière, ce petit homme en costume, ridiculement trop habillé au milieu des aspirants artistes à piercings vêtus de cuir.

Cette nuit-là, Jack s'est confessé à Carolyn. Il lui a dit qu'il avait eu une liaison et que c'était terminé. Elle l'a jeté dehors. Trois nuits plus tard, je dormais avec lui dans sa chambre du Carnegie Suites de la 58e Ouest.

Quand je rentre, Jack ne fait pas allusion à notre dispute. Ni aux paroles affreuses que je lui ai crachées au visage. Il est si content que je sois rentrée à la maison qu'il ne me demande pas pourquoi. Il ne me demande même pas pourquoi nous faisons l'amour. Il s'imagine peut-être que c'est un moyen de faire la paix ?

Avant qu'il ne s'endorme, Jack me dit qu'il déposera William chez sa mère, demain soir. Il a été obligé d'avouer à Carolyn que William avait entendu notre conversation au sujet de sa grossesse. Elle veut que son fils rentre plus tôt, afin qu'elle lui annonce la nouvelle de manière plus formelle.

Le lendemain matin, au petit déjeuner, Jack est distrait. J'essaie de lui parler de la Marche du souvenir, et de la raison pour laquelle j'ai décidé que nous devrions y aller, mais il ne m'écoute pas vraiment.

— Qu'est-ce qui ne va pas ?

— Rien.

— Quoi ?

Il pousse le journal vers moi.

— Tiens, j'en ai fini avec le magazine et la rubrique « livres ». Tu serais vraiment en colère si je passais au bureau ce matin ? Juste pour une demi-heure. Une heure maximum. J'ai fait travailler du monde sur les éléments d'un dossier tout le week-end, il faudrait que je montre le bout de mon nez.

— Ça ne peut pas attendre demain ?

— Je veux juste passer voir si tout va bien, pour qu'ils ne pensent pas que je joue au golf pendant qu'ils bossent comme des esclaves. Je ne resterai pas longtemps. Je prends Will avec moi si tu veux.

— Je ne veux pas aller à ton bureau, proteste William. Il est encore moins marrant que celui de maman. Au moins dans celui de maman, il y a des moulages d'organes.

— C'est bon, dis-je. Il va rester avec moi. J'ai besoin de sortir, de toute façon. Je vais devenir folle si je reste cloîtrée ici.

Jack arque un sourcil, mais s'abstient de commenter que je ne suis rentrée à la maison qu'à onze heures hier soir. On ne peut pas dire que j'ai été cloîtrée.

— Qu'est-ce que tu penses de cette marche commémorative ? Tu penses qu'on devrait y aller ?

— Je ne sais pas, Em.

Il termine le fond de sa tasse de café et repousse sa chaise de la table.

— C'est la première fois que tu parles de faire un truc de ce genre.

— Justement.

— Qu'est-ce que tu espères en retirer ?

Cette question est si mal formulée qu'elle me coupe la chique. J'étais sur le point de répéter à Jack ce que ma mère m'a dit sur les propriétés thérapeutiques de la présence d'autres personnes dans mon cas, ne serait-ce que pour une soirée. Mais il sait trop bien ce que je pense des groupes de soutien, il m'a entendue les tourner en dérision bien trop souvent. Il ne se contentera pas d'une simple volte-face. Pas plus que de l'argument de Mindy : que la marche me permettra de récupérer mon parc. Après tout, il sait que je m'y réfugie toujours, en dépit de l'omniprésence des enfants et des mères. Jack me connaît trop bien pour accepter ce type d'explication sans ciller.

Alors que j'essaie d'expliquer à mon mari ce que j'attends de cette marche, je réalise enfin que malgré les larmes et les discours sirupeux, j'espère que la marche m'aidera à reprendre le cours de ma vie, qu'elle agira comme un choc pour me tirer de la catalepsie dans laquelle mon corps et mes pensées sont plongés depuis la mort d'Isabel. Cette torpeur permanente doit disparaître. Elle est trop ennuyeuse. Mon propre malheur m'ennuie. Peut-être que cet événement pourrait me catapulter dans un autre niveau de douleur. Un niveau moins barbant.

— Je peux venir ? demande William, quand j'ai fini d'expliquer mon espoir dans la fin de l'entropie.

— Ce n'est pas pour les enfants, répond Jack.

— Si, c'est pour toute la famille. Je pense qu'il devrait venir. Ce serait génial. Ce serait bien que nous y soyons tous, tu comprends ? Comme pour prendre un nouveau départ ensemble ? Tous les trois. Et Isabel, aussi, d'une certaine manière. Sa mémoire. Ce sera comme un recommencement. Ou une fin. Mais nous devrions tous être là.

Le regard de Jack navigue de William à moi. Une fois encore, nous essayons de l'amadouer avec nos expressions pleines d'espoir.

— Tu en es sûre ?

— Absolument.

— Même le soir, Central Park est l'un des lieux les plus sûrs de la ville, papa, argue William. L'année dernière il n'y a eu que cent vingt-sept délits dans tout le parc, et aucun meurtre.

Jack rit.

— Je ne pensais pas vraiment à la sécurité, bonhomme, mais je suis rassuré à l'idée de ne pas risquer nos vies.

— En plus, ajoute l'enfant, j'aimerais beaucoup voir le parc la nuit. Je n'ai jamais vu ses lumières allumées, sauf quand ils oublient de les éteindre le matin.

— La marche aura lieu l'après-midi, dis-je. Elle se terminera au crépuscule, pas à minuit.
— Ce n'est pas grave, je veux quand même venir.

Plus tard, je demande à William ce qu'il a envie de faire.
— On pourrait aller au parc.
— Tu veux vraiment ?
J'ai très envie d'y aller, mais je ne veux pas l'obliger à dire oui pour me faire plaisir.
— Ouais.
Avant de sortir de l'appartement, je lui rappelle de passer aux toilettes. Il m'informe que non seulement il n'a pas envie d'y aller, mais qu'en plus, comme c'est un garçon, rien ne l'empêchera de pisser contre un arbre si une envie pressante le prenait.
— Parce que j'ai un pénis, précise-t-il. Mais tu devrais y aller, toi. Tu n'as pas de pénis.
— Merci pour la leçon d'anatomie.
Pendant que je suis aux toilettes, le téléphone sonne. Je lui lance :
— Laisse le répondeur !
Mais il a déjà répondu. Je ne l'entends pas, mais je sais comment il a répondu. Il a des manières impeccables, c'est le standardiste idéal. Il répond toujours : « Résidence Woolf, William à l'appareil. » Jack m'a dit que quand William répond chez sa mère, il prononce les mêmes mots, substituant son nom à celui de Jack. Je suis certaine qu'il ne confond jamais les deux. William est bien trop consciencieux pour cela.
Quand je ressors des toilettes, je lui demande :
— Qui était-ce ?
— Nono.
C'est ainsi que William appelle mon père depuis leur première rencontre, quelques jours avant notre mariage. Mon père s'est lui-même présenté sous ce nom, et parce que ce mot ne lui était pas familier, qu'il n'avait aucune connotation pour William, il l'a

adopté sans difficulté. Nono est un terme ladino, le langage parlé par les juifs de la région de Bulgarie dont sont originaires les grands-parents de mon père. Mon père se fait appeler Nono par tous ses petits-enfants, sans doute parce qu'il se ferait l'effet d'un vieux con s'il s'entendait appeler papi.

— Qu'est-ce qu'il voulait ?

— Rien. Je lui ai dit que nous allions au parc. Il a dit qu'on devrait aller à la pinède. La plupart des arbres de la pinède sont des conifères.

— Ben, ça paraît logique, non ? C'est une pinède. Pas une caduquiède.

— Caduquiède n'est pas un mot, rétorque William les sourcils froncés.

— Non.

— Nono dit que les arbres sont beaux et verts.

Je tends son manteau à William et boutonne le mien. Je parais un peu moins hideuse qu'avant dedans. J'ai toujours l'air saucissonnée, mais pas assez pour justifier de braver le froid mal couverte.

— Il faut vraiment qu'on y aille ? demande-t-il. On doit absolument aller à la pinède ?

— Bien sûr que non.

Je n'irai nulle part sous prétexte que mon père l'a suggéré, d'autant que, hier soir, en parlant avec ma mère, je me suis rappelé à quel point je lui en voulais.

— Parce que c'est juste à côté de la maison, dit William. J'ai plutôt envie d'explorer. Je veux aller au Ramble. Tu ne trouves pas que c'est une meilleure idée ?

Il trépigne dans ses bottines à semelles épaisses.

— Si, c'est une excellente idée. On va jouer aux explorateurs. Je serais Christophe Colomb. Tu veux être qui, toi ?

— Christophe Colomb ?

Il secoue la tête, dégoûté.

— C'est tellement ennuyeux, Emilia. Je veux être Coronado, moi. Je vais chercher les sept cités d'or de Cibola.

— C'est quoi ça ?

Il reste bouche bée.

— Tu ne connais pas Coronado ?

— Ben, j'ai entendu parler de lui. C'est juste que je ne suis pas au courant pour ces sept cités d'or.

William est si occupé à me parler du conquistador Francisco Vasquez de Coronado et de sa quête des sept cités mythiques de Cibola, qu'il dépasse le square Diana-Ross sans me demander d'y aller. Tous les trois ou quatre pas, il fait un petit bond dansant ou se penche pour enfoncer le bâton qu'il a ramassé par terre. C'est tellement plus long de marcher avec lui.

— Le Ramble est l'endroit idéal pour jouer aux explorateurs, déclare-t-il.

— Je sais.

— C'est la partie du parc la plus accidentée. La plus sauvage.

— Je sais.

Il se tait soudain.

— Est-ce que le Ramble est dangereux ?

Je pense au sans-abri vêtu de sacs-poubelle, l'homme qui voulait m'attaquer – ou que j'ai voulu attaquer, tout dépend du point de vue.

— Non. Le parc n'est pas dangereux. Les gens qui disent que le parc est dangereux sont stupides.

William plante son bâton dans un tas de neige durcie.

— Je dirais qu'il y a un oiseau congelé, là-dessous.

— Berk.

Il continue à tâtonner du bout de son bâton jusqu'à ce qu'il devienne évident que ce qui se trouve sous la neige n'est qu'un amas de terre et de feuilles mortes.

— Ma mère dit que l'homme qui a offert l'horloge Delacorte s'est fait agresser dans le parc.

— Ah bon ?

Typique de Carolyn, qui, à ma connaissance, n'a jamais mis le pied dans Central Park, de savoir que George Delacorte, l'un des plus grands donateurs de

Central Park, s'est fait agresser à l'âge de quatre-vingt-douze ans dans un tunnel pour piétons, près de l'horloge dont il a fait don. Carolyn dispose d'une foule d'informations susceptibles de vous gâcher la journée.

— Les sept cités de Cibola sont une petite cabane au milieu du Ramble, annonce William.

— Quoi ?

— Le petit truc qu'on appelle la cabane au milieu du Ramble. Je l'ai lu dans le livre que tu m'as offert. Ce sont les sept cités.

— Ou l'une d'elles. Tu sais, il me semble que je me suis assise dans cette cabane, une fois. Il y a deux ans. C'était chouette parce que c'était l'été, il faisait bon à l'intérieur. Mais en hiver, je pense qu'il y fait bien plus froid que dans le reste du parc.

— Elle est pleine d'or.

— Je m'en souviens, oui. Elle en est pleine à craquer. Des tonnes d'or partout. D'ailleurs, la seule raison pour laquelle je ne l'ai pas pris, c'est que je portais une robe légère sans poches.

— On y va !

Nous marchons d'un pas vif jusqu'au Ramble, restant à distance de la zone où j'ai vu le sans-abri. Nous grimpons une volée de marches et traversons l'un des nombreux petits ponts enjambant les torrents qui ondulent à travers le Ramble. Il y a un petit champ en dessous. William s'accroche à un arbre et se penche au bord du chemin rocheux.

— C'est quoi ?

Il pointe son bâton sur des sortes de mangeoires improvisées avec des bouteilles de lait et des Frisbee.

— Je n'en ai pas la moindre idée. C'est peut-être pour nourrir les oiseaux ?

Il fronce les sourcils, sceptique. Nous reprenons notre marche.

— Je sens l'or d'ici, dit-il. On doit être près de la cabane. Tu ne crois pas ?

— Je ne sais pas vraiment. Je ne me souviens plus

dans quelle partie du Ramble elle se trouve. On finira par la trouver si on continue à chercher.

Il traîne les pieds sur une flaque gelée.

— Il fait froid.

— On n'a qu'à accélérer un peu, ça nous réchauffera.

Nous traversons un petit pont haut perché entre deux falaises de schiste. William se penche un instant sur la rampe. Je me place derrière lui, prête à le rattraper s'il perdait l'équilibre. Il tousse bruyamment et crache du mucus que nous regardons glisser sur le torrent glacé.

— Bien visé, dis-je.

Il se redresse et nous nous remettons en marche. Quelques minutes plus tard, nous nous retrouvons devant ce même pont.

William s'impatiente.

— Pourquoi ne pas aller à la Laiterie acheter une carte ?

— Parce que ça serait de la triche. Nous devons explorer jusqu'à ce que nous fassions une découverte. Est-ce que Coronada avait une carte ?

— Coronado, pas Coronada.

Il s'arrête, son bâton posé sur le bout de son pied.

— Je veux qu'on achète une carte.

— On ne peut pas.

— Pourquoi ?

— Parce que.

— Parce que quoi ?

— Parce que, c'est tout. Viens. Tu n'as qu'à imaginer qu'on est dans un territoire inexploré qui n'existe sur aucune carte.

Nous marchons encore un peu, de plus en plus frigorifiés. Bientôt, je réalise qu'il aurait sans doute été amusant de jouer aux explorateurs découvrant une petite cabane en bois dans le Ramble. Jouer aux explorateurs ratés n'est pas amusant du tout. Ce n'est pas drôle de trébucher sur l'étang aux Azalées quand il n'y a pas d'azalées et que l'étang est gelé, et ce n'est pas drôle non plus d'avoir peur d'un sans-abri tapi derrière les rochers. Quand je me tords la cheville sur une racine, je décide que Coronado n'était qu'un idiot qui a été puni en ne parvenant pas à découvrir les sept cités de Cibola. Je regarde ma montre.

— Peut-être que jouer aux explorateurs n'était pas une si bonne idée, après tout.

— C'est ennuyeux le Ramble.

— D'accord. Si on faisait un truc complètement différent ? Si on rejoignait la partie la plus au nord du parc.

— Pour faire quoi ?

Je joue des sourcils avec un air mystérieux et j'ouvre la marche. Malheureusement, nous mettons un certain temps à sortir du Ramble. Je suis complètement perdue. Finalement, par pure chance, et à force d'entêtement, nous nous retrouvons non loin de la bordure est du parc. Je distingue la statue de la panthère qui domine East Drive.

— Ah !

J'attrape la main de William et nous courons jusqu'à la statue. Elle est plantée sur un monticule rocheux trop élevé pour que nous sautions, mais, un peu plus loin, la pente s'adoucit suffisamment pour que nous puissions rejoindre la route.

— C'était une sacrée aventure, dis-je.

— On a quitté le chemin.

— Je sais. C'était cool, hein !

— Ma mère va être tellement en colère, Emilia.

— Tu n'as pas besoin de lui raconter.

Tandis qu'il envisage d'ajouter notre excursion à la liste de nos secrets, je l'entraîne dans la clairière et nous gagnons la sortie de la 69e Rue.

Je demande à notre chauffeur de taxi de nous conduire aux jardins botaniques, près de la 105e Rue. Je marcherais volontiers, mais je me vois mal obliger un petit garçon à parcourir près de deux kilomètres à pied.

Les jardins ne sont pas mon lieu de prédilection. Ils sont beaucoup trop formels à mon goût. Surtout celui qui se trouve le plus au nord, avec ses buissons en forme d'anneaux géométriques et ses fontaines. Le jardin du sud est mon préféré. C'est un jardin anglais de plantes vivaces. Mais il n'y a pas grand-chose à voir durant l'hiver. La plupart des plantes sont sèches et taillées dans l'attente d'un glorieux printemps. J'y amènerai William fin avril ou début mai, quand les allées seront tapissées des pétales roses des pommiers sauvages. L'endroit est ridiculement beau au printemps.

Rasséréné par la chaleur du taxi et un bretzel, William apprécie le jardin. Il me pose des centaines de questions sur les différentes espèces de fleurs. Même si nous étions au cœur du printemps, même si leurs pétales tourbillonnaient dans l'air, je serais incapable d'identifier les sous-espèces pour William. Je lui dis qu'il y a vingt mille bulbes de tulipes plantés dans le jardin et que nous pourrons revenir en mai pour les voir fleurir. L'importance de ce chiffre semble apaiser sa curiosité.

Quand nous arrivons à la fontaine du Jardin secret avec ses nénuphars figés, William affirme ne pas connaître Frances Hodgson Burnett et ne jamais avoir lu *Le Jardin secret*.

— C'est honteux. C'est une grave lacune à ton éducation que je vais devoir combler.

— C'est un livre de filles, répond-il, horrifié à l'idée de lire un tel ouvrage.

Je lui dis que, de toute façon, il est sans doute trop difficile pour lui, et voilà qu'il me demande de le lui acheter immédiatement.

Les ellébores le fascinent. J'espère qu'il pourra bientôt voir leurs cascades de fleurs blanches, roses, vertes et violettes. Elles devraient fleurir le mois prochain.

— Elles sont empoisonnées. Si tu manges une fleur ou une feuille, tu meurs ! Tu crois qu'on devrait en prendre pour en glisser dans le thé de quelqu'un ?

— On irait en prison.

— Seulement si tu en parles.

Il réfléchit.

— Qui allons-nous tuer ?

Il connaît trop de noms sur ma liste.

— Et si on allait voir le jardin du nord ?

Nous flânons jusqu'à la fontaine des Trois Vierges dansantes. Elle est fermée à cause du froid, bien sûr.

— C'est plus joli quand l'eau coule, lui fais-je remarquer.

— Hé ! Regarde.

Il pointe le doigt vers le dernier des cercles de buissons concentriques qui entourent la fontaine.

— Ils tournent un film.

Il y a deux hommes et une femme, de l'autre côté du parterre de fleurs. À première vue, les hommes ont l'air de jumeaux. Ils sont tous deux chauves et portent une petite barbe rase taillée en carré sous la lèvre inférieure et des lunettes à grosse monture. Ils portent des vestes rembourrées assorties, l'une noire avec un passepoil orange, l'autre orange avec une bande noire. La femme n'est ni chauve ni barbue et, pourtant, elle semble faire partie de la fratrie à en juger par son chapeau de ski en acrylique rouge, son jean court effiloché, ses grosses bottes et ses lunettes en strass en forme d'yeux de chat. J'avais adopté le look hip-hop chic d'East Village à l'époque de mes virées en boîte de nuit ; mais il me manquait la caméra digitale, la valise en cuir éculé et le photomètre accroché à la cheville qui confèrent à ce trio son air authentiquement artiste. J'avais beau faire, je finissais toujours par ressembler à ce que j'étais : une fille du New Jersey avec un sens du style hasardeux.

— Tu connais *Où est Poppa ?* C'est mon film préféré de tous les temps. Il a été tourné dans le parc, dis-je.

George Segal enfile un costume de gorille et court à travers le parc en pleine nuit. J'adore ce film parce qu'à un moment la mère de George Segal lui baisse son pantalon et l'embrasse sur les fesses.

William, qui s'était penché pour casser une branche sèche d'un buisson, suspend son geste.

— C'est dégoûtant, Emilia.

— Tes parents ne t'ont jamais embrassé sur les fesses ?

— Non !

— Rappelle-moi de demander à ton père de t'embrasser sur les fesses, tout à l'heure.

— Pas question !

— Ou peut-être que je devrais le faire moi-même, tout de suite.

Il bondit derrière le buisson gelé en poussant un cri aigu. Je lui cours après et le cueille dans mes bras en plein vol. Je fais de gros bruits de bisous en direction de son derrière et il rit si fort qu'il a du mal à reprendre son souffle. Mon rire est presque aussi hystérique que le sien.

L'équipe de tournage oriente la caméra dans notre direction, distraite par nos jeux turbulents.

Je repose William par terre et il essaie aussitôt de détourner mon attention de son derrière sans défense :

— Parle-moi des autres films tournés dans le parc.

— Voyons voir. Il y a *Hair*. *Marathon Man*, avec Dustin Hoffman qui fait son jogging autour du Réservoir. Ne regarde jamais celui-là si tu veux remettre les pieds chez ton dentiste un jour.

— J'aime bien mon dentiste. C'est un ami de ma mère.

— Tu aimes bien ton dentiste ? Sans blague ?

Il réfléchit un instant.

— Mon dentiste est l'ami de cœur de ma mère.

— L'ami de cœur de ta mère ?

— Tu sais, quoi. Son petit ami.

— Oh !

Moi qui avais réussi à me sortir la grossesse de Carolyn de la tête.

— Et quoi d'autre ? me demande-t-il.

— Quoi ?

— Quels autres films ont été tournés dans le parc ?

Je vais expulser Carolyn et son dentiste géniteur de mon esprit. Je vais garder ma bonne humeur.

— Eh bien, il y a *Quand Harry rencontre Sally*. Oh, et j'en connais un que tu as sûrement vu : *Ghostbusters*. Tu as vu *Ghostbusters*, n'est-ce pas ?

— Non.

— Je te le louerai, la prochaine fois que ton père nous autorisera à regarder un DVD.

— Je me demande quel film ils tournent.

— Pourquoi ne pas leur demander ?

— Tu crois ?

— Bien sûr.

Nous traversons le jardin. L'un des jumeaux est en train de retirer la caméra de son trépied pour la ranger dans sa valise. L'autre plie un écran réflecteur blanc.

— Excusez-moi, dis-je.

La femme au chapeau rouge lève les yeux.

— Nous nous demandions si vous tourniez un film.

— Nous faisons des repérages pour un tournage.

— De quel film ?

— *Lyle, Lyle, Crocodile*.

William sursaute.

— *Lyle, Lyle, Crocodile*, comme le livre *Lyle, Lyle, Crocodile* ?

La femme rit.

— À ce qu'il paraît. On verra.

William est si excité qu'il fait des petits bonds.

— J'adore ce livre. Ma maman me l'a lu, et je l'ai relu tout seul après. Je l'adore. J'adore Lyle.

L'un des hommes, coiffé d'une casquette en laine et d'écouteurs, lance :

— Nous allons tourner des scènes de foule dans le zoo des enfants, le premier jeudi du mois de mars. Pour la scène « M. Grups envoie Lyle vivre au zoo ».

— J'adore cette partie !

— Tu devrais venir, propose la femme. On va avoir besoin de figurants. Il faut s'inscrire à quatorze heures.

— On pourra y aller, Emilia, s'il te plaît ?

— Je ne sais pas, William. J'en parlerai à ta mère. Le jeudi, tu es chez ta maman.

— T'as qu'à échanger avec elle ! Dis oui, s'il te plaît !

Il n'y a aucune chance pour que Carolyn me laisse William un jeudi. Elle dira non, mais elle maquillera tout ça pour que j'aie l'air de la vilaine marâtre qui n'a pas tenu sa promesse.

— D'abord, c'est *Le Miroir d'ambre*, ton livre préféré. Je ne t'ai jamais entendu parler de Lyle. Je m'en serais souvenue, William, parce que *La Maison de la 88e Rue Est* était un de mes livres préférés quand j'étais petite. Mon père me le lisait tout le temps. Tu l'as même dans ta bibliothèque, et je suis sûre que je suis la seule personne à l'avoir jamais ouvert.

Quand mon père me lisait une histoire de Lyle, il faisait toutes les voix. Pour celle d'Hector P. Valenti, l'ancien propriétaire et partenaire de danse de Lyle, il prenait un accent du Sud atroce.

William secoue la tête.

— *Le Miroir d'ambre* est mon livre préféré de cette année. Tu ne me connais pas bien, Emilia. Si tu me connaissais, tu saurais que *Lyle, Lyle, Crocodile* est mon livre préféré entre tous. Il est bien mieux que *La Maison de la 88e Rue Est*. C'est juste que je ne l'ai pas lu récemment, parce que je lis d'autres trucs. Mais ça ne veut pas dire que ce n'est pas mon préféré.

Tout à coup, il lui vient une idée. Il se colle un sourire de vainqueur sur les lèvres. Un grand sourire de crocodile.

— Et puisque c'est ton préféré à toi aussi, tu n'as pas envie d'être dans le film ?

— On en reparlera. On va à Harlem Meer, maintenant. On pourrait essayer de pêcher. Ils prêtent des cannes à pêche au centre de découverte.

— Je n'ai pas envie de pêcher, Emilia. Je veux être dans le film. Promets-moi que tu m'amèneras.

— J'ai dit qu'on en reparlera. Viens, on va au Meer.

— Mais...

— On en reparlera, William.

Il me suit à contrecœur et nous allons jusqu'au Meer. Le centre de découverte Dana a été magnifiquement rénové. C'est un petit joyau en brique qui marque l'extrémité nord du parc. Le contraste entre ce qu'il était quand je le visitais avec mon père, quand j'étais à peine plus grande que William, et ce qu'il est devenu est saisissant. L'employée du parc, revêche, accueille notre demande avec incrédulité. Qui voudrait pêcher en février ?

— Le Meer est couvert de glace, dit-elle.

— Mais les poissons sont toujours là. À moins que vous ne les ayez déplacés.

Elle ne cède pas à mon caprice, et ni William ni moi ne sommes emballés par sa suggestion d'explorer les œuvres écologiques exposées dans le centre.

— On n'a qu'à aller regarder les poissons. Pourquoi les attraper, après tout ?

Je veux désespérément faire revenir notre bonne humeur, mais William ne se laisse pas embobiner par ma voix faussement enjouée.

— J'aimerais bien avoir des feuilles d'ellébore, en ce moment, ronchonne-t-il. Je les jetterai dans le Meer pour empoisonner tous les poissons.

Il pleut une sorte de crachin depuis que nous avons quitté le centre de découverte. Je suis encore sortie sans parapluie.

— Il pleut, souligne William.

— Un tout petit peu. Viens, on va faire semblant de tuer des poissons.

— Je crois qu'on ferait mieux de rentrer à la maison. Il fait froid et je ne veux pas être mouillé.

— Tu sais ce que signifie Meer ? Ça signifie « petite mer » en néerlandais. Viens, allons voir la petite mer.

— Non.

Il boude, à présent.

— Allez, William, viens. On n'a pas fait tout ce chemin pour rien. Allons voir le Meer de plus près.

J'attrape sa main et je l'entraîne vers l'eau en courant. Les gouttes de pluie sont froides sur mon visage, mais j'essaie de m'en amuser. Je nous vois, tels que pourrait nous voir un observateur extérieur : une mère et son fils, riant et courant sous la pluie. Sauf que je suis la seule à rire. William traîne les pieds et, quand je tente de le faire accélérer, il résiste. Arrivés au bord de l'eau, il tente de m'arracher sa main si brusquement, que je perds l'équilibre. Je bats des bras instinctivement, oubliant que je tiens toujours la main de William, qui s'écrase par terre avec un splash ! les jambes écartées devant lui, les fesses fermement plantées sur la rive boueuse. Tout à coup, la fine membrane de glace se brise sous ses pieds qui s'enfoncent dans l'eau glacée.

— Oh ! merde ! Merde, merde, merde !

Je le relève.

— Ça va ? Oh, je suis désolée, William.

— Tu m'as jeté dans le lac ! Tu m'as jeté dans le lac !

— Non !

— Si. C'est la deuxième fois que tu me fais tomber. La première fois c'était à la patinoire, et maintenant tu m'as jeté dans le lac. Je suis encore trempé, et mon jean est tout sale et couvert de boue. Ma mère va être furieuse, Emilia ! Elle va te tuer !

— C'était un accident, William ! Tu as retiré ta main et j'ai glissé. Je suis désolée.

— Je veux rentrer à la maison tout de suite. Je déteste cet endroit. C'est sale et il fait froid et je le déteste. Je le déteste.

— D'accord. Calme-toi. On va rentrer tout de suite. Viens.

William ne lève même pas les yeux quand nous passons devant le Duke Ellington Memorial. Je lui montre les neuf cariatides nues représentant les muses.

— Regarde, sir Duke est debout là-haut, à côté de son piano à queue. Il ne joue même pas.

William refuse de lever les yeux.

— Il mesure huit mètres, tu sais.

Il ne répond pas.

— C'est Stevie Wonder qui l'a surnommé sir Duke. Je crois qu'il était le seul à l'appeler ainsi. Tu sais qui est Stevie Wonder, n'est-ce pas ?

Je tente une petite imitation de Stevie Wonder, secouant la tête et frappant sur un piano imaginaire, et chante la seule chanson qui me vient à l'esprit : *Ebony and Ivory*.

William émet un petit bruit de chat en colère, à mi-chemin entre le sifflement et le grognement. Je me tais et je lève les yeux vers le monument hideux. Les colonnes montent entre les jambes des muses tels des phallus massifs. Qu'ont fait ce pauvre Duke Ellington et Harlem pour mériter un monument aussi immonde ?

Bien entendu, il n'y a pas de taxi et l'état frénétique de William ne tarde pas à me gagner. Je n'arrive pas à croire que je vais encore mouiller ce gosse. Je n'arrive pas à croire que j'ai oublié de prendre un parapluie. Je n'arrive pas à croire que tout recommence. Finalement, quand nous sommes trempés jusqu'aux os, et que nos cheveux sont plaqués sur nos crânes, un taxi gitan s'arrête. William rechigne à monter, mais je le pousse sur la banquette arrière. Il n'y a pas de ceinture de sécurité centrale mais la voiture est propre et sèche.

— Central Park Ouest et 81e.

Nous roulons en silence un moment, puis je dis :

— Euh, William, je crois que ça devrait être un autre secret.

— Pas question !

22

Quand nous arrivons devant l'immeuble, Jack est dans le hall en train de discuter base-ball avec le nouveau portier du week-end.

— J'avoue qu'il m'arrive d'être un peu jaloux des fans des Yankees, monsieur Woolf. C'est dur d'avoir à l'admettre, mais…

— Vous me tuez, Rodrigo.

— Je ne l'avouerais à personne d'autre qu'à vous.

Jack secoue la tête.

— Vous êtes en train de perdre tout le respect que j'avais pour vous, vous savez ?

— Papa ! beugle William de la porte d'entrée, écartant les bras, non pour l'inviter à le cueillir mais pour exhiber sa petite personne souillée.

— Ben, Will ! Qu'est-ce qu'il t'est arrivé ? Tu es couvert de boue.

— Emilia m'a jeté dans le lac. Elle m'a jeté en plein dans un lac gelé.

Je me contente de secouer la tête et me dirige droit vers l'ascenseur.

— Em ? appelle Jack dans mon dos. Qu'est-ce qu'il se passe ?

Je secoue la tête, une fois de plus.

— Emilia !

Rodrigo a disparu. Il s'est évaporé dans les boyaux de l'immeuble ou est allé se cacher sous l'auvent de l'entrée, en attendant que nous ayons terminé de nous donner en spectacle.

— On peut en parler là-haut ?

Nous montons dans un silence troublé par les reniflements de William qui déglutit avec emphase.

Une fois dans l'appartement, Jack me redemande :

— Que s'est-il passé ?

— Emilia m'a jeté dans le lac, répond William avant de fondre en larmes.

— Ne sois pas ridicule.

J'explique brièvement ce qu'il s'est passé. Que c'était un accident.

— On s'amusait tellement, fais-je, grimaçant en entendant ma voix suppliante pathétique. On s'amusait vraiment.

Jack se détourne de moi pour se pencher sur William. Il essuie les larmes de son fils avec ses pouces.

— Viens, on va enlever ces vêtements mouillés et prendre un bon bain chaud avec de la mousse.

Il soulève William dans ses bras qui s'accroche aussitôt à lui comme une pieuvre.

— Jack ! C'est ridicule ! La seule raison pour laquelle il est si énervé, c'est parce qu'il s'est vraiment amusé avec moi, pour une fois. Il ne supporte pas l'idée de s'amuser avec moi.

Jack ne répond pas. Ils sont au milieu du couloir quand je lance :

— Une minute !

Jack s'arrête devant la porte de la chambre de son fils.

— Quoi ?

Sa voix est dure, cassante.

— Tu ne vas pas lui dire qu'il en fait trop ? Lui expliquer qu'il ne devrait pas faire un plat d'un peu de boue et d'eau ? Nous nous amusions, Jack ! Je suis désolée s'il se sent coupable à cause de Carolyn, mais ce n'est pas de ma faute. Tu ne vas rien lui dire ?

Ses lèvres ne sont plus qu'une ligne fine, il souffle par les narines, pâle de rage.

— Tu veux que je dise quelque chose, Emilia ? crache-t-il. Tu veux vraiment que je dise quelque chose ?

Non, tais-toi. Ne prononce pas les mots que je vois tourbillonner dans ta tête en dépit de l'obscurité de cette pièce déserte.

— C'était un accident ! On a trébuché. On courait et on a trébuché.

— Tu n'en as vraiment rien à foutre, hein ? Il a froid, il a peur, et tu t'en fous complètement !

— Ce n'est pas vrai. Mais il n'avait pas peur. Tu connais William, Jack. Tu sais qu'il fait toujours des drames d'un rien.

Doucement, Jack repose William par terre, le pousse dans sa chambre et referme la porte derrière lui. Il se penche alors sur moi et murmure :

— Tu n'as pas idée de l'expression que tu as sur le visage quand tu le regardes. Tu es si froide, Emilia. Tu es plus froide que ce putain de Meer gelé.

Il ouvre la porte de William à la volée et la claque derrière lui. Je n'étais pas froide avant. J'étais chaleureuse avec son fils, avant. Mais, maintenant, ses mots et ceux qu'il n'a pas prononcés m'ont éclaboussée comme de l'azote liquide. Ce sont ses mots qui m'ont glacée, qui me rendent dure et inébranlable. Plus froide que Jack ne peut l'imaginer.

Je suis transie de froid, et pour une raison que j'ignore, je songe à l'opposé polaire de ce moment, il y a un an et demi. Quand j'avais l'impression qu'on avait ouvert une porte au sommet de mon crâne par laquelle le soleil avait inondé tout mon corps. Ce moment était d'autant plus précieux qu'inattendu. Toute la journée, et la semaine qui l'avait précédée, j'avais acquis la certitude – comme je suis certaine de savoir ce que Jack n'a pas dit il y a un instant – qu'il s'apprêtait de nouveau à rompre avec moi.

Depuis que Carolyn l'avait mis à la porte, trois mois auparavant, nous sortions ensemble, comme un couple normal. Nous allions au restaurant, au cinéma, au théâtre, à l'opéra, et même voir des ballets (à deux reprises, avant que je lui avoue que ce n'était pas ma tasse de thé). Nous avions assisté à trois matchs des Mets et à un des Yankee Stadium, parce qu'un ami de Jack avait des places au premier rang, et parce qu'ils jouaient contre les Red Sox, équipe pour laquelle j'avais une faiblesse depuis l'université. Au bureau, notre aventure demeurait aussi secrète que ce genre de choses est censé l'être. Nous ne disparaissions plus pour de longs déjeuners, comptant sur les room services et nos corps respectifs pour assouvir notre faim, et ne prétendions plus n'être que des collègues de travail devant les autres, sans pour autant nous montrer indiscrets. Nous nous abstenions de nous peloter dans la cafétéria, mais nous nous autorisions à arriver à la même heure le matin et, même, à faire la queue ensemble à la boulangerie italienne située dans le hall du bâtiment. Nous faisions l'amour la nuit, et toujours dans le nouvel appartement de Jack dans l'Upper West Side ; sur le sommier et le matelas livrés par Matelas express. Jack ne venait jamais chez moi, à cause de mes colocataires. Je dormais chez lui trois ou quatre nuits par semaine, jamais plus, parfois moins, mais je ne laissais aucune affaire sur place. J'emportais toujours un grand sac avec des culottes de rechange, ma brosse à dents, et ma trousse de maquillage. J'avais en permanence deux ou trois tailleurs et quelques chemisiers suspendus dans leurs housses du teinturier, derrière la porte de mon bureau, et six ou sept paires de chaussures alignées sous ma table de travail.

Je n'allais jamais chez Jack quand il gardait William et n'y mettais les pieds que lorsqu'il nous organisait une soirée en tête à tête et me prévenait la veille. Passer nos nuits ensemble n'allait pas de soi. Quand Jack m'appelait durant la journée et me demandait de dîner avec lui, je savais que nous dormirions ensemble. Quand je lui demandais le mardi de m'accompagner à un concert le samedi suivant, je savais que nous ferions l'amour le samedi soir. Parfois, quand nous restions tard au bureau, Jack m'appelait pour me demander si j'avais envie de dîner chez lui ou de voir un DVD. Il lui fallait toujours un prétexte pour m'inviter à passer une soirée avec lui. Aucun de nous n'aurait eu l'idée de suggérer de rentrer à la maison ensemble pour faire l'amour et dormir. Nous sortions ensemble, ce qui signifiait que nous étions censés faire des choses ensemble, ne serait-ce que regarder un film.

Mais la semaine qui avait précédé le moment de perfection, Jack ne m'avait téléphoné qu'une fois, et c'était pour annuler un rendez-vous que nous avions pris avec Simon et son petit ami, pour aller à un vernissage à Chelsea. Nous devions nous retrouver à sept heures, faire un rapide tour d'horizon – l'artiste travaillait avec des poulies et des cordes – et aller dîner au Man Ray. Il m'avait priée de l'excuser, trop de travail. Il ne s'était pas laissé attendrir quand je lui avais dit que je n'aurais pas la force d'affronter une exposition prétentieuse et un repas prétentieux en compagnie de l'amant prétentieux de mon meilleur ami. Finalement, l'artiste, le nouveau chouchou des galeries de Chelsea Ouest, avait branché le compagnon de Simon, et mon ami et moi avions fini la soirée au Red Cat, à partager une assiette de sardines grillées et à déplorer la perfidie des hommes.

Jack et moi n'avions partagé qu'un repas, cette semaine-là : un dîner sur son bureau. J'avais décidé de le surprendre en commandant deux repas que j'avais facturés au client pour lequel je travaillais, me disant que des tempuras ne ruineraient pas la compagnie portée sur le gaspillage. Le bureau de Jack était vide, mais je l'avais trouvé dans la salle de conférences, au bout du couloir, à dévorer une part de pizza avec l'équipe des collaborateurs à qui il faisait faire des heures sup pour préparer un appel devant la Cour suprême, qui serait rejeté un peu plus tard le même mois. Voyant les sacs en papier blanc dans ma main, il avait reposé sa part de pizza à moitié mangée dans son assiette en papier.

— Prenez votre temps, avait-il dit aux jeunes avoués. Je reviens dans un moment.

Nous étions au milieu du couloir quand nous les avions entendus éclater de rire.

— Bonjour l'humiliation, avais-je commenté en le suivant dans son bureau. Désolée.

— Ça va.

Nous avions mangé en vitesse. J'avais vite compris que la part de pizza qu'il avait en main quand je l'avais surpris n'était pas sa première. Il avait siroté sa soupe et mangé quelques bouchées de nouilles avant de reposer ses baguettes sur son bol. Mon repas terminé, il était retourné travailler et j'étais rentrée chez moi. Le samedi matin, cela faisait cinq jours que nous n'avions pas partagé le même lit et six que nous n'avions pas fait l'amour. J'attendais son appel, tournant autour de mon téléphone comme le personnage d'une nouvelle de Dorothy Parker. Je me suis obligée à aller chez le traiteur m'acheter un café et un beignet, mais j'ai emporté mon téléphone portable avec moi. Je l'ai glissé dans ma poche, réglé sur sonnerie et vibration. À deux heures de l'après-midi, j'étais terrifiée à l'idée que Jack envisageait de me plaquer et, à quatre heures, j'en étais persuadée. Alors, n'ayant plus rien à perdre, je suis allée le trouver à son appartement. C'était l'époque où je ne prenais pas encore si facilement le taxi, où je bénéficiais encore du tarif étudiant et ne me laissais pas décourager par les changements. Je me suis assise dans le métro et j'ai fixé mes compagnons mécréants, la populace citadine qui, comme moi, n'avait pas d'endroit où s'échapper, même pour la fête du Travail. Personne n'avait l'air particulièrement pathétique, en dehors d'un handicapé qui mendiait dans la navette de Times Square et allait de voiture en voiture, dans un fauteuil motorisé, ses jambes ratatinées repliées sous lui. Je lui ai donné cinq dollars comme récompense pour être plus à plaindre que moi.

Ivan, qui travaillait exceptionnellement ce samedi, m'a fait attendre Jack sur le canapé du hall, sur lequel je ne me suis plus jamais assise depuis. Je crois que mes fesses sont les seules à s'être jamais posées sur sa soie fleurie. Si c'est vrai, et si les dames en violet venaient à le découvrir, elles n'apprécieraient sûrement pas. Après tout, je n'ai pas été approuvée par le syndic de copropriété.

Ivan m'a donné un *Time Magazine* et un biscuit au beurre. Je me faisais l'effet d'une fillette. La petite Greenleaf attend dans le hall. Quand Jack est arrivé, avec sa raquette de squash et son sac de gym, je venais de refuser pour la troisième fois un gobelet de Coca light.

Il n'a paru ni heureux ni surpris de me voir. Il a maintenu la porte de l'ascenseur ouverte avec son bras et, une fois hors du champ de vision d'Ivan, il m'a posé un léger baiser sur les lèvres. Nous sommes entrés dans l'appartement que Jack n'avait meublé que d'une table et de chaises dans la cuisine, et dans sa chambre, du matelas et du sommier déjà mentionnés et d'une commode affreuse fourguée par un antiquaire convaincant. La seule pièce de l'appartement à disposer de tout son mobilier était la chambre de William. Jack avait autorisé son fils à la décorer lui-même, et le résultat était à mi-chemin entre l'incubateur de dinosaures et le repaire de pirates. Ils avaient trouvé un lit et une commode qui avaient un air vaguement nautique avec leurs poignées en cordes nouées, dans une boutique du New Jersey. William avait disposé sa collection de dinosaures de cinquante centimètres sur la commode, et par terre, devant la bibliothèque. Il possédait des douzaines de ces dinosaures en caoutchouc, chacune des espèces que le Muséum d'histoire naturelle pouvait offrir, et même certains dont je n'avais jamais entendu parler, comme le maiasaurus et le hypsilophodon. Jack s'était appliqué à remplir sa bibliothèque des mêmes livres que celle de l'appartement de Carolyn. Ça faisait un drôle d'effet de voir ces rangées de *Ferdinand le Taureau*, le fameux *Lyle, Lyle, Crocodile, Mike Mulligan et ses pelleteuses, Bob le Dinosaure,* aux couvertures brillantes et aux pages sans une seule écornure, dans le salon vide.

— Tu veux boire quelque chose ? De l'eau ?

J'ai secoué la tête.

— Je crois que je vais prendre une bière. Il fait incroyablement chaud dehors.

Je l'ai suivi à la cuisine et je l'ai regardé ouvrir le frigo et extraire une bouteille de bière d'un pack de six. En dehors de la bière, le réfrigérateur de Jack était plein à craquer de produits élaborés pour des enfants de trois ans allergiques au lactose, de paquets de tortellinis, de raisin, de carottes baby et d'une douzaine de litres de lait de soja.

Il a porté la bouteille à ses lèvres, envoyant sa tête en arrière. Sa pomme d'Adam sortait de sa gorge, parfait petit triangle montant et descendant en rythme.

— Je crois que je devrais emménager ici, ai-je déclaré.

Jack a posé la bouteille sur la table et m'a enveloppée de ses yeux d'encre.

Voici ce que nous ne nous sommes pas dit :

Je n'ai pas dit : Je sais que tu veux me quitter. Ne me quitte pas, je t'en supplie.

Il n'a pas dit : Je suis désolé, Emilia. Je ne peux pas. Je ne peux pas me lancer si vite dans une autre relation. Mon mariage vient de se terminer. Je ne suis pas prêt à recommencer avec quelqu'un d'autre.

Je n'ai pas dit : Mais tu m'aimes.

Il n'a pas répondu : Ça n'est pas grave. Ce n'est pas le bon moment. Je ne me sens pas bien. Je souffre. J'ai besoin de voir comment je peux vivre sans William et Carolyn avant de décider si je peux vivre avec une autre femme.

D'autres paroles que nous n'avons pas prononcées :

Je n'ai pas dit : Tu m'appartiens. Tu ne peux pas me quitter, tu m'étais destiné.

Il n'a pas répondu : Je ne peux pas supporter ta passion. Je ne peux pas supporter la force de ton désir. Il a anéanti ma famille, il m'a séparé de mon fils. Je ne peux pas vivre avec toi parce que j'ai peur que tu m'anéantisses moi aussi. Que tu me consumes, que tu me réduises en cendres.

Je n'ai pas dit : Tu m'aimes, toi aussi. Tu me désires tout autant que je te désire. Je n'ai pas anéanti ton foyer toute seule. Tu es ton propre incendiaire.

Il n'a pas dit : C'est peut-être vrai, mais ce n'est qu'une raison de plus pour ne pas continuer. Qui a besoin de ce genre de merdier ? D'incendies, de cendres. L'amour n'a pas besoin d'être comme ça. L'amour peut être doux et propre. L'amour peut rafraîchir et clarifier. Prends ta fougue et va au diable.

Et enfin :

Il n'a pas dit : Mon fils ne t'aime pas.

Je n'ai pas dit : Ce n'est pas grave. Je t'aime tellement que mon amour irradiera de toi comme de la lumière. Mon amour remplira tes yeux de velours et t'empêchera de voir ce que je n'éprouve pas pour ton fils.

Voici ce que Jack a répondu :

— Tu peux vivre sans meubles ?

23

Depuis samedi soir, Jack et moi ne nous parlons qu'avec des voix modulées, abordant chaque conversation comme une tentative de rompre la glace, trop mince pour supporter nos remords. Nous ne parlons ni de William ni du Meer, ou du fait que nous étions à deux doigts de révéler des pensées inavouables. Nous marchons sur la pointe des pieds, choisissant nos mots et nos gestes avec un tel soin, qu'on dirait un couple de fous, prisonniers d'un très joli asile de quatre pièces. Même le refus d'une seconde tasse de café est si tendu, le petit déjeuner si éprouvant, que je me remets au lit après le départ de Jack pour le travail et dors d'un sommeil réparateur de deux heures. L'une des bénédictions du métier de Jack est qu'il peut rentrer à la maison à dix ou onze heures du soir sans avoir à se justifier, aussi les dîners courtois composés de plats du traiteur nous sont-ils épargnés.

Ce matin, Jack se réveille tôt et se poste devant moi, élégant dans son costume gris foncé et sa chemise rose. Ses cheveux sont mouillés et sa joue fraîchement rasée embaume la lotion astringente que je lui ai achetée.

— Tu es réveillée ?

— Oui.

— Tu as bien dormi ?

— Oui, très bien.

— J'ai une déposition cet après-midi, je ne peux pas aller chercher William à l'école.

— Pas de problème.
— Tu préfères que j'appelle Carolyn et que je lui demande d'envoyer Sonia lui tenir compagnie jusqu'à ce que je rentre du travail ?
— Non, j'irai le chercher.
— Tu en es sûre ?
— Oui.
— Parce que ce n'est pas un problème sinon.
— J'ai dit que j'irai le chercher.
J'ai violé la règle du discours poli. Je frémis.
Jack se penche et essuie une poussière invisible sur son mocassin noir brillant. C'est à sa chaussure qu'il dit :
— Qu'est-ce que tu vas faire avec lui ?
— Je ne sais pas, je pourrais l'envoyer dans l'étang des petits bateaux. À moins qu'il soit gelé, auquel cas je tenterai le lac.
Il se lève, la mine sombre. Je reprends :
— Je le ramènerai à la maison. Je lui donnerai un goûter sans lait, et nous jouerons aux Lego ou aux dinosaures jusqu'à ton retour.
— Tu pourrais louer un DVD.
— Je n'ai pas besoin de louer de DVD. Il n'a pas le droit de regarder la télé, tu as oublié ? On se débrouillera.
— Tu en es sûre ?
— J'en suis sûre. Tout ira bien.
Jack hoche la tête. Il boutonne sa veste, puis la déboutonne.
— J'ai réfléchi à ce truc dans le parc. Cette Marche du souvenir.
— Ah ?
Moi non. Je n'y ai pas pensé du tout.
— Tu veux toujours y aller ?
Il ne me donne pas le temps de répondre.
— Je crois que nous devrions y aller. Tous les trois. Je crois que ça nous fera du bien.
— D'accord.

Il se penche sur le lit et s'arrête à quelques centimètres de ma bouche. Je lève le visage et parcours la distance qui nous sépare. C'est la première fois que nous nous embrassons depuis l'incident du Meer. C'est un simple baiser, pas particulièrement doux ni tendre, mais il est familier et franc.

— Je te vois ce soir.

— Ne t'inquiète pas, tout ira bien avec William.

Bien sûr, je me trompe. Quand William me voit dans le couloir de la classe rouge, il se renfrogne et penche la tête sur le côté pour évaluer la situation avant de s'approcher.

— Je ne viens pas avec toi, dit-il, catégorique.

— Nous sommes mercredi, William. Le mercredi tu viens à la maison.

— Pas aujourd'hui.

— Si. Nous sommes mercredi.

— Non, Emilia. Je ne veux pas aller avec toi. Plus jamais. Tu m'as jeté dans le lac. À Harlem.

— C'était le Harlem Meer. Et je ne t'ai pas jeté dedans. Tu as glissé. Nous avons glissé. C'était un accident. Ça arrive. Prends ton manteau.

— Non !

Sharlene passe sa tête par la porte, surprise par la véhémence de l'enfant.

— Parle avec ta voix intérieure, William.

— Dis à Emilia que je ne pars pas avec elle, lui demande-t-il en courant vers la porte.

Il plonge sous le bras de Sharlene et retourne dans la salle. Je souffle entre mes dents :

— Pour l'amour de Dieu !

Deux nounous m'adressent un sourire compatissant. Elles savent ce que c'est de négocier avec un enfant récalcitrant sur lequel vous n'avez aucun droit, mais dont on vous reprochera le comportement. Les mères, par contre, secouent la tête avec des moues désapprobatrices. Qui suis-je pour imposer ma présence adultérine à un petit garçon qui veut sa maman, sa véritable maman, celle dont je n'aurais jamais dû usurper la place ?

— Je suis désolée, dis-je à Sharlene. Viens, William. Il faut qu'on y aille.

— William a eu une dure journée, Emilia, intervient l'institutrice. Il a du mal à intégrer ce qu'il s'est passé dans le parc, le week-end dernier.

Je n'éprouve plus aucune admiration pour Sharlene. Sharlene est une idiote. Sharlene ne devrait pas avoir le droit d'enseigner à des enfants.

— Il n'y a pas grand-chose à intégrer. Il a glissé, il est tombé et il s'est mouillé les pieds. Ce n'est pas la mer à boire.

— Je crois que c'est la mer à boire pour William. Je crois qu'il a du mal à se sentir en sécurité en votre compagnie, maintenant. Se sentir en sécurité est une chose importante pour les enfants, surtout pour ceux dont l'équilibre a été compromis par un divorce ou un autre traumatisme.

Sharlene est assise à côté de William, dans le coin lecture. Il a pris un énorme livre sur les dinosaures qu'il fait mine de lire, léchant ostensiblement son index pour tourner les pages. Je les regarde, piétinant devant eux. J'étouffe dans mon gros manteau.

— William. Je suis désolée pour le Meer. Je suis désolée que tu te sois mouillé. Je suis désolée pour tout. Je voulais juste de montrer cette partie de Central Park. Le Harlem Meer est un de mes endroits préférés, j'espérais que tu l'aimerais autant que moi.

William louche et se penche sur son livre. J'insiste :

— William. Si tu viens avec moi, je t'emmènerai acheter *Le Jardin secret*. Tu pourras me prouver qu'il n'est pas trop difficile à lire pour toi. Et nous pourrons acheter les autres livres de Lyle, aussi. Tu n'as que *Lyle, Lyle, Crocodile* chez toi.

Sharlene pose gentiment la main sur la page de son livre.

— Tu es prêt à rentrer à la maison avec Emilia, William ?

— Non.

— Tu penses que tu seras bientôt prêt ?

— Non.

Elle retire sa main.

— Je crois que nous devrions appeler Jack ou Carolyn. Je ne veux pas l'obliger à faire quoi que ce soit dans un moment où il est si fragile.

William est aussi fragile que les affleurements de schiste d'Harlem Meer.

— Bien, dis-je. Je vais appeler Jack.

Mais Jack n'est pas à son bureau. D'après Marilyn, il est à une déposition et ne sera pas disponible avant cinq heures.

— William n'est pas inscrit au centre aéré, souligne Sharlene.

— Allez, on rentre à la maison, William.

— Non ! beugle-t-il.

— Je suis désolée mais je pense que nous n'avons pas le choix. Je vais devoir appeler Carolyn.

— Bien sûr. Pourquoi pas ? La situation n'est pas suffisamment désespérée comme ça. Il me reste encore un soupçon de dignité. Vous feriez mieux d'appeler Carolyn pour qu'on en finisse.

— Emilia, il ne s'agit pas uniquement de vous. Il s'agit de William.

— Sans blague.

J'attends Carolyn. Non parce que je suis masochiste, non parce que je crois que je mérite la flagellation qu'elle va m'administrer, mais parce que nous sommes mercredi et que le mercredi est le jour de garde de Jack. Je ne peux pas partir et le laisser entre les mains de l'ennemie sans piper. Je veux que Jack sache que je suis allée au tapis en me débattant comme un beau diable.

Carolyn vole dans la classe rouge comme un ange justicier, comme une mère aigle qui vient sauver son oisillon duveteux. Elle est parfaitement lisse. Ses cheveux sont lisses, sa peau est lisse, ses longues jambes sont lisses, son long manteau en cachemire est lisse. Je me sens rondir et rapetisser à vue d'œil. Encore quelques secondes et je serai un hobbit.

Elle serre William contre sa petite poitrine pointue.

— William, mon chéri. Ça va ? Mon pauvre chéri. Tu as eu peur ?

Sharlene paraît embarrassée par cette manifestation d'inquiétude maternelle outrée et injustifiée.

— Il va bien, Carolyn. Nous avons juste quelques difficultés avec l'emploi du temps de cette semaine, c'est tout.

C'est ça, rattrape-toi maintenant, traîtresse.

— William chéri, tu n'es pas obligé d'aller chez ton père. Sonia t'attend en bas. Elle va te ramener à la maison.

— C'est mercredi, interviens-je.

Comme si c'était le problème. Comme si William ne savait plus quel jour on était. Comme s'il ne savait pas réciter les sept jours de la semaine dans l'ordre depuis son quinzième mois.

Carolyn me jette un regard venimeux. Elle met William sur ses pieds et le pousse vers la porte. Je les suis. En sortant, je passe devant une corde à linge sur laquelle sont suspendus les dessins des familles des enfants. Je remarque aussitôt celui de William. C'est le seul qui soit scotché en son milieu. Je l'étudie, essayant de discerner les traits du bébé-ange finement dessiné. Elle a les cheveux bouclés et elle sourit. Ses ailes sont très élaborées, avec des fioritures, des cœurs et, bizarrement, des sigles de dollars. Isabel est un très joli ange. William a fait un boulot magnifique.

— N'est-il pas adorable ? me demande Sharlene.

— Si, dis-je, en quittant la classe.

Quand la porte de mon ascenseur s'ouvre sur le hall, je vois Carolyn et William sortir du leur. Je maudis les ascenseurs, à la faillibilité notoire, du 92 de la Rue Y, réunis mes forces et les suis. Carolyn tend à Sonia le rehausseur et attrape la main gantée de William.

— Bonjour, Sonia, dis-je.

Elle incline la tête.

— Bonjour, Emilia.

— Vous dépassez vraiment les bornes ! éructe Carolyn.

— Quoi ?

— Vous avez un foutu toupet. Vous imposer à mon fils après ce que vous lui avez fait. C'est répugnant. Vous êtes une personne répugnante.

Le hall du 92 de la Rue Y est plein de gens qui se rendent à leur salle de gym, de vieilles dames qui montent vers le centre des citoyens seniors et de parents et d'enfants attendant l'ouverture du centre aéré. Carolyn se retient de parler fort, mais sa voix porte. Nous leur offrons à tous un joli petit spectacle.

— Je n'ai rien fait à William. C'était un accident. Nous avons glissé, et il s'est mouillé les pieds. C'était de l'eau, pour l'amour du ciel, pas de l'acide chlorhydrique.

— Comment osez-vous !

Carolyn se dresse devant moi et baisse son joli visage vers le mien. Ses iris sont bleu pâle. Même le blanc de ses yeux est teinté de bleu. Un peu comme du lait écrémé. Je recule légèrement.

— Qu'ai-je osé ?

— Vous l'avez emmené à Harlem ! siffle-t-elle entre ses dents. Et ne vous imaginez pas que je ne suis pas au courant pour la patinoire. Vous l'avez envoyé sur la glace sans casque. Vous avez de la chance qu'il n'ait pas été tué.

Je soupire. William m'a vendue.

— Vous avez une objection à ce que votre fils visite Harlem ?

La femme qui vient d'interrompre notre conversation mesure à peine un mètre quarante. Elle a le dos voûté et brandit son déambulateur comme une arme.

Sa voix profonde et rugueuse contraste avec son physique d'oisillon.

— À vous entendre prononcer le mot Harlem, c'est un terrible endroit. Vous devriez avoir honte, jeune dame.

Carolyn s'écarte de moi et regarde la vieille bique qui vient de me défendre, bouche bée.

La vieille femme continue, le visage levé vers nous, comme une lune ridée :

— J'ai dansé bien des nuits à Harlem, et écouté de la musique, et dîné. Seule ou avec mes amies. Nous n'avions pas les moyens de rentrer en taxi, alors nous marchions. Tout le chemin. Personne n'a jamais posé la main sur nous. Alors vous devriez réfléchir avant d'émettre ce genre de jugement sur Harlem. Et puis, laissez-moi vous poser une question.

Elle lève un doigt tordu et le secoue en direction de Carolyn. Elle est si petite qu'elle ne menace pas la tête de Carolyn mais sa taille.

— Est-ce que vous payez sa sécurité sociale à la jeune fille sur laquelle vous criez ? Est-ce que vous lui payez ses heures supplémentaires ? Est-ce que vous payez une fois et demie le tarif ? Peut-être qu'au lieu de reprocher à votre nounou d'avoir fait découvrir la ville et ses beautés à votre enfant, vous devriez envisager de moins vous comporter en grosse vache trop privilégiée !

— Ce n'est pas ma nounou, c'est la femme de mon mari. Et je vous demanderais poliment de vous mêler de vos affaires.

— Ce sont mes affaires, mon amie. Il faut tout un village pour élever un enfant. Vous devriez lire le livre d'Hillary Clinton. Il est merveilleux. Je suis votre village, ma chère, que ça vous plaise ou non.

Sur ce, la vieille femme a poussé son déambulateur et passé son chemin, de sa démarche branlante.

— Je ne suis pas seulement la femme de Jack. Je suis également la belle-mère de William.

— Et qu'est-ce que ça signifie ? Vous voulez savoir ce que ça signifie ? Rien. Absolument rien. Vous n'avez aucun droit sur mon enfant. Aucun, vous m'entendez ? Si vous lui causez la moindre peine, encore une fois, si vous le jetez encore dans un lac, ou si vous le ramenez à Harlem, ou à la patinoire, ou même à Central Park, Dieu m'est témoin, je vous ferai arrêter pour maltraitance.

Carolyn n'a pas fait allusion à la glace au lait. Visiblement, il y a certains secrets que William est capable de garder.

Carolyn se penche sur moi. De fins cheveux châtains soulevés par l'électricité statique, provoquée par la chaleur du hall et sa rage, planent entre nous et s'attachent à ma lèvre.

— Ne vous approchez plus de mon fils, gronde-t-elle, postillonnant un nuage de salive sur le *p*.

— Carolyn, intervient Sonia d'une voix très douce. Docteur Soule.

Elle tire gentiment la manche de sa patronne.

— Pas devant le petit.

Elle désigne William. Il a toujours la main dans celle de sa mère, mais tout son corps est en arrière, comme celui d'un skieur nautique. Alors que nous le fixons, une larme s'écrase au sol, puis une autre. Il pleure en silence, la tête basse, sans bouger. Son corps n'est pas secoué de sanglots, il ne tremble pas, il est juste tendu comme une corde de violon par la main de sa mère, versant des larmes sur les dalles crasseuses du hall.

Sonia glisse un bras sous celui de Carolyn et l'entraîne vers la sortie. Puis elle écarte ses doigts de la main de William et y substitue la sienne. Étrangement, Carolyn se laisse faire, elle s'incline devant la douce autorité de la jeune femme. Elle recule, pivote sur ses talons et fonce vers la sortie, nous laissant Sonia, William et moi, un peu sonnés au milieu du hall.

— Merci, dis-je.

Sonia hoche la tête, ramasse le rehausseur abandonné par Carolyn et entraîne William dehors. Je les regarde faire le tour des jardinières en ciment pour rejoindre Carolyn qui les attend, impatiente, une main sur la hanche. Je reste près de la porte, le plus loin possible d'eux, alors qu'elle fait signe à un taxi en claquant des doigts. Elle a plus de chance que moi, même avec le redoutable rehausseur. Elle ouvre la portière et la tient le temps que Sonia installe l'engin sur la banquette arrière. William monte dedans et la jeune femme l'attache fermement et teste les sangles pour voir si elles sont bien clippées. Carolyn se penche à l'intérieur pour parler au chauffeur, puis, elle claque la portière et lève la main pour arrêter un second taxi.

24

Quand le chauffeur de taxi me demande où je vais, j'hésite, incapable de supporter l'idée de retourner à l'appartement, où je n'aurai rien d'autre à faire qu'attendre le retour de Jack pour lui avouer ce qu'il s'est passé. Je réponds : Le Pain quotidien, sur Madison.

Je m'assieds à nouveau à la table communautaire. Cette fois, il n'y a pas de bébé, mais il y a un garçonnet un peu plus jeune que William qui mange un muffin au chocolat. Je me demande s'il contient du lait. Je demande un *latte*, et je m'apprête à commander un muffin à la fraise pour apaiser mon estomac révulsé par ma terrible rencontre avec l'ex-femme de mon mari, quand je m'entends demander un muffin sans lait à la vanille, avec un glaçage au chocolat.

— Vous voulez du lait de soja dans votre *latte* ? s'enquiert la serveuse.

— Non.

Elle paraît un instant désarçonnée, puis elle hausse les épaules, déterminée à ne plus perdre son temps à chercher à comprendre les désordres alimentaires complexes des clientes névrosées de l'East Side.

Quand le gâteau arrive, je lèche son glaçage puis je mords une bouchée. Il est étonnamment bon, léger et vaporeux, et sa texture est un peu huileuse comme celle des pâtisseries au beurre. Néanmoins, William a raison, il n'est pas aussi bon que le muffin à la fraise. Je lèche soigneusement le reste du glaçage, faisant rouler le chocolat sur ma langue.

Je ne m'attendais pas à ses larmes. Il est trop jeune pour être embarrassé par une scène. Sans compter que c'est lui qui l'a cherchée. C'est lui qui a insisté pour que Carolyn vienne le sauver de ma présence. Et pourtant, quand elle a laissé libre cours à son indignation vertueuse et venimeuse, il s'est mis à pleurer.

Je fais signe à la serveuse.

— Est-ce qu'il y a un chef pâtissier, ici ?

— Non. Elle rentre chez elle vers midi.

— Ah.

— Elle commence à quatre heures du matin.

Elle a pris mon regret pour une critique et je ne vois pas comment lui montrer son erreur.

— Et le propriétaire ?

— C'est une chaîne. Pourquoi, quelque chose ne va pas ?

— Non, non. Tout va très bien. C'est juste que... J'avais une suggestion à faire.

Elle soupire.

— Je vais chercher le manager.

Le manager est un homme extraordinairement poli, mais ferme, comme s'il était habitué, en raison de la situation géographique du restaurant, à gérer un certain type de clientèle – des personnes qui ne considèrent pas les doléances comme un droit mais comme une obligation, des personnes qui n'hésitent pas à écrire des lettres cinglantes aux directeurs des sociétés mères et à faire des scandales dans des restaurants bondés.

— Que puis-je faire pour vous, madame ? Puis-je vous être utile en quoi que ce soit ? me demande-t-il avec un accent d'une région d'Europe indéterminée.

— Non, pas du tout. Il n'y a aucun problème. C'est juste que... mon beau-fils est allergique au lait. Soi-disant. En tout cas, il pense qu'il l'est, et sa mère ne le laisse manger aucun laitage. Il adore vos muffins sans lait. Mais vous ne les faites qu'avec du glaçage au chocolat et à la vanille. Je me demandais si vous envisageriez d'ajouter un glaçage rose au menu ?

— Ah.

— Parce qu'il a goûté à mon muffin rose et il a adoré.

— Il est allergique au lait mais il a goûté à un muffin normal ?

Le manager est perplexe. Il semble déjà voir les titres des journaux mentionnant l'affaire du muffin, le procès, les dépositions, les mandats de perquisition pour trouver ses recettes secrètes, les témoins experts, les scientifiques spécialistes réputés de l'intolérance au lactose et de la digestion des enzymes de lait.

— Il n'est pas vraiment allergique. Il croit juste qu'il l'est.

— Et néanmoins, vous lui faites manger des muffins sans lait ?

Non, je ne veux pas cautionner cette absurdité, mais sa mère insiste pour qu'il ne mange pas de laitages.

— Oui.

— Ah.

— Je voulais juste que vous envisagiez la possibilité de faire des muffins sans lait avec un glaçage à la fraise.

— Je transmettrai votre suggestion au chef pâtissier.

— Merci. Merci beaucoup.

— De rien, madame. Bon appétit. Je vois que vous avez choisi un muffin sans lait.

— Oui. Juste pour essayer.

— Oh.

— Pour voir si c'est aussi bon que le muffin au lait.

— Et alors ?

— Non.

— Ah.

— C'est très bon, vraiment. Délicieux. C'est juste que ça n'est pas *aussi* bon.

Le manager me laisse à mon gâteau et je pense à la joie de William si le chef pâtissier prenait ma suggestion au sérieux et ajoutait des muffins roses à son assortiment de gâteaux sans lait. Peut-être qu'il sera tellement content qu'il oubliera ce qu'il s'est passé à la maternelle ? Il oubliera la détresse dans laquelle sa mère et moi l'avons plongé. Submergé par les délices du muffin à la fraise, il oubliera la rage qui déformait les traits de sa mère tandis qu'elle me regardait. J'espère que le muffin sera délicieux à ce point.

Et moi, que me faudra-t-il pour oublier ?

— Où est William ?

Tels sont les premiers mots que prononce Jack, avant même de poser sa mallette ou de suspendre son manteau dans le placard de l'entrée, alors que son parapluie dégouline sur les parois du grand seau galvanisé, dans le couloir de l'immeuble.

— Chez sa mère.

Debout dans l'entrée, je lui raconte ce qu'il s'est passé. Il se ratatine à vue d'œil. Son long imper noir s'élargit et pend vers le sol, ses épaules s'affaissent, ses manches avalent ses mains. Il rétrécit et se dessèche sous mes yeux qui se heurtent à son désespoir. Il écarte son manteau qui atterrit autour de ses pieds, en une flaque, pose sa mallette dessus et passe devant moi, laissant des gouttes d'eau tombées de ses ourlets de pantalon dans son sillage. Je le suis dans le long couloir qui mène à notre chambre.

— Ça va aller, dis-je pleine d'espoir.

Je lui tourne autour, sans le toucher. J'ai peur de le toucher. C'est comme si nous étions deux aimants de pôles opposés, qu'un champ magnétique palpable nous séparait ; ou plutôt, m'écartait de lui. Je m'assois sur le lit. J'ai les pieds posés à plat sur le sol, le dos droit, les genoux serrés, telle une collégienne qui attend une semonce.

Jack dit : Merde.

Il regarde sa montre, puis le réveil sur la table de nuit pour vérifier qu'il est bien dix-huit heures dix-sept.

— Merde.

Je dis :

— Tu penses qu'on devrait aller le chercher ? Je veux dire, toi. Que tu devrais aller le chercher ?

— Je ne sais pas.

Il faut que je trouve un moyen d'installer une sonnerie de téléphone moins sadique. Une sonnerie qui ne hurle pas « Carolyn » si clairement.

— Merde, répète Jack.

Son « Allô » est si circonspect, qu'il en est presque comique. De même que son soulagement.

— C'est ta mère.

Il me passe le combiné après un bref échange guindé.

— Salut, dis-je.

Je n'ai pas parlé à ma mère depuis que je l'ai abandonnée dans Ridgewood Avenue. Je me prépare à lui présenter des excuses.

— Qu'est-ce qui ne va pas ?

— Rien. Tout va bien. Attends, tu veux dire maintenant ou à cause de l'autre soir ?

— Oublie l'autre soir. L'autre soir n'a aucune importance. Je voulais juste m'assurer que nous allions toujours à cette Marche du souvenir.

— Oui. Enfin, je pense que oui.

Je couvre l'émetteur de ma main.

— Elle veut savoir si nous sommes certains de vouloir aller à la Marche du souvenir.

Jack est debout au milieu de la chambre, les mains sur les revers de sa veste, comme s'il hésitait à l'enlever.

— Pourquoi ?

— Elle veut nous accompagner.

— Ah. Je suppose que oui. Bien sûr.

— Maman ? Retrouve-nous à seize heures à Strawberry Fields.

— Laisse-moi noter ça, dit-elle alors qu'un bip retentit sur la ligne.

— Ne quitte pas.

Je prends l'appel en attente. Évidemment, c'est Carolyn, cette fois.

— J'aimerais parler à Jack, je vous prie.

— Bonjour, Carolyn.

Je suis impressionnée par le calme de ma voix, compte tenu du fait que j'ai l'estomac noué. Ça doit être l'avocate qui sommeille en moi. Je ne suis pas la fille de mon père pour rien.

— Un instant.

Je reprends ma mère.

— C'est Carolyn.

— Tu dois raccrocher ?

— Ouaip. On se voit là-bas, d'accord ?

— Oui. Euh, ma chérie...

— Il faut vraiment que je raccroche.

— D'accord. Je t'aime, ma chérie.

— Je t'aime aussi, maman.

Je lui tends le téléphone. Pauvre Jack. J'ai jeté son fils dans Harlem Meer et me suis disputée avec son ex-femme, mais c'est lui qui se lève en chaussettes pour se faire éclater le tympan. Je suis impressionnée de l'entendre prendre ma défense, même s'il riposte avec mes propres armes ; il se contente de répéter les phrases avec lesquelles je me suis justifiée pour me préserver de son opprobre.

— C'était un accident.

— Ils ont trébuché et ils sont tombés ensemble.

— Ce n'était qu'un peu d'eau et de boue.

Je suis particulièrement satisfaite lorsqu'il lui dit qu'elle en fait des tonnes. Et il remonte considérablement dans mon estime quand il avoue craindre qu'elle ne soit devenue hydrophobique. J'attends qu'il lui suggère une thérapie ou une inondation, je suis prête à me porter volontaire pour la jeter moi-même dans le Meer, mais il ne se montre pas sarcastique à ce point. Hélas, en fin de conversation, il s'excuse.

— Bien. Merci. Merci beaucoup. J'apprécie.

— Merci, dis-je horrifiée. Pourquoi ? Merci de quoi ?

Il lève la main pour m'imposer le silence. Un instant plus tard, il raccroche.

— Pourquoi diable la remercies-tu ?

— Elle a dit qu'elle ne comptait rien dire sur l'incident, qu'elle pensait laisser couler, mais qu'en voyant William si bouleversé elle a senti qu'elle n'avait pas le choix.

— *L'incident*.

J'éclate d'un rire amer.

— Tu l'as remerciée d'avoir changé d'avis et de t'avoir quand même hurlé dessus ?

— Je l'ai remerciée de bien vouloir tourner la page. Je louvoie, Emilia. Tu ne le vois pas ? Tu ne comprends pas que je n'ai pas d'autre choix ? Je suis obligé de louvoyer. Bon sang, je pensais que toi, plus que toute autre personne, tu comprendrais ça.

— Pourquoi ? Parce que tu dois aussi louvoyer avec moi ?

— Je n'ai pas dit ça.

— Mais c'est ce que tu penses.

— On ne peut pas arrêter ça, Emilia ?

Il retire sa veste d'une secousse et l'envoie sur le petit fauteuil. Sa cravate ne tarde pas à suivre. Il déboutonne le haut de sa chemise et s'assoit lourdement sur le lit, à côté de moi. Il se passe les mains sur le visage.

— Je suis fatigué de tout ça.

Je prends sa main entre les miennes.

— Je suis désolée. Je suis désolée. Je n'arrive pas à croire que j'ai dit ça. Tout est de ma faute.

J'embrasse sa paume.

— Je suis désolée, Jack.

— Je sais.

Il pose sa paume sur ma joue. J'appuie ma tête dessus. Elle est douce contre ma peau.

— Tu penses que William voudra quand même nous accompagner à la marche ?

— Quoi ?

— Tu sais, la Marche du souvenir. C'est pour ça que ma mère a appelé. C'est ce dimanche après-midi. Le 29 février.

Jack laisse sa main sur ma joue, mais elle est molle à présent.

— Tu veux toujours qu'il nous accompagne ? demande-t-il.

— J'ai besoin qu'il nous accompagne.

C'est vrai. J'ai vraiment besoin que nous y soyons tous, y compris William, surtout William. Pour que je puisse lui montrer que j'essaie de faire avancer les choses, que j'essaie de devenir le genre de belle-mère qui ne vous lâche pas dans de l'eau glacée. Le genre de belle-mère en qui on peut avoir confiance pour changer un pantalon souillé. Si William se joint à nous, je pourrai commencer à reconstruire ma vie et notre famille.

J'explique cela à Jack et, bien qu'il paraisse peu convaincu, il répond :

— Il viendra.

— Mais Carolyn m'a interdit de l'emmener dans le parc.

— La décision ne revient pas à Carolyn.

25

En fin d'après-midi, dimanche 29 février, Jack, William et moi prenons le chemin de Strawberry Fields et de sa mosaïque circulaire noir et blanc « Imagine » où doit démarrer la Marche du souvenir. Toujours consciencieuse et obéissante aux règles, je nous ai inscrits en ligne, même si pour cela il a fallu que je remplisse un formulaire qui me demandait le nom et la date de naissance de mon « précieux bébé ». J'ai fait un don de vingt dollars, le maximum, mais j'ai refusé la possibilité de commander un T-shirt ou un sweat-shirt commémoratif de Chagrin Service.

Je n'ai aucune idée du nombre de participants à l'événement. Alors que nous descendons Central Park Ouest en direction de la 72ᵉ Rue, je n'arrête pas d'observer les passants en me demandant s'ils se rendent à la marche. La femme mélancolique qui traîne sa tristesse devant nous, comme une poussette vide, me paraît être des nôtres, mais quand elle monte l'escalier de l'élégant Langham et pénètre dans la lumière chaleureuse du hall, je me souviens qu'il y a des tas d'autres raisons d'être abattue. Nous suivons deux blondes avec des parkas de ski qui, en dépit de leurs voix guillerettes et de leurs très grands gobelets de café, sont des Marcheuses du souvenir, elles.

— C'est ta grille, Emilia, m'informe William.

— Qu'est-ce que tu veux dire ?

— C'est la Grille des femmes. C'est son nom. L'entrée par la 72ᵉ Rue.

Aujourd'hui, je n'arrive pas à apprécier les commentaires de William sur le parc. Je suis contente qu'il ait appris tant de choses sur cet endroit que j'aime, mais je suis trop anxieuse pour partager son plaisir.

Strawberry Fields est envahi de parents endeuillés. Il y en a bien trop pour évoluer confortablement aux alentours de la mosaïque. Ils arrivent de toutes parts. En été, c'est une prairie verte mais aujourd'hui, ça n'est qu'une étendue de terre dure. Certaines personnes sont même regroupées autour des glycines noueuses et dénudées. Au centre de la mosaïque, une femme équipée d'une planchette coche les noms de participants. Une longue file d'attente serpente vers elle et les deux femmes accroupies à ses pieds devant un grand carton.

— Je vais m'inscrire, dis-je à Jack.

Le temps que j'arrive vers le début de la file, je regrette déjà d'être venue. Il fait froid et je suis mal à l'aise. Les gens s'adressent des sourires trop gentils et des femmes portant d'immenses T-shirts « Marche du souvenir » par-dessus leurs manteaux, circulent à travers la foule en secouant des boîtes de Kleenex. La plupart des participants ont de grandes étoiles blanches épinglées à leur poitrine avec des noms imprimés dessus. Je me demande si je suis la seule à qui elles évoquent l'Allemagne nazie. En attendant mon tour, je lis les noms inscrits sur les étoiles. « Jacob 16-12-03 », « Tallulah Lee 3-3-01 ». Il y a des étoiles avec plusieurs noms. Je me demande quelle malédiction poursuit ces mères-là. Je remarque, sidérée, une femme avec un manteau rose vif et des bottes turquoise dont l'étoile porte trois noms. Je l'étudie de plus près : deux des noms n'ont que trois mois d'écart et le troisième est mort six mois plus tard. Je réalise, avec un vertige qui me fait presque défaillir, que cette femme a prénommé ses fausses couches Henry Marcus, Jackson Felipe et Lucy Julianne. Comment a-t-elle pu déterminer leur sexe ? Dans un cas, au moins, il était trop tôt pour que l'échographie ait pu la renseigner.

Je sais que ce n'est pas juste de ressentir une aversion pour cette blonde guillerette ; après tout, elle a souffert de ne pas pouvoir mener une grossesse à son terme. Je sais la douleur que cela peut engendrer. Je sais à quel point ça a détruit Mindy de faire fausse couche sur fausse couche. Cette femme ferait une mère parfaite, une mère qui insisterait pour emménager à Westchester ou dans le New Jersey pour que ses enfants n'aient pas à faire du vélo en cercle autour du portier, une mère qui participerait activement au forum d'UrbanBaby. com, qui communiquerait sa bonne volonté et son expérience, une mère qui emballerait des déjeuners appétissants et équilibrés dans une glacière avec un bloc de glace pour que le blanc de poulet reste frais, une mère qui utiliserait une cuillère à pommes parisiennes pour que ses enfants mangent de la papaye et du cantaloup au petit déjeuner. Je n'ai pas le droit de la condamner pour la simple raison qu'elle a donné deux prénoms à chacune de ses fausses couches.

Je suis soudain prise d'une pensée nauséeuse. Est-ce que Mindy a donné des noms à ses fausses couches, elle aussi ? J'espère que non. J'espère qu'elle aurait été comme ces femmes qui n'ont que deux dates sur leur étoile, et rien d'autre. C'est bien assez terrible comme ça.

— Quel est le nom de votre ange ?

— Pardon ?

— Votre petite étoile ? Votre bébé ?

La tête inclinée sur le côté et ses sourcils réunis, la femme à la planchette fait une mine de clown triste. On dirait la tête que fait Simon parfois. Mais sa voix est douce, mélodieuse, apaisante.

— Isabel. Isabel Woolf.

Elle remonte d'une page dans sa liste et coche le nom. Puis, elle me désigne les femmes devant le carton.

— Elles vont vous donner vos étoiles. Il y en a une à épingler et une autre en cellulose que vous enverrez flotter dans l'étang, à la fin de la marche.

Je suis sur le point de prendre mon étoile quand je remarque celle qui est épinglée à son épaisse veste en laine. Il n'y a qu'un nom. William 19-7-98.

— Oh, dis-je.

Elle pose sa main dessus.

— Je participe à ces marches depuis longtemps.

— Non, ce n'est pas ça. C'est juste que… c'est le prénom de mon beau-fils.

Elle sourit.

— C'est un joli nom.

— Oui.

Elle caresse l'étoile, comme s'il s'agissait des doux cheveux de son enfant.

— C'était le prénom de mon grand-père. Mais nous l'appelions Billy. William faisait trop grand pour un si petit bébé.

— Comment est-il… non, ce ne sont pas mes affaires.

— Non, non. Ce n'est pas un problème. Les gens qui se réunissent ici aiment parler de leurs bébés. Pour la plupart d'entre nous, c'est le seul moment où on peut vraiment en parler. MSN. Billy est mort de la mort subite du nourrisson.

— Isabel aussi.

Elle se penche et me murmure à l'oreille :

— C'est terrible de perdre un enfant de cette manière. Perdre un enfant est terrible, mais la mort subite du nourrisson est pire que tout. En tout cas, c'est ce que je pense, et je sais que j'ai raison. C'est le mystère qui est insupportable. Ne jamais savoir ce qu'il s'est passé.

Je m'écarte de son aparté complice et, du ton normal de la conversation, je demande :

— Vous avez d'autres enfants ?

Elle est blessée par mon refus d'entrer dans son intimité, mais répond néanmoins :

— Bien sûr. Bill était notre deuxième enfant, et nous en avons eu deux autres depuis son décès. J'en ai quatre. Quatre avec Billy. Trois en vie. Et maintenant, je ferais bien d'en finir avec cette file d'attente. La marche va bientôt démarrer. N'oubliez pas de prendre une bougie pour chaque membre de votre famille.

Je regarde l'étoile en carton qui porte le nom d'Isabel et sa date de naissance. Son nom fait bizarre sans son patronyme. Isabel Greenleaf. Comme si Jack n'avait jamais fait partie de son existence. Quand je lui ai donné mon nom de famille comme deuxième prénom, il ne m'était jamais venu à l'idée qu'elle ne serait connue que par ses deux prénoms. Je ne veux pas épingler l'étoile à mon revers.

Jack apparaît à côté de moi :

— Emilia. J'ai trouvé ta mère et ton père.

— Mon père ?

Là, dans la lumière grise de l'après-midi, tenant la main de William, je vois mon père, un sourire à la fois fier et timide aux lèvres. Regarde, semble me dire ce sourire, regarde quel père attentionné je suis. Je suis passé prendre mon ex-femme et nous avons traversé le pont George-Washington pour venir vous manifester mon soutien. Mon père a des traits doux. Il ressemble à ce à quoi aurait dû ressembler Clark Kent s'il avait vraiment voulu passer inaperçu. Il mesure environ un mètre soixante-dix et est de corpulence moyenne, bien qu'il ait acquis une petite brioche à force de manger au restaurant et de se goinfrer de beignets au petit déjeuner. Ses cheveux gris, presque blancs, flottent sur son crâne rose couvert de taches de rousseur en attendant qu'un vent violent ne les emporte pour de bon. Quand il postulait pour être président de l'Association du barreau ou qu'il rencontrait l'amie d'une de ses filles pour la première fois, il donnait une impression de jovialité. Il est porté sur les traits d'esprit et sur l'optimisme, les accès occasionnels de cafard et les crises de rage inexplicables.

— Je suis désolée. Nous sommes en retard, s'excuse ma mère. Je n'aurais pas cru qu'il y aurait autant de trafic dans cette direction, sans compter qu'il a fallu se garer. Tu connais ton père, il ne se contente jamais de se garer dans le parking. On a tourné et tourné. J'ai bien cru qu'on allait manquer la marche.

Elle se montre volubile pour me donner le temps de me remettre de ma surprise.

— Comment as-tu appris pour la marche ?

— C'est moi qui lui ai dit, répond William.

Il balance le bras de mon père d'avant en arrière, comme une corde à sauter. Je faisais pareil quand j'étais petite.

— Quand ça ?

— J'ai appelé l'autre jour, William ne te l'a pas dit ? Vous alliez explorer la pinède.

— Nous n'allions pas à la pinède. C'est toi qui as suggéré que nous la visitions. Nous nous rendions au Ramble. Et au jardin d'Hiver.

— Et à Harlem Meer, ajoute William perfidement.

Il rit et glisse sous le bras de mon père, qui lui fait faire plusieurs pirouettes. Ils sont les seuls participants de la marche à glousser. J'aimerais qu'ils arrêtent.

— Le jeune William m'a informé de cet événement et, quand j'ai découvert que ta mère s'y rendait, je me suis dit : Greenleaf l'Ancien, tu devrais faire ça avec ta famille. Et puis, ça fait combien de temps que tu n'as pas vu les lumières du parc allumées ?

— C'est ce que j'ai dit ! gazouille l'enfant. J'ai dit que je voulais venir à cause des lumières !

— Tu ne vas pas épingler ton étoile, ma chérie ? me demande ma mère.

Je regarde l'étoile en carton serrée dans ma main. J'en ai froissé une branche. J'essaie de l'aplatir, mais les plis demeurent. Je l'épingle à ma poitrine. La branche pliée pointe vers l'avant.

— Je n'ai que trois bougies.

— Je vais en chercher deux autres, lance Jack.

Quand il revient nous disposons le papier ciré autour pour protéger la flamme du vent.

Quelques minutes plus tard, la foule impatiente se tourne vers la femme à la planche. La mère du petit William qui s'est éclipsé durant la nuit.

— Bienvenue à cette Marche spéciale du souvenir, lance-t-elle d'une voix claire. Nous allons nous mettre en route dans un instant. Nous marcherons en direction de l'est pour rejoindre la fontaine Bethesda, puis nous couperons par le nord. Si vous perdez le groupe, vous pourrez nous rejoindre à notre point de chute, l'étang des petits bateaux, près de la statue de Hans Christian Andersen. J'aimerais que nous essayions d'observer le silence jusqu'à la fin de la marche, moment où débuteront nos traditionnelles lectures de poésie et la cérémonie.

Puis, la foule s'étire doucement vers le chemin. Mon père garde la main de William et ils se mettent en marche, échangeant quelques murmures de temps en temps. William murmure comme un acteur shakespearien, le genre de murmure qu'on entend jusqu'au fond du balcon. Un homme au nez de faucon avec un manteau couture jette des œillades courroucées dans notre direction à plusieurs reprises. Finalement, sa femme pose la main sur sa manche et ils pressent le pas, pour mettre un maximum de distance entre eux et notre comportement honteux.

— Chut ! dis-je à mon père.

— Cet enfant ne connaît pas Daniel Webster ! me murmure-t-il.

Nous dépassons la grande sculpture en bronze du célèbre orateur. William imite sa pose, glissant sa main dans le col de sa veste. Mon père rit. Mon père est un fan de Daniel Webster. Il collectionne les biographies d'avocats défunts : Clarence Darrow, Olivier Wendell Holmes, Louis Nizer.

— Sheldon, soupire ma mère. Tais-toi, tu déranges les autres marcheurs.

Jack passe son bras autour de mes épaules, me serre contre lui et dépose un léger baiser sur ma tempe. Il m'aide à progresser vers l'Ange des eaux.

Il fait sombre, à présent, les lampadaires Art nouveau envoient leur halo orange sur notre chemin. Un film de glace recouvre la douce volée de marches qui mène à Bethesda Terrace et à la fontaine. Nous marchons dans les empreintes laissées par nos prédécesseurs, prenant garde à ne pas glisser. Je me retourne vers ma mère. Elle marche derrière nous. Elle porte des bottes d'hiver avec des semelles en caoutchouc épaisses et avance d'un pas encore plus précautionneux que moi.

Nous marquons une pause à la fontaine. Les marcheurs forment un cercle tout autour. Leurs bougies se reflètent sur la surface du bassin. L'immense statue de bronze se dresse au milieu : la femme ailée soulevée par quatre chérubins aux cheveux bouclés évoquant nos bébés perdus. Je me tiens entre Jack et ma mère. J'attends que l'émotion monte, j'attends d'être submergée par un trouble thérapeutique. Je tape des pieds sur le sol froid et ma bougie s'éteint. Je murmure :

— Merde.

Jack penche sa bougie vers la mienne et marie nos mèches.

Je regarde à nouveau la fontaine. De l'autre côté du bassin, les organisatrices en T-shirt distribuent leurs mouchoirs. Il y a des traînées de larmes sur de nombreux visages, et quelques sanglots s'élèvent. Je mets un moment à découvrir mon père et William. Ils sont au bord du lac. Ils jettent des cailloux dans l'eau. La marche reprend. Je me concentre, désespérant de ressentir quoi que ce soit. Vite, avant qu'il ne soit trop tard. Il est temps pour moi de me libérer de la culpabilité qui s'est logée comme un caillou dans mon estomac. J'essaie de me représenter le visage d'Isabel, mais je ne vois qu'un visage doux et lisse, un visage semblable à ceux de tous les bébés. Je me prends à penser à Emma Stebbins, qui a conçu cette sculpture, en l'honneur de sa maîtresse, l'actrice Charlotte Cushman, qui se mourait d'un cancer du sein. J'ai même entendu dire que c'est pour cette raison que l'ange a une si grosse poitrine. Charlotte aussi avait une opulente poitrine avant qu'elle ne subisse les horreurs d'une mastectomie au XIXe siècle. Mais les seins de Charlotte Cushman et la sculpture surdimensionnée d'Emma Stebbins ne sont pas censés être mes préoccupations du moment.

— Allons-y, me chuchote Jack à l'oreille.

Toujours plein de sollicitude, il nous entraîne, ma mère et moi, nous offrant une main à chacune. Alors que nous traversons la place pour nous diriger vers le nord, je jette un coup d'œil derrière moi pour voir si mon père et William nous suivent. Ils ont disparu.

— Où sont-ils ?

Jack regarde vers le lac puis vers la place.

— Qu'y a-t-il ? demande ma mère.

Elle murmure toujours, bien que les autres marcheurs nous aient dépassés et gravissent déjà le chemin sinueux qui mène à l'étang des petits bateaux.

— Papa ! Papa ! William !

— Attends-moi ici, dit Jack.

Il court jusqu'à la place en appelant William. Il ne met pas longtemps à les retrouver. Ils ne se cachaient pas et ne comptaient pas s'éloigner. Ils se trouvent dans le tunnel dont l'escalier mène à la place.

— Nono va m'accompagner au tournage de Lyle, déclare William.

Il tape des pieds en levant les genoux bien haut.

— On s'entraîne à faire les pas de danse de Lyle.

— Tu te souviens que nous imitions Lyle et le Signor Valenti quand tu étais petite ? me rappelle mon père.

— Essayons de rattraper le groupe, propose Jack.

— Désolé, s'excuse mon père. Je crois que William et moi nous sommes laissé emporter.

Il fait bien plus sombre dans le tunnel, et toutes nos bougies se sont éteintes.

Je la sens monter en moi, la honte empoisonnée que je fuis depuis si longtemps. Je me tourne vers lui, parce que lui aussi a des raisons d'avoir honte, et je crache :

— Qu'est-ce que tu fais ici, d'abord ?

— Nous ne voulions pas interrompre ce moment solennel avec nos petits pas. On a jugé qu'il valait mieux s'entraîner ici.

— Non. Pourquoi tu es ici ? Pourquoi tu t'es donné la peine de venir ?

Jack, qui entraînait William et ma mère vers la place, s'arrête. Il se fige, comme un soldat dans un champ de mines, et lentement, très lentement, il me tend une main. Je m'écarte et répète d'une voix plus forte :

— Pourquoi tu t'es donné la peine de venir ?

Le regard de mon père navigue de Jack à moi, puis se pose sur ma mère. Il fait trop sombre pour que je distingue son expression.

— Tu sais pourquoi je suis ici. Je voulais vous soutenir, Jack et toi.

— C'est faux, tu es venu jouer dans le parc en pleine nuit.

Il émet un petit rire gêné.

— Ne sois pas idiote, ma chérie. Je suis venu pour toi. Pour vous deux, et pour Isabel.

— Comment oses-tu ! Je t'interdis de prononcer son nom !

Jack agit rapidement maintenant. Il m'attrape le bras brutalement et m'entraîne vers la place.

— Allons-y. William ! lance-t-il par-dessus son épaule. Tu marches avec moi maintenant.

Une fois sur la place, Jack s'arrête. Je sais qu'il hésite entre rattraper la file de petites flammes de plus en plus distante et rentrer à la maison. C'est cet instant d'indécision qui permet à mon père de nous rattraper.

— Emilia ! fulmine-t-il.

Son chapeau est de travers et il halète d'avoir un peu couru.

— Je ne te permettrai pas de me parler sur ce ton.

La fureur se disperse dans ma poitrine et je relève le menton. Juste avant d'exploser, je croise le regard de ma mère. Elle a couru se poster derrière mon père et, même dans la lumière pâle de Central Park, je vois ce qu'elle ressent. Elle est résignée, elle est résignée à se soumettre au pouvoir de ma fureur. Qu'a-t-elle fait d'autre toute sa vie à part faire passer son bonheur, et même son espoir de bonheur, après les caprices des siens, et particulièrement ceux de sa fille ? Elle est si résignée à me voir anéantir l'amour compliqué qu'elle retrouve pour cet homme, qu'elle ne pense même pas à me demander quel droit j'ai de détruire ce que je suis incapable de comprendre. Elle est résignée à l'inévitable destruction du moindre espoir qu'elle a réussi à reconstruire.

Je le vois, je le sais, mais il est trop tard.

— Tu ne m'autorises pas à te parler sur ce ton ?

— Non.

— Tu sais ce que je ne t'autorise pas, moi ? Je ne t'autorise pas à approcher de mon enfant. Je ne t'autorise pas à toucher William, ni même à lui parler. Je ne veux pas l'exposer aux maladies que tu as pu contracter au contact de tes strip-teaseuses.

Dans la semi-obscurité, je vois le visage de mon père se décomposer comme une mine de charbon après une explosion mal calculée. Sa bouche s'affaisse vers l'intérieur, ses paupières tombent, ses rides se creusent jusqu'à ce que son visage paraisse aussi fermé qu'un poing.

— Emilia, intervient Jack. Qu'est-ce que tu fais ?

Je fais volte-face.

— Tu sais pourquoi mes parents ont divorcé ? Parce que mon père claquait des milliers de dollars tous les mois pour entretenir une strip-teaseuse russe. Sheldon Greenleaf, président de l'Association du barreau du New Jersey, est un obsédé sexuel. Qui sait, peut-être qu'il n'a jamais été fidèle à ma mère. Peut-être que chaque fois qu'il emmenait ses petites filles à la ville pour jouer au parc et escalader la statue de Balto, il ne pensait en fait qu'à s'envoyer en l'air.

L'espace d'une inspiration, nous formons un tableau figé, silencieux, horrifié. Puis Jack prend William dans ses bras, traverse la place à grandes enjambées, monte les marches deux à deux, devient une forme noire sous un réverbère, et disparaît.

— Viens, Shelly, dit ma mère. On va attraper un taxi pour nous ramener à la voiture.

Elle glisse sa main sous son bras et ils s'éloignent lentement. Ils paraissent soudain plus vieux. Au pied des marches, ma mère se tourne vers moi et me lance :

— Rattrape les autres. Il fait presque nuit. Tu ne devrais pas rester seule dans le parc à la nuit tombée.

Et voilà. Je suis seule. Je glisse mes mains dans mes poches et j'y trouve la deuxième étoile d'Isabel, celle que je suis censée laisser flotter sur l'étang. Bien qu'il soit trop tard pour que cette marche ait le moindre effet thérapeutique, bien que j'aie renoncé à tous mes rêves de réparation et de régénération, je m'élance à la suite des parents d'enfants morts. Plusieurs chemins partent de la fontaine Bethesda, je ne suis pas certaine de savoir lequel mène à l'étang. Je ne distingue plus le halo des bougies, au loin. Je décide de prendre la route qui monte et coupe vers l'endroit où je crois pouvoir trouver la statue de Hans Christian Andersen. Je connais cette partie du parc sur le bout des doigts, mais tout est différent la nuit, tout se réforme, se réinvente pour former une étrange topographie. Ce n'est que lorsque je vois l'arche Trefoil que je suis vraiment certaine d'avancer dans la bonne direction. Je descends les marches en courant. Mes pas résonnent lourdement sur la pierre. Il fait nuit, maintenant. Je suis terrifiée. Je pénètre dans un halo de lumière grise et gravis la colline en courant, hors du sentier. Je cours dans la boue et l'herbe desséchée jusqu'à ce que j'aperçoive le dos d'un homme de bronze, assis avec un livre et un canard.

La foule est rassemblée autour de l'eau. J'arrive juste à temps pour entendre les vers d'un poème lu par une voix chevrotante sans visage.

— Nous avons tant voyagé, petit, et ma vie avec toi fut si douce. Car je te porte dans mon cœur, alors que je plante fermement mes pieds dans le sol.

Je frémis. Une dispute irréparable avec mes parents et un mauvais poème. Oui, c'est une marche dont je me souviendrai.

En petits groupes, les couples, les familles, et les femmes seules s'approchent de l'étang, se penchent sur l'eau, prononcent le nom de l'enfant disparu à voix haute et envoient leur étoile de cellulose dans l'onde glacée. L'étang est partiellement gelé mais la pluie a pratiqué une percée suffisante pour que les petites étoiles puissent fondre. Je les observe un moment. Presque tout le monde pleure, à présent. Les hommes soutiennent leurs épouses pour qu'elles ne s'écroulent pas. Les femmes-mouchoirs sont partout, offrant Kleenex et condoléances. J'envie la simplicité de leur douleur. Je pose le doigt sur mon étoile, dans ma poche. À quoi bon la rapporter à la maison ? J'ai déjà celle qui est épinglée à mon manteau. Qu'est-ce que je vais en faire, d'ailleurs ?

Agenouillée au bord de l'étang, je retire mon gant et je relève les manches de mon manteau et de mon pull. La petite étoile dans la main, je me penche sur l'eau et je plonge ma main à travers la glace. Le froid est saisissant. Il me brûle la peau mais je serre les dents et je garde la main dans l'eau. Mes doigts s'engourdissent vite, je sens à peine la cellulose qui s'assouplit et fond. J'en fais une boule et serre encore un peu l'étoile d'Isabel qui se dissout et disparaît. J'ouvre le poing et glisse les doigts à travers l'onde mordante, un instant, mais c'est insupportable. Quand je ressors ma main de l'étang, elle est anesthésiée, on dirait un membre mort qui pend de ma manche.

— Kleenex ? me propose une femme avec un T-shirt « Marche du souvenir ».

— Non, merci.

Je m'essuie la main sur mon manteau et je fourre mes doigts à vif dans mon gant.

— Nous demandons aux participants de la marche de quitter le parc en groupe, par la 72e Rue Est. Quand vous serez prête…

— Je crois que je vais faire demi-tour. J'habite le West Side.

— Non, ne faites pas ça. C'est bien trop dangereux.

Elle se trompe. Central Park est sûr même en pleine nuit, maintenant. Il n'est plus ce lieu où un premier meurtre a été commis dès la fin de sa construction. En retraversant l'endroit désert, je repense à cet autre homonyme de William. En 1870, un dénommé William Kane, pris pour un catholique par erreur, a été poignardé puis tué par balle par un groupe de protestants orangistes. Quand William sera plus grand, je lui raconterai cette histoire qui parle d'orangistes, de violence et d'un William. Il faudra que je découvre exactement où ce William a été tué. Il existe peut-être un monument secret dédié à sa mémoire que je ne connais pas. Peut-être que William et moi y ferons un pèlerinage. Ou nous créerons notre propre monument. C'est dommage qu'il soit trop jeune pour entendre une histoire de meurtre et de carnage. Ça aurait été parfait pour le distraire de cette soirée désastreuse.

Il ne me faut pas longtemps pour traverser le parc. Je suis Terrace Drive, puis Central Park Ouest. Je quitte le parc à la 72e Rue en me remémorant, ainsi que l'aurait fait William, que c'est une porte naturaliste. Je ne tarde pas à arriver à la maison, glacée jusqu'aux os, les mains et les pieds engourdis, en particulier la main que j'ai immergée dans l'étang. J'ai du mal à manipuler les clefs de l'appartement et fais beaucoup de bruit en entrant. Je sais que William et Jack sont là, mais je ne vois ni manteaux ni bottes dans l'entrée. Ils ne viennent pas m'accueillir et ne répondent pas à mon appel hésitant.

Je trouve William dans le salon devant l'interdit.

— Qu'est-ce que tu regardes ?

— *Balade avec les bêtes préhistoriques*.

— C'est bien ?

Il hausse les épaules, sans détourner les yeux de la bataille de dinosaures qui se déroule sur l'écran.

— Je suis désolée pour ce qu'il s'est passé tout à l'heure. Je crois que j'ai craqué.

Il hausse à nouveau les épaules.

— C'est juste que je suis... en colère contre mon père. Contre Nono.

— Je n'entends pas le film quand tu parles.

— Oh. D'accord. Pardon.

Je vais jusqu'au bureau de Jack, mais il n'y est pas. Notre chambre est fermée. J'hésite devant la porte, me sentant presque obligée de frapper.

Jack est allongé sur le lit, les pieds croisés au niveau des chevilles, les bras derrière la tête. Il a les yeux fermés. Ses paupières paraissent translucides dans la lumière vive de la lampe de chevet, d'un rose lumineux parcouru de délicates veinules bleues. Sa peau, dont le brun estival est une toile parfaite pour ses yeux d'encre, est d'une pâleur tout hivernale. Il est si beau, compact, taillé sur mesure.

— Je suis désolée.

Il ouvre les yeux.

— Je ne peux plus continuer comme ça.

— Je suis désolée, j'ai craqué. Ce truc m'a fait paniquer. Les étoiles en carton, les fausses couches avec des prénoms, tout.

— Ce n'est pas le mot magique, Emilia. Isabel ne t'autorise pas à faire et à dire tout ce que tu veux et à blesser qui tu veux.

— Je le sais.

— Non, tu ne le sais pas.

Je me retiens au pied de lit. Je le serre fort, faute de pouvoir me serrer contre lui. Il ne me laissera pas l'approcher, je le vois. C'est un homme si patient, un mari si gentil, que sa réaction me prend au dépourvu. Mon intuition, ma prescience de ce que Jack Woolf attend, me fait totalement défaut. Je ne suis absolument pas préparée à affronter sa colère. Combien de paroles a-t-il ravalées au cours des mois passés à me soutenir en silence ?

— J'ai été tellement bête. Je n'arrive pas à croire que j'ai réussi à me leurrer au point de croire que j'étais le grand amour de ta vie.

La phrase paraît banale dans sa bouche. Il la cite presque en italique, avec ironie.

— Tu l'es. Tu *es* le grand amour de ma vie.

J'essaie de restaurer la noblesse de cette vérité, de mon sentiment, mais mes mots aussi sonnent creux.

— Est-ce que tu sais seulement pourquoi tu es tombée amoureuse de moi ? me questionne-t-il, en se penchant vers le pied du lit, où je me tiens tremblante.

Son visage rouge contraste fortement avec l'ombre bleue de sa barbe naissante.

— Que veux-tu dire ? Tu es mon *bashert*. Je suis tombée amoureuse de toi au premier regard.

— Arrête ça ! aboie-t-il.

Je sursaute et recule. Je me sens aussi desséchée que les brindilles qui craquaient sous mes pieds dans le parc.

— Arrête avec ces bêtises. Tout ce que je te demande, c'est de réfléchir attentivement une minute. Un tout petit instant de ta vie, Emilia. Essaie, veux-tu ?

— D'accord, dis-je dans un murmure.

— Tu as toujours été la fifille à ton père, pas vrai ?

Je ne me donne pas la peine de répondre, c'est une question purement rhétorique. Mais pour Jack, aujourd'hui, on ne laisse rien de côté.

— Pas vrai ?

— Oui.

— Tu es devenue avocate, comme lui.

— Oui.

— Tu adores le parc, parce qu'il l'adore.

— Oui.

— Et quand il a détruit ta mère et leur mariage, tu as tout fait pour prouver que tu étais à sa hauteur.

Je m'écarte du lit. Je recule jusqu'au fauteuil, au coin de la chambre. Je ne m'assois pas, mais je le sens contre mes mollets. Il insiste :

— Réponds-moi.

Il envoie ses jambes sur le côté du lit et s'assoit.

— C'est un contre-interrogatoire !

— Non.

— Si. Tu me poses des questions pièges. Tu me traites comme le témoin de la partie adverse.

— Tu éludes mes questions. Tu refuses d'affronter la réalité. Ton père a trompé ta mère et ta réponse a été d'avoir une liaison avec un homme marié. Ta réponse a été de prouver que tu étais aussi mauvaise que lui.

— C'est faux.

Je respire par le nez, mes mâchoires serrées me font mal.

— Toute ta vie tu as essayé de prouver que tu étais la digne fille de ton père. Et non un paillasson comme ta mère. Alors quand il a fait ce qu'il a fait, il a fallu que tu fasses quelque chose d'approchant.

— Non.

— Tu réagis en victime. Tu réagis comme si c'était toi et non ta mère qu'il avait trahie en couchant avec cette strip-teaseuse russe.

— C'est faux !

— Songes-y.

Et quand je le fais, je réalise qu'il a raison, bien sûr. Je suis furieuse contre mon père. Je le suis depuis que ma mère m'a raconté ce qu'il lui a fait. Pas parce qu'il l'a trahie. Mais parce qu'il m'a trahie, moi. En se galvaudant ainsi, il m'a jeté au visage sa sexualité lascive, il a sali à jamais l'amour innocent qui nous unissait. Je ne pourrai plus jamais glisser ma main dans la sienne et marcher le long des chemins du Ravin, savourer un pique-nique sur une couverture dans la clairière sous les chênes rouges ancestraux, ou m'asseoir face à lui dans un restaurant et sourire devant un verre de vin, parce qu'à la différence des autres filles à papa, je sais où ont traîné les mains de mon père. Je ne peux que trop facilement les imaginer se glisser entre les jambes d'une fille de dix ans ma cadette. Je crois que derrière toute relation père-fille privilégiée se cachent Électre et Agamemnon. Ce qui laisse le démon à quai, c'est l'absence de toute allusion sexuelle. Mais il est trop tard pour nous. Mon père a renoncé à notre amour innocent en glissant des billets dans le string d'Oksana. Et ma mère nous a séparés quand elle me l'a raconté.

Je m'écroule dans le fauteuil. Le fauteuil que Jack m'a acheté et a porté jusqu'ici sur son dos, parce qu'il n'arrivait pas à trouver de taxi et que je l'adorais tellement que je ne pouvais pas attendre les cinq jours de délai de livraison. Je m'enfonce dans le coussin moelleux et pose mes doigts tremblants sur le tissu usé des accoudoirs.

— Ça n'est pas vrai, dis-je finalement.

Mais je ne crois plus vraiment en mes mots.

— Si, c'est vrai. Regarde qui tu as choisi comme mari.

Il émet un rire amer.

— Tu as choisi un petit avocat juif new-yorkais. Bon sang, je ne suis qu'une version légèrement plus jeune de ton père ! Woolf l'Ancien !

— Non, tu te trompes. Tu n'as rien à voir avec mon père.

— Oh, c'est donc le problème, Emilia ? Je ne ressemble pas assez à ton père ? Peut-être que tu serais plus heureuse si je baisais des danseuses russes du New Jersey ?

— Comment peux-tu dire ça ? Tu es fou ?

— Et c'est moi qui suis fou ? Et toi, Emilia ?

Il se lève d'un coup et commence à aller et venir dans la chambre, envoyant ses mains dans tous les sens.

— Je n'arrive pas à croire que tu aies pu faire ça à mon fils. Je n'arrive pas à croire que tu aies sacrifié mon fils à ça. Ça !

Il s'arrête au milieu de la pièce et envoie ses bras autour de lui, enveloppant toute la chambre de son dégoût.

— J'ai sacrifié mon fils à toi pour rien. Pour rien.

— Comment peux-tu dire ça ?

Je me lève, aussi furieuse que lui, maintenant.

— Qu'est-ce que tu entends par « sacrifié » ? Qu'est-ce que ça veut dire, putain ! Tu as eu une révélation freudienne ? Et alors ? Tout le monde a une raison tordue d'être avec qui il est. Tu aimes les femmes à gros cul, tu trouves ça pur ? Tu n'as jamais remarqué la taille du cul de ta mère ? Tu ne peux pas nier le poids de tes décisions émotionnelles parce que tu penses avoir décodé leur origine psychologique.

— J'ai obligé William à vivre avec quelqu'un qui ne l'apprécie pas. Je l'ai obligé à vivre avec une femme qui ne l'aime pas.

Il parle à voix basse, pour que William ne l'entende pas, mais il est écarlate.

— Tu n'as aucune idée de mes sentiments pour William ! Aucune idée !

— Alors je t'écoute. Si tu l'aimes, dis-le.

— Ce sont des conneries, tout ça, Jack. Ça ne voudra rien dire si je le dis parce que tu me l'as demandé.

— Dis-le ! Dis que tu l'aimes.

— Va te faire foutre ! Je ne le dirai pas. Je ne le dirai pas parce que tu me demandes de le dire.

Il fait volte-face et shoote dans la poubelle en métal avec une danseuse de Toulouse-Lautrec imprimée dessus. Elle s'écrase contre le mur. Il la frappe encore et encore, jusqu'à ce qu'elle se froisse, se recroqueville et que son pied se coince dans un pli. Il le secoue pour le libérer et se laisse tomber lourdement par terre, la tête dans les mains. Ses épaules tressaillent.

Je me rassois dans mon joli petit fauteuil.

— Oui, dis-je.

— Oui ? Oui, quoi ?

Il lève les yeux.

— Oui, je suis complètement folle.

Il y a un silence. Puis il répond :

— Va au diable, Emilia.

— J'y suis déjà.

— Oh, pour l'amour du ciel.

— Je vis l'enfer depuis qu'Isabel est morte.

— Isabel n'a rien à voir là-dedans.

— Si. Elle a tout à voir.

Il tombe à genoux et s'approche de moi. Il m'attrape le menton et me force à le regarder dans les yeux.

— Emilia, tu vis l'enfer parce que tu t'y es mise toute seule. Et tu nous y as tous entraînés avec toi. Tu n'es pas la première femme à avoir perdu un enfant. Perdre Isabel m'a brisé le cœur à moi aussi, mais ce n'est pas la fin du monde. Ta vie n'est pas terminée. Il faut continuer. Tu as perdu notre bébé, Emilia, mais nous sommes vivants.

— Je n'ai pas *perdu* notre bébé.

— Quoi ?

Nos visages ne sont séparés que de quelques centimètres. Sa main est sur mon menton, elle m'empêche de détourner les yeux. Je sens son souffle sur mes lèvres. Je sens le café qu'il a bu, l'oignon de son déjeuner, le chewing-gum à la cannelle qu'il a mâchonné.

— Je n'ai pas perdu Isabel. Je l'ai *tuée*.

Alors je lui raconte mon véritable crime, le crime qui rend insignifiant ce que j'ai pu éprouver pour mon père. Je nous ramène à cette nuit du 17 novembre 2003. Je suis allongée dans notre lit, notre enfant dans les bras. Elle tète enfin, bruyamment. Je dis à Jack que je suis fatiguée, usée d'avoir pleuré et paniqué pendant des heures. Mes paupières sont collantes et ma tête lourde sur mon cou. Avec le majeur et l'annulaire de ma main gauche, j'écarte la rondeur de mon sein des petites narines d'Isabel. Je dois rester sur le coude pour cela. J'ai mal au bras. La pose est si inconfortable qu'elle devrait m'empêcher de dormir, que je devrais continuer à la regarder. Mais je suis si fatiguée. En m'endormant, mon bras retombe sur le côté. Je me réveille une fois, et je me souviens d'écarter mon sein, de dégager ses narines, de ne pas l'empêcher de respirer. Puis, je dérive à nouveau, mon bras glisse et mes doigts relâchent mon sein. Je me réveille une fois de plus. J'entends Isabel déglutir régulièrement. J'arrête de me faire du souci. Je me dis que je peux dormir, que si elle ne peut plus respirer, elle s'écartera, d'instinct. C'est sûr. Je la serre tout contre moi avec mon bras droit, et je sombre dans le sommeil, maintenant sa tête, son petit nez et sa bouche contre mon sein rond et lourd de lait.

Jack s'éloigne insensiblement au fil de mon récit. Quand j'ai terminé, il me dévisage. Il est à trente centimètres, pas plus. L'air qui nous sépare est mort, vide.

— Non, murmure-t-il.

— Si.

— Tu ne l'as pas étouffée. Le rapport d'autopsie dit qu'elle est morte de mort naturelle. C'était une MSN.

— Ils ont dit qu'ils n'avaient pas découvert la cause de la mort. Le médecin légiste a dit qu'elle s'était arrêtée de respirer. Et la raison pour laquelle elle s'est arrêtée de respirer, Jack, c'est qu'elle ne pouvait plus respirer. Parce que mon sein l'en empêchait.

— Son visage ne portait aucune marque. L'autopsie a bien précisé que son visage ne portait aucune marque.

— Je n'ai pas dit que je l'ai écrasée. J'ai dit que je l'ai étouffée.

Jack s'agenouille. Dans ses yeux d'encre écarquillés, je vois qu'il me croit. Et j'en suis surprise, aussi. Parce que je réalise maintenant qu'en lui faisant ma confession j'espérais qu'il me sauverait. Après tout, il est avocat. C'est un expert dans l'art délicat du contre-interrogatoire et de l'argumentation. Il sait choisir ses mots pour les transformer en images et créer une histoire à partir d'une série de faits. Il tourne, retourne, convainc. C'est un magicien. Tout comme il peut me confronter sur mes sentiments à l'égard de mon père pour tirer la vérité de moi, je veux qu'il me convainque que je me trompe, que ma mémoire est altérée par ma douleur et ma tristesse, qu'il n'y a aucun moyen de déterminer qu'Isabel est morte en luttant pour se séparer de mon sein.

Mais il ne dit rien. Il s'est agenouillé. Il me dévisage. Il me croit. Et la dernière bribe d'espoir à laquelle je m'accrochais s'envole.

Il ouvre la bouche et la referme aussitôt.

— Non, dis-je. C'est votre appartement, à toi et à William. Toutes ses affaires sont ici. Ce serait ridicule que ce soit toi qui partes.

Je suis impressionnée par la fermeté de ma voix, considérant qu'on vient de m'arracher le cœur de la poitrine et que je me suis liquéfiée. Je ne pleure même pas. Pas encore. Je suis même capable de prendre des décisions sensées quant à mes bagages. La valise à roulettes, pas le joli sac Kate Spade, il est trop petit. Le chargeur de mon téléphone portable, des tampons, du déodorant, des lentilles de contact de rechange. Je suis un parangon de pragmatisme. Quand je réalise que je n'ai pris ni jean, ni jupe, ni même de robe, je suis pliée en deux dans l'ascenseur, un poing dans la bouche.

26

Il est difficile d'ignorer à quel point la station d'autobus de Port Authority est morose. Elle est si absolument sinistre et puante qu'elle en est presque une parodie d'elle-même. Où peut-on trouver, ailleurs qu'ici, des cafés aussi déprimants avec leurs tables en Formica aux couleurs putrides, leurs clients pathétiques penchés sur d'âpres cafés déplorant leurs vies gâchées ? Même les avocats et les secrétaires, les banquiers et les agents immobiliers qui regagnent Bergenfield et Mahwah semblent ressentir un bref découragement avant de pénétrer dans Port Authority. Dieu que je déteste cet endroit.

Je suis dans le hall principal. L'odeur d'urine me fait froncer le nez. J'imagine la scène qui m'attend chez ma mère. Je me suis si souvent réfugiée dans ses jupes ces derniers temps. Et si elle n'était pas seule, ce soir ? L'idée de tomber sur mes parents en train de faire des cabrioles pour rejouer les déhanchements lascifs d'une danseuse nue me retourne l'estomac. La pensée qu'ils semblent se débrouiller pour sauver une relation amère et misérable, qui aurait dû être empoisonnée à jamais par une trahison impardonnable est encore pire, alors que mon mariage, mon merveilleux mariage, le mariage qui m'était destiné, le mariage pour lequel j'étais prête à tout dépenser, tout perdre, tout détruire, est en train de tomber en ruine.

Traînant ma valise derrière moi, je ressors dans la rue. Cédant au penchant mélodramatique vers lequel me pousse l'autocompassion, je décide de marcher jusqu'à chez Simon. Il habite London Terrace, dans un appartement que je lui ai trouvé quand j'en ai eu assez qu'il squatte mon canapé de Stuyvesant Town. J'ai réussi à le convaincre de sacrifier au cliché du jeune gay fraîchement arrivé à New York qui s'installe dans le plus grand immeuble de Chelsea.

— Il y a une terrasse, lui ai-je annoncé pour l'allécher. Et des garçons s'ébattent dans cette piscine depuis 1930.

London Terrace se trouve à près de deux kilomètres de Port Authority. Le temps que j'y arrive, je suis frigorifiée, mais au moins, je n'ai pas l'air d'avoir pleuré comme une femme hystérique qui vient de quitter son mari. Néanmoins, le portier de Simon ne veut pas me laisser entrer, bien que je possède une clef. Je parlemente avec lui quand Simon fait son entrée.

— Bon travail, Francisco, le félicite-t-il. Cette femme est une menace. Dieu sait ce qu'elle aurait fait dans mon appartement.

— Jack et moi avons rompu. Et j'ai oublié mes pantalons, dis-je.

Sur quoi, j'éclate en sanglots. Simon m'enveloppe de ses longs bras et de son grand manteau. J'enfouis ma tête dans son pull, secouée de sanglots plus déchirants encore que lorsque j'ai quitté la maison. Je remarque à peine que nous marchons en crabe, vers les boîtes à lettres.

— Pourquoi tu ne portes pas de pantalon ? me murmure Simon, en m'entraînant vers l'ascenseur.

— Je porte un pantalon, idiot. J'ai juste oublié d'en prendre un de rechange.

Il me serre dans ses bras.

— On ira faire des courses demain.

Et bien sûr, c'est ce que nous faisons, parce que Simon est mon très cher ami, et qu'une fois encore il me fait passer avant son travail et bannit de son esprit quatre homosexuels plombiers zingueurs du local 217, harcelés sexuellement, pour m'aider à fourrager dans des piles de jeans au huitième étage de Barneys. Je me sens étrangement reposée. Hier soir, par mesure d'hygiène, j'ai avalé une pilule de plus que d'habitude pour dormir, et une autre quand je me suis réveillée paniquée à cinq heures du matin. Simon et moi avons pris notre petit déjeuner dehors. J'ai commandé des pancakes et du bacon, et mangé la moitié du porridge, qu'il n'a pas pu finir. Si bien qu'au lieu d'être apathique et blême, avec des traînées noires sous les yeux, j'ai du sucre en poudre sur le menton et plus d'énergie qu'un lévrier au départ d'une course.

— Essaie celui-là, suggère Simon en me tendant un jean évasé indigo foncé.

— Il mesure deux mètres.

— Tu feras faire un ourlet.

Je le prends.

— Ça ne vous ira pas, intervient une jeune femme.

— Excusez-moi ?

Elle pose la main sur sa hanche osseuse et se penche pour apprécier l'envergure de mon postérieur. Le sien est plus étroit que celui de William.

— Il est trop petit. Et il n'est pas en stretch. Essayez les Sevens. Ils tombent vraiment bien, et les poches sont un peu plus hautes, elles amincissent les fesses.

Quinze minutes plus tard, je ressors des cabines d'essayage avec deux jeans qui me vont à la perfection, mais tombent en accordéon autour de mes pieds. Ça fait du bien d'être l'objet des soins compétents de cette jeune vendeuse. Elle est un peu brusque mais pas déplaisante. Elle m'informe qu'avec mon ventre mou il vaut mieux éviter de porter des jeans serrés.

— Vous pensez qu'ils vont vous faire paraître plus mince, mais c'est faux. Il faut que la taille tombe juste ici, sur vos hanches.

Elle place sa main sur ma hanche.

— Si ça déborde du haut, ce sera très moche. Mais s'il tombe juste là, vous êtes sexy.

Je me place devant le miroir. Ça fait longtemps que je ne me suis pas regardée comme ça. Je réalise que, quand Simon et moi fouillions dans les piles de jeans, tout à l'heure, je cherchais mon ancienne taille, celle que je faisais avant qu'Isabel n'étire mon corps dans tous les sens. Je suis différente à présent. Je suis moins ferme, je me suis épaissie à la taille, mes hanches se sont élargies, et j'ai un peu de ventre. Ma taille est toujours bien marquée, mais, sous cette limite, tout semble s'être relâché. Je me demande si le changement sera permanent, si mon corps trahira toujours son bref passage.

— Vous pourriez lui faire les ourlets ? demande Simon. Parce que, je ne sais pas si vous avez remarqué, mais ils sont un peu longs.

— Bien sûr, dit la vendeuse. Je vais faire monter une couturière de suite. En général, ça prend une semaine, mais je peux pousser les choses pour que vous les ayez d'ici à jeudi ou vendredi.

Parce que je ne peux pas porter le même pantalon toute la semaine, Simon passe encore une demi-heure avec moi pour m'aider à choisir une longue jupe en daim. Même soldée, elle est bien au-dessus de mes moyens, surtout dans ma nouvelle situation. Alors que je signe le reçu de ma carte de crédit, j'imagine la tête que fera Jack quand il recevra son relevé. Est-ce qu'il sera étonné que j'aie eu le cœur de faire les boutiques le lendemain de notre séparation ? Peut-être qu'il pensera que j'ai essayé de me réconforter comme je le pouvais. Peut-être même qu'il sera content de cette preuve de mon besoin désespéré d'être consolée. Dans ce cas, je devrais sans doute acheter une paire de bottes pour aller avec la jupe.

Ensuite, j'accompagne Simon à son bureau et je prends le métro pour retourner en ville. Bizarrement, quand mon oisiveté est confinée à mon appartement, et que je peux la souligner de la légende « deuil », je ne me sens pas aussi indolente et ce n'est pas aussi embarrassant de traîner en ville en plein milieu de la journée. Au lieu de retourner chez Simon regarder la télé, je prends un train pour le Village et j'entre dans la petite librairie d'angle où Simon et moi avions nos habitudes, jadis.

Je choisis un roman russe suffisamment épais pour m'engloutir. Le bon côté de ma solitude est que, désormais, je pourrai dire que j'ai lu les classiques sans mentir. Je trouve une édition du *Jardin secret* par la Modern Library. Je la prends pour William ainsi qu'une histoire de Lyle qu'il n'a pas encore, à ma connaissance. Puis je cherche la section maternité.

Les étagères de ma mère ploient sous des livres fatigués de conseils aux parents. Quand j'étais plus jeune, chaque fois qu'il en paraissait un, elle courait l'acheter, certaine qu'il contiendrait les clefs d'une bonne relation avec Allison et Lucy. Elle les avait tous dévorés, mais aucun livre ne lui avait appris comment se faire aimer de mes sœurs.

Je n'ai jamais acheté de livre sur les belles-mères. Je m'y suis toujours refusée, par pure perversité. Je les tire, un à un. Il y en a tellement.

La Main légère : conseils aux belles-mères ; Devenir belle-mère pas à pas ; Le Complexe de la marâtre ; être belle-mère dans une famille recomposée ; Paroles encourageantes pour les nouvelles belles-mères ; La Belle-Mère révélée ; Belles-Mères : clefs pour le succès d'une famille recomposée; Comment gagner le cœur de l'enfant de votre époux ? ; Comment devenir une bonne belle-mère ? ; Les Merveilleuses Belles-Mères de célébrités.

Je commence par les feuilleter, un à un, pour choisir le meilleur, celui qui répondra à toutes mes questions, puis, cédant à une impulsion, je les empile tous sur mes bras.

Quand le vendeur me demande si je veux que mes achats soient empaquetés, je n'arrive pas à me décider. Je ne sais pas quand je pourrai offrir ses livres à William, j'ai peur que la jovialité du papier cadeau n'en fasse une occasion artificielle. Mais ils ont du papier avec des dinosaures qu'il adorera. Je demande au vendeur de m'emballer *Le Jardin secret* et de mettre le reste dans un sac, et je me rends dans un café tout proche.

Je dépose ma boisson sur une petite table, enlève mon manteau et m'installe confortablement pour lire. Le café est étonnamment plein pour un lundi en début d'après-midi. Heureusement, il n'y a aucune poussette en vue. Il y a une poignée d'étudiants mais la plupart des clients attablés sont des gens aussi paresseux que moi. Ne travaillent-ils pas ? Certains pianotent sur des ordinateurs portables, d'autres lisent le journal, tandis qu'une ou deux personnes sirotent leur café en fixant rêveusement le vide. J'attrape mon sac de livres, mais au lieu d'en tirer le roman russe que je me suis choisi, je prends *Adorable Lyle*. Il y est question d'une série de lettres haineuses reçues par Lyle. C'est un peu sinistre. Heureusement, à la fin, Lyle sauve la partie. Je ne me souviens pas de cet épisode des aventures du crocodile. Je ne suis pas certaine que mon père m'ait lu tous les Lyle. Il lisait, assis à côté de moi, le livre orienté vers la lampe de chevet. Je me souviens des voix qu'il adoptait pour les différents personnages. Je ne me souviens plus du moment où il a arrêté de me faire la lecture. J'ai appris à lire, et ça a été terminé. Jack lit toujours pour William, lui. Ils lisent des livres illustrés ensemble, ou continuent le roman que William a commencé. C'est un petit garçon très chanceux.

Je remets le livre dans le sac et sors mon Gogol. Je feuillette diligemment l'introduction quand quelqu'un me demande :

— Je peux prendre cette chaise ?

Je lève les yeux. Il a mon âge, je dirais. La jeune trentaine. Des boucles serrées à peine disciplinées et la peau noisette.

— Allez-y.

Il soulève la chaise d'une main à longs doigts et jette un coup d'œil vers mon livre.

— Je l'ai lu à la fac. C'est vraiment marrant. Creux, mais marrant.

— Vous avez fait lettres modernes ?

Il secoue la tête.

— Littérature russe. Et vous ?

— Ma matière ? dis-je malicieusement en arquant un sourcil.

Je mets un instant à réaliser que je flirte. Il rit.

— Oui, à moins que vous ne vouliez voir mes estampes japonaises ?

J'essaie d'imaginer ce que ma vie deviendrait si je faisais de la place à ma table pour cet homme aux yeux de caramel. Deviendrais-je quelqu'un d'autre ? Serais-je capable de laisser glisser mon regard sur des poussettes Bubagoo sans ciller, si ma vie changeait radicalement, si elle se remplissait de choses différentes ? Jack, Isabel et William cesseraient-ils soudain de me manquer ?

Je baisse les yeux vers l'anneau d'or martelé à mon annulaire gauche. L'homme séduisant suit mon regard.

— Bonne lecture, lance-t-il.

Je hoche la tête, mais je remets le livre dans le sac et en tire les livres de conseils aux belles-mères que j'empile grossièrement sur la table. Je suis tellement absorbée par ma lecture que j'en oublie mon café. Tous les livres font état du stress et du désarroi qu'entraîne le statut de belle-mère. Ils énumèrent également les attentes illégitimes des belles-mères, et m'enjoignent d'affronter la réalité : il n'est rien de plus complexe qu'une famille recomposée. Comme ma mère avant moi, je les engloutis, je les dévore et je réalise qu'elle ne cherchait pas de réponses dans ces ouvrages, juste de la compagnie. Ses livres usés la tiraient de son isolement, ils ne faisaient pas de miracles. De même, ils ne m'expliquent pas comment devenir une meilleure belle-mère, mais ils m'offrent la prodigieuse consolation de n'être pas unique en mon genre.

Contre toute attente, mon livre préféré est *Les Merveilleuses Belles-mères de célébrités*. Ce livre est bien plus amusant qu'il n'y paraît, il mérite la gymnastique à laquelle je dois me soumettre pour en cacher le titre aux autres clients du café. J'apprécie particulièrement l'histoire de la misérable petite pute royale Elizabeth I, qui coucha avec le mari de sa belle-mère enceinte, une femme qui s'était toujours montrée gentille et loyale à son égard. Et celle de John James Audubon, l'enfant illégitime d'un capitaine et de sa maîtresse, élevé par une belle-mère qui souffrit beaucoup de son indulgence. J'aime ces belles-mères qui donnent dans l'abnégation, qui font même preuve d'une dévotion un peu excessive. L'abnégation est sans nul doute un trait de caractère dont personne ne peut m'accuser. Quelques leçons en la matière ne me feraient pas de mal.

27

Jeudi, après le départ de Simon pour le travail, je range son appartement immaculé, passe l'aspirateur sur le tapis gris, regonfle les coussins gris de son canapé gris. Pour une raison qui m'échappe, je n'arrive pas à me résoudre à aller chercher mes jeans. Peut-être que je ne veux pas admettre que j'ai besoin de vêtements de rechange, que j'ai vraiment quitté la maison et que je ne peux pas y retourner. J'essaie de me convaincre de ma bêtise. Si c'était terminé entre Jack et moi, il ferait mes valises et me les enverrait, je n'aurais pas besoin de m'acheter d'autres vêtements. Donc, loin de symboliser notre séparation, mes jeans neufs sont emblématiques de possibles retrouvailles. Ou peut-être que je ne veux pas aller les chercher parce que je n'arrive pas à admettre que je n'ai pas encore retrouvé ma ligne. En début d'après-midi, quand j'ai lavé tout ce que je pouvais laver, relu deux des livres de conseils aux belles-mères et écumé deux chapitres de mon nouveau roman russe, je meurs de faim. Le contenu du frigo de Simon est aussi gris que son mobilier.

Je suis à mi-chemin du traiteur grec du coin de la rue quand je réalise que nous sommes le jeudi 1er mars. Je reste plantée au milieu du trottoir, indécise. Je suis affamée, je n'ai plus de maison, je n'ai plus de mari, mais j'ai toujours une promesse à tenir. Je tire mon téléphone portable de mon sac et je fais défiler mon carnet d'adresses jusqu'à ce que je trouve le numéro de

Sonia. Elle répond à la première sonnerie. Il y a tellement de bruit derrière elle, que je l'entends à peine.

— C'est Emilia ! suis-je obligée de hurler.

— Emilia ?

— Oui.

J'essaie de lui expliquer que nous sommes le premier jeudi du mois et qu'on tourne une scène de *Lyle, Lyle, Crocodile* au zoo, mais elle n'arrête pas de répéter « Quoi ? ».

Elle finit par me dire :

— Je suis désolée, je ne vous entends pas. Il y a trop de monde ici. Ils tournent un film et il y a des hommes avec des gros micros.

— Vous êtes au tournage ? À Central Park ?

— Désolée, mais je ne vous entends pas.

Elle raccroche.

En milieu de journée, le moyen de transport le plus rapide est le train. Je mets à peine vingt minutes pour me rendre au parc. Le plus miraculeux, c'est que j'arrive à les repérer sous l'horloge Delacorte. J'arrive à temps pour assister à la danse des animaux automates de la grosse horloge. D'abord les singes bronze qui se tapent la tête sur la cloche, puis l'ours qui joue du tambourin, le pingouin et son tambour, l'hippopotame violoniste, le kangourou et son Klaxon, la chèvre et sa cornemuse, et mon préféré, l'éléphant et son concertina. En entendant la mélodie de *Marie a un petit agneau*, je me remets à pleurer. Je pleure parce que William fait des petits bonds devant les animaux et que je me souviens de notre toute première rencontre, ici, dans ce zoo. Il était si petit sur les épaules de son père, et si triste. En l'espace de deux ans qu'avais-je apporté d'autre que la misère dans la vie de cet enfant ? J'avais commencé par détruire sa famille, qui pour être bancale, frustrée et blessée, n'en était pas moins une famille. Puis, j'avais refusé de participer à la création de la nouvelle famille dont il avait besoin, le foyer alternatif dans lequel il aurait pu réinventer la vie que je lui avais volée. Et maintenant, j'avais brisé l'illusion de notre semblant de famille à tout jamais.

Sonia s'étonne de me voir.

— Ce n'est pas votre jour, Emilia. Vous ne pouvez pas venir aujourd'hui. Je crois que le Dr Soule est très en colère que vous venez aujourd'hui.

— Ça va aller, dis-je, loin d'en être persuadée.

— Je crois que vous rentrez chez vous, maintenant, Emilia. Ce n'est pas votre jour, et ils ne veulent pas de gens qui pleurent dans leur film. J'emmène William pour qu'il est dans le film. Vous rentrez chez vous.

Je voudrais répondre à Sonia que je ne peux pas rentrer chez moi, Jack m'a quittée, même si c'est moi qui suis partie, mais je vois qu'elle est fatiguée de tout cela. Elle est si fatiguée de tous ces Américains au comportement outrancier, des sanglots, des cris, de l'exagération, de l'autoflagellation. Elle aimerait que nous ayons de véritables problèmes : une crise économique, des adolescentes obligées de se prostituer ou de s'exiler, ou un environnement anéanti par des décennies de mauvaise gestion du nucléaire. À moins que Sonia soit juste fatiguée de moi.

Il y a quelque chose d'ironique dans le fait que c'est ici, sous la danse des animaux qui n'a jamais réussi à produire en lui la joie escomptée, que je vais annoncer à William, alors que j'ignore si je pourrais le revoir, que je réalise enfin à quel point il compte pour moi.

Quand l'horloge a fini de sonner, je me sens me tasser. William retire son chapeau et l'électricité statique fait crisser ses cheveux sable. Il a un regard différent. Ses yeux sont plus sombres, plus doux, ils tirent plus vers le bleu encre.

— William, dis-je essuyant rageusement mes larmes et mon nez qui coule.

— Pourquoi tu pleures ? demande-t-il d'un ton calme, curieux.

— Laisse-moi parler d'abord, tu veux ? Quoi qu'il arrive entre ton papa et moi…

— Je ne comprends rien. Tu devrais te moucher.

— William, tu veux bien te taire une seconde, que je puisse te parler ? J'essaie de te dire que je pense que tu es un gamin formidable. Et que, peu importe ce qu'il se passera, je le penserai toujours.

Mais William n'écoute pas. Il regarde par-dessus mon épaule.

— Nono ! Emilia est ici ! Tu as mis de la moutarde sur mon bretzel ?

Mon père a retiré un gant et trois bretzels se balancent sur ses doigts tendus. Il m'adresse un sourire hésitant, presque suppliant, qui adoucit son visage et creuse ses joues et ses yeux de rides profondes. Il a l'air si vieux.

— Salut, ma chérie.

— Salut.

Avant que j'aie le temps de lui demander ce qu'il fait ici, il reprend :

— William et moi avions prévu de venir au tournage ensemble, tu te souviens ? Jack m'a dit que je pouvais appeler sa mère.

— Carolyn t'a autorisé à l'amener ici ?

— Oui.

— Vraiment ?

Il penche la tête sur le côté et fronce les sourcils comme pour me dire : est-ce que tu penses vraiment que j'aurais menti à la mère de William ? Il distribue un bretzel à William et à Sonia et coupe le dernier en deux. Il me tend la moitié la plus grosse :

— Tiens.

Le bretzel est chaud et onctueux. La moutarde me pique la langue. Je meurs de faim, c'est le bretzel le plus délicieux que j'aie jamais mangé.

— Merci, dis-je la bouche pleine.

— Pas de quoi. Tu as de la moutarde sur la lèvre.

Il me donne une serviette en papier.

— Les figurants qui n'ont pas encore signé leur feuille d'autorisation, merci de vous réunir devant la piscine des pingouins ! hurle une voix dans un haut-parleur. Les figurants qui ont signé, merci de vous diriger vers le réservoir du caïman, au zoo des enfants.

— Viens ! crie William en attrapant la main de mon père. On y va !

Sonia me regarde, la mine renfrognée.

— Ça va, Sonia, l'apaise mon père. Je suis sûr que Carolyn ne dira rien.

Elle réfléchit un instant et semble lui accorder plus de crédit qu'à moi. Nous laissons William nous guider sous l'horloge du zoo des enfants et jusqu'au réservoir du caïman où une caméra a été installée. Il me semble reconnaître l'un des jeunes hommes du jardin d'Hiver. Mais il est vrai que la plupart des techniciens qui gèrent les figurants ont l'air de clones des trois personnes que nous avons vues ce jour-là. Je demande à William :

— Où sont les crocodiles ?

— Il n'y a pas de crocodiles au zoo de Central Park.

— Et ça ne te paraît pas embêtant ? Le livre s'appelle *Lyle, Lyle, Crocodile*, pas *Kyle, Kyle, Caïman*. Ils vont changer le titre ?

Il secoue la tête, exaspéré.

— Ils vont employer des effets spéciaux. Tu n'as jamais entendu parler du CGI ?

Durant les deux heures qui suivent, nous allons et venons du réservoir au caïman. William impatiente le coordinateur des figurants en ne manifestant pas son émerveillement quand il regarde la zone vide où l'image virtuelle de Lyle fera des équilibres et son fameux pas du crocodile. Sonia, mon père et moi parlons très peu. Nous donnons une bonne interprétation d'une famille new-yorkaise passant l'après-midi au zoo, avec nos visages inexpressifs.

Au bout de deux heures, même William semble en avoir assez. Quand Sonia annonce qu'il est temps pour eux de rentrer à la maison, il accepte avec joie.

— Est-ce qu'on peut s'arrêter au Pain quotidien ? demande-t-il.

Elle réfléchit, puis hoche la tête.

— Commande un muffin aux fraises. Demande s'ils en ont fait sans lait.

— Vous voulez vous joindre à nous ? propose poliment Sonia, espérant que nous déclinerons l'invitation.

— Non, merci, répond mon père. Je ferais mieux de retraverser le pont.

Nous les regardons s'éloigner dans la lumière déclinante. Quand ils disparaissent au loin, je me détourne. Notre appartement, l'appartement de Jack, se trouve de l'autre côté du parc, derrière la vaste étendue gris et vert de sentiers, de blocs de schiste, de parterres et de jardins, de jolis ponts en fer, en bois et en pierre, de rapaces, de piverts, de tyrans, de fauvettes, de canards, sans compter l'omniprésent pigeon, de pinèdes et de précieux réverbères. Le parc. Mon parc.

— Tu veux faire une balade ? me propose mon père.

— D'accord.

Nous marchons en direction du nord, en silence, côte à côte, jusqu'à ce que nous arrivions à la statue de Balto, l'héroïque chien de traîneau. Nous nous arrêtons devant le malamute[1] d'Alaska en bronze. Je me demande si mes mots de samedi résonnent dans la tête de mon père comme dans la mienne. Nous reprenons notre marche, toujours silencieux. Ce n'est que lorsque nous traversons l'un des nombreux souterrains du parc que mon père dit :

— Jack m'a appris que tu avais quitté la maison.

Je donne un coup de pied dans un caillou.

— Quand je l'ai appelé pour lui demander si je pouvais emmener William au tournage.

Je ne réponds pas.

Nous continuons à marcher. Nous passons les statues de Shakespeare et sir Walter Scott. Devant Robert Burns, mon père reprend :

1. Chien de traîneau. *(N.d.T.)*

— Ne fais pas la même erreur que moi, Emilia.
— Quelle erreur ?
Il soupire.
— Désolée, dis-je.
Et, parce que je n'arrive pas à soutenir le regard de mon père, c'est au poète écossais libertin et alcoolique que je m'adresse.
— Jack est un homme bien.
— Je le sais.
Nous prenons le sentier du sud pour rejoindre la prairie aux moutons.
— Il y a eu des moutons jusqu'en 1930, dans la prairie, me répète mon père pour la centième fois. Le temps qu'ils les enlèvent, ils étaient complètement consanguins.
— Pauvres bêtes, dis-je pour la centième fois aussi.
— Ils ont envoyé le berger travailler dans le pavillon des lions, le pauvre homme. Je me demande comment il s'en est tiré. Il a sans doute fini par donner ses moutons à ses lions. Et si on allait prendre un verre ?
— Où ça ?
Il désigne les lumières festives de la Tavern on the Green.
— Vraiment ?
Il m'avait dit un jour que seuls les touristes et les douairières fréquentaient cette taverne.
— Juste un verre.
Nous marchons jusqu'au restaurant. Je n'y suis jamais entrée. On dirait une monstrueuse boîte de chocolats avec ses vitraux Tiffany, ses miroirs dorés et ses souvenirs de l'époque victorienne qui ne détonnent en rien avec l'énorme buisson taillé en forme de gorille et de renne dans le jardin, et l'éclairage indécent. Mon père commande un Glenfiddich-soda. Je ne l'ai jamais vu en boire avant. Peut-être a-t-il été inspiré par Burns ? Je cherche une boisson qui se mariera mieux à l'environnement, quelque chose de ridiculement doux. Une

boisson avec de l'absinthe. J'opte finalement pour un kir royal.

Nous sirotons nos verres un instant. Mon père et moi ne sommes jamais restés si longtemps sans parler. Nous sommes habituellement des compagnons loquaces. Nous parlons de justice, de politique, de mes sœurs. Même après le divorce, nous avions continué à converser comme avant. Son aisance masquait ma gêne éventuelle.

Les bulles de mon champagne pétillent contre mon palais. Le kir est sucré. Je bois une grosse gorgée, pour me donner du courage, mais mon père ne me laisse pas le temps de prendre la parole.

— Je n'ai pas été un très bon mari.

Je n'ai pas le temps de l'interrompre qu'il continue :

— Je ne fais pas allusion à ce qui a causé le divorce. Et nous n'y ferons pas davantage allusion.

— Je n'ai pas été assez présent pour ta mère à bien des égards. Pour l'aider avec Lucy et Allison, surtout.

Je bois une autre gorgée.

— Tu n'as pas à me dire tout ça, papa.

Il hausse les épaules.

— Tu as raison, tu étais là.

— Non, je veux dire que tu ne me dois aucune explication. Je n'avais aucun droit de te parler comme je l'ai fait. Je n'avais aucun droit d'être en colère contre toi. Ça ne concerne que maman et toi. Ça n'a rien à voir avec moi. Ce ne sont pas mes affaires.

Il fronce les sourcils et tourne sa paille entre ses doigts.

— C'est en partie vrai. Une partie de tout cela ne concerne que ta mère et moi. Mais une autre partie t'affecte. Ce qu'il s'est passé entre nous t'a affectée. Et ça t'affecte toujours.

Je termine mon verre. J'ai la tête qui tourne.

— Je suis désolée, papa. Je suis désolée d'avoir été si méchante avec toi, devant Jack et William. Je suis tellement désolée.

— Ça va, ma chérie.

Nous sommes assis côte à côte. Il passe un bras autour de moi.

— Tu es ma petite fille.

Je pose la tête sur son épaule. Il me caresse les cheveux et dit tristement :

— Tu essaies si fort de m'imiter, ma fille.

Je me redresse. Je veux lui dire que je n'ai rien à voir avec lui, mais nous savons tous les deux à quoi nous en tenir. Quand mon père a trahi ma mère, quand il l'a humiliée de la manière la plus dégradante qui soit, et que, dans un moment de faiblesse, elle s'est confiée à moi, j'ai tout fait pour prouver que j'étais capable de la même chose. Quelle a été ma réponse à ma mère quand elle a partagé sa honte avec moi, entachant l'amour que j'éprouvais pour mon père ? J'ai ferré et piégé un homme comme lui, un homme qui aimait son enfant, un petit avocat compact. J'ai enfoncé mes griffes dans Jack, j'ai détruit son mariage et sa famille, j'ai fait de nous des traîtres. Comme mon père.

Et j'ai été punie, copieusement punie.

Ô Isabel ! Ô Jack ! Ô William ! Que vous ai-je fait à tous ?

— Tu es désespérément idéaliste en amour, continue mon père. Tu es aussi folle que moi, bien que d'une manière différente.

Je ravale mes larmes. Ma voix résonne plus durement que je ne le voudrais.

— Qu'est-ce que tu veux dire ?

— Ton rêve est aussi irréaliste que le mien, et il va te mener au même résultat.

— Mon rêve ?

— Cette vieille histoire de ta grand-mère, ton histoire de *bashert*.

Mon père a adopté un ton légèrement moqueur.

— Tu as eu le coup de foudre pour Jack. C'est ton âme sœur. L'homme de ta vie. Vous étiez destinés à vous rencontrer. Combien de fois t'ai-je entendue répéter l'histoire de votre première rencontre, Emilia ? Sur les genoux, dans le couloir de Friedman & Taft ? Le coup de foudre. Tu penses vraiment que c'est ça l'amour ?

— Oui, dis-je dans un murmure.

— Non.

Il m'attrape par les épaules et me secoue doucement mais fermement.

— Non. C'est un rêve, ma chérie. L'amour et le mariage ne sont que travail et compromis. Il s'agit de voir l'autre comme il est, d'être déçu et de décider de continuer quand même. Il est question d'implication, de confort et non de reconnaissance hystérique.

— Ce n'est pas ce que je veux. La déception et le confort.

— Pourquoi ? Parce que tu t'attends à quelque chose de magique et de mystique, Emilia. Seulement, dès que ton beau-fils te traite mal, ou que l'ex-femme de ton mari fait une crise, ou que ton bébé meurt, dès que la vie se produit, la magie disparaît et il ne te reste rien. Tu ne peux pas compter sur la magie, Emilia. Crois-moi, je le sais. Ma chérie, ma petite fille, tu ne peux pas compter sur la magie.

Heureusement, mon père sait gérer ce genre de situation. Normal, non ? Mes sœurs et moi piquons des crises en public depuis l'âge de deux ans. Quand je perds le contrôle de mes larmes et que mes sanglots deviennent trop gros, il me brandit son grand mouchoir comme un torero la muleta. Le barman et les serveurs restent à distance et les autres buveurs détournent le regard jusqu'à ce que je parvienne à relever la tête. Je pleure toujours, mais je n'ai plus besoin de me couvrir la bouche pour empêcher mes sanglots de faire trembler les vitres et de casser les verres en cristal alignés derrière le bar.

— Je suis désolé, ma chérie.

— C'est bon, papa. C'est juste que… je l'aime, vraiment.

— Bien sûr que tu l'aimes. Je ne dis pas le contraire. Et il t'aime aussi.

— J'ai tout gâché.

— Ça va aller. Tu ne vaux pas un clou à côté de moi, petite, si ça peut te rassurer.

Je m'essuie les yeux.

— Hum, pas beaucoup, pour être franche.

Il se tait un moment puis il éclate de rire.

— Normal.

— Je t'aime, papa.

— Je t'aime aussi, ma fille.

28

— Non mais, tu vas me lâcher un moment !

Je suis assise sur les toilettes du restaurant, ma nouvelle jupe en daim en tas autour des chevilles.

— Pardon ?

La femme qui occupe la cabine d'à côté est imperturbable. Elle doit être habituée à entendre jurer dans les toilettes publiques.

J'aimerais savoir comment elle réagirait si je lui disais : Oh, madame de la cabine voisine, imaginez que vous ayez confessé vos secrets les plus sombres à votre mari, que vous lui ayez avoué que vous êtes responsable de la mort de votre enfant, et que vous l'ayez vu s'écarter de vous, écœuré de découvrir la personne malfaisante que vous étiez en réalité, qu'il vous ait demandé de quitter sa maison, et que, ayant abouti à la conclusion que votre mariage n'était qu'une farce, une sorte de réinterprétation proto-freudienne de l'infidélité de votre père, et que la plus grande victime de tout ce bordel, la seule personne à en avoir bavé, est celle que vous avez essayé de tuer en lui faisant ingurgiter des aliments auxquels il est allergique, en l'envoyant jouer dans des endroits dangereux sans protection, et en le jetant dans de l'eau glacée (Freud dit que les accidents n'existent pas), bref, madame de la cabine voisine, imaginez qu'ayant survécu à tout cela votre téléphone portable affiche soudain le numéro de votre cauchemar incarné ; comment réagiriez-vous ?

J'aurais dû prévoir que ça arriverait. J'aurais dû savoir que la seule chose qu'il manquait à mon malheur était une rapide éviscération téléphonique.

— Non, rien, dis-je à la femme de la cabine voisine. Puis : Allô, Carolyn ?

— Il faut que je vous voie.

— Ah.

Pourquoi pas ? C'est vrai, ça. Pourquoi pas ?

— Venez me retrouver à mon cabinet. Vous pouvez venir ce soir ? J'ai encore quelques patients à voir. Je me trouve...

— Je sais où vous vous trouvez.

Qu'est-ce qu'elle croit ? Que durant les mois où j'ai attendu que Jack oublie qu'il était marié, je ne me suis pas renseignée sur son adresse ? Que je ne lui ai pas envoyé de sorts télépathiques à cette même adresse en n'oubliant pas de préciser le code postal ?

— Essayez de ne pas être en retard. J'ai une salle d'opération réservée pour sept heures demain matin, j'aimerais rentrer chez moi à une heure décente.

Pourquoi serais-je en retard à mon exécution ?

La salle d'attente du cabinet de Carolyn est tout à fait comme je me l'imaginais. Avec deux femmes enceintes assises sur le canapé en cuir design pour parachever le tableau. L'une d'elles lit *Parents* avec une expression torturée qu'aucun article sur les prénoms ne devrait être capable de faire naître sur le visage de quiconque, montée d'hormones ou pas. L'autre irradie d'une béatitude insupportable. Je réalise que c'est la première fois que je mets le pied chez un obstétricien depuis mon dernier mois de grossesse. J'ai prétendu avoir oublié ma visite postnatale avec le Dr Brewster et j'ai ignoré les messages de sa secrétaire pour la reporter. Ce n'est pas aussi difficile que je m'y attendais. La présence de femmes enceintes ne me met pas vraiment en colère. Je n'aime pas celle qui se la joue madone, mais l'autre, l'inquiète, ne me dérange pas tant que ça. Peut-être que la perspective de ma conversation avec Carolyn m'insensibilise.

— Ne vous inquiétez pas, ça viendra, me rassure soudain la femme aux grands airs.

— Pardon ?

— Vous l'aurez, votre bébé. J'ai mis six ans à tomber enceinte et voilà que j'attends des jumeaux. Je reconnais toujours les femmes qui traversent la même épreuve. Le Dr Soule est la meilleure. Et l'endocrinologue spécialiste en reproduction avec lequel elle collabore est merveilleux. Ça finira par marcher pour vous aussi, croyez-moi.

Cette violation de la loi tacite sur la conception me sidère. De même que vous ne devez jamais, au grand jamais, demander à une grosse femme si elle est enceinte, vous ne devez jamais déduire de l'air anéanti d'une femme assise dans une salle d'attente d'obstétricien qu'elle essaie de tomber enceinte. Ça ne se fait tout simplement pas.

— Six ans, un bébé hydrocéphale que nous avons perdu à dix-neuf semaines, quatre fausses couches et trois FIV. Et finalement, Ivy et Emmet devraient naître le 19 juin. Alors, vous voyez, ce n'est qu'une question de temps. Ça finit toujours par marcher. Le Dr Soule réussit toujours. Elle fait des miracles.

— Mademoiselle Greenleaf ? demande une infirmière en tenue lavande à pois violets. Par ici.

— Félicitations, dis-je à la femme qui semble soudain mériter sa félicité.

En sortant de la salle d'attente, je touche le chambranle de la porte du bout du pied à trois reprises, par superstition. Je n'approuve plus qu'on nomme les enfants avant leur naissance. C'est trop tentant pour le mauvais œil. L'enfant dont on attend si ardemment le premier souffle pourrait ne jamais voir le jour. Et, pourtant, je ne suis pas assez superstitieuse pour croire que j'aurais pu protéger Isabel de ma propre négligence en évitant de lui donner un prénom.

L'espace d'un instant, je crains vaguement qu'on me demande de me dévêtir et d'enfiler une robe en papier pour subir ma réprimande. C'est absurde, mais je suis tout de même soulagée de voir l'infirmière m'ouvrir la porte du cabinet de Carolyn et non celle de la salle d'examen. Je mets un instant à comprendre ce qui me dérange dans ce bureau, pourquoi il m'est à la fois familier et étranger. Les meubles sont identiques à ceux du bureau que Carolyn a décoré pour Jack, chez Friedman and Taft. Elle a la même table de travail en noyer brillant, les mêmes étagères à l'ornementation minimaliste, les deux fauteuils à la géométrie élégamment entrelacée pour les visiteurs, la photo de William bébé sur la plage de Nantucket, ses petites jambes pointillées de sable, une grosse couche sur les fesses. Et même, Dieu me pardonne, la console et le fauteuil Aeron.

— J'aurais aimé être informée que vous comptiez vous joindre à votre père et à William pour le tournage du film, me déclare Carolyn, traversant la pièce en maîtresse des lieux qu'elle est.

Elle est élégante avec sa longue jupe noire étroite, ses bottes et son pull à col cheminée, également noir. Son ventre est légèrement rebondi sous la laine fine. J'ai déjà acheté ce genre de tenue onéreuse, mais je peux dépenser tout l'argent de son ex-mari, je ne ressemblerai jamais à Carolyn Soule. Elle a raison. En m'épousant, Jack a dégringolé vers ses racines « *middle class* ». Je ne suis pas aussi sophistiquée que William et sa mère.

Elle s'assoit à son bureau et bascule en arrière dans son fauteuil. Elle entrelace ses doigts devant elle, pouces et auriculaires relevés. Ses ongles sont propres et soignés, comme je m'y attendais.

— Jack m'a dit que vous l'aviez quitté. Il m'a raconté ce qu'il s'est passé la nuit où Isabel est morte.

Je reste un instant bouche bée, puis je me résigne à l'inévitable. Quand il s'est retrouvé face à mon ultime trahison, il a fait ce qui me causerait la plus grande douleur.

— Franchement, je n'ai jamais entendu Jack parler comme ça, Emilia. Il était si déprimé qu'il pleurait.

— Quand lui avez-vous parlé ?

Ma voix est brisée, je ne la reconnais pas.

— Lundi soir. William était très perturbé quand il vous a vue partir avec votre valise. C'est moi qui ai téléphoné pour en parler avec Jack. Il m'a raconté ce que vous pensez qu'il s'est passé la nuit où votre fille est morte. Et il m'a demandé si c'était possible. Il m'a demandé si vous aviez vraiment pu étouffer le bébé avec votre sein.

— Il vous a demandé ça à vous ?

— Jack sait qu'il peut se fier à mon jugement. Médicalement, au moins.

— Que lui avez-vous répondu ?

Elle perd un peu de sa superbe. Elle presse ses deux auriculaires si fort l'un contre l'autre qu'ils sont blancs. Des rides profondes se creusent autour de ses lèvres pincées.

— Je lui ai dit que c'était possible. Que vous aviez pu tuer Isabel accidentellement. Et j'ai ajouté que vous l'aviez probablement fait, parce qu'une femme capable de se montrer si négligente quant à la sécurité de William peut facilement s'endormir et étouffer son propre enfant.

L'attitude de Carolyn, son détachement clinique combiné à sa colère réprimée d'épouse et de mère trahie, donnent d'autant plus de poids à ses mots. Son détachement dépourvu de colère m'encourage à la croire. Je n'ai pas été trahie et je ne suis pas médecin, mais je sais qu'elle dit vrai.

— Non, dit-elle soudain.

Non quoi ?

Elle pousse une boîte de mouchoirs en papier vers moi. Je me passe un doigt sur la joue et suis surprise de constater que je me suis remise à pleurer.

— Ce n'est pas pour ça que je vous ai demandé de venir. Je ne suis pas fière de ce que j'ai dit. C'était méchant de ma part. J'en ai honte. Ce dont j'ai le plus honte, c'est que j'ai forcé William à m'ouvrir les yeux là-dessus.

— William ? William est au courant ?

Elle hoche la tête.

— Il a entendu notre conversation, je suis désolée. Mon appartement est petit.

Elle habite un huit pièces sur la 5e Avenue. Elle devait hurler à pleins poumons.

Sur la joue de porcelaine de Carolyn, un nuage rose pâle s'étale. Je l'ai déjà vue enragée, mais jamais embarrassée.

— Il était debout dans le salon avec son giganotosaurus et un livre, quand j'ai raccroché le téléphone. Il voulait que je lui fasse la lecture.

— Quel livre ?

Elle arque un sourcil joliment dessiné.

— Pardon ?

— Quel livre ?

Elle ne s'attendait pas à cette question.

— *Lyle, Lyle, Crocodile*.

Je souris.

— C'est un petit garçon très loyal, Emilia.

Elle n'a pas besoin de me le dire. Depuis plus de deux ans, il est son soldat le plus loyal.

— Il était très en colère contre moi. Il m'a dit que vous aimiez Isabel, et que vous ne pouviez pas l'avoir tuée.

Je suis abasourdie. La loyauté dont Carolyn parle est dirigée vers moi ? William a pris ma défense ? Et devant sa mère, rien de moins ?

— Qu'avez-vous répondu ?

Elle marque une pause. Je la vois presque hésiter entre un mensonge et la vérité.

— Je lui ai répondu que je n'avais pas dit que vous aviez tué votre bébé. Je lui ai expliqué que vous l'aviez peut-être étouffé accidentellement. Comme vous l'aviez accidentellement jeté dans le lac.

— Oh !

— Il m'a corrigée. Il m'a rappelé que c'était le Harlem Meer. Pas le lac. Il m'a dit que le lac est bien plus au sud, sous le Réservoir. Et il m'a informée que le mot Meer signifiait « petite mer » en néerlandais.

C'est alors qu'une chose merveilleuse se produit. Une chose qui n'est jamais arrivée depuis que je suis la belle-mère de l'enfant de cette femme : nous échangeons un sourire où se mêlent l'impatience et une pointe de fierté. Il est si futé, notre petit je-sais-tout.

Carolyn tire un mouchoir de la boîte, voyant que j'en suis incapable, et me le pose dans la main.

— Il m'a demandé de vous aider. Il a dit que dans la mesure où j'étais médecin, je pouvais découvrir ce qu'il était vraiment arrivé à Isabel.

Je me mouche.

— Votre pédiatre a reçu une copie du rapport d'autopsie.

— Je sais.

— J'ai demandé qu'il me soit faxé hier et je l'ai étudié avec une camarade d'université qui enseigne à Stanford. Elle est pathologiste spécialisée dans les affaires néonatales. Elle témoigne lors de procès criminels. Elle confirme la conclusion du médecin légiste. Elle dit que rien n'indique qu'Isabel a été étouffée. L'étouffement laisse toujours des traces, une lèvre supérieure tordue, des signes d'asphyxie, des taches de sang sur les poumons. Dans le cas d'Isabel, il n'y a aucune indication d'étouffement. Vous ne pouvez pas l'avoir étouffée. Vous ne l'avez pas tuée. Isabel est morte de MSN.

Sa voix s'adoucit de manière presque imperceptible.

— Vous avez juste eu la terrible malchance de la tenir dans vos bras quand elle est morte.

— Votre amie est pathologiste ?

— Oui.

— Spécialiste périnatale ?
— Oui.
— Et elle a relu le rapport d'autopsie ?
— Oui.
— Et elle a dit…

Ma voix se brise. J'ai besoin qu'elle le répète. J'ai besoin de l'entendre à nouveau, et étonnamment, Carolyn le comprend.

Très lentement, elle répète :

— Mon amie pathologiste dit qu'à en juger par le rapport d'autopsie Isabel n'est pas morte étouffée. Elle dit que, bien que sans exhumation elle ne puisse le confirmer de manière indiscutable, elle ne vous recommande pas d'en arriver à cette extrémité. Elle est certaine de sa conclusion. Isabel est morte de la mort subite du nourrisson. Elle se tient à votre disposition pour vous le dire en personne si vous préférez l'entendre de sa bouche, ou si vous avez d'autres questions.

Maintenant je comprends pourquoi les femmes d'UrbanBaby. com aiment tant le Dr Carolyn Soule, pourquoi elles se remettent si facilement entre ses mains compétentes et compatissantes. L'ex-femme de mon mari s'est répétée lentement, clairement, gentiment et patiemment, le temps qu'il a fallu pour que j'arrête de pleurer et que je commence à croire qu'Isabel n'était pas morte parce que je m'étais montrée insouciante et égoïste, et que je n'avais laissé que misère et ruine dans mon sillage, mais parce que, parfois, les bébés meurent, leur cerveau s'arrête de fonctionner sans aucune raison apparente, et ils s'en vont.

29

Je quitte le cabinet de Carolyn, sonnée. Je me sens libérée d'un poids énorme. C'est sans doute la joie, mais elle se manifeste comme du soulagement. Je peux rentrer à la maison, à présent. Je dois rentrer à la maison et dire à Jack ce que je sais, ce que j'ai appris aujourd'hui, ce que son ex-femme et mon père m'ont enseigné. Je suis d'autant plus heureuse qu'en quittant son bureau, Carolyn m'a annoncé qu'elle se mariait.

— Félicitations, ai-je dit. C'est pour quand ?

— Ce sera un mariage tout simple. Le cousin de mon fiancé est juge de paix, il nous mariera dans son cabinet, et nous organiserons un petit dîner dans notre bistro favori, après. Dans un peu plus d'une semaine.

— C'est tôt !

Elle a souri et tapoté son ventre.

Avant de quitter la chaleur du hall de l'immeuble de bureaux, j'appelle le portable de Jack.

Il décroche mais ne répond pas.

— C'est moi, dis-je inutilement.

— Comment vas-tu ?

— Bien. Il faut que je te parle. Où es-tu ? Tu es toujours au travail ?

— Oui.

— Tu peux partir ? Tu es occupé ?

Nous affrontons soudain le dilemme du lieu de rencontre. Je ne veux pas avoir cette conversation dans le bureau de Jack, avec Marilyn à portée de voix. Rentrer à la maison serait trop symbolique. Il est toujours tôt, mais nous décidons de nous retrouver pour dîner dans l'East Side, non loin du bureau de Jack. J'ai le temps de m'arrêter chez Barneys pour récupérer mes jeans, mais je ne le fais pas. Je n'en veux pas, même s'ils me vont à ravir. J'ai tellement de jeans dans mon armoire à la maison. Je n'en aurai pas besoin parce que je vais rentrer chez moi, maintenant. Pas vrai ?

J'arrive au restaurant avant Jack et je l'attends à une petite table près du mur d'où je peux voir la porte et un bout du trottoir par les fenêtres à petits carreaux. Il y a peu de clients à cette heure, si bien que je bénéficie d'une vue dégagée. Quand je vois Jack arriver, je sursaute, comme quand on se réveille d'un coup d'un rêve où l'on tombait dans le vide. Son manteau bat dans son dos avec les extrémités de son écharpe. Même à travers la fenêtre, je vois ses joues rougies par le froid. On dirait Blanche-Neige : lèvres de rubis, cheveux noir corbeau, joues roses, yeux très, très bleus.

Il traverse le restaurant à grandes enjambées et pose ses lèvres sur ma joue. Le contact est si bref que je me penche pour le faire durer, l'espace d'un instant malaisé, avant de le laisser dérouler son écharpe et retirer son manteau. Il les tend au serveur et commande un verre.

— Depuis quand tu bois du Martini vodka ?

— Je n'en bois pas, répond-il. C'est la seule chose qui m'est venue à l'esprit. Tu veux quelque chose ?

Toi. Je te veux toi.

— Juste de l'eau. Non. Un verre de vin rouge. N'importe quoi. Tout ce qu'ils servent en verre.

Le serveur est parfait, il ne pose aucune question et disparaît aussitôt.

— J'ai vu Carolyn aujourd'hui, dis-je avant qu'on ne commence à papoter de tout et de rien. Et mon père. Je les ai vus tous les deux.

— Quoi ?

— Pas en même temps. J'ai d'abord vu mon père, puis Carolyn. Elle m'a appelée, Jack.

J'ai tellement de mal à m'imaginer ce qu'il ressent. D'habitude il est si facile de voir ses émotions danser sur son visage, se donner à moi, alors qu'il en a à peine conscience lui-même. Mais, maintenant, c'est comme s'il avait appris un langage qui m'est étranger. Au lieu d'essayer de chercher ce qu'il se passe sous ce masque impénétrable, je me penche sur la table et je lui parle de l'amie pathologiste de Carolyn, de l'absence de preuve physiologique. Je lui explique comment son ex-femme m'a exonérée de ma culpabilité.

— Ce n'est pas moi. Ce n'était pas ma faute.

— Je le sais.

Il ne me regarde pas. Il fixe le bord de la table, ou les lourds couverts, ou la serviette en forme de cygne.

— Qu'est-ce que tu veux dire ? Comment tu le sais ? Carolyn t'a appelé ?

Le serveur arrive avec nos boissons. Nous demeurons silencieux le temps qu'il les dépose devant nous. Quand il repart, je redemande :

— Elle t'a appelé ?

Jack boit une gorgée de son verre et grimace. Il prend l'olive et la met dans sa bouche.

— Non, je n'ai pas parlé à Carolyn depuis plusieurs jours.

— Alors comment le sais-tu ?

Il soupire et crache discrètement le noyau dans sa main.

— Je n'ai jamais cru que tu l'avais tuée, Emilia.

— Si, tu l'as cru.

— Non.

Il marque une pause et remue sa boisson.

— Quand tu m'as avoué ce que tu croyais, j'ai pensé que c'était possible. Tu semblais si sûre de toi. Mais ensuite j'ai parlé à Carolyn…

Le serveur arrive pour prendre nos commandes, et nous passons une longue minute à choisir entre bleu et à point, sauté ou grillé, avant que je comprenne ce qu'il veut dire. Une fois que le serveur est reparti avec nos menus et que le verre de Jack est vide, je reprends :

— Mais Carolyn t'a dit que je l'avais fait. Elle t'a dit qu'une personne qui s'occupait si mal de William pouvait facilement tuer son propre bébé.

Il hausse les épaules.

— Je ne comprends pas.

— Carolyn a eu la réaction à laquelle je me serais attendu si j'avais eu les idées claires. Elle est en colère, et sa colère la rend irrationnelle. L'entendre dire ce qu'elle a dit m'a fait réaliser que c'était aussi ridicule qu'impossible. Ce qui me surprend c'est qu'elle ait eu la grâce de t'appeler après ça.

— Tu n'es pas soulagé ?

— Je suis soulagé que tu te sentes absoute. Je suis soulagé que tu ne ressentes plus cette terrible culpabilité qui t'a empoisonné la vie si longtemps. Mais je ne t'ai jamais réellement crue responsable de la mort d'Isabel. Je n'ai jamais eu besoin de preuve.

Je ne suis pas certaine de me sentir bien, maintenant. Je lui suis reconnaissante de sa foi en moi, mais, en même temps, je regrette presque qu'il ne m'ait pas crue capable de tuer son enfant, auquel cas, à présent, je me saurais pardonnée.

Sa froideur me tétanise. J'aimerais trouver le moyen de la repousser, de faire en sorte qu'elle disparaisse immédiatement.

— J'ai présenté mes excuses à mon père.

— C'est bien.

— Nous avons parlé d'un tas de choses. Je crois que tu as raison quant à ma réaction à propos de ce qu'il s'est passé entre lui et ma mère, et sur l'influence que ça a eue dans ma manière d'envisager le couple.

Je suis sur le point de me lancer dans mon discours sur ma vaine quête de la perfection qui a pollué notre relation, de lui dire que je suis déterminée à me montrer plus honnête à partir de maintenant, envers lui et envers moi, quand il lève la main.

— Non, Emilia.
— Mais...
— Rien de cela n'a d'importance.
— Quoi ?
— Je suis tellement désolé. Je t'aime Emilia, vraiment. Mais je ne peux plus vivre avec toi. Je ne peux plus faire ça à William.
J'ai l'impression d'avoir été frappée. Mon estomac se tord. J'ai le souffle coupé. À moins que je ne respire trop vite ? Je ne sais pas. Pourquoi cet homme me fait-il toujours cela au restaurant ? J'aurais dû me méfier quand il a voulu qu'on se retrouve ici. J'aurais dû insister pour qu'on se retrouve devant un stand de hot-dogs dans la rue.
Jack continue à parler.
— Quoi ?
— J'ai dit que ce n'était pas juste pour lui. C'est mon fils. Il était dans ma vie avant toi. Tout le reste, ce que je veux, ce qui me rend heureux, doit passer au second plan. J'ai besoin de faire ce qui est mieux pour William, Emilia.
Je retrouve ma voix.
— Et pourquoi ça rendrait nécessaire que tu me quittes ?
Jack avance sa chaise, se penche sur la table et prend ma main dans la sienne. Il a une expression bienveillante sur le visage. Aimante, douce, condescendante.
— Emilia, tu as trente-deux ans. Tu n'as pas besoin d'une famille déjà constituée. Un gosse en âge d'entrer à l'école, un vieux mari. C'est ridicule. Tu es trop jeune.
— Tu ne penses pas qu'il est un peu tard pour avoir cette révélation ?
— C'était une erreur. Nous avons commis une erreur.
— Tu as dit que tu m'aimais.
Il pose sa paume contre ma joue.
— Je t'aime. Tu es adorable.

Et là, je prouve mon immaturité en m'écartant brusquement de sa main et en faisant une moue dégoûtée au moment où le serveur dépose mon flétan devant moi. Il sursaute, écarte l'assiette et essuie adroitement une éclaboussure de beurre blanc avec le bord de sa serviette en lin.

— Madame ?

— Oui, tout va bien. Merci.

Quand le serveur a déposé l'agneau rôti devant Jack et a disparu, je dis :

— Nous n'avons pas commis d'erreur.

Jack tient sa fourchette et son couteau, mais il n'a pas encore goûté à sa viande.

Je répète :

— Ce n'était pas une erreur. Je n'ai pas fait d'erreur. Tu es ma famille, je veux vivre avec toi.

Il repose ses couverts.

— William est ma famille, me dit-il gentiment.

— Et moi. William et moi.

— Non, tu ne…

— Si, Jack, j'aime William. Je l'aime vraiment.

Mais les mots sonnent faux et désespérés. Je sais que Jack pense que je les prononce pour qu'il ne mette pas un terme à notre mariage. Je sais qu'il croit que je mens.

Pourtant, l'ironie cruelle de toute cette histoire est que je ne mens pas. Ce n'est que maintenant qu'il est trop tard que je comprends que cet enfant égoïste d'une précocité irritante, avec ses dinosaures et ses démons, ses casques de bicyclette et ses allergies au lactose, a trouvé le chemin de mon cœur. Et plus encore. Il m'a rendu mon bébé en forçant sa mère (sa mère !) à me délivrer de ma honte et de ma culpabilité. Il m'a même involontairement rendu mon père. Et, pourtant, je ne peux pas m'empêcher de penser que c'est typique de William de me faire tomber amoureuse de lui quand ça ne sert plus à rien.

— Donne-moi une autre chance.

— Je suis désolé.

— Donne-moi une autre chance.

— Je ne peux pas.

— Pourquoi pas ? Bien sûr que si, tu peux.

Il secoue la tête, et je réalise que ses yeux sont remplis de larmes. Il me semble que je dis : « Non… », je n'en suis pas sûre.

— Je n'ai pas confiance en toi, Emilia. Je n'ai plus confiance en toi.

Qu'est-ce qu'on fait dans ces moments-là ? Parce qu'il faut tout de même payer la note. Il faut attendre qu'on vienne débarrasser la table et qu'on vous apporte vos manteaux. Il faut attendre devant le restaurant côte à côte le temps d'arrêter un taxi. Il faut décider si on va s'embrasser pour se dire au revoir, et, si oui, comment (brièvement, formellement, sur la joue ?). Ça aurait été tellement plus facile de disparaître sur-le-champ.

Je suis prise d'un doute géographique dans le taxi. Mon chauffeur et moi sommes confortablement coincés derrière un camion, à un carrefour encombré, et nous avons tout le temps d'hésiter entre la douzaine de destinations qui s'offrent à moi. Il y a tellement d'endroits dans cette ville, mais il n'y en a qu'un où je voudrais être. Dans un seul endroit, et avec un seul homme. Un homme et un enfant.

Je refuse d'être bannie. Je refuse de m'exiler. Pas maintenant. Pas quand j'ai enfin réalisé ce que je vais perdre. Je dois trouver un moyen de prouver à Jack que son fils et lui sont ma famille et que je suis la leur. Que nous devons être ensemble.

Mais jusque-là, je n'ai rien à me mettre, alors il va falloir que j'aille chercher ces foutus jeans.

— Chez Barneys, dis-je au chauffeur. Madison et 61ᵉ.

30

La semaine est longue et l'appartement de Simon n'a jamais été aussi étincelant. Tous les matins je m'attaque à un nouveau défi : nettoyer le moisi sur les fenêtres et les portes, frotter les joints du carrelage de la salle de bains, cirer les carreaux en marbre de la kitchenette, aspirer les amas de poussière derrière les étagères de la bibliothèque. Ce dernier projet me permet de découvrir la collection de DVD pornographiques de Simon, et je passe le plus clair de la matinée qui suit à manger du pop-corn cuit au micro-ondes en regardant des hommes se faire des choses géométriquement improbables sinon impossibles. Une expérience édifiante. Je crois que, si je suis capable de convaincre Jack de me reprendre, il ne le regrettera pas.

Je passe les après-midi à relire mes livres sur les belles-mères en prenant des tas de notes. Quand je n'en peux plus, je sors et j'erre en ville. À une ou deux reprises, j'envisage d'aller jusqu'au parc, mais je ne m'en sens pas le courage. À la place de la terre et de l'herbe, je marche sur le béton et, au lieu des arbres et des monuments, je regarde les vitrines. Je vois des choses que j'aimerais acheter à William et à Jack, mais je ne m'autorise pas cette faiblesse. Ça paraîtrait désespéré. Et bien que je sache que William s'en moquerait, qu'il serait parfaitement content d'assembler sa maquette de crâne de chasmosaurus sans se demander si j'essaie d'acheter son affection, je le laisse où il est, de même que les chaussettes en cachemire rouge foncé qui iraient si bien aux jolis pieds de Jack.

Je mange beaucoup. Je bois du café et je mange des muffins et des petites brioches, des hamburgers et des grandes assiettes de nouilles vietnamiennes. Je commande un repas pour deux dans un restaurant crado de Chinatown avec un oiseau d'eau orange sur sa devanture et je dévore tout. J'achète des hot-dogs à des stands dès dix heures du matin, alors que l'eau des saucisses n'est pas encore devenue opaque. Je commande dans un terrible piège à touristes dans Little Italy un plat de pâtes nappées de fromage brûlant et de sauce blanche épaissie à la Maïzena, seul plat que je n'arrive pas à terminer ; néanmoins je calme mon estomac creux avec deux tranches de mozzarella fraîche de chez Joe's Dairy. Le pèse-personne de Simon est le seul objet que je ne lave jamais. J'ai peur de l'approcher de trop près, même avec un chiffon à poussière ou une éponge. Je ne voudrais pas tomber dessus accidentellement et découvrir que j'ai pris cinq kilos depuis le début de mon exil dans le bas de Manhattan, où je cherche toujours un moyen de convaincre mon mari de me reprendre.

Un jeudi soir, après une journée passée à errer dans les rues, à m'asseoir dans des cafés et à surligner les passages de mes manuels comme une espèce de clocharde de conte de fées, je décide de préparer un dîner sophistiqué à Simon. À son retour du travail, il découvre la table dressée avec sa vaisselle en porcelaine fleurie et des serviettes en lin. De la soupe de poisson mariné au safran frémit sur le brûleur du fond de sa cuisinière tandis que j'écrase de l'ail et du persil pour former une pâte sur le comptoir de sa cuisine.

— Qu'est-ce que tu fais ?

— Ne t'inquiète pas, c'est du granit. Je prépare une mayonnaise à l'ail. Je n'ai pas eu le temps de faire du pain, alors j'ai acheté une miche de pain à l'olive chez Dean and DeLuca. Tu peux rincer les feuilles de salade ?

— Waou ! s'exclame-t-il en retirant sa cravate. Qu'est-ce que c'est que ce foutoir ?

— Je dois donner un coup de fil.

Il arque un sourcil.

— Oui, j'ai encore fait le ménage.

Pendant que Simon rince la salade et l'éponge à l'aide de papier absorbant, je prends mon téléphone portable et je compose le numéro que j'ai prévu d'appeler, tôt dans l'après-midi, repoussant sans cesse le moment. Tous mes livres suggèrent une thérapie à la belle-mère et une thérapie familiale en cas de mariage en péril. Deux d'entre eux encouragent même la belle-mère à s'adresser directement au thérapeute de l'enfant. Apparemment, tous les enfants en ont. Je n'ai jamais parlé au thérapeute de William, un psychologue pour enfants de renom. Le Dr Bartholomew Allerton. En fait, je n'ai jamais parlé du Dr Allerton autrement qu'avec dérision. Mais je sais que William a confiance en cet homme. Je sais que chaque semaine, quand il s'assoit dans son bureau sur ce que j'imagine être un minuscule divan, tous deux font plus que jouer à Stratego, même si c'est tout ce dont parle William quand il fait allusion à ses visites chez le Dr Allerton. Le Dr Allerton connaît forcément William, il doit forcément s'être forgé une idée précise sur notre famille alambiquée et tordue. Si le Dr Allerton acceptait de me voir, il m'aiderait à trouver le moyen de récupérer ma famille.

Après l'annonce du répondeur, je commence : « Docteur Allerton, je suis Emilia Greenleaf. Emilia Woolf Greenleaf. La femme de Jack Woolf. La belle-mère de William. » Je récite mon numéro de téléphone, deux fois. Puis je continue : « Je vous appelle parce que, comme vous le savez probablement, les choses ne vont pas bien entre nous et je me demandais, j'espérais, que vous pourriez envisager de discuter avec moi, ou de me recevoir. Le fait est que, je veux vraiment, je suis vraiment prête à... » Ma pause est trop longue. « Ou je pourrais... si Jack me l'autorisait… » Une fois encore, ma pause est trop longue et un bip me coupe.

— Nom de Dieu !

Je compose à nouveau le numéro : « Docteur Allerton, ici Emilia Greenleaf. La belle-mère de William. C'est juste que j'aimerais vraiment apprendre à me comporter… mieux… avec William et à faire ce qu'il attend de moi. Ou au moins à ne pas lui faire de mal. Je me disais que, si je pouvais vous parler, j'arriverais peut-être à mieux comprendre William, ses sentiments. Ou… » Ma voix se brise, le bip retentit à nouveau.

— Putain !

Je rappelle. « Emilia Greenleaf. Je me sens vraiment mal à l'aise, parce que vous savez probablement que Jack et moi sommes comme qui dirait séparés, je n'essaie pas de le récupérer ni rien, mais je me disais que vous pourriez peut-être m'aider à voir s'il existe un moyen d'arranger les choses. Parce que je veux faire de mon mieux pour que ça marche et je sais… » Bip.

— Emilia ?

— Quoi ?

Je tiens le téléphone d'une main et compose le numéro de l'autre.

— Tu peux épeler « injonction » ?

Je me fige, le téléphone à mi-chemin de mon oreille.

— J'en fais trop ?

— Hum, on peut le dire comme ça.

— Merde.

Mon téléphone sonne.

— Réponds, me lance Simon.

Je regarde le numéro.

— C'est lui.

— Réponds !

— Non, il pense probablement que je suis une folle.

— Tu veux bien arrêter de te comporter comme une folle et prendre ce putain d'appel ?

Les locaux du Dr Allerton sont décorés avec soin et dans le respect de l'enfant perturbé le plus précoce. Le canapé et les fauteuils de la salle d'attente sont couverts d'un tissu Scotchgard luxueux et les jouets ont tous l'air neuf. Les boîtes en plastique de Lego sont pleines à ras bord, et les cheveux des poupées brillants et bien coiffés. Les boîtes des jeux de société et des puzzles ne sont ni écornées ni déchirées. Soit le psychologue pour enfants réputé réassortit ses étagères chaque semaine, soit les enfants qui attendent ici sont trop démoralisés pour avoir l'énergie de jouer.

Il sera bientôt sept heures du matin, et je suis son tout premier rendez-vous de la journée. Il m'a trouvé une plage horaire parce que mes messages l'ont inquiété. Je lui paraissais « en détresse », a-t-il dit, « égarée ». J'ai essayé de lui expliquer que je n'étais pas égarée. Que j'avais finalement réussi à ouvrir les yeux et que c'était la raison pour laquelle je voulais le rencontrer. Pour solliciter son aide. Mais, après quelques minutes d'une conversation plutôt embrouillée, nous avons décidé qu'il valait mieux que nous nous rencontrions et que je tente de lui expliquer de vive voix ce que j'attendais de lui.

À sept heures précises, la porte au fond de la salle s'ouvre et un petit homme passe sa très grosse tête dans la salle d'attente. Sa tête est couverte d'une fourrure de boucles noires serrées et brillantes comme un chapeau de cosaque, et sa barbe grise rampe le long de son cou jusqu'à l'ouverture de sa chemise. Je suis surprise que William n'ait jamais mentionné que son thérapeute était aussi poilu.

— Emilia ? Entrez.

Le Dr Allerton me désigne le canapé et s'installe dans un fauteuil Eames en cuir marron foncé. Je m'assois et j'écarte les pans de mon manteau. Je garde mon écharpe, bien serrée autour de mon cou, et j'enfonce mon menton dans les doux plis de laine.

— Alors ? Que puis-je pour vous ?

Je me lance dans une version plus longue de ce que je lui ai expliqué sur son répondeur : que j'espérais qu'il pourrait m'aider à comprendre William, à être une meilleure belle-mère. Je lui dis que nous traversons une crise, Jack et moi, et que, à moins que je ne trouve un moyen de résoudre ce problème, notre mariage prendra fin.

— Hum, fait le psychologue quand j'ai fini de tout déballer.

C'est pour ça que je me suis réveillée à six heures du matin ?

— Hum, répète-t-il en se grattant la barbe.

Je regarde les étagères par-dessus son épaule, où des jeux et des jouets sont étalés. Il y a le fameux Stratego qui a consumé tant d'heures de thérapie hebdomadaire de William. Je regarde le Dr Allerton. Il se gratte la tête cette fois.

— Emilia. Je peux vous appeler Emilia ?

— Oui.

— Emilia, voulez-vous devenir une meilleure belle-mère parce que vous pensez qu'il le faut pour William, ou parce que sinon vous craignez que votre mari ne vous quitte ?

Il fait froid dans son bureau. J'enfouis mon menton plus bas dans mon écharpe.

Il attend.

— Pour tout cela à la fois.

Il hoche la tête.

— Je peux vous donner une orientation générale sur le comportement souhaitable d'une belle-mère. Je peux vous donner une liste de très bons ouvrages sur les familles recomposées. Je peux même vous donner quelques noms de thérapeutes experts en la matière. Mais je crains que vous ne soyez venue à moi pour prouver quelque chose à Jack, et non parce que vous avez envie d'améliorer la situation.

Je pense à Jack. Il me manque tellement. Je sais que je suis ici pour lui prouver que je peux être ce qu'il veut que je sois, ce que William a besoin que je sois. Mais est-ce la seule raison ? Je pense à William, à son petit visage, à son intonation sérieuse, à ses yeux bleus. Je le vois glisser sur la patinoire Wollman, les chevilles tremblantes, une expression déterminée sur le visage alors qu'il avance malgré sa peur.

— Emilia, être une belle-mère est un job terriblement difficile. C'est normal d'éprouver du ressentiment à l'égard de votre beau-fils. Il est même normal de ne pas l'aimer parfois. Vous ne pouvez pas vous attendre à ne pas ressentir ces sentiments, et votre mari ne peut pas ne pas l'attendre de vous non plus. Vous ne pouvez pas contrôler vos sentiments, pas plus que vous ne pouvez contrôler les sentiments des autres. La seule chose que vous pouvez contrôler c'est votre comportement, votre propre réponse à l'inévitable stress. Enfin, si vous le voulez vraiment.

— Je le veux. Je le veux vraiment. C'est juste…

— Quoi ?

— C'est juste que je ne sais pas si William… comment William…

Une fois encore, j'enfouis mon menton dans mon écharpe, me cachant du psy en peluche.

Le Dr Allerton soupire.

— Vous me demandez ce que William éprouve pour vous ? C'est pour ça que vous êtes ici ?

— Non. Bien sûr que non. Pas vraiment. Est-ce qu'il parle de moi ?

— Que pensez-vous qu'il ressente ?

Je pense au risque que William a pris en prenant ma défense devant sa mère, l'absolution qu'il m'a offerte. Je le vois se dresser devant elle, un vieux *Lyle, Lyle, Crocodile* dans une main, un giganotosaurus de cinquante centimètres dans l'autre.

— Je ne sais pas, dis-je.

Mais je sais.

Vendredi, je traîne dans Canal Street, hésitant entre un *cuchifrito* et un *monfongo* pour le goûter, qui ne m'inspirent ni l'un ni l'autre, quand mon téléphone sonne. Je vois le nom de Jack s'afficher sur mon écran. Je suis si contente que je sors du restaurant dominicain en courant.

— Jack !

— J'ai besoin de ton aide.

Jack est dans une voiture avec chauffeur qui tourne autour du palais de justice fédéral. William est avec lui. Il pique une crise de premier ordre. Pour une raison que j'ignore – sûrement pour embêter son monde –, il insiste pour me voir. Dieu bénisse cet enfant.

Carolyn se marie aujourd'hui et William n'est pas content. Il a commencé à manifester son mécontentement ce matin en piquant une crise sur le chemin de l'école, puis à l'école, en mordant un camarade de classe et en essayant de jeter une chaise du toit de la cour de récréation ; geste inutile puisque le complexe est entouré d'une barrière, mais c'est l'intention qui compte, et non le résultat, qui s'est avéré moins dramatique et plus frustrant qu'autre chose pour l'enfant. Après l'école, il a donné un coup de pied si violent à Sonia qu'il a réussi à lui faire perdre son calme olympien, s'il ne lui a pas brisé un os. Ce qui, honnêtement, m'étonne plus que le reste.

Une fois à la maison, il a refusé de s'habiller et personne n'a pu l'obliger à enfiler ses beaux vêtements. Il a insisté pour qu'on téléphone à son père. Jack me dit que William voulait lui téléphoner et que Carolyn l'y a autorisé, mais je suis certaine qu'elle l'a fait en grinçant les dents. Je suis désolée pour elle, vraiment, et pas seulement parce qu'elle m'a apporté la libération. Je ne peux qu'imaginer à quel point il doit être gênant d'avoir à demander l'aide de votre ex-mari pour calmer votre fils afin que votre mariage se déroule dans la paix et le calme.

Jack n'a pas réussi à l'apaiser au téléphone. Ou, du moins, pas complètement. William a pleuré, mais il n'a pas voulu donner la raison de ses larmes. Il a dit qu'il refusait d'aller au mariage, il a supplié Jack de venir le chercher. Il a fini par accepter de s'habiller, mais seulement si Jack l'emmenait en ville. Quand ils ont atteint le palais de justice, il a refusé de descendre de voiture. Jack a essayé de l'y obliger, mais il a réalisé que traîner un enfant hurlant jusqu'au cabinet du juge n'était pas le genre d'aide que Carolyn attendait de lui. À travers ses larmes, William a soudain annoncé que s'il me faisait venir, et que si nous pouvions parler, il irait au mariage.

— Passe-le-moi, dis-je.

— Il veut te voir.

— Vous avez combien de temps ?

— La cérémonie démarre à cinq heures.

Je regarde ma montre.

— On a tout notre temps, ce n'est qu'à une station de métro d'ici.

Tout est de mon côté. Mon train arrive à quai alors que je viens de passer le tourniquet, et je me glisse entre les portes juste avant qu'elles ne se referment. J'ai à peine le temps de réfléchir durant le trajet à la raison pour laquelle William me réclame maintenant, au moment le moins opportun, quand ça risque le plus de contrarier Carolyn. Je comprends que c'est sûrement la raison pour laquelle il le fait, mais pourquoi, alors qu'il ne s'est jamais accommodé de ma présence, a-t-il autant besoin de moi, précisément quand j'ai besoin de lui ? Et si je ne réussissais pas à l'aider ?

Je sors de la station de métro au moment où la voiture passe devant. J'ouvre la portière. William est assis sur les genoux de son père, le visage couvert de larmes et de morve. Le manteau de Jack et sa veste de costume sont roulés en boule sur la banquette, à côté d'eux. Le premier bouton de sa chemise est défait et sa cravate desserrée. Il est très beau.

— Salut les gars. Qu'est-ce qu'il se passe ?

Jack m'adresse son regard « pas le moment de plaisanter ». William, qui a oublié la raison de ma présence, me regarde les yeux écarquillés en reniflant.

— Poussez-vous.

Je grimpe dans la voiture. Le chauffeur regarde dans son rétroviseur.

— Encore un tour, monsieur Woolf ?

— Oui, Henry, si ça ne vous dérange pas.

Je m'adosse à la banquette en cuir noir et je me tourne de côté pour regarder Jack et William.

— Gagné, bonhomme ! dis-je. Pas de rehausseur.

— C'est le cadet de nos soucis, commente Jack.

J'adresse un clin d'œil à l'enfant, comme si j'étais la seule à réaliser que tout ce cinéma n'avait pour but que de laisser le rehausseur à la maison.

Un sourire tord la bouche de William, mais il a les lèvres serrées.

— Alors ? Qu'y a-t-il ? Pourquoi tu tenais à me voir ?

Il hausse les épaules.

— Franchement, ça m'est égal, mais d'un instant à l'autre les flics vont décider que le pauvre Henry est un terroriste qui fait des repérages autour du palais de justice, et nous demander de nous garer. Et ta maman va nous faire une grosse crise. Il est vraiment temps que tu commences à parler.

Il se frotte le nez avec le poing et essuie sa main sur la jambe de son beau pantalon gris. J'espère que si j'arrive à le faire assister au mariage, sa mère me pardonnera pour la morve.

— Tu ne veux pas que ta mère épouse ton dentiste ?

Il secoue la tête et marmonne :

— Non.

— Normal. Franchement, qui le voudrait ?

Je frissonne.

— Mais tu n'es pas comme tout le monde, William. Tu es bizarre, toi, tu te souviens ? Tu l'aimes bien, ce type. Tu ne me l'as pas dit ? Tu ne m'as pas dit que tu aimais bien ton dentiste ?

— Si.

— Tu as changé d'avis ?

— Non.

Jack s'appuie contre le repose-tête et ferme les yeux, comme s'il ne pouvait pas supporter mes bêtises.

— Alors ? Qu'est-ce qu'il y a ?

— Je ne sais pas.

— Je sais, moi.

William arrête de marmonner.

— Tu sais ?

— Si ta maman se marie avec ton dentiste, et que ton papa est marié avec moi, alors c'est terminé, c'est ça ? Ils ne se remettront plus ensemble. Ça ne pourra plus jamais redevenir comme avant. Ton papa, ta maman et toi.

Ses larmes se remettent à couler mais il les essuie. Je suis triste qu'il ait déjà acquis ce réflexe masculin de ravaler ses larmes. Bien que ce petit garçon ait affreusement envie de pleurer, quelque chose lui dit qu'il ne devrait pas, qu'il vaut mieux ne pas pleurer, que c'est honteux. Il résiste à céder à cette tentation.

— Quand j'étais bébé, je pensais que quand papa et toi auriez fini d'être mariés, alors papa et maman auraient fini d'être divorcés.

— Ah bon ?

— Ouais. Je pensais que quand le divorce serait terminé, mon papa rentrerait à la maison.

— Tu te souviens de beaucoup de moments où ton papa vivait avec toi et ta maman ?

Il fait une grimace, réfléchissant intensément.

— Des petites choses. Je me souviens que mon papa me faisait la lecture le soir. Je me souviens que mon papa venait à Nantucket avec nous, l'été. Je me souviens des trucs comme ça. Mais pas beaucoup.

Il presse son dos contre la poitrine ferme de son père.

— William, quand je suis partie la semaine dernière, est-ce que tu as cru que ton papa allait emménager avec ta maman ?

Je vois Jack se raidir, je sais que William le sent également dans son dos. Jack et moi attendons tous deux la réponse de William.

Il hausse les épaules et marmonne :

— Si on veut.

— Et c'est pour ça que tu es tellement en colère aujourd'hui ? Parce que ta maman va épouser ton dentiste au lieu de ton papa ?

Il hoche la tête.

Je me penche et je prends sa petite main collante dans la mienne.

— Dans ce cas, mon chou, pourquoi tu voulais me voir ? Je ne comprends pas. Je suis la dernière personne que tu devrais avoir envie de voir ?

William tombe des genoux de son père et s'écrase maladroitement sur mes jambes. Il se remet à pleurer et enfonce sa tête dans mon giron.

— Je ne sais pas. Je ne sais pas !

Je le prends sur mes genoux. Je ne l'ai jamais tenu comme ça auparavant. Il est tout mou. Je mets un moment à trouver une position moins ridiculement inconfortable. Je caresse ses cheveux et je le berce gentiment.

— Ça va aller, William. Ça va aller.

— C'est juste que tout va mal maintenant, gémit-il. Tout est embrouillé. Je veux que tout redevienne comme avant.

Il hoquette. Ses sanglots secouent tout son corps. Je le serre fort contre moi.

— Je suis désolée, William. Ce n'est pas possible.

— Pourquoi tu n'habites plus avec nous ?

Je retiens ma respiration, machinalement. Jack répond :

— Emilia et moi essayons juste de régler certaines choses, William. C'est difficile à comprendre.

Sans blague.

— Tu sais, c'est comme Lyle. Est-ce qu'il devrait vivre dans la maison de la 88e Rue Est, est-ce qu'il devrait vivre au zoo avec les autres crocodiles ? Ce genre de chose. On réfléchit.

William se glisse sur la banquette entre son père et moi.

— C'est tellement stupide, Emilia. Tu sais très bien que c'est M. Grumps qui a obligé Lyle à aller au zoo. Lyle n'a rien à faire là-bas. Il doit rester avec sa famille dans la 88e Rue Est.

— Mouais, peut-être, mais c'est une fiction. Dans la vraie vie, les crocodiles n'ont pas de famille. Pas des familles humaines, en tout cas. Ils vivent avec les autres crocodiles du zoo de Central Park.

— Il n'y a pas de crocodiles au zoo de Central Park, juste des caïmans.

— C'est une métaphore, William. J'essaie juste de te dire que je suis peut-être comme Lyle. Peut-être que je ne dois pas vivre avec toi et ton papa parce que je ne suis pas comme vous. Mes dents sont trop pointues et… et ma queue trop longue.

Cette dernière réplique ne fait pas mouche, mais il comprend. Je l'espère au moins. Je fais le boulot de Jack, là, et je ne vais pas pouvoir tenir beaucoup plus longtemps. J'arrive encore à retenir mes larmes, mais ça ne va pas durer.

— Lyle doit vivre avec sa famille, Emilia. Sa famille l'aime, même si c'est un crocodile.

Je le dévisage. Je n'arrive pas à croire ce que j'ai eu l'impression d'entendre. Vient-il de me dire qu'il m'aimait, ou est-on trop jeune pour s'exprimer par métaphore à cinq ans et parle-t-il seulement d'un livre pour enfants idiot ? Je m'en moque, je le prends tout de même dans mes bras. Et Jack est là, lui aussi, nous sommes tous serrés les uns contre les autres sur la banquette arrière trop petite de la voiture de location.

— Un autre tour, monsieur Woolf? demande Henry.

— Non, dis-je. Nous sommes prêts à descendre.

William lève un visage choqué vers moi et commence à secouer la tête.

— Viens, mon chou. Il est tard, et ta maman se marie avec ou sans nous. On ne va pas lui gâcher son plaisir.

Je fouille dans mon sac pour en tirer un mouchoir décent. Je le nettoie du mieux que je peux, et j'arrange la cravate de son père. Nous grimpons l'escalier du palais de justice au pas de course.

Carolyn attend devant les détecteurs de métaux, au milieu d'un groupe de personnes tout aussi agitées qu'elle. Cette fois, je vois qu'elle ne fait pas l'erreur d'épouser un petit Juif. Son dentiste est grand, blond et résolument nordique. On dirait un ours polaire à côté de Jack qui tiendrait plutôt du koala. J'ai un goût pour les plus petites espèces, moi.

Notre arrivée est accueillie avec une certaine surprise, mais un soulagement général.

— Dieu merci, souffle Carolyn, m'arrachant la main de William. Que s'est-il passé ? Emilia, qu'est-ce que vous… oh, peu importe. Allons-y. Nous devions être dans le cabinet du juge Doty à cinq heures.

Je regarde ma montre. Il est cinq heures passées de onze minutes.

Carolyn, son dentiste scandinave et leur suite se pressent vers les détecteurs à métaux. De la main qui n'est pas prisonnière de celle de sa mère, William nous fait un petit signe résigné. Quand le groupe disparaît dans l'ascenseur, Jack et moi nous écroulons l'un sur l'autre, soulagés.

— Sortons d'ici, me dit-il.

31

Henry nous arrête devant l'immeuble de Carolyn, où nous prenons la valise que Sonia a préparée pour William et déposée dans le hall. Nous n'avons pas discuté de l'endroit où nous allions nous rendre ensuite, aussi je demande à Henry de s'arrêter à la 76ᵉ Rue. Les noms des entrées du parc sont rarement utilisés, et ce n'est que parce que William me l'a dit que je sais que cette ouverture dans le mur de pierre est l'une des cinq entrées qui ne portent pas le nom d'une profession ou d'une vocation, comme la Porte des Érudits, la Porte des Marins, des Inventeurs, des Ingénieurs, des Menuisiers, ou des Artistes. Elle s'appelle la Porte des Enfants.

Nous descendons de voiture et j'enroule mon écharpe autour de mon cou. Il fait froid et le vent souffle par bourrasques. Je tape des pieds pour me réchauffer.

— Où veux-tu aller ? me demande Jack.

— Marchons un peu.

— Tu veux aller jusqu'à la petite cabane du Ramble ?

— On ne peut pas y aller parce que je n'arrive pas à la retrouver, cette satanée cabane. William et moi avons tourné autour pendant des heures. Si je ne peux pas la trouver en plein milieu de la journée, je suis sûre que je n'y arriverai pas davantage au coucher du soleil.

— Je sais où elle se trouve.

— Quoi ? Comment le pourrais-tu ?

Jack regarde le parc et je regarde son dos, net et lisse dans son manteau foncé. Son écharpe écossaise kaki est défaite et le vent en envoie une extrémité autour de sa taille. Je m'approche de lui. Mes pas sont légers mais non silencieux, il y a des brindilles et des feuilles séchées sur les trottoirs, elles craquent sous mes pas. Je sais qu'il les entend, mais il ne se retourne pas. Je glisse mes mains autour de sa taille, je pose ma joue contre la laine rugueuse de son manteau, et je respire en rythme avec lui.

— Comment sais-tu où c'est ?

— William et moi l'avons cherchée mercredi après-midi.

— Et vous l'avez trouvée ? Comment ? J'ai traîné dans le parc toute ma vie d'adulte et je n'ai pas réussi.

— J'ai acheté une carte à la Laiterie.

— Oh. Une carte. Bien. Si tu triches, alors.

Je suppose que si je m'étais arrêtée à la Laiterie, si j'avais acheté une carte comme Jack, alors William et moi aurions trouvé la petite cabane du Ramble aussi facilement que Jack. Nous l'aurions trouvée, et nous n'aurions sans doute jamais mis les pieds au Meer. Nous aurions évité la débâcle. Mais dans ce cas, nous aurions tout évité, y compris la révélation de Carolyn sur la mort d'Isabel, et ce qui a poussé William à m'appeler quand il a eu besoin d'aide aujourd'hui.

Le vent nous pousse alors que nous avançons sous les arbres secs. Je suis contente, car, en dépit de sa froideur, il souffle dans nos dos et nous propulse comme un couple de cerfs-volants maladroits sur les chemins sinueux en ciment craquelé. Alors que nous remontons en direction du nord, cherchant un chemin qui coupera par l'ouest pour rejoindre le Ramble et le pont, les voix des enfants s'amplifient. Il y a un jardin, non loin. Au niveau de la 77e Rue. Comme tous les autres squares de Central Park, il est plein d'enfants emmitouflés, de mères, de nounous couleur cacao, de bébés battant des mains couvertes de moufles et de jouets accrochés aux poussettes. Quand nous passons devant, Jack me coule un regard sondeur. Je regarde à l'intérieur du jardin. Il y a un petit garçon de quatre ou cinq ans, trop petit pour regarder par-dessus la poignée de la poussette qu'il pousse. Le bébé installé dedans hurle d'excitation et rit sauvagement, tout content d'être poussé par son grand frère. Leur mère marche à côté, une main protectrice ajustant occasionnellement la direction des roues.

Je pense à William et à Isabel. Je l'imagine la pousser dans sa Bubagoo en denim. Je pense au bébé que Carolyn va bientôt avoir, au petit frère ou à la petite sœur qu'il aura la chance de connaître. Et avant que mon esprit ne s'aventure plus loin, je prends la main de Jack et nous continuons à avancer vers le Ramble.

Nous ne parlons pas, nous regardons juste la vapeur qui s'élève de nos bouches alors que nous grimpons. Il ne nous faut que quinze minutes pour gagner la cabane. Quand je la cherchais, j'arrivais toujours par le mauvais côté. Il aurait suffi de prendre le chemin du lac et de couper par le nord. Ensuite, c'est tout droit.

C'est une petite structure en bois, une sorte de pergola avec des côtés voûtés et un toit branlant. Les murs sont en rondins avec de drôles de formes, taillés dans des troncs d'arbres fins. Ça ressemble vraiment à une cabane et c'est tristement surpeuplé tout autour.

— Je n'arrive pas à croire que c'est juste ici.

— Je n'arrive pas à croire que tu ne l'aies pas trouvée.

Il resserre les deux pans de mon manteau. Il fait plus froid ici, à l'intérieur de la cabane, que dehors.

Nous nous asseyons sur l'un des petits bancs rustiques. J'étends mes jambes sur les pavés qui forment le sol. Jack m'imite. Ses jambes vont bien plus loin que les miennes. Aussi petit soit-il, il est plus grand que moi. Nous sommes un joli couple, bien assorti. Mais sommes-nous magiques ? L'histoire que je n'ai cessé de raconter à Jack sur les âmes sœurs n'est qu'un conte cabalistique. La magie, la destinée, des anges volant à travers les âges…

Je crains que mon père n'ait raison. Je me suis tissé un rêve guère plus réaliste que celui qu'il a lui-même poursuivi.

Je me suis mystifiée et j'ai mythifié notre amour pour justifier les dégâts que nous causions. Le conte miraculeux nous autorisait à oublier les promesses et les serments, les enfants et la confiance. Jack était mon *bashert*, donc nous n'avions d'autre choix que de faire pleuvoir une pluie acide sur ceux qui se dressaient entre nous. Nous devions nous rencontrer, c'était le destin. Nous étions impuissants face à son pouvoir, nous n'étions pas coupables.

Mais Jack était un père avant tout, il y croyait donc moins que moi. Sa culpabilité envers son fils le dévorait, et j'ai été forcée de jouer les aéronautes, de constamment remplir le ballon d'air chaud pour que notre petit panier reste en l'air. Quand la soie s'est déchirée et que j'ai constaté mon échec, nous nous sommes écrasés si fort, que nous nous sommes brisé les os.

Maintenant, je réalise que nous ne sommes pas un chapitre d'un ancien texte mystique. Nous ne nous aimons pas par magie. Nous nous aimons comme un homme et une femme sont censés s'aimer. Avec difficulté, la peur au ventre. Avec des moments d'incompréhension et des moments plus légers. Et enfin, nécessairement, avec confiance.

J'ouvre la bouche pour expliquer tout cela à Jack, pour lui dire ce qu'est et doit être notre amour, pour plaider, pour lui ouvrir mon cœur, mais il est le premier à parler.

— J'aime ton nouveau jean. Il te fait un cul superbe.

— Tu as eu le temps de remarquer mon cul avec tout ça ?

— Toujours.

Je souris et je pose une jambe sur la sienne. Il glisse un bras autour de ma taille et pose la main sur le cul qu'il admire tant.

Il y a tant à dire, tant d'excuses, tant de promesses. Alors nous ne disons rien. Le ciel s'assombrit. Ce coin du parc n'est éclairé que par les lampadaires et les lumières des immeubles avoisinants.

Après un long moment, Jack suggère :

— Rentrons à la maison. Il gèle ici.

32

J'attends William. Il fait si chaud pour un mois de septembre. Je transpire devant la porte de la classe de CP d'Ethical Culture. Je me tiens à l'écart des mères, en partie parce que les mamans des écoles primaires ne font pas plus confiance aux secondes épouses que celles de la maternelle, mais surtout parce que je ne veux pas me retrouver dans la bousculade et risquer d'écraser ce que j'ai apporté. C'est délicat et je ne fais pas confiance aux gosses de cinq ans.

— Ben on n'est pas mercredi, s'étonne William en me voyant.

— Mais c'est ton jour de chance.

— Pourquoi, tu ne travailles pas ?

— J'ai pris un jour de congé.

Allison m'a trouvé un job dans une commission d'appel du service d'aide juridique. Maintenant, je gagne ma vie en rédigeant des plaidoiries. Quand mon beau-frère et ses collègues n'arrivent pas à convaincre les jurys de relaxer leurs jeunes clients pour qu'ils retournent errer dans les rues, je supplie un panel de trois juges de le faire à leur place. Écrire des plaidoiries, après tout, est la partie du métier d'avocat que je maîtrise le mieux.

— Où est Sonia ?

— Elle a pris un jour de congé, elle aussi.

— C'est quoi ?

— Un œuf au plat.

— Sérieusement.

— À quoi ça ressemble ?
— À un bateau. Un bateau télécommandé.
— Bingo !

Je baisse le bateau pour qu'il le voie mieux. C'est un modèle réduit, avec des voiles en tissu et un mât en bois. Il y a un tout petit pirate à la barre. Il porte un petit bandeau à l'œil. Le bateau a coûté près de deux cents dollars et c'était loin d'être le plus cher du magasin.

— C'est un vaisseau pirate !
— En effet. Viens, on s'en va.
— Où on va ?
— Tutut !
— À l'étang des petits bateaux ?
— Tout juste.
— D'ac. Laisse-moi prendre mon sac à dos et ma cantine.

— En réalité, l'étang des petits bateaux s'appelle le Conservatory Water, dit William, alors que nous déposons le bateau dans l'eau stagnante verte. La plupart des gens l'ignorent.

Il est très doué avec la télécommande. Je reste en arrière et jette un œil autour de l'étang. En haut du chemin, des petits garçons et des fillettes escaladent la statue d'Alice au pays des merveilles, chassant les pigeons qui souillent ses épaules de crottes noir et blanc.

— C'est génial ! s'exclame William.

Il fait tourner le bateau autour de la berge et le guide vers le centre de l'étang.

— Stop là, camarade.
— Ohé. Ohé là-bas, camarade.
— Ohé.

William me passe les commandes, mais mes cercles ne sont pas aussi serrés que les siens, et nous craignons tous deux que je ne fasse chavirer le bateau.

— Il est beau ton bateau, Emilia, me complimente-t-il.

— Je l'ai acheté pour toi, bonhomme.

— Pour de vrai ? Pour moi ! C'est trop génial.

William tente une figure en huit risquée.

— C'est ton cadeau de naissance.

— De naissance ? Je suis né en octobre, pas en septembre.

Il fronce les sourcils.

— Ça signifie que je n'aurai pas de cadeau pour mon vrai anniversaire ?

— Ce n'est pas pour ton anniversaire. C'est ton cadeau, mais c'est pour un autre événement. Pigé ?

— Non.

— Réfléchis.

Je m'assois sur le rebord en béton de l'étang, dos à l'eau. Je louche.

— Blair !

— Gagné.

Carolyn a appelé Jack ce matin, sur la route de l'hôpital. Elle est en train d'accoucher. William va rester avec nous pendant quelques jours, jusqu'à ce qu'elle soit rentrée chez elle et ait eu un ou deux jours pour rester seule à la maison avec le bébé.

— Il est né aujourd'hui, pendant que j'étais à l'école ?

— Il est en train de naître. Ton dentiste appellera ton papa dès qu'il aura pointé le bout de son nez.

— Le bébé va s'appeler Blair Soule Doty Ier. C'est un chiffre romain. Et je suis William Soule Woolf Ier. J'ai le même deuxième nom, on est tous les deux des premiers.

— Je sais. Tu me l'as dit des centaines de fois. C'est un nom génial. Ce sont deux noms géniaux.

— Je vais devoir dessiner un portrait de famille avec Blair maintenant.

Il exécute un autre virage serré.

— Tu n'as jamais vu le dessin de famille que j'ai fait à la maternelle.

— Si, je l'ai vu.

Je croise les jambes devant moi et lève le visage vers le soleil. Ses rayons me caressent les joues. Nous avons un magnifique été indien. Je ferme les yeux.

— Il était sublime.

— J'ai dessiné Isabel en ange.

J'ouvre les yeux.

— Je sais.

— C'était pour toi.

— Qu'est-ce que tu veux dire ?

— L'ange était pour toi. Je ne crois pas aux anges. Je ne crois pas qu'il existe un paradis où les gens se retrouvent quand ils meurent. Mais j'ai pensé que ça te ferait plaisir de penser à Isabel comme ça, comme un petit ange avec des ailes qui vole au-dessus de ta tête.

Je tends la main pour lui caresser les cheveux. Il tolère ma caresse un instant avant de retourner à son bateau.

— Ça a marché. Ça m'a fait plaisir.

— Qu'est-ce que tu penses qu'il se passe quand on meurt ? Tu crois aux anges, toi ?

Je pense à Isabel, un ange aux ailes lumineuses planant au-dessus de ma tête.

— Non, je ne crois pas.

— Les Juifs n'y croient pas. Surtout les Juifs orthodoxes. Je veux dire, ils ne croient pas aux anges du paradis. Tu te souviens quand je t'ai dit que j'étais juif orthodoxe ?

— Oui.

— Eh bien, je ne suis pas vraiment juif orthodoxe.

— Je sais, William.

— Les épiscopaliens croient aux anges du paradis, mais je ne crois pas que je suis épiscopalien non plus.

— Non ?

— Non. Je crois que je suis bouddhiste. Les bouddhistes croient en la réincarnation. Ça signifie que tu reviens sous la forme d'une autre personne. Ou d'un animal. Tu y crois à ça, toi ? Tu penses qu'Isabel peut renaître sous la forme d'un animal ? D'un poisson de l'étang peut-être ? Ou d'un pingouin du zoo de Central Park ? Ou peut-être qu'elle revient sous la forme de Blair ? Qu'elle va être mon petit frère au lieu de ma petite sœur.

Je réfléchis. Isabel voudrait-elle renaître au point d'être l'enfant d'une autre femme ? L'enfant de Carolyn ? Non, plutôt le mien, j'espère, l'enfant que j'aurai un jour. Bientôt. J'aimerais avoir les certitudes bouddhistes de William.

— Je ne sais pas. Je suppose que je ne crois pas vraiment en la réincarnation.

William fait une descente en piqué sur une feuille tombée d'un arbre et la pousse au bord de l'étang. Son virage est si serré que le mât est incliné à quarante-cinq degrés.

— Bien, reprend-il. Tu penses qu'il s'est passé quoi quand Isabel est morte ?

— Je suppose qu'Isabel est juste partie. Que ce qu'elle était, ce qui faisait d'elle un être unique est parti avec elle.

— Alors tu ne crois en rien.

Il dit cela comme s'il avait déjà entendu des gens qui ne croyaient en rien. Croire en rien est un concept qu'il comprend.

— Je ne sais pas, William. Je ne sais pas.

Il tourne la manette de contrôle et le bateau pirouette follement, basculant sur le côté et chavirant presque avant de se redresser.

— Eh bien, moi je suis bouddhiste.

— T'as raison.

— Je te dirai si je trouve Isabel.

— D'accord. Ça me fera plaisir de penser que tu fais ça.

Je le regarde téléguider le bateau. Il a tellement confiance en lui.

— Il est temps de le ramener à quai maintenant.

— Encore un tour.

William fait encore un tour, très lentement, savourant l'instant. Quand il ramène le bateau au bord de l'étang, je le sors de l'eau et je le secoue.

William tend les bras pour le récupérer. Il est trop gros pour lui, mais je le laisse faire. Je range la télécommande dans mon sac.

— J'adore mon bateau, Emilia. Merci pour mon cadeau d'anniversaire.

— Pas de quoi, William Soule Woolf Ier. Bienvenue à Blair. Je t'aime.

Je l'aime, c'est vrai. Je suis amoureuse de ce petit garçon maigrichon, avec son irritante précocité et sa vision du monde autocentrée embarrassante. Je suis tombée amoureuse de lui. Pas de manière hystérique, instantanée, passionnée, comme de son père, mais doucement, difficilement, comme un tricycle cahotant sur un chemin de terre. Je ne suis pas tombée dans un précipice d'amour, j'ai escaladé la paroi d'un rocher de schiste de Manhattan, me cassant les ongles contre la pierre, m'égratignant les genoux, m'accrochant des pieds et des mains.

Cet amour était si difficile à reconnaître, mais j'ai finalement réussi à le voir pour ce qu'il était : la grâce. La grâce est un cadeau trop précieux pour nous, trop élégant, trop délicat. La grâce est comme Central Park. Sculptée dans le schiste et les marais, les rochers et les fourrés, des milliers de géomètres, terrassiers, constructeurs, maçons, menuisiers et forgerons. Central Park est, dans cette ville de verre et d'acier, de marbre et d'asphalte, de brique et de pierre, une étendue de huit cent quarante-trois acres de pure grâce. Il est bien trop beau, bien trop gracieux, avec ses saules pleureurs pendant sur les étangs mousseux, ses jolis ponts arqués, ses gobe-mouches bleu-gris, pour les investisseurs obsédés par le Nasdaq, les chauffeurs de taxi diplômés en droit à l'université de Karachi, les mères de jumeaux de l'Upper West Side, ou n'importe lequel des huit millions de sortes différentes de New-

Yorkais. Les citoyens des autres villes ne le méritent sans doute pas moins que nous. Et pourtant, il est notre grâce, à nous.

Quand j'ai vu William pour la première fois, devant le zoo, ses jambes pendant des épaules de son père, j'ai vu en lui une entrave à la réalisation du projet de l'ange. Mais je me trompais. La beauté de la vie vient de la grâce accidentelle, inexplicable. La grâce qu'un enfant apporte dans votre vie, de manière imprévue et magique.

William Soule Woolf, mon imprévu, ma grâce fortuite.

Remerciements

Ce livre a été écrit en grande partie à la Colonie MacDowell. Je serai éternellement reconnaissante à cette merveilleuse institution pour le temps et l'espace qu'elle m'a accordés. La générosité de la Fondation Stanford Calderwood a rendu cette résidence possible.

Les personnes suivantes m'ont inspirée et aidée : Andrew du Pain quotidien, Hillery Borton, Sylvia Brownrigg, Alicia Costelloe, Carmen Dario, Elizabeth Gaffney, Andy Greer, Daniel Handler, Rick Karr, Kristina Larsen, Micheline Marcom, Devin McIntyre, Daniel Mendelsohn, Peggy Orenstein, Susanne Pari, Lis Petkevich, Elissa Schappell, Nancy Schulman et Alix Friedman de la maternelle située au 92 de la Rue Y, Mona Simpson, Carla Sinz, Joshua Tager, Sedge Thomson, Vendela Vida, et Ires Wilbanks. Et, bien sûr, Michael Chabon.

Pour avoir défendu ce livre, ma reconnaissance à Maggie Doyle, Karen Glass, Marc Platt et Abby Wolf-Weiss, Sylvie Rabineau, et Marianne Velmanns. Et surtout à Mary Evans.

Sans oublier ma profonde gratitude à l'incomparable Phyllis Grann.

8667

Composition Chesteroc
Achevé d'imprimer en France (La Flèche)
par Brodard et Taupin
le 23 avril 2008 - 47108.
Dépôt légal avril 2008. EAN 9782290006627

Éditions J'ai lu
87, quai Panhard-et-Levassor, 75013 Paris
Diffusion France et étranger : Flammarion